Cień Sułtana

MARIA
PASZYŃSKA

CIEŃ SUŁTANA

IV CZWARTA STRONA

Redaktor prowadząca: Monika Długa
Redakcja: Karolina Borowiec
Korekta: Lidia Wrońska-Idziak
Projekt okładki: Mariusz Banachowicz
Opracowanie map: Mariusz Mamet
Projekt typograficzny, skład i łamanie: Stanisław Tuchołka / panbook.pl

ISBN 978-83-7976-514-0

CZWARTA STRONA
Grupa Wydawnictwa Poznańskiego sp. z o.o.
ul. Fredry 8, 61-701 Poznań
tel.: 61 853-99-10
fax: 61 853-80-75
redakcja@czwartastrona.pl
www.czwartastrona.pl

Piotrowi…

Z kłębka jednego życia
wysupłało się wiele nici
i całość splątało do końca.

Radovan Samardzić,
Mehmed Sokolović

Prolog

SOKÓŁ

Sierpień 1524
Kadiluk Wyszegradzki – Bośnia
Imperium Osmańskie

1

Niewysokie, jasne wieżyczki cerkwi Wniebowstąpienia Pańskiego odcinały się na tle ciemnozielonych pagórków. Zasadzone wzdłuż drogi prowadzącej ku świątyni krępe drzewka, uginające się pod ciężarem niezebranych jeszcze owoców, tworzyły malowniczą alejkę. Delikatny wietrzyk wprawiał liście w drżenie i rozsiewał wokół świeży zapach owoców. Wśród gałęzi, skryte przed ludzkim wzrokiem, monotonnie bzyczały dziesiątki owadów. Tu i ówdzie w powietrze wzbijały się wielobarwne motyle.

Nagle senną atmosferę krajobrazu letniego bałkańskiego popołudnia zburzyła grupa konnych. Jeźdźcy z hukiem dziesiątków kopyt zjechali ze wzgórza i wpadli pomiędzy drzewa, wzbijając w powietrze tumany rdzawego kurzu. Pędzili przed siebie, nie rozglądając się na boki, z oczami utkwionymi w szczyt wzgórza, gdzie w falującym od gorąca powietrzu majaczył niewyraźny kształt świątyni. W ich ruchach dało się wyczuć napięcie drapieżników, które zbyt długo polują na swoją ofiarę. Byli w drodze od wielu godzin. Za każdym kolejnym pagórkiem wydawało się im, że cel podróży jest już blisko, że od stóp wzgórza klasztornego dzieli ich zaledwie kilka chwil niezbyt forsownej jazdy, jednak szybko okazywało się, że było to tylko złudzenie, jakby i ukształtowanie terenu chciało ich powstrzymać, zmusić, by zawrócili z obranej drogi, zostawili ten mały, nieważny dla nikogo poza jego mieszkańcami zakątek bałkańskiego świata w spokoju.

Jeźdźcy pozostawali jednak niewzruszeni. Gnali w tamtą stronę, nawet na chwilę nie zwalniając tempa, ignorując odległość, zmęczenie i piętrzące się trudności. Mimo pośpiechu w ich zachowaniu czy ruchach nie było ani nerwowości właściwej posłańcom wiozącym ważne wieści, ani strachu uciekinierów. Twarze jeźdźców nie wyrażały żadnych emocji – były zimne i obojętne, choć ciała mieli naprężone do granic możliwości, jak cięciwy łuków gotowych do strzału.

Mimo upału na okolicznych polach trwały żniwa. Ścinane zboża z suchym szelestem opadały na ziemię. Słychać było jedynie świst ostrzy i donośne nawoływania wieśniaków, ułatwiające im podtrzymanie rytmu sianokosów. Gdy jeźdźcy pojawili się na horyzoncie, zapadła cisza. Żniwiarze jeden po drugim rzucali kosy w wysokie łany, spuszczali wzrok, żegnali się, zdejmowali czapki i starali się czym prędzej usunąć z pola widzenia konnych. Tylko brudne, półnagie dzieci, nie zważając na ostrzeżenia rodziców, wdrapywały się na drzewka owocowe, by z ukrycia podejrzeć niecodzienne zjawisko, jakim była kolorowa kawalkada wyłaniająca się z kurzawy. Jednak ku wielkiemu niezadowoleniu malców, konni przejechali spiesznie wzdłuż pól ani razu nie spojrzawszy w górę. Po chwili jedynym dowodem na to, że kiedykolwiek tędy przejeżdżali był pył, opadający na spieczoną od słońca piaszczystą ścieżkę, i kilkanaście jabłek roztrzaskanych pod naciskiem końskich kopyt.

Zza kolejnego wzgórza wyłoniła się całość zabudowań klasztornych monastyru Mileševa, serbskiego centrum kultury i milczącego oporu przeciw władzy osmańskiej. Kopuły cerkiewne lśniły w popołudniowym słońcu. Ów łagodny wietrzyk, przyjemnie chłodzący zmęczone upałem ciała konnych i ich wierzchowców, przyniósł szmer pobliskiego potoku, szum drzew i coś jeszcze, inne, dawno niesłyszane dźwięki.

Wysoki, zgrabny mężczyzna, którego głowę zdobił śnieżnobiały turban z kilkudziesięcioma rubinami, wysunął się nieco przed czoło kawalkady. Miał miedzianą cerę, delikatne, choć zarazem niezwykle męskie rysy. Spiczasta, ciemna broda dodawała mu urody i powagi. Ubrany był w wielobarwne szaty, mimo wysokiej temperatury zakrywające niemal każdy skrawek jego ciała. Mężczyzna zmrużył oczy i nie przerywając jazdy, próbował wychwycić, czym były owe zakłócające melodię przyrody tony. Niespodziewanie, jakby w odpowiedzi na jego zainteresowanie, dźwięk stał się głośniejszy i wyraźniejszy, do pierwszego dołączyły dziesiątki innych. Delikatne, chłopięce głosy, niesione przez wiatry i skalne echo, wypełniły okolicę. Śpiew był czysty i pełen mocy, z którą śpiewać potrafią tylko małe dzieci, niewinne dusze wielbiące swojego Boga.

Mężczyzna gwałtownie wstrzymał konia. W ślad za nim mechanicznie – jak trybiki doskonale naoliwionej machiny – w milczeniu zatrzymali się pozostali członkowie niewielkiego oddziału. Tymczasem mężczyzna zeskoczył z wierzchowca. Jego lekkie szaty zatrzepotały w powietrzu niczym skrzydła ogromnego ptaka. Bezszelestnie opadł na ziemię. Wziął w palce odrobinę przydrożnego pyłu i roztarł ją w zamyśleniu. Następnie wyprostował się, wstrzymał oddech, zamknął oczy i obrócił się powoli wokół własnej osi, wytężając słuch. Gdy po chwili ponownie je otworzył, dało się w nich dostrzec stalowy błysk. W odpowiedzi na pytające spojrzenia towarzyszy skinął głową w stronę zabudowań klasztornych. Był pewien, że pieśń dochodziła właśnie z tamtego wzgórza.

Przez krótką chwilę zawahał się, czy nie powinien od razu podążyć w tę stronę. Oszczędziłby wówczas sobie i podkomendnym kolejnej godziny jazdy w upale. Szybko jednak zwalczył pokusę. Rozkaz był rozkazem i należało go wykonać bez względu na cenę. Jego myśli nie miały znaczenia. Jego wygoda była niczym. Nie miał prawa odczuwać zmęczenia. Nie posiadał własnej woli. Był psem, niczym więcej. Znaczył mniej niż pył czy ziarnko piasku. Był własnością Króla Królów, Cienia Allaha – sułtana

Sulejmana Prawodawcy. Jedynym celem i powodem, dla którego żył, było wypełnianie jego rozkazów.

Rzucił ostatnie spojrzenie na monastyr, po czym wskoczył na konia i zawrócił go w stronę biegnącej nieco w prawo, pooranej koleinami ścieżyny, najprawdopodobniej drogi do miasteczka Rudo wiodącej przez wieś Sokolovići. Byli już blisko celu. Jeździec spiął wierzchowca, zmuszając zaniepokojone nagłym postojem zwierzę do posłuszeństwa, a następnie uniósł dłoń, dając znać pozostałym, by podążyli za nim. Nie padło ani jedno słowo. Cała drużyna ponownie ruszyła w drogę, odprowadzana milknącą z każdym krokiem pieśnią.

2

Ostatnia przed jutrzejszą uroczystością ku czci świętego Sawy próba klasztornego chóru dobiegała końca. Ten dzień mieszkańcy okolicznych wsi fetowali niemal równie uroczyście jak Zmartwychwstanie Pańskie. Święty Sawa był ich patronem, opiekunem, strażnikiem, kimś o wiele bliższym i bardziej swojskim od Chrystusa, choćby dlatego, że urodził się na bałkańskiej ziemi. Przygotowania do uroczystości trwały od wielu tygodni. Zaraz po obchodach Wielkiej Nocy mieszkańcy okolicznych wsi zaczynali sposobić się do jarmarku. Cieśle mieli pełne ręce roboty. Oprócz tradycyjnych napraw narzędzi gospodarskich, które musiały być wykonane na przednówku, budowali nowe i reperowali stare budy jarmarczne. Kobiety gręplowały, przędły i tkały materiały, które następnie farbiarze bielili i barwili na różnorakie kolory. Na kilka tygodni przed jarmarkiem gospodarstwa wiejskich farbiarzy były niemal niewidoczne zza wielobarwnych połaci materiałów, rozwieszonych gdzie tylko się dało, by schły w promieniach wczesnoletniego słońca. Piekarze przygotowywali zakwasy pod miodowe ciasta, które przez kilka tygodni musiały leżakować w chłodzie. Z piwnic wytaczano beczki piwa i zeszłorocznego wina jabłkowego. Bogatsze kobiety całą zimę przygotowywały suknie na festyn, który rokrocznie odbywał się we wsi na placu targowym, dokąd wszyscy udawali się po uroczystej mszy świętej w klasztorze. Biedniejsze przeszywały zeszłoroczne stroje, ozdabiając je wstążkami i nowymi haftami. Z każdym dniem podekscytowanie rosło.

Mnisi, także zgodnie ze zwyczajem, przygotowywali na jarmark warzone w klasztorze sery z ziołami. Jednak najważniejszym elementem, za który byli odpowiedzialni przy tej okazji, było przygotowanie oprawy muzycznej uroczystości. Chłopięcy chór był dumą klasztoru Mileševa i chlubą mieszkańców okolicy.

Po skończonej właśnie próbie wyszło kilkudziesięciu chłopców różnego wzrostu i wieku. Byli tam malcy, których oczy znajdowały się na wysokości ołtarza i młodzieńcy u progu dorosłości. Wszyscy jednakowo bosi, ubrani w nieskazitelnie białe komże, narzucone na podarte ubrania, odmawiali wieczorne pacierze przed rozejściem się do domów. Trwali w nabożnym uniesieniu, z przymkniętymi oczami, recytując po łacinie modlitwy, których treści nie pojmowali. Byli jednak pewni, że przemawiają w języku rozumianym przez Boga o wiele lepiej niż bośniacka mowa. Ta świadomość napełniała ich serca dumą, wywołując wzruszenie, które plątało im słowa modlitwy.

Jeden z nich – ciemnowłosy, smagły kilkunastoletni chłopak, któremu biała szata ledwo zakrywała kolana – zamiast patrzeć na mnicha odprawiającego nabożeństwo, bacznie przyglądał się czemuś ponad głową pobożnego starca. Bajica Sokolović obserwował grę promieni zachodzącego słońca, które przecisnąwszy się przez wąziutkie szpary okien, tańczyły na pokrywających ściany freskach. Światło ożywiło zdobiące świątynne mury obrazy. Zastygłe grymasy świętych zmieniały się w pełne emocji twarze ludzi, którzy zajrzeli za zasłonę wieczności. Lecz i podobizny diabłów stały się w jednej chwili rzeczywiste, gdy w ich oczach zajaśniały iskierki życia. Dreszcz przeszedł po plecach chłopca. Czym prędzej przeniósł wzrok na jasne postacie tworzące chór anielski tuż przy zagięciu ściany. Delikatne uśmiechy niebiańskich posłańców, oświetlonych delikatną łuną światła odbijającego się w namalowanych złotą farbą aureolach, na nowo napełniły jego duszę pokojem i radością. Na wszelki wypadek ominął wzrokiem freski ukazujące piekło i obrócił się do nich plecami.

Na przeciwległej ścianie światło migotało wszystkimi kolorami tęczy, na które barwiły je szkiełka świątynnych witraży. Ściana ta wydawała się niezwykle jasna w porównaniu z półmrokiem panującym wewnątrz kaplicy i w przeciwieństwie do reszty pomieszczenia – pełna życia. Widok ten bez reszty pochłonął uwagę chłopca i wywołał o wiele większe wzruszenie niż obco brzmiące słowa modlitwy. W tej czarownej chwili, obserwując grę nieustraszonego światła w ciemnościach świątyni, Bajo był pewien, że Bóg istnieje. Żadna ziemska siła nie zdołałaby stworzyć czegoś tak pięknego. Poczuł, że przepełnia go niepohamowana, niewysłowiona wdzięczność za wszystko, czego doświadczał każdego dnia. Pomyślał o dobrej matce i jej drobnych, miękkich dłoniach, którymi pogładziła jego policzek, gdy wychodził na próbę, o uśmiechu zapracowanego ojca, o braciach i małej siostrze, która tak zabawnie naśladowała go we wszystkim, i o pieczonych jabłkach, których naje się do syta podczas jutrzejszych uroczystości. Poczuł się szczęśliwy jak nigdy dotąd. Przepełniający go spokój jeszcze się pogłębił, aż ogarnęło go owo dziwne, rzadko się pojawiające, choć znane każdemu, uczucie zjednoczenia z Wszechświatem, przekonanie, że wszystko jest na swoim miejscu, dokładnie tak jak być powinno, jak tego wymagał porządek wszechrzeczy.

Modlitwa dobiegła końca. Szmer kroków wyrwał Bajo z zamyślenia. Spojrzał po raz ostatni na postacie świętych, posłał im uszczęśliwiony uśmiech i podążył za pozostałymi chórzystami, którzy w trwożnej, pełnej nabożeństwa ciszy opuszczali świątynię. Dopiero gdy zamknęły się z nimi odrzwia cerkwi, a późnopopołudniowe słońce oświetliło ich twarze ciepłym, złotym blaskiem, zaczęli znów zachowywać się jak mali chłopcy, rozmawiać, śmiać się, przekrzykiwać, potrącać.

3

– Bajo! Bajo!

Stojący u szczytu schodów chłopiec usłyszał za sobą głos stryja i obrócił się.

Wielki jak niedźwiedź mnich, podkasawszy nieco habit, biegł ku niemu co sił w nogach, przeskakując po kilka stopni naraz. Niecodzienne zachowanie stryja i jego niezgrabne podskoki wywołały falę wesołości wśród chłopców. Śmiali się, dogadywali mężczyźnie, pokazywali go palcami, lecz gdy był już niebezpiecznie blisko, rozpierzchli się na wszystkie strony świata.

– Jeszcze się z wami policzę! – wykrzyknął mnich, rwącym się od wysiłku głosem, wymachując zaciśniętą pięścią w kierunku uciekinierów.

Odpowiedziała mu kolejna fala dziecięcych śmiechów. Stryj był powszechnie lubiany i wszyscy wiedzieli, że niedźwiedziowaty mnich wbrew swemu wyglądowi jest ostoją wyrozumiałości i łagodności.

Bajo się nie śmiał. Patrzył na krewnego, nie rozumiejąc, co się dzieje. Zwykle opanowany i spokojny stryj, zajęty od rana do nocy modlitwą, pracą w skryptorium i ogrodzie warzywnym, wyglądał na mocno zaniepokojonego. Po jego zaczerwienionej z wysiłku twarzy spływały krople potu. Dopadł chłopca. Oparł swą ciężką dłoń o pobrudzonych inkaustem palcach na jego wątłym ramieniu i dłuższą chwilę nic nie mówił, uspokajając oddech.

– Bajo, dobrze, że cię znalazłem – wysapał, a zaraz potem porwał bratanka w ramiona, zamykając jego długie, jeszcze nieproporcjonalne ciało w żelaznym uścisku.

Nieco skrępowany tym wybuchem czułości chłopiec, nie widząc innego wyjścia, przytulił się do szerokiej piersi stryja i wsłuchując się w głośne bicie jego serca, zastanawiał się, co też mogło go aż do tego stopnia wyprowadzić z równowagi.

– Już dobrze, dobrze – powtarzał stryj, choć Bajo odniósł wrażenie, że mówi bardziej do siebie niż do niego. – A teraz chodź ze mną.

Po tych słowach otarł brzegiem rękawa wilgotne czoło i klepnął bratanka krzepiąco w plecy z taką siłą, że drobny, chudy jak brzozowa witka Bajo na dłuższą chwilę stracił oddech.

– Prędzej, prędzej – przynaglał stryj. – Musimy cię ukryć.

W odpowiedzi na te słowa serce Bajo zabiło mocniej. Błogi nastrój opuścił go bezpowrotnie. W jego myślach pojawiły się straszliwe przypuszczenia, których nie śmiał jednak wypowiedzieć na głos.

Od miesięcy po wsi krążyły pogłoski o planowanym przez osmańskich najeźdźców spisie ludności całego Imperium. Spisu bośniackich i hercegowińskich mieszkańców Sandżaku, na podstawie którego miały zostać ustalone nowe prawa, a przede wszystkim obowiązki, zwłaszcza podatkowe, spodziewano się najwcześniej jesienią.

Wszyscy wiedzieli już także, że sułtan wydał ferman głoszący, iż tegorocznemu spisowi towarzyszyć będzie dewszirme, czyli pobór chrześcijańskich chłopców, którzy w przyszłości mieli zasilić korpusy janczarskie lub służbę osmańskiego dworu. Pocieszano się jednak, że tym razem dewszirme ominie ich wioskę. Branka odbywała się raz na kilka lat według ściśle ustalonego porządku, a w Sokolovići miała miejsce całkiem niedawno. Chłopcu stanęła przed oczami twarz kuzyna, którego zabrano ostatnim razem, wiosną minionego roku. Kilkanaście lat wcześniej wzięto stąd także pierworodnego syna dobrego Jakuba Sokolovicia. Powiadano, że w krótkim czasie dosłużył się wysokiego stanowiska i przysyłał rodzicom znaczne sumy, ale złoto nie zdołało przywrócić spokoju ducha jego ojcu. Wkrótce po tym, jak odebrano mu także młodszego syna, siwawe włosy Jakuba zbielały zupełnie, a potem podupadł na zdrowiu i wreszcie zmarł, nim nadeszła kolejna wiosna. Mówiono, że umarł z tęsknoty za synami i z żalu, że nigdy już ich nie spotka, bo dusze jego dzieci, które zmuszono do odstąpienia od wiary chrześcijańskiej, skazane będą na wieczne potępienie. Tym sposobem Imperium Osmańskie zabrało Jakubowi nie tylko synów, ale i życie.

Bajo wzdrygnął się na to wspomnienie i zaczął ze wszystkich sił modlić się, by dobry Bóg ochronił jego ojca przed podobnym losem.

Drżąc na całym ciele, ledwo panując nad własnymi nogami, które nagle wydały mu się jakby obce, miękkie i bezwładne, powlókł się za stryjem podążającym w przeciwnym kierunku niż gromada chłopców. Bajo bezwiednie obejrzał się za przyjaciółmi. Ich roześmiane twarze promieniały radością i niczym niezmąconym spokojem. Na tle pomarańczowego słońca wyglądali jak istoty z innej rzeczywistości, nieskażone niepokojem i lękami tego świata.

– Szybciej – głos stryja wyrwał go z zamyślenia.

Bajo rzucił ostatnie, tęskne spojrzenie w stronę grupki chłopców, którzy schodzili właśnie na ścieżkę wiodącą do Sokolovići, w której wszyscy mieszkali, do domu. Zachodzące słońce zabarwiło nieboskłon na czerwono. Bajo krzyknął przerażony, bo nagle pod wpływem dziwnego widzenia zdało mu się, że światło jest wielką falą krwi zalewającą i pochłaniającą jego kolegów.

Stryj nie spytał o nic, nie chciał tracić czasu na rozmowy. Pchnął oszołomionego chłopca przed sobą i ruszył za nim, raz po raz z niepokojem zerkając za siebie, w stronę głównej bramy klasztornej. Bajo dał się ponieść własnym nogom, choć w głowie miał zamęt. Odkąd stracił z oczu pozostałych chłopców, nie mógł zebrać myśli, a w ustach odczuwał niewytłumaczalną gorycz. Miał wrażenie, że oto bez zapowiedzi nadszedł koniec jakiejś epoki, coś bezpowrotnie minęło. Przymknął oczy, by wygnać spod powiek obraz szczęśliwych twarzy przyjaciół idących ku morzu czerwieni.

Stryj nacisnął dźwignię po lewej stronie starych drzwi, wiodących do klasztornego składu mebli. Ku zdziwieniu chłopca nagle tuż przed ich stopami rozstąpiła się ziemia i ujrzał kilka nierównych kamiennych stopni prowadzących w ciemną czeluść. Bajo zawahał się. Stryj jednak śmiało zszedł na dół.

– Prędzej. Chodź! – syknął zniecierpliwiony, a widząc wahanie bratanka, złapał go za przegub i pociągnął za sobą.

Wpadli w niski, kamienny tunel, tak wąski, że Bajo przez chwilę obawiał się, czy stryj zdoła się przezeń przecisnąć. Wewnątrz było zupełnie ciemno. Czerń otaczała ich ze wszystkich stron. Nie zwalniając kroku, by nadążyć za stryjem, podniósł rękę i rozczapierzył palce, usiłując dostrzec choćby zarys własnej dłoni. Nie udało się. Nieomal czuł, jak macki mroku oplatają się wokół jego rąk i bosych stóp. Ciemność pochłaniała go. Drżał z zimna i przerażenia. Szli dzwoniącymi od ech korytarzami tak długo, że Bajo przez chwilę bał się, iż ten tunel nigdy się nie skończy. Miał wrażenie, że wilgotne ściany, których istnienia był świadom, a których nie mógł dostrzec, zaczęły się przysuwać. Brakowało mu powietrza. Ciemność wlewała się do jego serca, dławiła w gardle niemy krzyk. Zakręciło mu się w głowie.

W tym samym momencie pojawiła się sina smuga światła przeciskająca się przez szpary w drzwiach tuż przed nimi. Drzwi były odrapane i spróchniałe. Gdy stryj je pchnął, Bajo modlił się w duchu, by się nie rozpadły i nie uwięziły ich tu na zawsze. Już niczego się nie bał, o niczym nie myślał, chciał tylko wydostać się stąd jak najprędzej. Wyszli na słabo oświetlony korytarz. Na jego końcu znajdowała się mosiężna krata, która zgrzytnęła przeraźliwie, jakby od dawna nie była otwierana. Za nią ukryte były kolejne, tym razem solidne, drewniane, kute żelazem drzwi. Stryj otworzył je kluczem, którego Bajo nigdy przedtem nie widział. Za drzwiami było wejście do kolejnego tunelu. Chłopiec znów poczuł strach, jeszcze silniejszy niż poprzednio. Chciał się cofnąć, uciec, ale stryj nie pozwolił mu się zatrzymać. Parł naprzód, ciągnąc bratanka za sobą. Na szczęście tunel okazał się dużo krótszy, sporo szerszy i ku zadowoleniu chłopca oświetlony światłem z wąziuteńkich szparek na sklepieniu. Wszędobylskie kłęby kurzu i olbrzymie połacie pajęczyn potwierdziły jego przypuszczenia, że ta droga nie była często używana.

Chwilę później, kiedy przeszli przez kolejne drzwi, w nozdrza uderzył ich skwaśniały i lekko słodkawy zapach fermentujących napitków. Znaleźli się w klasztornej gorzelni, gdzie warzono słynne na całą okolicę trunki, przez jednych traktowane jak lekarstwo dla ciała, przez innych jako remedium na ból duszy. Stryj odetchnął z wyraźną ulgą. Oparł się o ścianę i otarł pot z czoła. Następnie sięgnął po spory bukłak leżący nieopodal, odkorkował go zębami, wypluł korek i pociągnął solidny łyk.

– Pij, mój chłopcze – rzekł władczo, podając Bajo bukłak.

A widząc jego wahanie, dodał:

– Pij, pij. Wierz mi, przyda ci się. Jeśli wrócisz do domu żywy, twoja matka tak się ucieszy, że wybaczy ci i to.

Bajo nieufnie podniósł bukłak do ust i upił odrobinę. Poczuł, jak coś pali go w gardle, trawi żarem przełyk, rozlewa się gorącem po całym ciele, odbierając zdolność oddychania. Zakaszlał, wypluwając resztki trunku na klepisko. Stryj zaśmiał się i wyjąwszy z rąk chłopca bukłak, pociągnął raz jeszcze. Pił długo i łapczywie, aż z jego ust pociekła szkarłatna strużka. Po plecach chłopca przebiegł niemiły dreszcz. Odwrócił wzrok i rozejrzał się po wnętrzu piwniczki. Wokół pod ścianami, w równych rzędach stały wielkie beczki z trunkami. Dobywały się z nich dziwne odgłosy, jakby syki rozwścieczonych smoków. Bajo przysunął się nieznacznie bliżej stryja. Ten, najwyraźniej zaspokoiwszy pragnienie, otarł twarz wierzchem dłoni, odrzucił naczynie w kąt i spojrzał na zlęknionego bratanka.

– Chodźmy tam! – rzekł, wskazując ukrytą za stosem pustych beczułek sznurową drabinkę, której Bajo dotąd nie zauważył.

Wspięli się po chwiejnej konstrukcji i przez klapę w suficie wyszli na wewnętrzny dziedziniec, nieopodal bocznej furty klasztornej, przez którą w dni targowe wyjeżdżały wozy z towarami na sprzedaż, pochodzącymi z warzywników, sadów i ogrodów uprawianych przez zakonników. Skierowali się ku zabudowaniom gospodarczym. Mimo przerażenia, które ściskało go za gardło i odbierało zdolność panowania nad własnym ciałem, Bajo potoczył wokół zaciekawionym wzrokiem.

Zaledwie w czerwcu skończył pobierać tu nauki na kursie literatury, a od jesieni miał zostać klerykiem. Od dziecka niemal codziennie odwiedzał mury klasztoru Mileševa, spędzając w monastyrze mnóstwo czasu, lecz nigdy wcześniej nie był w klauzurze. Ta część dostępna były wyłącznie dla mnichów i służby klasztornej, a naruszenie zakazu pojawiania się tu było surowo karane chłostą. Tajemniczy labirynt wąskich tuneli okazał się przejściem do samego serca klasztoru, skrytego przed oczami tego świata.

Gdy chłopak zaspokoił pierwszą ciekawość, dostrzegł niepokój odmalowujący się na twarzy stryja. Wówczas i jego uderzyły pustka i niespotykana cisza panująca wokoło. Echo niosło odgłos ich kroków, odbijało je od murowanych ścian dormitorium i milkło. Zatrzymali się jednocześnie, nasłuchując. W ciszy rozbrzmiewało jedynie brzęczenie pszczół w różaneczniku za oknami. Nikt nie kręcił się po dziedzińcu, przy wejściu do obory leżały porzucone w pośpiechu grabie z małą kępką siana na widłach, krzywo ustawiony wóz nieskutecznie zastawiał wjazd przez bramę z murów zewnętrznych. Wszystko to tworzyło spokojną, a zarazem złowrogą scenerię. Stryj westchnął ciężko, przeżegnał się, uniósł do ust spoczywający na piersi krucyfiks i ucałował go, ale nic nie powiedział. Ruszył w dalszą drogę, a przerażony Bajo poszedł za nim.

Wbiegli do refektarza położonego we wschodnim skrzydle. W pomieszczeniu było niemal zupełnie ciemno. Smuga światła, która wpadła wraz z nimi przez otwarte drzwi, oświetliła wąski pas podłogi pomiędzy ławami. Pod jedną z nich dostrzegli odciętą ludzką dłoń w lśniącej kałuży. Bajo znieruchomiał. Poczuł uderzenie gorąca, a zaraz potem okropne zimno. Fala mdłości podeszła mu do gardła. Zatrząsł się i zwymiotował na kamienną posadzkę. Stryj po omacku, posuwając się ostrożnie wzdłuż ścian, doszedł do stolika, na którym leżał zapas świec. Zapalił jedną z nich. Jasność ciepłego płomienia dodała Bajo otuchy, jednak nie na długo. Oderwał wzrok od źródła światła i podążył za spojrzeniem stryja, który wpatrywał się w coś skrytego dotąd w cieniu. Dokładnie naprzeciwko miejsca, w którym stali, leżały bezwładnie rzucone jedno na drugie ciała kilkunastu mnichów. Pomiędzy zwłokami przyobleczonymi w habity wyróżniała się sylwetka młodzieńca w długiej, płóciennej koszuli i prostych spodniach. Bajo natychmiast rozpoznał Witalija, świeckiego brata służebnego, prawą rękę stryja, swojego przyjaciela, który jeszcze poprzedniego dnia pokazywał mu, jak uzyskiwać inkaust z kory dębowej. Ten sam Witalij, wczoraj tak pełen entuzjazmu, roześmiany i serdeczny, leżał teraz bez życia, przywalony zwłokami grubawego brata pracującego w stajniach klasztornych. Witalij miał otwarte oczy. Bajo wydawało się, że jego niewidzący wzrok przeszywa go na wskroś. Dostrzegał w martwym spojrzeniu przyjaciela zdziwienie i niewytłumaczalny wyrzut. Kolejny atak mdłości szarpnął jego wnętrznościami. Jednak tym razem nawet się nie poruszył, zobojętniały nagle nie tylko na wszystko wokół, ale i na to, co działo się z jego własnym ciałem. Nie wiedział, jak długo wpatrywał się w oczy Witalija. Po chwili, a może godzinie, uczuł, jak na jego ramieniu zaciska się czyjaś dłoń.

– Idziemy... – szepnął stryj drżącym głosem.

Chłopiec, wciąż patrząc na zwłoki przyjaciela, zaczął cofać się w głąb korytarza, ciągnięty przez stryja. Nagle, wiedziony niewytłumaczalnym instynktem, wyszarpnął się z jego uścisku i podbiegł do stosu ciał. Jak w transie wyciągnął rękę i szybkim ruchem dłoni zamknął oczy Witalija. W tej samej chwili usłyszał tętent końskich kopyt. Nie odwracając się za siebie, skoczył w ciemność korytarza, gdzie czekał na niego krewniak. Nie mogli jednak odejść. W tej samej bowiem chwili ktoś podszedł do drzwi refektarza. Bajo i stryj wiedzieli, że kamienne ściany, wypełnione po brzegi martwą ciszą, poniosłyby ich kroki głośnym echem, natychmiast zdradzając ich obecność. Skryci w mroku obserwowali wnętrze komnaty.

Drzwi rozwarły się na oścież. W plamie jaskrawego światła ukazała się ciemna postać na wysokim koniu. Zachodzące słońce tworzyło wokół jeźdźca nieziemską poświatę. Bajo zmrużył oczy. Mężczyzna zeskoczył z wierzchowca, opadł na ziemię, po czym wyprostował się, jednocześnie wyciągając z pochwy szablę, i rozejrzał się czujnie wokoło. Wszystkie te czynności wykonał błyskawicznie. Zrobił krok w głąb pomieszczenia i znalazł się w kręgu światła świecy. Oczy Bajo zdążyły już przywyknąć do jasności i mógł uważniej przyjrzeć się intruzowi, który naruszył ciszę klasztornej komnaty. Jeździec w dziwnym nakryciu głowy ozdobionym rubinami, w których migotało wątłe światło świecy, podszedł do stosu ciał. Dotknął czoła Witalija i wyszeptał kilka niezrozumiałych słów. Bajo przyglądał się jego twarzy i był pewien, że dostrzega na niej smutek. Nagle mężczyzna odwrócił się w jego stronę tak szybko, iż o tym, że wykonał jakikolwiek ruch świadczyło jedynie leciutkie falowanie jego szat. Bajo nie zdążył zareagować. Był pewien, że mimo kryjących go ciemności mężczyzna wyczuł jego obecność. Ich oczy spotkały się na jedną przerażająco długą chwilę, która chłopcu wydawała się wiecznością. W jego głowie zapanowała cisza – owa tajemnicza, pełna spokoju cisza, która często towarzyszy człowiekowi przed opuszczeniem tego świata. Nie myślał o nikim i niczym, stał twarzą w twarz ze śmiercią i czuł, jak strach ustępuje miejsca niewytłumaczalnej uldze. I wtedy mężczyzna odwrócił wzrok.

Po chwili do komnaty wbiegło kilku innych żołnierzy. Postać w turbanie wydawała im polecenia w gardłowym, chrapliwym języku, którego brzmienie przypominało chłopcu ptasi skrzek. Mężczyźni zaczęli wynosić zwłoki mnichów na dziedziniec.

– Teraz – syknął mu do ucha stryj. – Prędko.

Nie trzeba było dwa razy powtarzać. Bajo puścił się pędem w ślad za mnichem. Zamrożony na chwilę strach znów opanował jego serce, wyostrzając zmysły i pobudzając do działania. Każdy krok wydawał mu się głośny jak huk spienionego, wiosennego potoku, każdy oddech donośniejszy od krzyku. Patrzył na ciemną plamę habitu stryja i czuł się jak biblijny Lot, którego żonę chwila słabości kosztowała życie.

Wybiegli na klasztorne pastwisko. Światłość dogasających promieni chylącego się ku końcowi dnia wydała się chłopcu oślepiająco jasna. Zmrużył oczy. Zanim jego wzrok na dobre przyzwyczaił się do blasku, zdołali już minąć pastwisko i niezauważeni przez nikogo wpadli do lasu. Po krótkim marszu znaleźli się na niewielkiej polance. Ostatni promień światła zgasł. Minął dzień wigilii uroczystości świętego Sawy. Mrok wieczora zgęstniał. Wszystko wokół pogrążało się w ciemności, która naraz wydała się Bajo zbawienna.

– Stryju… – szepnął zduszonym z emocji głosem. – Co teraz będzie?

Mnich dłuższą chwilę milczał, wpatrując się w czyste, letnie niebo, na którym jedna po drugiej zaczęły pojawiać się gwiazdy.

– Cokolwiek się stanie, będzie wolą Bożą – wyszeptał. – A teraz śpij. Rano wrócimy do Sokolovići...

Chłopiec pierwszy raz tego wieczora pomyślał o wiosce i rodzinnym domu. Przypomniał sobie o rodzicach i rodzeństwie. Nagle przed oczami stanął mu stos ciał w refektarzu i na chwilę zabrakło mu tchu.

– Już im nie pomożesz – powiedział stryj, jakby jego myśli przeszły tymi samymi ścieżkami. – Jeśli coś miało się wydarzyć, już się stało i będziemy musieli obaj z tym żyć. Jednak dopóki nie wiemy, co wydarzyło się w Sokolovići, musimy mieć nadzieję. A teraz śpij. Jutro będziemy potrzebowali dużo sił.

To mówiąc, mnich ciężko opadł na leśne poszycie, wyciągnął nogi, podpierając głowę na wystającym korzeniu drzewa, i odwrócił się do bratanka plecami. Po chwili Bajo usłyszał, jak jego oddech staje się coraz bardziej miarowy, aż wreszcie przeszedł w ciche chrapanie.

Sam także ułożył się na pachnącym słońcem, jeszcze ciepłym mchu. Nic już nie mówił, tylko wpatrywał się w ciemność szeroko otwartymi oczami, przekonany, że tej nocy nie zmruży oka. Po chwili gwiazdy zaczęły układać się w kształty. Zobaczył łagodną twarz matki, podobną do twarzy anioła ze świątynnego fresku. Bajo w półśnie uśmiechnął się do niej i gotów był przysiąc, że matka odpowiedziała mu tym samym. Gwiazdy zawirowały, a on zapadł w głęboki sen.

4

Gdy następnego ranka jasne światło słońca wdarło się pod powieki chłopca, Bajo dłuższą chwilę nie mógł zrozumieć, gdzie się znajduje. Wciąż się nie ruszając, potoczył wzrokiem po okolicy w poszukiwaniu braci, z którymi sypiał w jednej izbie, nadstawił uszu, pragnąc wychwycić wysokie dźwięki głosu matki, zwykle o poranku łajającej służkę kuchenną za niedbalstwo. Zobaczył jednak tylko bezchmurne niebo i smukłe, czarne pnie drzew. Ich porośnięte gęstym listowiem korony migotały od przebijających przez nie promieni słonecznych. Zamiast znajomych odgłosów poranka usłyszał szum wiatru grającego wśród gałęzi i niski, niezbyt głośny pomruk.

Zdezorientowany i przerażony tym, że zbliża się do niego jakiś dziki zwierz, czym prędzej przewrócił się z pleców na bok, chcąc dostrzec przeciwnika. Na widok śpiącego stryja w pierwszej chwili odetchnął z ulgą, lecz zaraz potem przypomniał sobie o tragicznych wydarzeniach poprzedniego dnia. Serce zaczęło mu bić jak oszalałe ze strachu, tęsknoty i dziesiątek innych emocji, których nie był w stanie zidentyfikować i nazwać. Na dodatek okropnie chciało mu się pić. W ustach czuł kwaśny smak, który w połączeniu z pustym żołądkiem przyprawiał go o mdłości. Zerwał wielki liść i zwilżył usta kilkoma kroplami porannej rosy. Poczuł się odrobinę lepiej. Nigdy dotąd nie był w lesie o tak wczesnej porze. Mgła nie zdążyła jeszcze opaść i wisiała pomiędzy drzewami jak zasłona kadzidła, skrywająca tajemne obrzędy przy ołtarzu w czasie nabożeństw w monastyrze. Chłopcu wydawało się, że uczestniczy w jakimś tajemniczym misterium, pięknym i dziwnie złowróżbnym. Dreszcz wstrząsnął jego ciałem, choć nie był pewny, czy spowodował go chłód poranka, czy niepokój serca.

W międzyczasie stryj także się obudził. Wstał, westchnął ciężko i ani razu nie spojrzawszy w stronę klasztoru ruszył przed siebie, wlokąc nogę za nogą. Bajo zdawało się, że plecy krewniaka są jeszcze bardziej przygarbione niż zwykle, a z twarzy zniknęły najmniejsze ślady nadziei.

Szli w milczeniu. Nie było żadnych słów, którymi mogliby wyrazić to, co czuli. Ze wzgórza klasztornego prowadziła tylko jedna droga, którą nie mogli pójść. Musieli zatem przedrzeć się przez leśną gęstwinę, wydeptując własną ścieżkę, by obejść wieś i zmniejszyć szanse na spotkanie wroga. Wspinali się po pagórkach, przedzierali przez zarośla tak bujne, że Bajo miejscami tracił nadzieję, iż kiedykolwiek uda mu się znów zobaczyć fragment swoich nóg, rąk czy twarzy niepoznaczonych krwistymi pręgami odciśniętymi przez krzaki leśnych malin.

Słońce stało już wysoko na niebie, kiedy udało im się dojść do skraju lasu. Jasność dnia oślepiła ich zupełnie, gdyż dotąd poruszali się w leśnym półmroku. Po chwili jednak wzrok przyzwyczaił się do światła, a poharatane, zmarznięte ciała mężczyzny i chłopca z ulgą przyjęły ciepło słonecznych promieni. Rozejrzawszy się wokoło, poczuli się nagle pokrzepieni i podniesieni na duchu. Przy ustawionych wzdłuż ściany lasu ulach brzęczały pracowite pszczoły, które już dawno rozpoczęły swoją pracę. Las szumiał przyjaźnie. Gdzieś w oddali zamuczała krowa. Chłopcu wydało się nagle, że wszystko to, co wydarzyło się poprzedniego dnia, było tylko złym snem. Przecież nie mogło być prawdą, skoro słońce świeciło tak beztrosko, a przyroda żyła własnym życiem, tak jak to miała w zwyczaju, odkąd pamiętał.

Jedynym niepokojącym znakiem było to, że nigdzie w tej cichej, sielankowej pustce nie dostrzegli żadnych oznak życia i pracy ludzi, ale i to dało się wytłumaczyć.

– Wszyscy są już na placu targowym – stwierdził Bajo głośno, jakby chciał zagłuszyć własny niepokój. – Pamiętasz przecież o dzisiejszych uroczystościach, prawda?

Stryj skinął głową, nadal wpatrując się gdzieś w dal.

– Szykują stragany na jarmark. Stara Maria pewnie znów przybyła pierwsza, zajęła najlepszy kram, ten przy samiutkim wejściu na plac, i do tej pory zdążyła już nie tylko rozpakować cały zapas tegorocznej wełny, ale i pokłócić się o jej cenę z Sergiejem. Biedny Sergiej…. – ciągnął Bajo, wkładając w opowieść o znanym porządku świata całe serce, jakby chciał podtrzymać nadzieję, że wszystko znów będzie dobrze.

– A po mszy pójdziemy razem zjeść pieczone jabłka z miodem, dobrze?

– Tak, oczywiście – nieuważnie przytaknął stryj.

– Słuchasz mnie? – zirytował się Bajo.

Mnich spojrzał na chłopca, jakby zobaczył go tego dnia po raz pierwszy. Wyraz jego twarzy sprawił, że miła iluzja, w którą Bajo tak chciał wierzyć, rozpłynęła się w letnim powietrzu.

– Nie będzie jarmarku, prawda? – wyszeptał, z zawstydzeniem przełykając łzy, które nieproszone napłynęły mu do oczu.

Nie był już przecież dzieckiem. Po tym wszystkim, co się wczoraj wydarzyło, nie powinien w ogóle myśleć o uroczystościach. Zrobiło mu się wstyd. Czekał na surowe upomnienie lub przynajmniej jakąś żartobliwą połajankę, że kilkunastoletni chłopiec, prawie mężczyzna, rozpacza po jarmarku. Jednak stryj zrozumiał wszystko, co działo się w jego sercu, i wiedział, że to nie troska o świętowanie wywołała owe łzy.

– Nie, mój chłopcze – odpowiedział i uspokajająco położył Bajo rękę na ramieniu. – Jarmarku nie będzie. A teraz chodźmy. Pora na nas.

Ruszyli w dalszą drogę. Polem wśród częściowo tylko skoszonych łanów zbóż doszli aż do ostatnich domów we wsi. Zastukali do kilku kolejnych chat, ale nikogo w nich nie było. Bajo wyczuwał rosnące zdenerwowanie stryja, o nic już jednak nie pytał.

Z daleka dojrzeli dom Dmitrija Sokolovicia, stojący przy głównej ulicy, nieopodal rynku. Budynek, w którym Bajo przyszedł na świat i się wychował, był najokazalszym, jedynym murowanym domem we wsi. Miał solidne kamienne ściany i kilka niewielkich okien, na włoską modłę ozdobionych drewnianymi okiennicami. Wokół okiennic wiły się pnącza bluszczu, a na niewielkim parapecie stała gliniana misa wypełniona ziemią, w której rosły zioła. Widok domu pokrzepił Bajo. Chciał przebiec ulicę i czym prędzej znaleźć się w tym najbezpieczniejszym miejscu świata. Paść w ramiona matce i opowiedzieć jej wszystko, co wydarzyło się poprzedniego dnia w klasztorze. Matka wysłuchałaby go, przygarnęła, może nawet zaśpiewałaby mu którąś z kołysanek, które tak bardzo lubił, gdy był jeszcze małym dzieckiem. W tej chwili nie pragnął niczego więcej, by poczuć się szczęśliwym. Stryj powtrzymał go jednak szybkim ruchem dłoni.

– Sprawdźmy najpierw, czy wszystko w porządku – powiedział i poprowadził strwożonego na nowo chłopca na tyły domu.

Przykazał mu ukryć się w oborze, a sam ruszył w stronę kuchennego wejścia. Bajo ułożył się na świeżym, pachnącym sianie. W pomieszczeniu było cicho. Wszystkie zwierzęta znajdowały się zapewne na pastwisku pod czujnym okiem najmłodszego z braci. Panujące w oborze ciepło sprawiło, że po krótkim czasie oczekiwania zmęczony wędrówką chłopiec zasnął.

5

Gdy się przebudził, zobaczył nad sobą twarz matki. Siedziała tuż obok na wiązce siana i gładziła jego włosy. Bajo uśmiechnął się. Śniony tej nocy sen spełnił się.

– Mamo… – szepnął, rozkoszując się brzmieniem tego słowa, jak każde dziecko niezależnie od wieku, które budzi się rano przy kochającej matce.

– Jestem, synku – odparła. – Jestem.

– Gdzie stryj? – zapytał szybko, szeroko otwierając oczy, znów przypomniawszy sobie o nieszczęściach poprzedniego dnia.

– Wrócił do klasztoru.

– Jak to: wrócił? Czemu? Przecież... – Bajo urwał, nie wiedząc, jak opowiedzieć matce o rzezi.

– Wszystko wiem. – Pogłaskała go po policzku. – Twój stryj jest mnichem. Musiał wrócić do klasztoru, zadbawszy wpierw o twoje bezpieczeństwo.

Coś w jej głosie sprawiło, że dobry nastrój Bajo prysł.

– Dlaczego odszedł bez pożegnania? – zapytał, usiłując ukryć niepokój.

Matka wzruszyła ramionami.

– Nie wiem. Pewnie sam ci powie, gdy... – głos jej zadrżał – gdy znów się spotkacie.

Odwróciła wzrok.

– Mamo... – Bajo dotknął jej ręki. – Coś się stało?

Potrząsnęła tylko przecząco głową. Chwilę siedzieli w milczeniu, każde zatopione w swoich myślach.

– W Wigilię Bożego Narodzenia, na kilka dni przed twoimi urodzinami, miałam piękny sen – powiedziała nagle matka.

Bajo posłał jej zdumione spojrzenie. Nigdy dotąd mu o tym nie wspominała.

– Śniło mi się, że zamiast ciebie wydałam na świat ogromny las – zaczęła snuć swoją opowieść. – Wielkie drzewa jedno po drugim opuszczały me łono, zajmując coraz więcej i więcej przestrzeni wokół mnie. Zrobiło się zielono i cicho, pachniało żywicą oraz mokrym mchem. Las rósł i był coraz dalej ode mnie. Drzewa pięły się coraz wyżej i wyżej do nieba, a korony uplecione z ich gałęzi pokrywały się pięknymi, ciemnozielonymi liśćmi, w których odbijały się promienie słońca. Aż wreszcie las zgęstniał tak bardzo, że przesłonił ostatni skrawek nieba, cały świat kryjąc w cieniu swych liści.

Bajo zastanawiał się, co też mógł oznaczać ten sen. Nim jednak zdążył o cokolwiek zapytać, matka dodała:

– Następnego dnia udałam się do twojego dziadka, który miał dar tłumaczenia snów, aby opowiedzieć mu wszystko. Gdy skończyłam mówić, przyjrzał mi się uważnie i powiedział: „Jeśli to, co mówisz, jest prawdą, dziecko, które nosisz pod sercem, będzie wielkim panem i będzie rządziło całym światem".

Chwilę milczeli, zatopieni w błogiej wizji przyszłości z sennego marzenia sprzed lat. Bajo odezwał się pierwszy.

– Piękny to był sen, mamo – szepnął.

Matka skinęła głową, uśmiechając się przy tym ciepło.

– Piękny – przytaknęła, lecz nagle uśmiech znikł z jej twarzy.

Bajo natychmiast to zauważył.

– Dlaczego właśnie dziś mi go opowiedziałaś? – zapytał, zdjęty nagłą trwogą.

Matka westchnęła ciężko, jakby ktoś wydzierał z jej piersi ostatni oddech, który podtrzymywał ją przy życiu.

– Przybył sułtański poborca haraczu – powiedziała martwym głosem, nie patrząc mu w oczy. – Przybył po ciebie. Musisz z nim odjechać.

Bajo zastygł. Słyszał wiele opowieści o tym, jak rodzice ukrywali swe dzieci przed dewszirme, wysyłając je w góry lub chowając w lesie. Wielu posuwało się jeszcze dalej, okaleczając swych potomków, gdyż woleli zachować ich przy sobie ułomnych niż oddać w ręce Turków na wieczne zatracenie. Tymczasem jego własna matka jak gdyby nigdy nic prosi go, by dobrowolnie oddał się w niewolę u muzułmańskich diabłów.

– Co mówisz, matko…? – szepnął.

Twarz matki okryła się śmiertelną bladością.

– Matko… – powtórzył chłopiec błagalnie. – Matko, ratuj.

– Nie ma ratunku – rzekła głosem ochrypłym z emocji. – Oni przyszli specjalnie po ciebie, rozumiesz?

– Ukryję się! – krzyknął Bajo.

– Stryj chciał cię ukryć w klasztorze, ale nie zdołał. Gdy nie zastali cię w domu, pojechali prosto do Mileševy, żeby cię odnaleźć.

Przez głowę Bajo przemknęła straszna myśl, że Witalij zginął przez niego. Gdyby stryj go nie zatrzymał, nie próbował ukryć, gdyby pozwolił mu wrócić do domu, przyjaciel by nie zginął. Poczucie winy opadło na piersi chłopca ciężarem nie do uniesienia. Pociemniało mu w oczach.

– Ukrycie cię nic by nie dało, bo nie zadowolą się kimś innym – tłumaczyła matka. – W sułtańskim rozkazie wymienione zostało czterdzieścioro dzieci szlacheckich rodzin, znanych z imienia i nazwiska, rozumiesz? Stryj i ojciec próbowali cię wykupić, od razu ofiarując ogromne sumy pieniędzy i obiecując wkrótce zdobyć kolejne, ale poborca odmówił. Musisz z nimi pójść, inaczej… inaczej nam wszystkim: twoim braciom, siostrze… grozi straszliwa kara za niedopełnienie obowiązków wobec sułtana.

– Dlaczego chcą właśnie mnie? – mimo przerażenia zapytał Bajo.

– Pamiętasz swoich kuzynów?

Chłopiec skinął głową.

– Ich także zabrano celowo. Osmańscy słudzy jeżdżą po całym kraju, poszukując synów dawnych szlacheckich rodów bałkańskich, żeby sprowadzić ich na dwór swego pana…

Chciała mówić jeszcze, ale głos uwiązł jej w gardle.

– Poborca powiedział, że to twój starszy kuzyn, obecnie noszący imię Husreva Paszy, polecił dodać twoje imię do listy – dodała po chwili, odzyskawszy głos. – Podobno kazał nas zapewnić, że w służbie padyszacha zdobędziesz bogactwo i szczęście, ponieważ Stambuł to kraina rajskich ptaków, które wybrały nasz ród, abyśmy żyli wśród nich, obrastając w kolorowe pióra chwały.

Bajo spojrzał na matkę, nie mogąc uwierzyć w to, co słyszy.

– Jak to możliwe? – wydusił z siebie. – Czemu mnie wydał, skoro wiedział, jaki czeka mnie los?

Matka nie zdołała powstrzymać łez.

– Nie wiem… – szepnęła. – Nie wiem, ale niech będzie na wieki przeklęty za to, co zrobił.

Za drzwiami rozległy się kroki. Matka porwała Bajo w objęcia, pokrywając jego twarz mokrymi od łez pocałunkami. Słyszał głośne bicie serca, ale nie mógł powiedzieć, czy to łomocze serce matki pękające z żalu, czy jego własne, ściśnięte strachem.

Nagle drzwi się otworzyły i stanął w nich wysoki mężczyzna. Ten sam, którego Bajo widział wczoraj w klasztorze. Za jego plecami chłopiec dostrzegł ojca z twarzą ściągniętą bólem, bladą i spokojną. Bajo wiedział, że ojciec podjął już decyzję, a on sam będzie musiał być posłuszny.

– Już czas – powiedział ojciec.

Matka zawyła przeraźliwie jak ranne zwierzę, gdy dwóch janczarów w wysokich czapkach chwyciło jej syna za ramiona i wyszarpnęło z jej objęć. Bajo walczył zaciekle, drapiąc i szarpiąc tureckie sługi.

– Dość! – krzyknął ojciec.

Syn spojrzał na niego oczami pełnymi łez. To jedno spojrzenie na ojcowską twarz wystarczyło, by natychmiast poddał się woli strażników. Pozwolił postawić się na ziemię i potulnie ruszył za nimi, ani razu nie obejrzawszy się za siebie. Śmiertelny błysk w oczach ojca sprawił, że usłyszał nagle echo słów matki: „nam wszystkim grozi straszliwa kara".

6

Chłopców zgromadzono na placu targowym w Sokolovići. Bajo nie mógł się oprzeć wrażeniu, że śni. Widział wokół siebie ludzi, których znał od zawsze, a mimo to nikt się do niego nie uśmiechał, nie pozdrawiał go serdecznie, nie pytał o zdrowie matki czy ojca, nie częstował piwem ani chlebem. Dookoła placu stały kramy przygotowane na jarmark, pięknie przyozdobione, niektóre załadowane od wczoraj towarami na sprzedaż. Jednak zamiast kupieckiego gwaru, szumu rozmów, odgłosów zwierząt, śmiechu dzieci oraz przyśpiewek sprzedawczyń jaj na placu panowała martwa cisza. To ona w połączeniu z kolorowymi zapowiedziami wspaniałej zabawy, która nigdy miała się nie odbyć, nadawała całej scenerii jeszcze bardziej przerażającego charakteru.

Było ich kilkudziesięciu – chłopców i młodych mężczyzn w wieku od ośmiu do dwudziestu lat. Wszyscy pochodzili z rodzin wielodzietnych z pobliskich wiosek. Wielu z nich ocierało łzy, krzyczało, wzywając matki, wygrażało strażnikom lub usiłowało uciec.

Opór i żal okazały się jednak próżne. Janczarzy siłą ustawili ich po trzech, biciem wymuszając posłuszeństwo. Każda trójka stawała przed dwoma mężami siedzącymi na szerokich, pozłacanych krzesłach. Jednym z nich był ów mężczyzna w turbanie, którego Bajo spotkał już dwukrotnie. Wkrótce miał się dowiedzieć, że to nikt inny jak Mehmed Bej, noszący przydomek Yeşilce, czyli „zielony", wyznaczony na sułtańskiego komisarza poboru w Bośni. Za jego krzesłem stał kapitan janczarów, drugie siedzenie zajmował zaś miejscowy kadi, który potwierdzał tożsamość każdego z wywołanych chłopców. Słudzy sprawdzali stan zdrowia chłopca; jeśli nie był kaleki, nie miał znamion wysypki lub popsutych zębów, przechodził dalej przed oblicze skryby. Ten sporządzał szczegółowy rysopis dziecka i wprowadzał jego nazwisko do rejestru. Wpisywał ich na listę niewolników sułtana, na której mieli pozostać aż do śmierci.

Na rynek wjechał wóz. Wszyscy spojrzeli w tamtą stronę. Spomiędzy żerdzi furmanki zwisała dłoń o palcach poczerniałych od atramentu. Powóz przystanął nieopodal zebranych. Kilku żołnierzy osmańskich podeszło doń, chcąc zdjąć z niego zwłoki.

– Nie dotykajcie go! – krzyknął Bajo, gdy jeden z mężczyzn wyciągnął rękę w kierunku Witalija.

Było mu już wszystko jedno. Wiedział, że to koniec, że zaraz zginie. Mimo to w ostatnim odruchu życia nie mógł pozwolić, by oprawcy, którzy odebrali życie jego przyjacielowi, kiedykolwiek jeszcze dotykali ciała Witalija. Wyłamał się z szeregu i podbiegł do stosu trupów. Mężczyźni w kolorowych szatach chcieli go odpędzić, ale Yeşilce Mehmed Bej powstrzymał ich jednym ruchem ręki. Niezatrzymywany przez nikogo Bajo z ogromnym trudem wziął na ręce ciało przyjaciela, przeniósł przez plac i złożył na kolanach jego ojca.

W tym momencie pękła zapora wewnątrz jego duszy. Opadł na nieruchomą pierś przyjaciela i zapłakał. Konwulsje wstrząsały całym jego ciałem, a z najgłębszych otchłani duszy wydobył się szloch. Bajo oszalały z rozpaczy tak strasznej, że aż sprawiającej fizyczny ból, nie zauważył pełnej lęku ciszy w zależności od nacji strwożonych bądź zaciekawionych spojrzeń rzucanych w jego stronę przez dziesiątki par oczu. Przybyli odebrać sułtańskie należności janczarzy i mieszkańcy wsi, płacący losem swych dzieci za własne życie, przyglądali się temu zjednoczeni milczeniem. Po chwili mężczyzna w białym turbanie podniósł się ze złotego krzesła i podszedł do chłopca. Chwycił go za ramię i zmusił, by wstał z kolan i stanął naprzeciw niego. Mieszkańcy miasta zamarli z przerażenia, czekając na egzekucję, która wydawała im się nieunikniona. Yeşilce Bej chwilę wpatrywał się w chłopca, nic nie mówiąc. Bajo czuł na sobie jego wzrok, ale celowo odwracał głowę w przeciwną stronę. Wiedział, że takie butne zachowanie może mu przysporzyć wyłącznie kłopotów, nie mógł jednak pokazać swemu wrogowi twarzy, na której wciąż widoczne były ślady łez. Ze wszystkich sił spróbował się opanować. Jeździec podniósł dłoń do jego twarzy, zacisnął niemocno, lecz stanowczo palce na podbródku chłopca i przesunął jego twarz przed swoją. Bajo nie miał wyboru, musiał na niego spojrzeć. Przyglądali się sobie przez chwilę, która chłopcu wydawała się wiecznością. Tym razem jednak nie krzyczał, nie wyrywał się, stał spokojnie, jakby bez życia, a jego oczy nie wyrażały już żadnych emocji. Komisarz skinął głową z aprobatą i wymruczał coś w mowie, której Bajo nie rozumiał, a która wkrótce miała stać się mową jego duszy, serca i umysłu. Wreszcie mężczyzna odwrócił się w stronę pisarza, zadając jakieś pytanie.

– Bajica Sokolović! – odkrzyknął herold.

Yeşilce Bej skinął głową, odprowadził chłopca na jego miejsce, po czym wyrzekł niezrozumiałe dla niego słowo:

– Edirne.

7

Kiedy zjeżdżali ze wzgórza, Bajo wpatrywał się w ostatni promień światła, który zamigotał na cerkiewnej kopule. Skulił się wewnątrz wozu, wcisnął twarz w ramię i mimo swych kilkunastu lat zapłakał z tęsknoty, żalu i strachu jak malec, który zgubiwszy się w lesie, rozciął kolano na ostrym kamieniu.

Gdy wóz się zatrzymał, a słudzy w wysokich czapkach rozdawali wodę, Yeşilce Mehmed Bej podszedł do Bajo, ignorując zdziwione spojrzenia swych podkomendnych.

– Nie rozpaczaj – rzekł w ojczystej mowie chłopca.

Zszokowany Bajo podniósł głowę i zerknął na mężczyznę, który uśmiechał się do niego życzliwie.

– Zapomnij i zacznij żyć.

Bajo pokręcił gwałtownie głową, a do oczu znów napłynęły mu łzy.

– Zapomnij – powtórzył z naciskiem komisarz. – W osmańskim świecie wszyscy są równi przed Jedynym Bogiem. Obudź w sobie pragnienie poznania dróg Allaha, które wskazał prorok Mahomet, błogosławione niech będzie jego imię. Potem wykaż się jakimś talentem, bądź pożyteczny i uważny, ucz się pilnie, poznaj swoich przyjaciół i nie zapomnij o wrogach, a pewnego dnia zostaniesz kimkolwiek zechcesz. Na początek jednak musisz odnaleźć w sobie siłę, by przestać kurczowo trzymać się życia, które dotąd znałeś. Nie próbuj uciekać, buntować się, to niczego nie zmieni. Tego życia już nie ma.

Bajo skinął głową. Było mu wszystko jedno. Słowa Turka docierały do niego jakby z oddali, zza zasłony ciszy, która go otoczyła.

– Potrzebujesz nowego imienia, by wstąpić na nową drogę życia.

Komisarz zamyślił się. Po chwili sięgnął pod kaftan i wyciągnął spod niego haftowany skórzany futerał. Bajo mimo otępienia zauważył, że sznurki futerału przewieszone były przez lewe ramię Turka. Mężczyzna z czcią wyjął z niego niewielką książeczkę oprawioną w zielone sukno. Wkrótce chłopiec miał się dowiedzieć, że jest to Koran, święta księga muzułmanów, którą pobożni mężczyźni nosili na piersi jako talizman chroniący przed złem.

Tymczasem Yeşilce Bej wyszeptał jakieś słowa i otworzył księgę, na której grzbiecie wyszyto złotą nicią finezyjne kształty. Z niewiadomych przyczyn natychmiast skojarzyły się one chłopcu z literami. Komisarz przerzucił kilka kartek, wciąż mamrocząc i od czasu do czasu wznosząc oczy ku niebu. Wreszcie jego wzrok zatrzymał się na jednym z wersetów.

– Bóg splótł dziś nasze losy, dlatego będziesz jak ja nazywał się Mehmed – rzekł, zamykając księgę i chowając ją znów pod koszulę.

– Mehmed – powtórzył cicho chłopiec, po czym sam nie wiedząc czemu, dodał: – Sokolović.

Yeşilce Mehmed Bej skinął głową.

– Mehmed Sokollu.

Część pierwsza

PRZEKLĘTA TWIERDZA

15 lipca 1566
Równina Węgierska
Imperium Habsburgów

Tego ranka po raz pierwszy, od kiedy wojska osmańskie przekroczyły granicę imperium Habsburgów, świeciło słońce. Zmęczeni mimo nocnego odpoczynku żołnierze, którzy podczas zwijania namiotów i pakowania juków zdążyli już porządnie przemoknąć i zmarznąć, ryknęli potężnym krzykiem radości, gdy jeszcze przed świtem deszcz nagle ustał. Po chwili i wiatr ucichł, a ciemne chmury rozsunęły się powoli, jak otwierane z wysiłkiem ciężkie wrota, przepuszczając blade, poranne promienie słońca. Ubrania lgnęły do muskularnych, poznaczonych tatuażami ciał wojowników islamu, zimne i lepkie, utrudniające poruszanie się. Rzadkie błoto chlupało im w butach, nasiąknięte wodą namioty, które dawno już straciły swoją piaskową barwę, składano z ogromnym trudem, lecz wciąż sine z zimna usta rozciągały się powoli w uśmiechach. Pojawienie się słońca przyjęto za dobry omen. Ten i ów wpadli nagle w doskonały nastrój i zaintonowali przyśpiewki, które natychmiast przyspieszyły pracę. Wkrótce wszyscy byli gotowi do wymarszu.

Na czele pochodu jechała straż przednia, szybcy lekkozbrojni akindżajowie. Za nimi kroczyli azabowie, nazywani przez żołnierzy piechotą torującą drogę janczarom. Następnie maszerowały budzące największy postrach, owiane legendami o odwadze i bezwzględnym posłuszeństwie, korpusy janczarów. Ponad ich głowami powiewał biały sztandar, na którym wyhaftowano wizerunek płonącego miecza i wersety z Koranu. Wykonane z białego filcu wysokie czapki, widoczne ze znacznej odległości, tworzyły coś na kształt chmury unoszącej się ponad wojskami sułtana niczym słup obłoku, w którym Bóg prowadził Mojżesza i Izraelitów z niewoli. Janczarzy szli w milczeniu, poważni i skupieni, czujni jak polujące drapieżniki, gotowi w każdej sekundzie oddać strzał z arkebuzów lub muszkietów spoczywających w ich dłoniach.

Za janczarami jechały oddziały sułtańskiej jazdy. Najpierw najliczniejsi sipahisi, z głowami nakrytymi żelaznymi hełmami, ze szczelnie opancerzonymi ciałami, lancami przy boku, uzbrojeni w łuki, szable i buzdygany. Za nimi pod dowództwem sułtańskiego miecznika zdążała elitarna formacja silahdarów, w skład której wchodzili synowie najwyższych dostojników Imperium. Dalej strzelcy konni – ulufedżijowie – i lekka jazda typu arabskiego.

Dziesiątki bawołów z wysiłkiem ciągnęły potężne, nawet pięciotonowe działa oblężnicze, za którymi podążał korpus artylerii pod dowództwem topczy baszy, jadącego na przedzie na śnieżnobiałym rumaku. Juczne zwierzęta prowadzone przez chrześcijańskich i żydowskich puszkarzy, artylerzystów i ludwisarzy dźwigały na grzbietach zapasy prochu strzelniczego, saletry, siarki oraz olbrzymie sztaby metalu, z których potem na miejscu bitwy, już podczas trwającego oblężenia, odlewano potrzebną amunicję. Za zwierzętami postępował oddział saperów z łopatami i kilofami zarzuconymi na ramiona.

Za nimi w chaotycznych szeregach maszerowały formacje najemników, zachęconych do udziału w wyprawie wizją bajecznych łupów. Od najważniejszych osób w państwie oddzielała ich najlepsza jednostka nieregularnych wojsk sułtańskich – jeźdźcy wyborowi, nazywani z powodu swej brawury deli, czyli „szaleni". Aby znaleźć się w ich szeregach, należało się wykazać nie tylko doskonałą umiejętnością jazdy konnej czy władania bronią, lecz także szaloną odwagą i lekceważeniem śmierci. Warunkiem koniecznym było bowiem zwycięskie wyjście z dziesięciu walk toczonych na śmierć i życie. Okryci skórami dzikich zwierząt, z przymocowanymi do ramion skrzydłami potężnych ptaków, z rozdziawionymi paszczami niedźwiedzi, lwów lub wilków, noszonych na głowach zamiast czapek, uzbrojeni w maczugi, kroczyli tuż przed sułtanem i najważniejszymi urzędnikami Imperium Osmańskiego.

Ci jechali na końcu, na rumakach, z których każdy był symbolem władzy i bogactwa jeźdźca. Najpierw wezyrowie zgromadzeni wokół władcy niczym filary podpierające nieboskłon Imperium. Każdemu z nich towarzyszyli zastępcy – kajmakamowie – oraz liczna świta. Dalej sędziowie i dwaj najważniejsi uczeni państwa: Hamidi Efendi, odpowiedzialny za europejską część państwa Sulejmana, i Abdullah Efendi, sprawujący pieczę nad częścią azjatycką. Tuż za nimi jechał aga janczarów, wyniosły i chłodny, potem odpowiedzialny za finanse Imperium wielki defterdar, za nimi zaś podążali bejlerbejowie prowincji, pozostali dowódcy wojsk, sułtańscy kronikarze i poeci.

Koniec oficjalnego pochodu wyznaczały święte wielbłądy, których wzrost, masywna budowa i długa, niezwykle wąska, giętka szyja, nadająca im wygląd istot nie z tego świata, budziły zdziwienie i przerażenie mieszkańców imperium Habsburgów. Gdy wielbłądy pojawiały się na horyzoncie, większość okolicznych wieśniaków uciekała z krzykiem, zakrywając oczy dzieciom, by przypadkiem diabelskie stworzenia nie rzuciły na nie uroku. Co odważniejsi przystawali w oddali, by przyjrzeć się tym dziwom, ale i oni żegnali się, spluwali przez ramię i cały czas szeptali słowa modlitwy.

Na końcu tej procesji szła para najokazalszych zwierząt. Ich uzdy w okolicy skroni przyozdobione były kolorowymi frędzlami, na końcu których dźwięczały maleńkie dzwoneczki, na środku czoła przyczepione zaś miały złote półksiężyce, symbol nieograniczonej władzy i wszechmocy Allaha, Pana nieba i ziemi, dlatego też ponad ich łbami łopotał jasnozielony sztandar islamu.

Na grzbiecie pierwszego z nich spoczywała srebrna skrzynia zdobiona kunsztownie wygrawerowanymi cytatami z Koranu. W jej wnętrzu przewożono kawałki Czarnego Kamienia z Al-Kaby, który Bóg przekazał Adamowi, znak jedności muzułmanów na całym świecie. Drugi wielbłąd niósł bogato zdobiony drogimi kamieniami Koran, należący do samego sułtana. Oba te przedmioty miały podkreślać religijny charakter wyprawy, przypominać żołnierzom, że przelewając krew w służbie władcy walczą za najświętszą sprawę islamu, a wyprawa Sulejmana nie jest wyrazem jego pychy i pożądliwości, lecz kornym wypełnianiem przezeń podstawowego obowiązku muzułmanina: prowadzenia świętej wojny przeciwko niewiernym.

Dalej ciągnęła się nieuporządkowana, nieprzebrana, kolorowa masa, istny strumień taborów kupieckich i jucznych zwierząt. Obwoźne miasto stworzone przez ryzykantów różnych specjalności, podążających za armią w poszukiwaniu łatwego zysku. Handlarze tureccy doskonale wiedzieli, że nie ma lepszego miejsca do szybkiego wzbogacenia się niż pole bitwy. Choć udział w wyprawie wojennej niewątpliwie obarczony był ryzykiem utraty zdrowia, a nawet życia, niezachwiana wiara społeczeństwa Anatolii w potęgę Sulejmana Prawodawcy pozwalała im kpić sobie z wszelkich niebezpieczeństw. W jedwabnych pawilonach rozstawianych w pobliżu obozów wojskowych można było załatwić każdą sprawę i kupić niemal wszystkie towary dostępne na co dzień na bazarach największych tureckich miast, od cytryn i pomarańczy poczynając, na greckiej oliwie, dywanach, podkowach i strzemionach, miodzie czy meblach do namiotów kończąc. Sprzedawano tu nawet lód do chłodzenia napojów, choć na podobny zbytek mogli sobie pozwolić tylko najbogatsi spośród dowódców. Cały bazar wypełniony był zapachami, ponad którymi królowała woń świeżego pieczywa. Zgodnie z legendą przepis na chleb Adam miał otrzymać od archanioła Dżibra'ila już po wygnaniu z raju jako remedium na tęsknotę za utraconym błogostanem. Każdego dnia posmarowany z wierzchu mlekiem lub żółtkiem – by miał chrupiącą skórkę – ekmek wypiekano w specjalnych, nadających się do przewożenia piecach.

Swoje namioty mieli tu zarówno ci rzemieślnicy, których usługi bywały przydatne na polu bitwy, jak kowale, rusznikarze, kołodzieje, siodlarze, aptekarze czy golarze, jak i ci, których obecności nijak nie dało się wytłumaczyć, jak chociażby złotnicy czy jubilerzy. Jednak i na ich usługi znajdowało się wielu chętnych. Żołnierze lubowali się bowiem w przyozdabianiu swego oręża i strojów różnorodnymi świecidełkami. Było to praktyczne rozwiązanie problemu gromadzenia majątku w czasie wyprawy. Trzos z żołdem i nieporęczne łupy zdobywane w kolejnych miastach zamieniano na klejnoty. Osmańscy wojownicy obwieszali się nimi bez umiaru, dzięki czemu każdy mógł mieć swoją małą fortunę zawsze przy sobie. Handlarze w zamian za usługi skupowali wojenne łupy i gromadzili je na wozach w nadziei, że po zwycięskiej kampanii sprzedadzą je w Stambule z zyskiem, który pozwoli im w dostatku dożyć późnej starości.

Targowisko pozwalało także żołnierzom na chwilę zapomnienia, rozładowanie bitewnego napięcia, zajęcie myśli czymś innym niż wojaczka. Ów obozowy bazar, pachnący świeżymi wypiekami, cytrynami, marcepanem i metalem, był niemal na równi z armią oznaką świetności Imperium Osmańskiego, jego dobrobytu i potęgi ekonomiczno-organizacyjnej. Cała machina wojenna sułtana Sulejmana budziła zachwyt, podziw i przerażenie zarówno przyjaciół, jak i wrogów.

Promienie porannego słońca ożywiły wszystkich maszerujących. Muzycy mehter, wojskowej orkiestry sułtana Sulejmana Prawodawcy, czym prędzej sięgnęli do przykrytych ogromnymi płachtami skóry wozów i wyjęli nieużywane od wielu dni instrumenty. W nieopisanym chaosie pospiesznie stroili trąby, bębny, piszczałki, kobzy, tarabany. Wkrótce zaczęli grać marsza.

– Kerim Allah, Rahim Allah! – głośno recytowana do taktu fraza wydobywała się z ust tysięcy mężczyzn. – Bóg Szczodrobliwy! Bóg Miłosierny!

Lewa, prawa, lewa, pauza z prawą nogą lekko uniesioną w tył. Potężna armia Imperium Osmańskiego maszerowała na Wiedeń w morzu błota.

Ten i ów poślizgnął się, myląc krok, lecz zaraz poprawiał czapkę, wypinał pierś i starał się wyrównać. Dźwięki marsza zdawały się wzmacniać bojowego ducha, osłabionego przez siły natury.

Wielki wezyr Mehmed Pasza Sokollu, odziany w tkany srebrną nicią zielony płaszcz w kolorze Proroka, jechał dumnie wyprostowany na swym bułanym rumaku w środku kolumny, tuż obok powozu sułtana. Kopyta końskie z głośnym pluskiem rozchlapywały błoto. Ani szlachetne zwierzę, które swym umaszczeniem i proporcjami wzbudzało podziw prostych ludzi i zazdrość możnych, ani pierwszy spośród sułtańskich kullarów zdawali się jednak tego nie dostrzegać, jakby problemy tej ziemi nie dotyczyły istot blisko związanych z doskonałością, jaką był pan tego świata, sułtan Sulejman.

Żołnierze raz po raz rzucali w stronę wezyra pełne uwielbienia spojrzenia. Zdawać by się mogło, że jego obecność na równi ze słońcem czy skoczną muzyką dodawała im sił podczas tego morderczego marszu. Sokollu wyczuł na sobie ich spojrzenia, ale celowo je zignorował, kierując wzrok gdzieś w dal. Wyprostował się jeszcze bardziej i zacisnąwszy usta, przypatrywał się niewielkiemu czarnemu punktowi widocznemu ponad linią horyzontu. Z każdym krokiem zbliżali się do twierdzy, której zdobycie miało być pierwszym znaczącym zwycięstwem tej kampanii. Wojny, która miała stanowić ukoronowanie rządów sułtana sułtanów, rozpocząć nowy etap historii Imperium, czas jego panowania nad zachodem Europy.

Sokollu wytężał wzrok i udawał skupienie na celu ich podróży, by nie ulec pokusie i nie spojrzeć na któregoś z kompanów. Obawiał się, by co baczniejszy z żołnierzy nie dostrzegł przypadkiem w jego oczach choćby cienia niepokoju, strasznego niepokoju trawiącego jego duszę. Wiedział, że mógłby zostać posądzony o lęk przed prowadzeniem kampanii, po której wielu tyle oczekiwało. Wojsko potrzebowało teraz wygranej bardziej niż kiedykolwiek, by mit legendarnej, najwspanialszej w dziejach Turków wyprawy nie uległ zniszczeniu. Zwycięstwo było niezbędne. Odniesienie go nad odwiecznym wrogiem, którego mimo tylu prób nie udało się dotąd ostatecznie zmiażdżyć, było pragnieniem wszystkich serc bijących teraz w rytmie marsza. Związana z tym oczekiwaniem odpowiedzialność obciążała barki wielkiego wezyra, po raz pierwszy u boku sułtana przewodzącego wyprawie wojennej. Jednak to nie ona spędzała mu sen z powiek i zasnuwała mgłą wbity w dal wzrok.

Mehmed Pasza Sokollu martwił się o sułtana. Nie było tajemnicą, że stan zdrowia władcy nie jest już taki jak dawniej. Niewielu jednak wiedziało, jak zły był w rzeczywistości. Sokollu osobiście dokładał wszelkich starań, by utrzymywać wszystkich – dowódców, wojsko i cały dwór podążający wraz z nimi – w iluzji, że jedynym zmartwieniem Sulejmana jest jego wiek, choć i ten aspekt człowieczeństwa przezwycięża potęgą swego ducha. Tylko nieliczni, najbardziej oddani słudzy mieli przystęp do sułtana, a każdy z nich wiedział, że jedno nieopatrznie wypowiedziane słowo, z którego mogłaby się zrodzić plotka, kosztować ich będzie życie. Oficjalnie tłumaczono to wyizolowanie władcy, który słynął z zamiłowania do życia obozowego i walki u boku swych poddanych, koniecznością zadbania o jego bezpieczeństwo. Sokollu rozpuścił nieprawdziwe wieści o habsburskich szpiegach pochwyconych na terenach przygranicznych. Podczas przesłuchania mieli wyznać, że cesarz zaplanował zamach na życie Sulejmana. Mimo wysiłków najlepszych tureckich mistrzów tortur nie powiedzieli jednak, na kiedy i gdzie go planowano. Zeznali tylko, że zadanie to zostało powierzone najwytrawniejszym zabójcom świata chrześcijańskiego. To wystarczyło, by wszyscy przynajmniej na jakiś czas zgodzili się kierować swe prośby, skargi i wnioski za pośrednictwem wielkiego wezyra, swego pana widując jedynie podczas modlitw.

Sokollu na równi z innymi błogosławił Allaha za ten słoneczny poranek, także przez wzgląd na dobro Sulejmana. W jego obecnym stanie jakakolwiek podróż była niewskazana, o przeprawach przez morze błota, malaryczne moczary, mosty pontonowe nad rwącymi, spienionymi wodami tutejszych rzek nie wspominając.

Jadący tuż obok straży przybocznej władcy wezyr często słyszał głośne jęki Sulejmana, gdy jego powóz podskakiwał na nierównościach. Wprawdzie rozkazał zawczasu podwoić liczbę koni ciągnących powóz władcy, wyznaczył też dziesięciu służących, by biegli na przedzie, sprawdzając stan i przejezdność dróg, a na co bardziej błotnistych odcinkach polecił im ustawiać przed jadącym długie deski, aby powóz nie utknął w grząskim gruncie, lecz wszystkie te zabiegi na niewiele się zdawały. Powóz i tak chybotał się na boki, podskakiwał na nierównościach, a kilkakrotnie powstało nawet zagrożenie przewrócenia się pojazdu. Wówczas Mehmed zarządził, by przeniesiono sułtana do lektyki niesionej przez kilkunastu młodych mężczyzn. Zły stan zdrowia władcy wpływał wówczas znacząco na prędkość posuwania się wojsk, poważnie opóźniając marsz. Grząskie drogi coraz częściej wymuszały ten sposób transportowania Sulejmana, a powolne tempo poruszania się sprzyjało spadkowi morale armii. Z każdym dniem żołnierze różnych formacji robili się coraz bardziej znudzeni, rozleniwieni i znużeni, a mieszanka tych czynników mogła przysporzyć jedynie nieszczęść. W obozach coraz częściej wybuchały zwady i bijatyki, jakby żołnierze wciąż pełni wigoru po niezbyt forsownym marszu od jednego postoju do drugiego szukali sposobu, by dać upust swej energii.

Gdy i ta metoda podróżowania nie przynosiła już sułtanowi ulgi, Sokollu zmuszony był rozkazać medykowi, by przed podróżą podawał Sulejmanowi specjalną mieszankę usypiających ziół. Było to rozwiązanie ryzykowne. Zioła były mocne i sułtan niejednokrotnie nie budził się w czasie postoju na modlitwę, a jego nieobecność wzbudzała od razu liczne pytania. Niemniej Sokollu łatwiej przychodziło usprawiedliwić chwilową niedyspozycję władcy niż jęki i okrzyki bólu dobiegające z wnętrza lektyki. Pozbawienie przywódcy świadomości umożliwiało także przyspieszenie marszu.

Wielki wezyr miał nadzieję, że słońce szybko osuszy drogi, niwelując przynajmniej część sułtańskich niedogodności.

Kilka dni temu w Tatar Pazarcık dogonił ich posłaniec z Manisy z informacją, że wnukowi sułtana, synowi Selima, Muradowi, urodził się syn. Z tej okazji w całym obozie zarządzono dzień przerwy, bito w kotły i rozdano słodycze. Był to dzień wesela. Zgodnie z tradycją Sulejman miał wybrać imię dla nowego członka dynastii Osmanów. Wszyscy zgromadzili się w sułtańskim namiocie, wyczekując decyzji. Sulejman siedział z głową opartą na dłoni i przymkniętymi powiekami. Sokollu zaczął już się obawiać, czy sułtan nie przysnął, co ostatnimi czasy zdarzało mu się nader często, gdy nagle władca otworzył oczy i spojrzał wprost na niego.

– Mehmed – powiedział czystym i mocnym głosem, którego Sokollu nie słyszał u niego od miesięcy.

Wszyscy skłonili się. Dopiero wówczas wielki wezyr zrozumiał, że sułtan nie mówi do niego, lecz że takie imię obrał dla swego prawnuka.

– Mehmed – powtórzył znów Sulejman, wciąż wbijając wzrok w Sokollu.

– Mehmed – powtórzył wybrane przez siebie imię po raz trzeci, po czym dodał: – Niechaj nosi zaszczytne imię wielkich, mężnych i sprawiedliwych ludzi.

Sokollu położył rękę na piersi w geście podziękowania, a sułtan skinął głową. Nikt nie zwrócił uwagi na tę subtelną wymianę znaków pomiędzy mężczyznami. Jedynie Lala Mustafa kilkakrotnie zacisnął i rozprostował pięści. Zrozumiał, na czyją cześć nazwany został przyszły władca tego świata. Tymczasem heroldom przykazano czym prędzej obwieścić poddanym imię wybrane dla dziecka, posłańcom zaś, by roznieśli tę wieść na cztery strony Imperium Osmańskiego. Tamtego dnia Sokollu po raz ostatni widział miękkie, swobodne, nieściągnięte bólem i zniecierpliwieniem z powodu własnej słabości rysy twarzy swego pana i przyjaciela.

Kto wie, może i bóle reumatyczne przestaną być dlań tak dotkliwe, gdy powietrze nieco się ociepli, myślał teraz Sokollu, wystawiając twarz do słońca. Może słońce złagodzi jego cierpienia, przyniesie ukojenie…

Przymknął oczy, dziękując Bogu za życiodajne promienie. Odczuwał ulgę z jeszcze jednego powodu. Po kilkunastu dniach deszczu skorzy do wiary w przesądy żołnierze zaczęli szeptać, że wyprawa Sulejmana Prawodawcy na Austrię została obłożona przez giaurów klątwą. Raz słyszał nawet, jak janczarzy mówili między sobą, że to sam Jean de la Valette, wielki mistrz zakonu joannitów, którego imię wszyscy wypowiadali szeptem, odprawił magiczne obrzędy, by sprowadzić na nich nieszczęście.

Wydarzenia kolejnych dni tylko utwierdzały zabobonnych żołnierzy w tym przekonaniu. Silne wiatry, nocne burze i nieustająca mżawka sprawiały, że ludzie i zwierzęta byli coraz bardziej niespokojni. Niektórzy budzili się w nocy z krzykiem, zlani zimnym potem i opowiadali, że widzieli we śnie niebieskie dżiny, które pod dowództwem samego Iblisa, wezwanego przez niewiernych na pomoc, krążyły nad obozowiskiem i rzucały złowrogie zaklęcia. Gdy któryś z koni podnosił nagle łeb znad worka z owsem i strzygł uszami, szeptano, że i on wyczuł obecność złych mocy. Natychmiast skrapiano zwierzę i wszystkich ludzi w pobliżu wodą ze świętego źródełka Zemzem albo przytraczano do końskiej uzdy woreczek z amuletem: krążkiem ulepionym z pyłu zebranego z grobowca Proroka, na którym odciskano inwokację „Ja Allah, Ja Hafiz, O Boże! O Opiekunie!". Z każdym dniem słoty przemoczone i przemarznięte wojsko traciło ducha, kolejny dzień deszczu przyjmując jako znak, że oto Turcy popadli w niełaskę u Pana.

Po całym dniu marszu, gdy wreszcie udało im się na tym bagnistym terenie znaleźć podeschłą od słonecznych promieni polanę, Sokollu zarządził spoczynek.

– Rozpocznijcie rozbijanie obozu! – rozkazał, kręcąc się w koło na swym bułanym wierzchowcu.

Wkrótce na zielonej równinie jak grzyby po deszczu zaczęły wyrastać mniejsze i większe namioty wojskowych, rozstawiane z wprawą przez niezliczonych służących. Kolorowe, jedwabne pawilony paszów i wezyrów miały zostać ustawione w środkowej części obozu, tak by najtrudniej było do nich dotrzeć. W samym sercu zaś stanąć miał namiot sułtana Sulejmana.

Sokollu spiął konia i wjechał na sąsiednie wzgórze, by rozejrzeć się po okolicy. Gdzieś tam daleko, za rzekami, wzgórzami, polami i lasami, na drodze do Pécsu, kryła się twierdza Szigetvár, węgierskie przedpole habsburskiej obrony. Po prawdzie zamek ten nie miał szczególnego znaczenia strategicznego. Był mało ważną warownią, której zdobycie nie powinno zająć im zbyt wiele dni. Pierwotny plan zakładał ominięcie miasta, by nie tracić choćby najmniejszych sił bez potrzeby. Wojska miały pomaszerować prostą drogą przez Györ i Komárę, miejsca, w których stacjonowały wojska cesarza Maksymiliana, do Wiednia.

Jednak zamiar ten uległ zmianie, gdy Nikola Šubić Zrinski, książę chorwacki, władca i dowódca węgierskiego zamku Szigetvár, postanowił pod osłoną nocy przypuścić szarżę na wojska sandżakbeja Trikalii, stacjonujące w okolicach Siklós. Oddziały tureckie zostały rozbite, a Zrinski jako łup wojenny skradł ogromną sumę siedemnastu tysięcy złotych cekinów weneckich. Sulejman zmuszony był odpowiedzieć na ten zuchwały czyn dowódcy małej twierdzy.

Nie mógł postąpić inaczej. Pragnął, by ta wyprawa obrosła legendą. Chciał zdobyć każdą warownię, usłać drogę wiodącą do Wiednia szkarłatnym kobiercem ciał wrogów Imperium Osmańskiego, zapowiedzieć cesarzowi swoje przybycie blaskiem pożogi miast i twierdz oraz jękiem i lamentami jego poddanych. Nikola Šubić Zrinski stanął mu na drodze i musiała spotkać go za to kara, aby na gładkiej tafli legendy nie pojawiła się nawet najmniejsza rysa.

Mehmed Sokollu doskonale rozumiał, co tak naprawdę kierowało postępowaniem sułtana. Choć nigdy o tym nie rozmawiali, obaj zdawali sobie sprawę, że według wszelkiego prawdopodobieństwa jest to ich ostatnia wspólna wyprawa. Przebyli razem tysiące kilometrów, przeprawili się przez setki rzek, przelali morze krwi, walcząc ramię w ramię o sławę i chwałę Imperium Osmańskiego. Wkrótce miała nadejść pora rozstania.

Właśnie minęła siedemdziesiąta pierwsza wiosna życia Sulejmana, od niemal pół wieku zasiadał na tronie – jego czas się kończył. Taki był naturalny porządek rzeczy ustanowiony przez Boga Najwyższego. Jak po wiośnie przychodzi zima, po suszy deszcz, po urodzaju głód, po wojnie pokój, po słodyczy miłości ból rozstania, tak po życiu przychodzi śmierć. Czas nauczył Sokollu pokory wobec przemijania, oswoił go z nim, choć wciąż nie mógł sobie wyobrazić tego świata bez ukochanego władcy.

Ostatnio Sulejman bardzo się zmienił. Odkąd osiem lat temu zmarła miłość jego życia, sułtanka Hürrem, samotność zdawała się brać we władanie jego niezwyciężoną dotąd duszę. Sułtan poddał się, wycofał z walki o samego siebie, przez co choroba zaczęła szybciej postępować. Coraz częściej wielki wezyr zastawał swego pana pogrążonego w melancholii, smutku, oddalonego od spraw tego świata, z trudem skupiającego uwagę na zagadnieniach państwowych, które wymagały jego decyzji.

Z każdym dniem pełniona funkcja i związany z nią przymus rozstrzygania różnorakich kwestii wywoływały jego irytację i gniew. Nie czytał jak dawniej listów od innych władców, skarg poddanych, sprawozdań defterdara, okazywał zniecierpliwienie posłom i dowódcom wojskowym, słuchał ich nieuważnie, potrafił nawet rzucić w ich stronę nieprzyjaznym słowem, choć w niczym mu nie zawinili. Zachowywał się tak, jakby jedynym, czego pragnął, było ponowne zanurzenie się w ramionach samotności, gdzie mógł żyć wspomnieniami minionej chwały, wielkości, miłości, czasów, kiedy otaczali go bliscy i przyjaciele, a cały świat leżał u jego stóp.

Czasem, patrząc na rozkapryszonego, zgryźliwego starca, w którego upływ nieubłaganego czasu przemienił Sulejmana, Mehmed z trudem odnajdywał w nim człowieka, którym niegdyś był. Tego Sulejmana, którego pokochał z całej duszy, gdy odłączony od ojca i matki zobaczył go po raz pierwszy w blasku świetności w pałacu w Edirne, kiedy po raz pierwszy przekonał się o jego mądrości i postanowił, że zrobi wszystko, by całe swe życie iść jego śladem. Sulejmana, z którego był dumny i który był dla niego wzorem.

Wielkiemu wezyrowi przypomniał się nagle ów dzień, gdy po kilkutygodniowej podróży wraz z czterdziestoosobową grupą chłopców eskortowanych osobiście przez Yeşilce Beja dotarł do Edirne. Powiadają, że żadne doznanie czy wrażenie nie jest nigdy później tak intensywne, jak za pierwszym razem. Dlatego też to właśnie Edirne zajęło miejsce cudu w sercu Mehmeda Sokollu. Nigdy wcześniej nie widział bowiem niczego choć w części tak wspaniałego jak tamtejszy pałac. Smukłe, kamienne wieże lśniącymi złotem czubkami dotykały podbrzuszy chmur. Kolorowe łukowe przejścia, bogato zdobione arabeskami i kwiatami odrzwia kolejnych budynków pałacowych, łaźni, kuchni, meczetów w niczym nie przypominały drzwi klasztornych. Feeria barw, przepych i wielkość pałacu oszołomiły go. Minęli bramę. Oczom chłopca ukazały się wzorzyste dywany utkane z tulipanów, hiacyntów i tysięcy róż. Kobierce klombów zdawały się nie mieć końca. Cała przestrzeń pałacowa tonęła w kolorowych kwiatach. Odtąd różany zapach już zawsze kojarzył mu się z pałacem cudów w Edirne.

Wkrótce wszyscy zostali zmuszeni do przejścia na islam. Wielu bośniackich chłopców broniło się przed tym. Strach przed czekającymi ich gdzieś w przyszłym życiu piekielnymi mękami okazywał się czasem silniejszy niż lęk przed rzeczywistym, budzącym trwogę strażnikiem muzułmańskim. Sam Sokollu przyjął nową religię z rezerwą i spokojem. Było mu obojętne, którego boga będzie przyzywał, gdy mu rozkażą. Miał nowe imię, nową ojczyznę, więc i posiadanie nowej religii wydawało się już jego zmęczonej duszy czymś naturalnym. Nie miał wyrzutów sumienia. Nauczył się przyjmować wszystko, co podsuwał mu los, skoro i tak nie mógł z tym walczyć.

Yeşilce Mehmed Bej, który po drodze zdążył odkryć rozliczne umiejętności Sokollu, oddał chłopca na nauki do pałacowego seraju. Od tej pory Sokollu przestał go widywać. Mówiono, że wkrótce wyruszy w drogę, aby towarzyszyć młodemu sułtanowi Sulejmanowi w jego pierwszej wyprawie na Węgry.

Sokollu był już pewien, że nigdy więcej nie spotka mężczyzny w lśniącym białym turbanie ozdobionym rubinami, gdy pewnego dnia Yeşilce Bej pojawił się w komnacie iczoglanów i przywołał go do siebie. Chwilę konwersowali, choć rozmowa nie układała im się zgrabnie, tak jak to zwykle bywa pomiędzy ludźmi, których losy przypadkowo splątały się kiedyś ze sobą, a którzy tak naprawdę nic o sobie nie wiedzą, lecz darzą się wzajemnie niewytłumaczalną życzliwością. Będący tego dnia w wyjątkowo radosnym nastroju Mehmed Sokollu z młodzieńczym entuzjazmem opowiadał swemu protektorowi o karierze, jaką może zrobić po skończeniu szkoły paziów. Oświadczył, że zaczyna rozumieć swego ojca i decyzję, którą podjął, a której zaakceptowanie było możliwe dzięki wstawiennictwu Yeşilce Beja.

– Po nauce w seraju mogę być kimkolwiek zapragnę! – wykrzyknął w uniesieniu.

Yeşilce Bej słuchał tego pełnego nadziei szczebiotu, przyglądając mu się uważnie, i od czasu do czasu kiwał w zamyśleniu głową. Gdy Mehmed skończył, komisarz powiedział, że musi wracać do pałacu, gdyż wkrótce wyruszają w drogę. Pożegnali się niezbyt wylewnie, choć Mehmed Sokollu nie mógł powstrzymać smutku. Kolejny raz w krótkim czasie odbierano mu, jeśli nawet nie kogoś bliskiego, to osobę, która obdarzyła go namiastką serdeczności. Yeşilce Bej już miał opuścić wspólną komnatę iczoglanów, gdy nagle odwrócił się, jakby coś mu się przypomniało.

– Mehmedzie, pamiętaj, byś nigdy nie uległ złudzeniom.

– Tak, panie, będę o tym pamiętał – odpowiedział chłopak z wymuszonym uśmiechem, starając się mężnie znieść rozstanie.

– Nie zrozumiałeś mnie…

– Zrozumiałem, mój panie – wszedł mu w słowo Sokollu, chcąc wykazać się pojętnością. – Już dawno temu kazałeś mi zapomnieć, przestać marzyć, a w zamian wykorzystywać szanse, które podsuwa mi los. Robię to, panie, przecież widzisz.

Yeşilce Bej nie zdołał powstrzymać uśmiechu, po chwili jednak znów spoważniał.

– Mehmedzie, pamiętaj, byś nigdy nie uległ złudzeniu, że jesteś wolny.

Ostatnie słowo wybrzmiało w uszach ich obu niczym dźwięk bojowego kotła poniesiony przez skalne echo. Uśmiech zniknął z twarzy młodzieńca.

– Ty i ja, wielki wezyr i sułtanka matka, wszyscy jesteśmy niewolnikami Cienia Allaha. Nigdy o tym nie zapominaj. Jeśli choć na chwilę ulegniesz złudzeniu, że jesteś wolnym człowiekiem, niechybnie zgubisz ścieżkę, którą podążasz. To będzie początek twojego końca. Marzenie o wolności rodzi bunt, a nieposłuszeństwo prowadzi do zdrady, jedynego grzechu, którego nikt ci nie wybaczy. Szukaj swojego szczęścia w pełnieniu woli sułtana, bezwzględnym posłuszeństwie i wierności, a pewnego dnia je odnajdziesz. – Zawahał się. – Odnajdziesz spokój w cieniu Sulejmana. W pewnym sensie jesteście do siebie podobni…

Sokollu rzucił mu zdziwione spojrzenie. Mimo niezbyt długiego pobytu w edirneńskim seraju wiedział już, że nikt nie ośmieliłby się wypowiedzieć takiego zdania bez ważnej przyczyny oraz że jest to najwyższy komplement, jaki można było tu usłyszeć.

– Jest w was jakaś niewytłumaczalna siła, odwaga i dobro – dokończył Yeşilce Bej w zamyśleniu. – Porzuć pragnienie wolności. Zapamiętaj słowa wielkiego wezyra Çandarlı Paszy, który rzekł: „Podbici są niewolnikami zwycięzców", i nie żyw nadziei, że kiedyś się to zmieni. Nie pożądaj sławy, zaszczytów ani pieniędzy. Niech sycą cię jedynie służba i wierność Sulejmanowi. Dokądkolwiek poprowadzi go los, bądź przy nim.

Mehmed z powagą skinął głową i przyłożył rękę do piersi, dając znak, że zrozumiał i wziął sobie do serca jego słowa. Yeşilce Bej nie powiedział nic więcej, odwrócił się i odszedł.

Od tamtej pory jedynym pragnieniem chłopca stało się spotkanie z sułtanem. Wiedział, że wielu mieszkańców pałaców nigdy nie dostępuje tego zaszczytu, dlatego też starał się robić wszystko, by postępując zgodnie z radami Yeşilce Beja, zyskać przydatne umiejętności i zaufanie nauczycieli, zwłaszcza tych, którzy decydowali, kto pojedzie na służbę do pałacu Topkapı w stolicy osmańskiego świata.

Wola Boża była jednak inna. Nim chłopiec zdołał wyjechać do stolicy, sam Sulejman przybył do Edirne. Choć od tamtej pory minęło niemal czterdzieści lat, Mehmad Pasza Sokollu wciąż od czasu do czasu zastanawiał się, jak potoczyłoby się jego życie, gdyby tamtej jesieni młody sułtan nie zawitał do Edirne.

Nadal także doskonale pamiętał każdą chwilę dnia, w którym po raz pierwszy ujrzał władcę.

Była zima. Edirne od czasu podbicia Konstantynopola przez sułtana Mehmeda Zdobywcę i przeniesienia tam stolicy Imperium pełniło funkcję letniej rezydencji sułtanów. Wówczas miasto i leżący na wyspie Sarayiçi na rzece Tunca pałac Cedid-i Amire tętniły życiem. Wszystkie budynki mieszkalne wypełnione były gośćmi i służbą. Sokollu słyszał kiedyś, jak kapydżibaszy, przełożony strażników bram, mówił, że pewnego razu w pałacu gościło ponad trzydzieści tysięcy gości. Latem kwadratowa podstawa stojącego tuż przy bramie pałacu Kamienia Szacunku była po brzegi wypełniona listami zawierającymi petycje i skargi do władcy. Nierzadko i wokół niej usypany był spory kopczyk zwojów pergaminu. Stojący po lewej stronie Kamień Ostrzeżenia niestety też od czasu do czasu odgrywał swoją rolę. Gdy któryś z urzędników popadł w niełaskę sułtana lub okazał mu nieposłuszeństwo, jego odcięta głowa była składana właśnie tu, ku przestrodze. Od jesieni, gdy dwór opuszczał Edirne i wracał do Stambułu, podstawy obu kolumn zionęły pustką, informując wjeżdżających do pałacu, że czas radości, zabaw i wesela przeminął.

Zimą życie w Edirne zamierało zupełnie, jakby pałac i jego mieszkańcy wstrzymywali oddech i pogrążali się w martwocie przypominającej sen na jawie. Wszyscy snuli się po korytarzach w milczeniu, porozumiewając się znakami, jakby nie chcieli zakłócać tej niemal sakralnej ciszy. Po śmierci sułtana Selima Groźnego życie w Edirne zamarło na dłużej, nowo obrany władca rzadko bowiem opuszczał stolicę nad Bosforem.

Jednak tej zimy, gdy Sokollu był już has oday, czyli uczniem czwartego najwyższego oddziału szkoły pałacowej, zdarzyło się coś niezwykłego, co dało początek całej serii niecodziennych wypadków. Podczas zajęć z kaligrafii do sali lekcyjnej wpadł sługa. Już sam sposób, w jaki wtargnął do komnaty, wystarczył, by wszystkim serca podskoczyły do gardeł. Sługa nie mógł pozwolić sobie na podobne zachowanie, chyba że przynosił naprawdę ważne wieści. Szepnął coś do ucha hodży. Starzec, wyraźnie przejęty otrzymaną wiadomością, w pośpiechu zakończył zajęcia i nie wyjaśniwszy niczego, kazał chłopcom się rozejść. Ponieważ nie dostali żadnego zadania, cały swój wolny czas poświęcili snuciu domysłów, co też mogło się wydarzyć.

Informacja miała pozostać tajemnicą, jednak szybko rozniosła się po pałacu, w końcu docierając także do uszu kilkunastoletniego Sokollu.

– Do pałacu przybył sułtan Sulejman! – wykrzyknął następnego ranka Ahmed Çavuş, jeden z służących pilnujących porządku w komnatach iczoglanów.

Na dźwięk tych słów Mehmed poczuł, że serce zaczyna mu mocniej bić w piersi. Oto jego marzenie się spełniło. Był o krok od spotkania z tym, który miał wyznaczyć jego los.

Cały pałac w Edirne ożył. W każdym jego zakątku, od zbrojowni, haremu, kuchni aż po wspólną sypialnię iczoglanów, dawało się wyczuć podekscytowanie. Sułtan Sulejman, który trzy lata wcześniej, mając zaledwie dwadzieścia sześć lat, przejął władzę nad światem po nagłej śmierci swego ojca, Selima Groźnego, po raz pierwszy miał przybyć do Edirne, by spędzić zimę, oddając się łowom. Uprzedzano, że jako miłośnik życia obozowego Sulejman do seraju zajeżdżać będzie z rzadka, jedynie kilka razy w tygodniu, by zająć się niecierpiącymi zwłoki sprawami państwowymi. Mimo to wszyscy w pałacu musieli być w każdej chwili gotowi na przybycie i odpowiednie podjęcie władcy.

Sokollu, który jako has oday odziany w jedwabie miał prawo wstępu do pałacowych komnat i przebywania w pobliżu dworzan oraz świty sułtana, dwoił się i troił, aby znaleźć sposobność przyjrzenia się władcy z bliska. Wkrótce niemal wszyscy przybyli goście kojarzyli już pazia o imieniu Mehmed, którego ze względu na okazały wzrost nazywano Wysokim.

Wreszcie nadeszła chwila spełnienia jego marzeń. Tego dnia sułtan przybył do pałacu, by przyjąć poselstwo Republiki Dubrownika. Czym prędzej udał się do hammamu przygotować się na to spotkanie. Sokollu miał zanieść do łaźni odświętny płaszcz sułtana. Drżącymi rękami ujął delikatnie strój i ruszył w stronę hammamu, niepewny, czy to wszystko nie jest tylko snem. Drogie kamienie wszyte w poły płaszcza chwytały promienie słoneczne wpadające przez niewielkie okna umieszczone pod sufitem korytarza, którym szedł, i barwiły je na różne kolory. Wielobarwny deszcz słonecznych błysków znaczył jego drogę do łaźni. I wtedy Sokollu usłyszał śmiech. Radosny, mocny śmiech młodego mężczyzny. Gdy wszedł do środka, okazało się, że to sam sułtan śmieje się w głos, rozbawiony opowieścią o łowach. Jego twarz promieniała siłą, zdrowiem i pogodą ducha. Sulejman rzucił szybkie spojrzenie w stronę wchodzącej postaci. Ich oczy spotkały się. Sokollu ujrzał w nich coś, co sprawiło, że to, co przyrzekł Yeşilce Bejowi, stało się dla niego świętością. Oczy władcy przepełnione były mądrością i dobrocią. Postanowił, że zrobi wszystko, by już nigdy go nie opuścić.

Wiosną, gdy sułtan Sulejman opuszczał Edirne, towarzyszyło mu siedmiu nowych paziów w wysokich, złotych czapkach na głowach – przed mężczyznami otwarta została droga do pałacu Topkapı. Wśród nich był także Mehmed Sokollu, który znalazł się w świcie wielkiego skarbnika İskendera Çelebiego. Kuzyn chłopca, któremu w Edirne nadano imię Mustafa, przydzielony został do służby zastępcy czwartego wezyra Porty. Chmurnie spoglądał teraz na Sokollu, który nie dość, że dzięki szczęśliwemu zrządzeniu losu nie musiał czekać tak długo jak on, na domiar złego skierowany został na służbę do człowieka, który był o wiele bliżej sułtana niż jego pan. Mustafa czuł się upokorzony. Zdawało mu się bowiem, że Mehmed Sokollu nie docenia własnego szczęścia i nie potrafi wykorzystać danej mu szansy tak dobrze, jak zrobiłby to on sam. Jadący po przeciwnej stronie kawalkady Sokollu podchwycił niechętne spojrzenie krewniaka, ale zamiast nieżyczliwości dopatrzył się w jego oczach jedynie zmęczenia trudami podróży. Nie przyszłoby mu do głowy, że ktokolwiek mógłby być niezadowolony, zmierzając u boku sułtana w stronę najwspanialszego miasta świata, stolicy Imperium Osmańskiego.

Teraz, gdy na tych węgierskich mokradłach nadeszła pora próby jego przywiązania do władcy, Sokollu żył pamięcią tamtych dni, wciąż na nowo wspominając wspólne przygody od chwili, gdy zatrzasnęły się za nimi wrota pałacu Edirne. Prawie dwadzieścia lat zajęło mu, nim zdołał znaleźć się w bezpośredniej służbie Sulejmana. Od tamtej chwili piął się jednak niestrudzenie po szczeblach hierarchii dostojników państwowych, aż wreszcie znalazł się przy boku Sulejmana jako pierwszy wezyr Porty.

Starał się zaglądać pod powłokę słabego, zmęczonego ciała sułtana i odgrzebywać przysypaną chorobą i starością duszę człowieka, którego kochał.

Yeşilce Bej przykazał mu przecież, by był przy Sulejmanie zawsze, bez względu na to, dokąd poprowadzą władcę kręte ścieżki życia. Sokollu wiedział, że sułtan potrzebuje go teraz bardziej niż kiedykolwiek, choć nigdy by się do tego nie przyznał. Mehmed był ostatnim przyjacielem, który mu pozostał na tej ziemi. Musiał zatem opiekować się nim, a nade wszystko dbać o to, aby podtrzymać legendę wielkiego sułtana sułtanów; na jej cieniutkiej nici trzymała się obecnie cała potęga Imperium Osmańskiego.

W zaistniałej sytuacji jeden fałszywy krok, jedna błędna decyzja, chwila nieuwagi, mogła zdjąć zasłonę mitu dawnej świetności z oczu dowódców i doprowadzić do buntu armii zmęczonej trudami wyprawy, która rozpoczęła się zbyt późno. Jesień zbliżała się wielkimi krokami i wszyscy zdawali sobie sprawę, jakie niebezpieczeństwa niosą chłód i niepogoda na wrogim terytorium. Jedynie wiara żołnierzy w niezniszczalność i nadludzkie zdolności ich wodza, wiara w ów mit Sulejmana, pozwalała im prowadzić tę kampanię. Kampanię, której klęska oznaczałaby upadek nie tylko sułtana, lecz i jego wezyra.

Ze wzgórza, na którym stał, roztaczał się wspaniały widok. Olbrzymie połacie ciemnych lasów skrywały wszystko wokół. Korony drzew lekko uginały się od podmuchów wiatru – jak włosy gładzone czyjąś ręką. W oddali widać było rozległe pola uprawne, złocące się dojrzałym zbożem. Pracujący przy żniwach ludzie wydawali się z tej wysokości śmiesznie mali i niewiele znaczący.

Góruję nad nimi, pomyślał Sokollu, tknięty nagłym wspomnieniem snu, który przyśnił się matce przed jego urodzeniem. Okazał się proroczy. Poprawił sułtański sygnet, który nosił na palcu. Pierścień będący symbolem niemal nieograniczonej władzy powierzonej mu przez pana tego świata, sułtana Sulejmana Prawodawcę.

Oto on, Bajo Sokolović, oddany jako kilkunastoletni chłopiec w turecką niewolę, był teraz Mehmedem Paszą Sokollu, dziesiątym wielkim wezyrem Imperium Osmańskiego, służącym Sulejmanowi Prawodawcy, najpotężniejszemu po Boskim Cieniu człowiekowi świata, jedynemu jego zastępcy zdolnemu do decydowania o wojnie i pokoju, życiu i śmierci, wolności i niewoli, chwale i potępieniu. Był dowódcą armii, a wszyscy paszowie i wezyrowie Porty, niemal wszyscy, choćby najwyżej urodzeni, tureccy urzędnicy państwowi mogli dysponować swoimi uprawnieniami jedynie za jego zgodą lub z jego rozkazu.

Duma, która rzadko gościła w jego duszy, nagle napełniła mu serce. Stało się. Sen nieżyjącej od tylu lat matki się spełnił. Wkrótce zaś osiągnie jeszcze więcej. Coś, o czym nie śniło się ani matce, ani ojcu, ani nawet jemu samemu. Oto u boku sułtana Sulejmana poprowadzi wojska osmańskie na Wiedeń. Jeśli uda mu się pobić cesarza Maksymiliana i zdobyć stolicę Habsburgów, historia już nigdy o nich nie zapomni.

16 lipca 1566
Twierdza Szigetvár – Węgry
Imperium Habsburgów

Jelena zapukała i weszła ostrożnie do komnaty ojca. W pokoju panował mrok, rozświetlony jedynie nikłym płomieniem kilku świec ustawionych w lichtarzu na wysokiej ławie. Urządzenie pomieszczenia było wyjątkowo skromne, zważywszy na to, że komnata służyła za miejsce pracy bana chorwackiego, generała w służbie cesarza chrześcijańskiego świata. Kilka rzeźbionych krzeseł, masywna szafa stojąca w kącie pokoju, która teraz rzucała na środek podłogi złowrogi cień. Nikola Šubić Zrinski siedział pochylony za długim stołem i studiował coś z uwagą. Jego potężną postać skrywały ciemności panujące wewnątrz komnaty. Widoczne były jedynie duże dłonie przybrane pierścieniami, które lśniły w blasku świec, i twarz, niezwykła twarz, którą Jelena kochała bardziej niż cokolwiek na świecie. Dziś jednak zwykle gładkie czoło jej ojca przecinało kilkanaście zmarszczek, a czarne, krzaczaste brwi łączyły się nad nasadą nosa, tworząc szerokie, groźne łuki. Jelena znała ten grymas, choć nieczęsto go widywała. Był to wyraz niepokoju.

Dziewczynka zawahała się. Każde z dzieci Zrinskiego wiedziało, że nie wolno przeszkadzać ojcu w pracy, nigdy, nawet podczas pożaru czy tureckiej napaści. Od tej reguły nie było wyjątków. Jednak dziś szambelan Ferenc Črnko, którego dziewczynka spotkała wracając z ogrodu, polecił jej bezzwłocznie udać się do komnaty księcia. W oczach Jeleny Ferenc był czarownikiem. Wiedział o wszystkim, co działo się w zamku i mieście, nawet wówczas, gdy cały dzień spędzał w swojej komnacie i nie przyjmował żadnych gości. Każdego znał po imieniu, pamiętał też, kto jest czyim małżonkiem, a kto zatwardziałym wrogiem. Zwykle zgadywał nawet, co Jelena zjadłaby najchętniej na obiad danego dnia. Ferenc był także najwierniejszym i najdawniejszym przyjacielem, przed którym jej ojciec nie miał sekretów. Musiał zatem wiedzieć, że jego pan pracuje, a mimo to nakazał jej czym prędzej go odwiedzić.

Polecenie Nikoli Zrinskiego było rozkazem dla wszystkich, zarówno służących, jak i członków rodziny. Jelena zacisnęła usta, zmarszczyła brwi, naśladując minę ojca, by w ten sposób dodać sobie odwagi, i postąpiła krok naprzód.

– Podejdź, podejdź bliżej, ptaszyno – odezwał się Zrinski swoim przyjemnie głębokim głosem, gdy Jelena znalazła się w kręgu światła. Nie podniósł jednak głowy i nie obdarzył córki nawet jednym spojrzeniem. Dziewczynka widziała, że ojciec na nią nie patrzy, lecz mimo to wykonała przewidziany etykietą płytki ukłon w geście posłuszeństwa. Powoli, wciąż z lekkim wahaniem, podeszła do stołu. Ze zdumieniem zauważyła, że z ławy zniknęły mapy, plany miasta i sterty ściśle zapisanych zwojów pergaminu, a także pokaźny jeszcze wczoraj stosik niezapisanych świeżych arkuszy zwykle pokrywających miejsce pracy ojca. Pod żadnym pozorem nie wolno było ich dotykać. Po raz pierwszy w życiu ujrzała lśniący, gładki, dębowy blat stołu, nakrapiany gdzieniegdzie śladami wosku i atramentu. Ojciec trwał w bezruchu, przypatrując się czemuś z uwagą. Jelena podążyła wzrokiem za jego spojrzeniem, chcąc dowiedzieć się, co go tak pochłania.

Na dębowym blacie przed Zrinskim spoczywały otwarty list i miniatura. List leżał nieco z boku, niedbale rzucony. Nie mogła dojrzeć treści, bo kartkę przykrywała skórzana teka, w której został dostarczony. Czerwona woskowa pieczęć była złamana, ale Jelena i tak bez trudu rozpoznała godło cesarza Maksymiliana II. Nadeszły wreszcie wyczekiwane przez wszystkich wieści z Wiednia. Poczuła ulgę. Byli uratowani. Cesarz wiedział już o zbliżających się do miasta muzułmańskich hordach. List z pewnością zawierał jakieś sekretne informacje dotyczące nadchodzącej odsieczy.

Zadowolona przeniosła wzrok na miniaturę, którą ojciec w zamyśleniu gładził bezwiednie palcem.

Był to wizerunek szczupłej kobiecej twarzy, której Jelena nie widziała nigdy wcześniej. Namalowana postać była niemłoda, choć upływ czasu nie ujął nic z jej urody. Ciemne włosy, posplatane w warkocze, miała ułożone w niemodną już fryzurę, dwa koszyczki upięte ponad uszami, przykryte siateczką z drobniutkiej koronki. Wysokie, wydatne czoło zdobił cienki łańcuszek z perłą na środku. Kobieta miała długi, ostry nos, który przypominał dziewczynce nos ojca i jej starszego brata Juraja, pełne usta, zaciśnięte w stanowczym grymasie. Z namalowanej przez wyjątkowo wprawnego artystę twarzy biły duma i siła. Najniezwyklejsze były jednak oczy nieznajomej. Jelena nie mogła oderwać od nich wzroku. Były ciemne, błyszczące i głębokie jak najgłębsze jezioro. I podobnie jak węgierskie jeziora o świcie, oczy kobiety zasnute były tajemniczą mgłą. Dziewczynka miała wrażenie, jakby spojrzenie damy wsysało jej własną duszę, wciągało w tę mgłę, przerażającą i fascynującą zarazem.

Nagle pogrążony w myślach ojciec, który zdawał się nie pamiętać o obecności córki, podniósł miniaturę i przysunął bliżej światła. Cień zatańczył na twarzy nieznajomej, ożywiając ją. Jelena poczuła na plecach dreszcz. Zdało jej się, że kobieta naprawdę na nią patrzy i wygina zaciśnięte usta w złowieszczym uśmiechu. Przerażona wizją i złymi przeczuciami, które w jednej chwili wdarły się do jej serca, dziewczynka zamknęła oczy i odruchowo przysunęła się jeszcze bliżej ojca, wtulając się ostrożnie w jego bok. Zrinski wzdrygnął się jak człowiek wyrwany z głębokiego snu. Spojrzał na dziewczynkę i objął ją ramieniem.

– Coś się stało, ptaszyno? – zapytał, widząc strach malujący się na twarzy córki.

Jelena pokręciła przecząco głową.

– Chyba moja dzielna ptaszyna nie boi się Turków? – spytał Zrinski, rzucając jej zarazem czułe i kpiące spojrzenie.

Jelena zaczerwieniła się. Dawno już wywnioskowała z rozmów braci, że odwaga była tym, co ich ojciec cenił najwyżej. Nie mogła dopuścić, by tym razem podejrzewał ją o tchórzostwo.

Rozkochany w historii starożytnych mocarstw książę od najmłodszych lat zaszczepiał w sercach swoich dzieci miłość do cnót, zasad, piękna i kultu tężyzny fizycznej. W długie zimowe wieczory cała rodzina zbierała się w sali kominkowej. Zrinski zasiadał na pięknie rzeźbionym dębowym krześle, ozdobionym porożem jelenia, którego sam niegdyś upolował, i opowiadał siedzącym wokół niego dzieciom o przygodach mądrych Greków i walecznych Rzymian. Jelena najbardziej lubiła, gdy ojciec rozprawiał o Sparcie. Kobiety tej krainy były najdzielniejsze i najodważniejsze w całej Helladzie. Zamiast jak inne mieszkanki wysp basenu Morza Śródziemnego zajmować się strojami i biżuterią, uczyć się dworskich ukłonów czy grania na lutni, od dziecka na równi z chłopcami trenowane były w walce wręcz i na miecze, w strzelaniu z łuku, biegach i jeździe konnej.

Jelena była wprawdzie najmłodszym dzieckiem i do tego jedyną dziewczynką, ale całe życie udowadniała ojcu, że jest równie dzielna jak owe legendarne mieszkanki Sparty. Starała się w niczym nie ustępować braciom, a ewentualne niedomagania tłumaczyła wszystkim swoim wiekiem. Doskonale strzelała z łuku, jeździła konno niemal tak dobrze jak najstarszy brat, Juraj, a od ostatniej wiosny uczyła się także władać mieczem. Gdy macocha dowiedziała się o tym, ze wszystkich sił starała się przekonać męża, że jego córce, młodej, szlachetnie urodzonej damie, nie przystoją podobne rozrywki i że zamiast tego powinien przyjąć na zamek nauczyciela tańca czy gry na harfie, a najlepiej obu. Jelena nie miała o to żalu. Macocha była Czeszką, więc nie mogła zrozumieć ognistych i walecznych bałkańskich kobiet, córek węgierskiej ziemi i chorwackiej krwi. Wieczorami, zamiast słuchać opowieści męża, macocha wolała wyszywać z damami dworu kolejne kołdry czy poduszki; zajęcia te Jelena uważała za wyjątkowo nużące. Stąd też macocha nie wiedziała nic o dzielnych Lacedemonkach i nie podejrzewała, że Jelena pewnego dnia zostanie wojowniczką – jak one.

Wystarczyło, że ojciec doskonale ją rozumiał. Na zarzuty młodej żony odpowiadał, że władanie mieczem nikomu jeszcze nie przyniosło ujmy, ale by ułagodzić jej oburzenie, poprzysiągł przyjąć na dwór nauczycieli bardziej kobiecych umiejętności, gdy tylko zniknie zagrożenie ze strony Osmanów, najpewniej jeszcze przed Bożym Narodzeniem. Poskutkowało. W alkowie zapanowała zgoda, a małżonkowie więcej nie wracali do tego tematu. Jelena zaś pobierała lekcje fechtunku, rozciągając je i przedłużając, jak tylko mogła, nie przepuszczając żadnej okazji do treningu nowo nabytych umiejętności z rodzeństwem lub zamkowymi strażnikami, wśród których szybko zyskała przydomek Walecznej Księżniczki.

Teraz zaś wyrzucała sobie, że po raz kolejny dała się zwieść ciemności. Jelena nie bała się, ale brak światła zdawał się budzić demony drzemiące gdzieś w ukryciu, czyhające tylko na okazję, by poddać jej odwagę próbie. Wkładała wiele wysiłku, by dorównać braciom. Za dnia przychodziło jej to bez trudu, nocami jednak ciężej było zapanować nad lękami.

Bliskość ojca sprawiła, że znów poczuła się bezpiecznie. Wraz z uczuciem ulgi przyszło i zawstydzenie, że tak niemądrze przestraszyła się kobiety na obrazku. Chcąc ukryć zmieszanie i upewnić ojca o swojej dzielności, z pewnym żalem odsunęła się od niego, wyprostowała dumnie i przybrawszy dorosły w jej mniemaniu wyraz twarzy, gwałtownie pokręciła przecząco głową.

Długie, cienkie warkocze załopotały w powietrzu i zafalowały przed twarzą dziewczynki jak skrzydła, na jedną, króciutką chwilę układając się na wysokości nosa w kunsztownie zaplecione wąsy. Na ten widok książę Zrinski roześmiał się głośno. Miał wspaniały śmiech. Dudniący jak huk wodospadu, donośny i szczery, jakby pochodził z samego środka jego serca. Pod wpływem tego śmiechu wszelkie obawy natychmiast uleciały z myśli dziewczynki. Jelena z przyjemnością zawtórowała ojcu, choć nie mogła pojąć, co go tak rozbawiło. Nie zamierzała się jednak tego dowiadywać. Niepohamowany wybuch radości rodzica był bezcenny. Od wyjazdu macochy i tak rzadko się śmiał, a w ostatnim czasie prawie nigdy. Nie było się czemu dziwić. Nad miastem znów zawisła groźba najazdu osmańskiego.

Choć wszyscy starali się ukrywać przed nią prawdę, ona wiedziała, iż to właśnie był powód zmartwień całego dworu, prawdziwa przyczyna wyjazdu ciężarnej macochy i niemal wszystkich kobiet z zamkowej świty. Jelena miała świadomość, że przed kilkoma tygodniami z Wiednia nadeszły przerażające wieści o tym, że Osmanowie planują kolejną kampanię na Węgry. W swoim dziecięcym umyśle za nic nie mogła pojąć, dlaczego sułtan Sulejman, o którym mimo nienawiści ojciec zawsze wypowiadał się jako o mądrym władcy, nie może teraz dla odmiany wyruszyć gdzieś indziej. Świat był przecież taki ogromny! Gdy pewnego dnia odważyła się zadać ojcu to pytanie, Zrinski wyjaśnił córce, że Sulejman Wspaniały, niczym Aleksander Macedoński, podbił już niemal cały świat, a broniące bram chrześcijańskiej Europy Węgry są mu solą w oku.

– Nie spocznie, póki ich nie zmiażdży, lecz nie dokona tego, póki ja żyję! – tymi słowami zwykł kończyć swą opowieść.

Ojciec zawsze rozmawiał z nią, jakby była dorosła i wszystko rozumiała.

Podsłuchiwała także służące, które straszyły się nawzajem opowieściami o losie kobiet podczas plądrowania miasta przez tureckich żołnierzy nazywanych janczarami. Historie były tak straszne, że wydawały się dziewczynce nierzeczywiste, podobnie jak słowa o ziejących ogniem smokach czy demonach zamieszkujących zaklęte jaskinie. Mimo to Jelena wiedziała, że na wojnie kobiety zawsze przegrywały, bez względu na ostateczny wynik zmagań. Tego właśnie bał się jej ojciec.

Dlatego wyjechały macocha oraz dwórki i dlatego, choć była tylko małą dziewczynką, ją także postanowiono odesłać w bezpieczniejsze miejsce. Miała towarzyszyć macosze i wyjechać wraz z nią do jej rodzinnego zamku Rožmberk w Czechach, by tam czekać, aż osmańska nawałnica przetoczy się przez jej ojczyste ziemie. Wszyscy przekonywali ją, że jako jedyna dziewczynka w rodzinie ma do spełnienia ważne zadanie, że musi się zająć macochą i swoim przyszłym braciszkiem lub siostrą, spełnić spoczywający na niej kobiecy obowiązek. Jednak Jelena nie czuła się kobietą i za nic miała niewieście obowiązki. Wiedziała, że jej macocha ma mnóstwo służących, w tym dwie stare akuszerki, które przyjmowały na świat Jelenę i jej braci. Była pewna, że zaopiekują się nią lepiej niż pasierbica. Odmówiła wyjazdu. Chciała walczyć. Zapisać się na kartach historii jak najdzielniejsze Spartanki. Oświadczyła zatem, że pragnie walczyć ramię w ramię z ojcem i braćmi przeciwko tureckiemu najeźdźcy. Nikt nie potraktował poważnie jej bojowych deklaracji i nikt nie chciał słuchać jej sprzeciwów. Pakowano jej stroje, zabawki i książki do kufrów, nie zważając na protesty i płacze buntowniczo nastawionej dziewczynki. Gdy wciąż uparcie ją ignorowano, a co gorsza nie chciano dopuścić jej przed oblicze ojca, w tamtym czasie nieustannie przesiadującego w swoim gabinecie, urządziła potworną scenę rozpaczy. Podrapała do krwi piastunkę i macochę, przez tydzień nic nie jadła, a potem odgrażała się, że jeśli będą chcieli rozdzielić ją z ojcem, rzuci się z baszty. Lecz i to na niewiele się zdało. Macocha przykazała, by cztery służące pilnowały pasierbicy na zmianę we dnie oraz w nocy i by nigdy nie wypuszczano jej z komnat samej. Jelena została więźniem we własnym domu.

Niewola trwała jednak krótko. Kufry spakowano, załadowano na wozy, i wkrótce cały orszak był gotów do wymarszu. Pewnego czerwcowego poranka jedna z pokojówek zbudziła Jelenę i przyniosła jej strój podróżny. Do ostatniej chwili dziewczynka protestowała, krzycząc i tupiąc jak oszalała, jak drapieżne dzikie zwierzę zamknięte w zbyt ciasnej klatce. Wówczas w drzwiach jej pokoju stanął ojciec. Z nieprzeniknionym wyrazem twarzy nakazał córce spokój, po czym odprowadził ją do powozu, wsadził do środka i bez słowa zatrzasnął drzwiczki. Jelena również milczała. Ojciec był jedyną osobą na świecie, której nie potrafiła się sprzeciwić. Nie mogła także znaleźć odpowiednich słów, by go pożegnać. Opadła więc bez życia na ławkę powozu, próbując pogodzić się z własnym losem i uporać z tęsknotą, która rozrywała jej wnętrze.

Nie ujechali jednak zbyt daleko. Znajdowali się niecałe dwa dni drogi od zamku, gdy przez nieuwagę woźnicy koło jednego z powozów zsunęło się z ubitej drogi i wpadło w grząskie bagno, w które po czerwcowej ulewie zmieniały się pobliskie pola. Zrobiło się okropne zamieszanie. Kobiety uwięzione w zapadającym się powozie ku najszczerszemu zdziwieniu Jeleny krzyczały na całe gardło, choć nie groziło im realne niebezpieczeństwo. Nieliczni mężczyźni, kilku konnych strażników, którzy mieli zapewnić damom bezpieczeństwo w podróży, i woźniców, podzielili się na mniejsze grupki. Część z nich usiłowała wyprząść konie, inni znów długimi kijami starali się podeprzeć koło i wydostać je na drogę. Kobiety z pozostałych powozów powysiadały na ścieżkę i okrzykami dodawały otuchy uwięzionym towarzyszkom. Dwie z nich nie wytrzymały wszechobecnego napięcia i zemdlały z emocji, co tylko spotęgowało wrzawę i powszechne zdenerwowanie.

W panującym wokoło rozgardiaszu Jelena dostrzegła swoją szansę. Wskoczyła na konia jednego z eskortujących orszak rycerzy i ani razu nie obejrzawszy się za siebie odjechała w stronę zamku. Przez półtora dnia gnana strachem i tęsknotą dziewczynka nie zsiadła z wierzchowca. Wreszcie ujrzała kontury twierdzy odcinające się na tle wieczornego, fioletowego, letniego nieboskłonu. Strażnicy od razu rozpoznali księżniczkę i doprowadzili ją przed oblicze ojca. Mimo skrajnego wyczerpania Jelena drżała z obawy przed reakcją słynnego także ze swego gwałtownego usposobienia ojca. Tym razem jednak Zrinski ani słowem nie skarcił jej nieposłuszeństwa. Spojrzał na córkę, a w jego oczach dostrzegła miłość i, choć trudno było jej w to uwierzyć, strach. Trwało to zaledwie ułamek sekundy, lecz wiedziała już, że ojciec nie będzie się na nią gniewał. Zaraz potem książę rozłożył szeroko ramiona, a śmiertelnie zmęczona i okropnie brudna Jelena padła w jego objęcia.

– Ptaszyno... – wyszeptał jej do ucha.

Jelenie zdawało się, że chciał dodać coś jeszcze, ale głos odmówił mu posłuszeństwa.

Następnie ojciec osobiście zaniósł ją do łaźni, kazał służącej ją umyć, porządnie nakarmić i położyć do łóżka. Po szalonej ucieczce Jelena rozchorowała się i kolejny tydzień spędziła w gorączce w swojej komnacie. Mimo to była szczęśliwa. Osiągnęła swój cel – nigdy więcej nikt nie wspomniał o odsyłaniu jej z Szigetváru. Mogła pozostać w domu z braćmi i ojcem i dzielić ich los, jakikolwiek by nie był.

Warto było. Przydałam się na coś, pomyślała Jelena, słysząc, jak ojciec śmieje się teraz długo i głośno.

Wreszcie uspokoił się, po czym uniósł córkę, jak gdyby nic nie ważyła, i posadził sobie na kolanach.

– Oj ptaszyno, ptaszyno – powiedział, ocierając wierzchem dłoni łzę rozbawienia, która spłynęła mu po policzku.

Jelena była zadowolona. Czoło ojca wygładziło się, a brwi znów tworzyły dwa oddzielne łuki.

– Wiesz, kto to? – zapytał nagle, podsuwając miniaturę w jej stronę, by córka mogła lepiej przyjrzeć się postaci na obrazku.

Dziewczynka obrzuciła portret szybkim spojrzeniem, starając się nie patrzeć kobiecie w oczy.

– Nie wiem, ojcze.

– To twoja babka. Miała na imię tak samo jak ty – wyjaśnił. – To jej jedyna podobizna, jaką posiadam. Z każdym dniem coraz bardziej mi ją przypominasz, wiesz?

Jelena uniosła ze zdziwienia brwi i przyjrzała się kobiecie raz jeszcze, lecz wciąż nie dostrzegała podobieństwa.

– Moja matka była niezwykłą kobietą – kontynuował Zrinski, uśmiechając się do świata wspomnień. – Była dzielna i rozważna. Nie dawała się ponieść emocjom. Zawsze miała wyznaczony cel i plan, jak do niego dotrzeć, który realizowała, nie zważając na przeciwności losu czy porywy własnego serca. Po śmierci mego ojca przez trzy lata sama rządziła księstwem, dopóki nie dorosłem i nie byłem w stanie przejąć od niej władzę. Wiele wycierpiała, musiała wykazać się ogromnym sprytem i znieść mnóstwo wyrzeczeń, aby nie stracić naszego dziedzictwa. Pewnego razu, gdy miałem dziesięć lat…

– O, to tyle, co ja! – wykrzyknęła przejęta dziewczynka.

Ojciec skinął łagodnie głową i podjął opowieść.

– …wrogowie mego ojca postanowili mnie zabić. Chcieli pozbawić życia jedynego prawowitego dziedzica mego ojca i usprawiedliwić w ten sposób osadzenie na tronie kogoś innego. Moja matka dowiedziała się o spisku i kazała mi uciekać.

– Uciekać?! – prychnęła z pogardą Jelena. – Powinna była dać ci miecz! Przecież ty byś ich wszystkich pokonał, ojcze!

Nikola Zrinski pokręcił przecząco głową.

– Nie, ptaszyno. Wrogowie mego ojca byli zbyt potężni i, co gorsza, zdeprawowani. Zaślepieni żądzą władzy. Byli gotowi posunąć się do najokrutniejszej zbrodni, byleby odebrać mi życie i przejąć władzę na zamku. Moja matka wiedziała, że ucieczka jest jedynym ratunkiem dla mnie, a co za tym idzie i dla niej. Póki ja żyłem, ona była bezpieczna jako regentka prawowitego władcy zamku w Zrinie.

Jelena zaczęła się zastanawiać, dlaczego ojciec opowiada jej to wszystko.

– Pokazała mi wówczas sekretny tunel prowadzący poza obwarowania twierdzy. Niemal nikt nie wiedział o jego istnieniu, gdyż ta droga ucieczki była przekazywana od pokoleń jedynie wśród członków książęcego rodu. Ojciec tuż przed śmiercią przekazał ową tajemnicę mej matce. Nigdy ci o tym nie wspominałem, ale w Szigetvárze też jest taki tunel. Wiedzie z serca twierdzy aż na niewidoczną z głównej drogi ścieżkę na moczarach, skąd już niedaleko do lasu. Jeśli chcesz, mogę ci go pokazać.

Jelena milczała chwilę, zastanawiając się, czy wypowiedzieć niepokojącą myśl, która przyszła jej do głowy.

– Czy... czy chcesz, bym uciekła, ojcze? – zapytała wreszcie ledwie dosłyszalnym, zdławionym z emocji głosem.

Nikola Šubić Zrinski oderwał wzrok od portretu i spojrzał córce prosto w oczy.

– Posłuchaj mnie uważnie, Jeleno – powiedział, przybierając surowy ton głosu, którym zwracał się zwykle do dowódców swych wojsk, lecz nigdy do dzieci, a już zwłaszcza do córki. – Wkrótce rozpocznie się oblężenie twierdzy. Wojska Sulejmana są o niecały tydzień drogi od nas. Jeśli nie powstrzymają ich wezbrane wody rzeki, wkrótce w Szigetvárze rozpęta się piekło. Walka będzie nierówna i okrutna. Po obu stronach będą ginęli ludzie. Zrobię wszystko, żeby cię ochronić...

Głos Zrinskiego zadrżał.

– Wszystko – dodał po chwili stanowczo. – Jeśli jednak uznam, że twoje życie jest w niebezpieczeństwie, rozkażę ci udać się do tunelu...

– Bez ciebie nie pójdę! – zaprotestowała dziewczynka.

– Pójdziesz – głos ojca zabrzmiał jak świśnięcie miecza. – Bez słowa sprzeciwu i natychmiast, kiedy ci powiem. Przy wejściu do tunelu będzie czekała na ciebie sakiewka, którą koniecznie weź ze sobą; dzięki jej zawartości bezpiecznie dotrzesz do macochy. Po opuszczeniu zamku idź na zachód, do klasztoru za wzgórzami, tego ukrytego w lesie. Nie oglądaj się wstecz, nie zastanawiaj. Po prostu idź. Tylko w ten sposób zapewnisz bezpieczeństwo sobie i mi.

Jelena poczuła, że na jej barkach spoczął ciężar odpowiedzialności. Gdyby chodziło tylko o jej własne życie, nie przejęłaby się zbytnio. Jednak od tej chwili od jej posłuszeństwa zależeć miał los ojca. Nie mogła go zawieść.

Zrinski przyglądał się córce z namysłem. Z wyrazu jej twarzy wyczytał, iż podstęp, po który sięgnął, by upewnić się, że nie trafi w ręce Osmanów, się powiódł. Był pewien, że Jelena wypełni polecenie co do joty. W tej jednej krótkiej chwili ojcowska duma, miłość i żal, że przyszło im doczekać tak tragicznych chwil, rozerwała serce księcia. Wtulił twarz we włosy dziewczynki, by córka nie dostrzegła jego wzruszenia. Po chwili otrząsnął się z emocji. Musiał być silny, dla Jeleny i dla wszystkich mieszkańców Szigetváru.

– Unikaj głównych dróg. – Zrinski znów przyjął żołnierski ton. – Idź lasami, które doskonale znasz. W sakwie znajdziesz listy. Oddaj je pierwszemu mężczyźnie w habicie, którego tam napotkasz. Mnisi zaopiekują się tobą i pomogą ci dotrzeć do zamku macochy. Tam czekaj na mój powrót.

– A Andriej? A Juraj? – zapytała Jelena, zdjęta nagłą troską o braci.

– To jest twoje zadanie. Każde z was dostanie swoje. W wojsku każdy musi troszczyć się o wypełnienie własnego rozkazu, nie zważając na zadania powierzone innym. Nawet jeśli miasto padnie….

Jelena szarpnęła głową. Nigdy dotąd nie słyszała, by ktokolwiek w twierdzy, a zwłaszcza ojciec, jej pan i dowódca, mówił o upadku Szigetváru. Miasto było przecież nie do zdobycia.

– Szigetvár nie padnie, ojcze! Nigdy! – wykrzyknęła, wpadając mu w słowo. – To najpotężniejsza twierdza świata!

Nikola Šubić Zrinski z trudem uśmiechnął się do córki. Choć prace nad umocnieniem fortyfikacji miasta trwały od kilku miesięcy, nie zdołano osiągnąć spodziewanych rezultatów. Wprawdzie osuszono bagienne jeziora otaczające twierdzę i otoczono je ziemnymi szańcami, pozatykano także wyłomy w glinianym murze otaczającym zamek, ale Zrinski, który w przeszłości brał udział w kampaniach przeciwko Osmanom, wiedział, że ubita glina i drewniane palisady nie zdołają ich powstrzymać. Turcy tak samo wprawnie władali łopatami i kilofami, jak mieczami.

Jedynym miejscem, które mogło stawiać dłuższy opór, była okrągła, trzypiętrowa, średniowieczna wieża, nazywana przez wszystkich sercem Szigetváru. To właśnie tu zgromadzono ogromne zapasy żywności i prochu, a do podziemi przeniesiono szigetvárski skarbiec, by utrzymać pozycję i nie oddać twierdzy do czasu nadejścia wojsk habsburskich. Jeszcze w czerwcu cesarz Maksymilian obiecał natychmiast wysłać swych żołnierzy do wsparcia obrony miasta. Powinny dotrzeć do Szigetváru lada dzień. W niepozornej, zapisanej równym pismem kartce, za pomocą której kilka dni wcześniej dostarczono Zrinskiemu słowa władcy, iż podtrzymuje swoje wcześniejsze deklaracje, zawarta była cała nadzieja bana chorwackiego.

Cesarz przekonywał swego generała, że wojska nieprzyjaciela posuwają się niezwykle wolno. „Wojska sułtańskie nie dotrą na Węgry przed upływem trzech kolejnych pełni księżyca – pisał cesarz. – A wówczas pozostanie im niewiele czasu na walkę, gdyż zbliżająca się jesień, niosąca ochłodzenie i opady, a nade wszystko niemożność zaopatrzenia armii zmusi Sulejmana do opuszczenia naszych ziem. Wytrwajcie!".

Zrinski wiedział już, że szpiedzy władcy się mylili i Turcy o wiele szybciej dotrą na Węgry. Wysłał już do stolicy swego najstarszego syna, Juraja, służącego na co dzień w szeregach cesarskiej armii, by zaniósł Maksymilianowi II najświeższe wieści o pozycjach zajmowanych przez Osmanów i prosił władcę o przyspieszenie marszu oddziałów na Węgry. Książę był pewien, że własnymi siłami nie zdoła odeprzeć muzułmańskiej nawałnicy. Był w stanie jedynie zatrzymać pogan najdłużej, jak to możliwe, dając Habsburgom czas na zgromadzenie wojsk. Miał nadzieję, że cesarz mimo swych optymistycznych wyobrażeń o marszu wojsk Sulejmana poczynił wszelkie przygotowania do wojny, zgromadził zapasy, pieniądze, uformował armię tak, by jego oddziały były w każdej chwili gotowe do wymarszu z obozów znajdujących się między Komárą a Wiedniem.

Mimo to pragnął też, by córka jak najdłużej zachowała wiarę w potęgę twierdzy, która pomoże jej przetrwać to, co miało wkrótce nastąpić.

– Nie padnie – powtórzył, starając się, by jego głos brzmiał stanowczo. – Nie padnie, jeśli każdy z nas wypełni swoje zadanie. Cokolwiek by się wydarzyło, wkrótce wszyscy spotkamy się znowu na wspaniałej uczcie i będziemy świętować narodziny twojego brata lub siostry.

– Siostry – zawyrokowała Jelena. – Braci mam już pod dostatkiem.

Książę znów się roześmiał.

– Ptaszyno, moja ptaszyno! – powiedział znów i pogładził córkę po włosach. – A zatem uczta będzie musiała być godna kolejnej cudownej szlachcianki z rodu Zrinskich! Sprowadzimy do zamku kuglarzy i muzykantów i urządzimy świętowanie, jakiego miasto dotąd nie widziało.

Jelena klasnęła w dłonie i aż podskoczyła na ojcowskich kolanach z uciechy.

– I wypuścimy gołębie! – zawołała podekscytowana. – Dziesiątki białych gołębi.

– Będą i gołębie – przytaknął Zrinski. – A teraz chodź, pokażę ci tunel.

Beztroski nastrój prysł w jednej chwili. Jelena posmutniała. Tak miło było siedzieć blisko ojca i snuć marzenia o najwspanialszej uczcie świata. Nie myśleć o straszliwych Turkach, których przybycie zwiastowało dudnienie kotłów, od kilku dni słyszane wieczorami. Ów złowieszczy odgłos wciąż jeszcze zdawał się dobiegać z innego świata, był zbyt odległy, by wywoływać prawdziwy strach. A jednak odkąd echo po raz pierwszy przyniosło znad bagiennych jezior odgłosy rytmicznego dudnienia, spokój opuścił mieszkańców miasta. Za dnia starali się ignorować niebezpieczeństwo, żyć dalej, jak gdyby nigdy nic nie miało się wydarzyć, jakby wciąż najważniejsza była cena, po której kupi się ser, sprzeda belę płótna lub to, czy krowa ocieli się dziś, czy jutro. Na ulicach słychać było żarty z nieokrzesania Turków, z niedołęstwa ich władców, ich zacofania i głupoty. Mieszkańcy Szigetváru śmiechem usiłowali dodać sobie odwagi. Lecz wraz z nastaniem nocy, po całym dniu spędzonym na polach, na jarmarkach, na krzątaninie wokół ognisk domowych, gdy nadchodził czas odpoczynku, odwaga jakby ich opuszczała. Co noc pielgrzymowali w całkowitym milczeniu na mury, by wśród ciszy nocy wsłuchiwać się w odgłosy nadciągających wojsk wroga, które zlewały się w jedno z kołataniem ich przerażonych serc.

Serce Jeleny także załomotało w piersi, gdy ojciec wspomniał o tunelu. Zaraz jednak nakazała sobie zachowanie spokoju. Była żołnierzem jak jej bracia, a ich dowódcą był ojciec. Książę liczył na nią. Nie mogła go zawieść. Dostała przecież rozkaz. Musiała się przygotować, choć w głębi serca marzyła, by nigdy nie nadszedł moment, w którym rodzic zażąda od niej jego wypełnienia.

– Chodźmy – powiedziała krótko i zeskoczyła z ojcowskich kolan.

19 lipca 1566
Brzeg Dravy pod Eszékiem
Imperium Habsburgów

1

Potężny huk przeciął powietrze. Wystrzał armatni obwieścił przybycie władcy nad brzeg rzeki, która okazała mu swe nieposłuszeństwo. Sulejman siedział w siodle wyprostowany i dumny jak za dni swej największej świetności. Sokollu z bijącym sercem przyglądał się, jak zsiada z konia. Bał się, że nie starczy mu sił i cały ten występ, niepotrzebna brawura, zamiast triumfem skończy się upokorzeniem. Nic złego jednak się nie stało. Sułtan, wspierany dyskretnie przez swe sługi, stanął pewnie na omszałym gruncie i skierował kroki w stronę wspaniałej, zdobionej złotem i adamaszkiem żaglówki, przygotowanej specjalnie na tę okazję, by władca mógł obejrzeć z bliska dzieło swych budowniczych. Brzeg porośnięty był gęstym mchem i bujnymi, wysokimi paprociami. Kamienie na ścieżce błyszczały od wilgoci. Sokollu, niczym troskliwa matka, we wszystkich tych ozdobach nadrzecznego krajobrazu nie widział piękna, a jedynie niebezpieczeństwa czyhające na słabego władcę. Jeden źle postawiony krok mógł go kosztować życie. Sułtan jednak zdawał sobie nic nie robić z tych niebezpieczeństw. Kroczył godnie pomiędzy szpalerem swych wojskowych, patrząc przed siebie na prowizoryczny port.

Tymczasem jego wezyr w duchu modlił się, aby zaaplikowane Sulejmanowi tego ranka egipskie lekarstwo łagodzące ból fizyczny, poprawiające nastrój i dodające sił, działało jak najdłużej. Chwilę później i on siedział w sułtańskiej łodzi, płynąc w kierunku mostu, którym Turcy nałożyli pęta rozszalałej od nadmiaru wód rzece. Widywał go codziennie, wizytując i nadzorując każdy etap jego powstawania, miał jednak wrażenie, że dopiero dzisiejsza uroczystość uwypukliła okazałość owego owocu geniuszu osmańskiej organizacji.

Sulejman nakazał budowę mostu na Dravie, gdy pewnej nocy dzika burza zerwała przeprawę na Dunaju. Była to solidna konstrukcja, wzniesiona kilkanaście tygodni wcześniej przez przednie wojska, które pierwsze wyruszyły ze Stambułu w celu przygotowania dróg. Miano umocnić je, wyrównać, wykopać wzdłuż nich specjalne rowy, tak by maszerująca armia nie rozchodziła się na boki i nie niszczyła plonów. Przeprawa zbudowana była z drewna, oparta na potężnych słupach, osadzonych w ziemi głęboko pod rzecznym mułem i ze wszystkich stron podpartych ogromnymi głazami. Wydawało się, że most na Dunaju jest konstrukcją doskonałą – a jednak nie przetrwała ona walki z żywiołem.

Na widok strat, jakie poczyniła burza, drażliwy ostatnimi czasy sułtan wpadł we wściekłość, spowodowaną po części i tym, że tej samej nocy woda wdarła się do namiotu władcy, niszcząc jego ukochane dywany. Gdy emocje nieco opadły, zapytał, którędy zatem wojska przedostaną się na drugą stronę rzeki. Wówczas doniesiono mu, że najbliższa przeprawa znajduje się w znacznej odległości, lecz jest to jedyne rozwiązanie, przerzucenie całych sił tureckich, zwłaszcza koni i artylerii, płaskodennymi łodziami jest bowiem niemożliwe. Tym samym zerwanie mostu najprawdopodobniej spowoduje kilkutygodniowe opóźnienie.

– Panie, może wobec tego powinniśmy rozważyć zawrócenie wojsk do Belgradu, by tam przeczekać zimę – odezwał się wówczas jeden z sandżakbejów.

Sulejman spojrzał na niego z nienawiścią, która nadała blasku przygasłym źrenicom. W jednej chwili twarz nieszczęsnego dowódcy sandżaku okryła się śmiertelną bladością, a on sam spuścił wzrok, w duchu wyrzucając sobie ten desperacki akt odwagi.

– Nic nie powstrzyma Sulejmana Prawodawcy! – wykrzyknął sułtan niesiony pychą i starczym zniecierpliwieniem.

Zaraz potem zaniósł się kaszlem. Jego doradcy natychmiast skłonili głowy i wbili wzrok w czubki jedwabnych pantofli. Wszyscy wiedzieli bowiem, że sułtan nie znosi być widzianym w chwilach słabości fizycznej.

– Wezwijcie skrybę – zażądał, gdy atak minął.

Wezwany zjawił się w komnacie niemal natychmiast.

– Pisz – rozkazał. – Sułtan Sulejman nakazuje Hamza Bejowi, by wziąwszy ze sobą dwadzieścia pięć tysięcy ludzi...

Sokollu szarpnął głową, jakby chciał się sprzeciwić tak rozrzutnemu dysponowaniu wojskiem, lecz widząc fanatyczny zapał na twarzy sułtana, zrezygnowany opuścił wzrok.

– ...udał się czym prędzej nad dopływ Dunaju zwany Dravą w rejonie Eszéku i tam jak najszybciej zbudował most.

Kilka dni później, gdy Hamza Bej dotarł we wskazane miejsce, okazało się, że i tam wody rzeki wezbrały i przedarły się przez przybrzeżne wały, zalewając wszystko w krąg aż po najbliższe wzgórza.

„Panie mój – pisał Hamza Bej – wokół nie ma ani jednego kamienia, ani jednego drzewa, na którym można by oprzeć konstrukcję. Jest tylko pustynia, ogromna wodna pustynia".

Gdy odczytano Sulejmanowi wiadomość, sułtan ściągnął tkaninę ze stolika, przy którym siedział, i nakazał wykaligrafować na niej atramentem następujące słowa:

„Most na Dravie ma zostać wybudowany, nim tam przybędę. Jeśli go tam nie znajdę, kawałek płótna, który dzierżysz w dłoni, naznaczony zostanie Twoją krwią. Jeśli zaś most zbudujesz, obsypię Cię złotem tak obficie, jakbyś wybudował przeprawę wśród obłoków, nie ma bowiem ceny dla budowniczego, który dokonuje rzeczy niemożliwych. Wybieraj: życie w dostatku wśród zaszczytów albo śmierć".

Strach często pozwala nierealnemu stać się rzeczywistością. Tak było i w tym przypadku. Gdy sułtan przybył nad brzeg Dravy szesnaście dni później, most, długi na pięć i pół tysiąca sążni i tak szeroki, że bez trudu mogły przezeń przejechać największe derbuzy, był niemal skończony. Podtrzymywały go na powierzchni rzeki barki, sto osiemdziesiąt barek połączonych ze sobą żelaznymi łańcuchami. Tysiące żołnierzy sprowadzało łodzie ze wszystkich okolicznych rzek, lecz mimo to kilkanaście tymczasowych warsztatów szkutniczych i kuźni przez dwa tygodnie pracowało dzień i noc, przygotowując niezbędne elementy konstrukcji mającej związać ze sobą dwa brzegi nieujarzmionej rzeki.

Pierwszego dnia nowego roku księżycowego władca osobiście pogratulował Hamza Bejowi i zgodnie z obietnicą sowicie wynagrodził zarówno jego, jak i budowniczych mostu. Następnie nakazał wydać ucztę, by jego poddani cieszyli się i świętowali zwycięstwo sułtana Sulejmana nad siłami natury.

2

Po skończonych uroczystościach sułtan udał się na spoczynek, a urzędnicy państwowi rozeszli się do namiotów na obiad. Feridun Bej i Mehmed Pasza Sokollu weszli do namiotu wielkiego wezyra. Obmyli dłonie w srebrnych misach wypełnionych wodą z płatkami róż i usiedli na poduszkach po przeciwnych stronach niskiego stolika nakrytego do posiłku. Dziesiątki maleńkich miseczek wypełnione były przystawkami nazywanymi meze. Feridun Bej opadł ciężko na poduszki i natychmiast sięgnął po duże, zielone oliwki skąpane w oliwie z solą morską. Włożył do ust słonawy owoc i mlasnął z zadowoleniem. Nie potrafił ukryć emocji i entuzjazmu, jakie wywołała w nim dzisiejsza demonstracja siły sułtana. Zajadając ze smakiem coraz to nowe potrawy wnoszone przez służących – pachnący korzeniami pilaw, faszerowane jagnięciną liście winogron, börek z nadzieniem z bakłażanów i smażonej cebuli posypany pieprzem i sezamem – rozpamiętywał kolejne szczegóły parady i wrażenie, jakie władca wywarł na wojsku i jego dowódcach. Sokollu prawie nie jadł i słuchał go w milczeniu, które nie uszło uwagi przyjaciela.

– Panie mój, to taki radosny dzień, a ty wydajesz się niespokojny. Powiedz, czy coś cię trapi? – zapytał wreszcie.

Sokollu spojrzał na niego i przytaknął.

– Co się wydarzyło? – dopytywał Feridun Bej, czując, jak także w jego duszy radość ustępuje miejsca zaniepokojeniu.

– Sułtan jest bardzo słaby – powiedział wielki wezyr.

Oblicze Feridun Beja natychmiast się wypogodziło.

– Choroba nie opuszcza go od wyjazdu ze stolicy, a przecież rankiem tak wspaniale się prezentował, paradując przed wojskami na swym szarym koniu – rozmarzył się na nowo. Jednak widząc minę wezyra, spoważniał. – Czemu więc dziś słabość sułtana burzy twój spokój, mój panie?

– Od dawna rozmawiamy o rosnącej sile giaurów, z którą chcąc nie chcąc musimy się liczyć.

Feridun skinął głową.

– Dziś po raz kolejny zdałem sobie sprawę z tego, jak mocno nasza potęga opiera się na barkach naszego słabego i schorowanego władcy, niech Bóg Miłosierny będzie mu łaskawy – ciągnął Sokollu. – Wojsko kocha go i wierzy tylko w niego. Nie pójdzie za nikim innym, nie posłucha rozkazów, zbuntuje się. Bez Sulejmana zapanuje chaos. Cały ten pokaz siły uświadomił mi ogrom błędu, który popełniliśmy, wyruszając na tę wyprawę.

– Ciszej, panie – szepnął przerażony Feridun. – Jeśli ktoś cię usłyszy…

Wzburzony wezyr zacisnął dłonie w pięść.

– Nikt nie powinien się dziwić! Jeszcze w Stambule otwarcie deklarowałem, że jestem przeciwny kampanii. Nic się w tej kwestii nie zmieniło.

Sokollu czuł, że to, co mówi, nie jest do końca prawdą, ale nie zdołał powstrzymać emocji.

– Ja wiem, panie, ale obawiam się, że twoi przeciwnicy, słysząc podobne słowa teraz, gdy już się stało i wyprawa trwa, mogliby je wziąć za wyraz sprzeciwu wobec woli władcy. Wszak to on zarządził wymarsz. Mógłbyś się znaleźć w niebezpiecznym położeniu.

– Masz rację – przytaknął Mehmed, opanowując złość i ściszając głos. – Mimo wszystko sądzę, że należało poczekać, aż stan zdrowia sułtana się poprawi.

– Nie mogliśmy przecież postąpić inaczej po tym, co wydarzyło się w ubiegłym roku na Malcie... – zaczął ostrożnie Feridun.

– Dlaczego ja mam płacić za błędy innych?! – zapalił się na nowo Sokollu. – Dlaczego pierwsza wyprawa, której przewodzę jako wielki wezyr, ma być napiętnowana przez porażkę, jaką przez swoją nieudolność poniósł Lala Mustafa?!

Feridun zbladł, widząc rosnący gniew wielkiego wezyra. Mehmed Pasza Sokollu nawet wobec niego rzadko pozwalał sobie na aż takie wybuchy emocji.

– Powiadają, że Jean de la Valette, wielki mistrz zakonu joannitów, zawarł pakt z diabłem, żeby nas zwyciężyć... – spróbował łagodnie, choć wiedział, że szanse na ukojenie gniewu wezyra podobnymi argumentami są niewielkie.

– De la Valette jest upartym i przebiegłym starcem, którego doświadczenie ten dureń, Lala Mustafa, zignorował! – uciął Sokollu. – Zaślepiony pychą, zlekceważył wroga i wszechmoc fanatyzmu tych przeklętych joannitów. Potraktował ich jak zakonników z mieczami, a nie wojowników o świętą w ich mniemaniu wiarę. Popełnił podstawowy błąd, który kosztował całe Imperium nadszarpnięcie sławy o niezwyciężoności. Tylko dlaczego cenę za jego głupotę przyszło zapłacić mi?

Feridun milczał, nie znajdując słów, którymi byłby w stanie podnieść na duchu wielkiego wezyra.

– Nie rozumiesz, że klęska, którą ponieśliśmy na Malcie, obciążyła wyprawę na Austrię jeszcze większym brzemieniem? – gorączkował się Sokollu. – Oto niewierni już raz zadali nam cios. Kolejna porażka jest niedopuszczalna! Ta wyprawa miała przytłoczyć wrogów, przerazić, na nowo wzbudzić szacunek i strach przed Imperium Osmańskim. Sprawić, by wszyscy myśleli o Malcie jak o epizodzie, nic nieznaczącym wobec osmańskiej potęgi. Wyprawa na Austrię miała być postrzegana jako krwawa zemsta. Tymczasem przyszło nam ruszyć na nią pod dowództwem sułtana stojącego na progu śmierci, choć stara się ze wszystkich sił zachować pozory, że jest inaczej. Należało zostać w stolicy i dotrzymać paktów pokojowych. Spróbować podporządkować sobie cesarza Maksymiliana środkami gospodarczymi…

– Panie, pamiętaj o wsparciu papieża – powiedział Feridun, z odrazą wymawiając ostatnie słowo.

– Znam dobrze kardynała Ghislieri. To kolejny fanatyk pokroju de la Valette'a, myślący najpierw o władzy, a dopiero później o własnej duszy, śniący sny o zjednoczeniu państw chrześcijańskich pod swoim przewodnictwem, by nas zmiażdżyć, a przede wszystkim zagarnąć w imię Boga wszystkie nasze bogactwa. Jedyną przeszkodą w realizacji jego planu są sami władcy chrześcijańskiego świata, którzy nie odznaczają się aż tak wielką gorliwością w dążeniu do zjednoczenia, co ich papież – skwitował Sokollu. – Pokój z Habsburgami, zwłaszcza odkąd tron objął niezdecydowany i nijaki w postawie Maksymilian II, miał wszelkie szanse na przetrwanie.

– Panie, ale cóż mogłeś zrobić, skoro taka była wola sułtana?

– Nie wiem, nie wiem. – Wielki wezyr podniósł się z kolan i zaczął krążyć po namiocie.

W swoim ciemnobrązowym płaszczu przypominał Feridun Bejowi prawdziwego sokoła kołującego w powietrzu w czasie łowów.

– Pytanie, czy sułtan naprawdę pragnął tej wojny? – podjął Sokollu. – Rozumiem, że ogarnięty samotnością po stracie Hürrem, synów i wielu przyjaciół rozpaczliwie potrzebował nadać swemu życiu jeszcze jakiś sens. Nasza wielce pobożna sułtanka Mihrimah przekonywała go, że musi spełnić swój muzułmański obowiązek i ostatecznie rozgromić chrześcijan. Semiz Ali Pasza i wielu innych intrygantów do niedawna otaczających Sulejmana ze wszystkich stron, zaślepionych nienawiścią do giaurów, niedostrzegających nic poza swoim pragnieniem władzy, bogactw, wpływów i chwały, zgrabnie podsunęli mu wówczas myśl o konieczności położenia kresu habsburskiej samowoli na Węgrzech i objęcia tronu Austrii, a potem robili wszystko, by zakorzenić ją głęboko w sercu sułtana. Wmówili mu, że jest to jedyny sposób, aby koniec jego władania został zapamiętany jako początek nowej epoki tureckiego panowania nad zachodem Europy. Teraz, mimo wielu moich wysiłków, ta myśl nie daje mu spokoju. Zdobycie Wiednia jest ostatnim celem jego życia, pragnieniem, które trzyma go wciąż na ziemi.

Prawda zawarta w ostatnich słowach wezyra uderzyła obu mężczyzn. W namiocie zapadła cisza.

– Nic nie odwróci już biegu wydarzeń – odezwał się po chwili Sokollu, przerywając milczenie. – Nie pora na żale, musimy zastanowić się nad przyszłością.

Jego głos znów był spokojny i stonowany.

– Przyszło nam kroczyć wzdłuż krawędzi przepaści, przyjacielu. Najgorsze jest to, że w czeluść zrzucić nas może nie tyle siła wroga, co ukochany władca.

Feridun posłał mu zdziwione spojrzenie.

– Nie rozumiem twych słów.

– Nie panujemy nad zdrowiem sułtana Sulejmana, niech Bóg mu błogosławi na wszystkich jego drogach. Najważniejszy filar naszej wyprawy może w każdej chwili paść, grzebiąc nas wszystkich w ruinach. Jesteśmy w niebezpieczeństwie! Musimy myśleć nie tylko o wojskach Maksymiliana, ale przede wszystkim o tym, jak opanować sułtana, jak zmusić go do odpoczynku, a nade wszystko do niepodejmowania pochopnych decyzji, na które wpływ ma często rozdrażnienie wywołane bólami.

– Co zatem proponujesz, panie? – zapytał rzeczowo Feridun Bej, zadowolony, że wezyr znów zachowuje się we właściwy sobie, zdystansowany sposób.

– Przede wszystkim nie wolno pozwalać mu na wysiłek taki jak dzisiejszy.

Feridun chciał coś wtrącić, zaprotestować, ale Sokollu powstrzymał go ruchem ręki.

– Wiem, co chcesz powiedzieć. Rozumiem, że jego obecność ma ogromne znaczenie dla morale i zdyscyplinowania wojsk, wiem. Sam jednak widziałeś, jak wielkim wysiłkiem było dziś dla sułtana utrzymanie się w koniu, jakim upokorzeniem różowanie policzków i czernienie powiek, żeby wyglądać na zdrowszego, niż jest w rzeczywistości, o nadmiarze przeżyć nie wspominając. Pamiętaj też, że Sulejman może nagle zechcieć wykorzystać sytuację i pod wpływem emocji przemówić do wojsk.

Nie zdołalibyśmy go wtedy powstrzymać, a kto wie, co zechciałby wówczas powiedzieć; kto wie, czy nie zabrakłoby mu tchu, czy nie utraciłby przytomności na oczach swych żołnierzy, wprowadzając straszliwy zamęt…

Twarz wezyra okryła się cieniem smutku.

– Bóg jeden wie, z jakim trudem przychodzi mi wypowiadanie tych słów – szepnął. – Wiesz przecież, że kocham sułtana Sulejmana. Oddałem mu swe życie, duszę, każdy oddech. Broniłem go, wierzyłem w niego mocniej niż którykolwiek z jego poddanych, a teraz…

– Teraz przyszło ci, panie, bronić go przed nim samym – dokończył Feridun. – A ja zrobię wszystko, żeby ci dopomóc.

Sokollu przytaknął z wdzięcznością. Słowa przyjaciela przyniosły mu częściową ulgę.

– Trzeba dać sułtanowi poczucie, że nadal trzyma rękę na pulsie wielkiej polityki, że jak dotąd podejmuje wszystkie decyzje dotyczące wyprawy, jednocześnie dbając, by samodzielnie nie decydował o niczym – rzekł wezyr powoli, już chłodno, bez emocji, tak jak rozkazywał dowódcom podczas narad wojskowych. – Dobre imię to jedyne, co po nas pozostaje, Feridunie. Nie możemy pozwolić, żeby ktokolwiek, nawet on sam, zhańbił dobre imię Sulejmana Prawodawcy. Pamięć o dniach świetności jego panowania musi pozostać nieskalana, by dziesiątki kolejnych pokoleń śpiewały pieśni o olśniewających czynach, których dokonał.

25 lipca 1566
Twierdza Szigetvár – Węgry
Imperium Habsburgów

1

Zrinski spokojnie przyjął list od posłańca i położył go na stole.

– Odejdź! – rzucił, udając obojętność, choć Ferenc dostrzegł delikatne drżenie rąk władcy. Od tygodnia czekali na wieści z Wiednia, by dowiedzieć się, kiedy cesarz Maksymilian ze swymi wojskami planuje przybyć do Szigetváru.

Posłaniec czym prędzej opuścił komnatę. Zrinski i szambelan zostali sami. Gdy tylko za sługą zamknęły się drzwi, książę chwycił list i natychmiast zauważył, że zamiast pieczęcią cesarza jest on opatrzony emblematem jego najstarszego syna – Juraja. Bezzwłocznie złamał z trzaskiem woskową pieczęć. Przebiegł wzrokiem treść wiadomości. Oczy zaszły mu mgłą, a w uszach zaszumiało. Poczerwieniał na twarzy, a potem jego oblicze okryło się śmiertelną bladością. Szambelan i zarazem najdawniejszy przyjaciel księcia patrzył z niepokojem na jego twarz, lecz bał się spytać o cokolwiek. Dawno nie widział go tak wzburzonym. Po chwili kartka wypadła z rąk władcy, a on sam opadł na krzesło i ukrył twarz w dłoniach. Ferenc, nie czekając na pozwolenie, sięgnął po list. Natychmiast rozpoznał charakter pisma Juraja.

„Ojcze, skreślam te parę słów w pośpiechu. Szykuję mój oddział do drogi, by jeszcze dziś wyruszyć do Szigetváru i pospieszyć Ci z pomocą. Maksymilian nie przybędzie. Będzie czekał na agonię miasta, licząc, iż zatrzymamy Sulejmana do nadejścia największego sprzymierzeńca Habsburgów, węgierskiej jesieni wraz z jej długimi nocami, przymrozkami, a przede wszystkim deszczem, który uczyni nieznośnym obozowe życie tureckich oddziałów. Czymże jest jedno miasto w imię obrony imperium? To jego własne słowa. Słowa Maksymiliana II Habsburga, z Bożej łaski cesarza rzymskiego, króla Niemiec, Węgier, Czech, Dalmacji, Chorwacji, Slawonii etc. Bóg sam raczy wiedzieć, czy na wiosnę nie wyśle do sułtana posłów, by zawrzeć pokój. Rzymski cesarz będzie się układał z niewiernymi… Zostaliśmy sami, Ojcze”.

Szambelan przeczytał list dwukrotnie, wciąż wbrew rozsądkowi wierząc, że znajdzie choć słowo pocieszenia, jedną dobrą wiadomość, której będzie mógł się uchwycić w rozmowie z księciem. Na próżno. Wieści od Juraja Zrinskiego nie pozostawiały żadnych nadziei. Nie mógł uwierzyć, że cesarz postanowił poświęcić Szigetvár, poświęcić miasto, wojska i samego księcia, aby odsunąć przynajmniej do wiosny widmo konfrontacji sił Habsburgów z potęgą armii Sulejmana.

Tymczasem Zrinski odchylił głowę i oparł ją na wezgłowiu krzesła. Wpatrując się w kamienny sufit swej komnaty, wspominał ostatnie spotkanie z cesarzem Maksymilianem. Niecałe dwa lata wcześniej sam przybył do Wiednia wraz z liczną grupą węgierskiej szlachty i możnowładców, aby pogratulować cesarzowi wstąpienia na tron i zgodnie ze zwyczajem ofiarować mu z tej okazji podarunki. Z goryczą przypominał sobie, jak cieszył się na tę podróż, choć przyczyną jego radości było spotkanie nie tyle z nowo obranym władcą, co z najstarszym synem, który od roku służył w cesarskim wojsku.

Maksymilian przyjął ich przybycie z wyraźnym zadowoleniem. Wkrótce okazało się, że oszczędzili mu czasu, zjawiając się w Wiedniu, i tak chciał bowiem wkrótce zwołać posiedzenie, którego przedmiotem miało być podjęcie decyzji o utrzymaniu pokoju bądź wypowiedzeniu wojny Imperium Osmańskiemu.

Zapytany w tej sprawie Zrinski ostro i stanowczo opowiedział się za wojną.

– Zbyt długo tureckie hordy okupują nasze ziemie, niszczą plony, wyzyskują chłopów, zabijają naszych braci i siostry, bezczeszczą świątynie, plądrują miasta.

Nadszedł czas, by położyć kres cierpieniom węgierskiego narodu! Nadszedł czas, by wyzwolić się spod pogańskiego jarzma! – wykrzyknął wówczas, uderzając pięścią stół.

Wybuchła wrzawa. Książęta węgierscy poczęli skandować, żądając, by cesarz czym prędzej wypowiedział wojnę Turkom. Wykrzykiwali swe poparcie dla Zrinskiego i gotowość do stanięcia u jego boku w walce przeciw siłom osmańskim. Maksymilian milczał. Siedział na tronie i podparłszy brodę na dwóch palcach wskazujących przyglądał się całej scenie w zamyśleniu. Zrinski skierował wzrok w jego stronę, oczekując poparcia władcy. Chwilę mierzyli się wzrokiem w zupełnym milczeniu. Książę miał wrażenie, że oczy cesarza zwęziły się i że dostrzegł w nich dziwny cień, jakby przebłysk gniewu.

Tamtego dnia był zbyt pochłonięty przez strumień wydarzeń, by zastanowić się dłużej nad tym, co zaobserwował; teraz zaś był pewien, że tym, co wówczas dostrzegł, była nienawiść.

Ostatecznie, ku niezadowoleniu książąt węgierskich, cesarz zdecydował się wysłać do Stambułu poselstwo celem odnowienia porozumień pokojowych z sułtanem Sulejmanem.

– Gdyby wówczas wybuchła wojna, sułtan wykrwawiłby się, walcząc z nami i z joannitami jednocześnie. Nawet gdyby udało mu się przeżyć, nie podniósłby się szybko z tej klęski i dziś nie musielibyśmy patrzeć, jak Szigetvár kona – wyszeptał do siebie.

– Nie rozumiem twych słów, panie – drżącym głosem odezwał się Ferenc, któremu złowieszczy szept księcia wydał się upiorny, jakby Zrinski wzywał na pomoc ciemne moce.

Wyrwany ze wspomnień książę natychmiast wyprostował się i podniósł głowę. Jego twarz była przerażająca. Rysy zastygły w wyrazie grobowej powagi. Ferenc wiedział już, że podjął decyzję. Był też pewien, że decyzja ta jemu samemu niezbyt się spodoba.

– Pamiętasz, jak w młodości zaczytywaliśmy się w opisie obrony Gorących Bram w *Dziejach* Herodota? – zapytał Zrinski, nie patrząc na swego sługę.

Ferenc poczuł, jak nagły atak mdłości szarpnął jego wnętrznościami. Natychmiast pojął zamiary swego władcy. Skinął głową, nie mogąc wydusić z siebie ani słowa.

– Gdy konny szpieg Kserksesa podjechał pod obóz spartiatów, część Lacedemończyków gimnastykowała się, a część szczotkowała swe długie włosy. Śmiał się z tego Kserkses, śmialiśmy się i my, pamiętasz, Ferenc?

Szambelan przytaknął i uśmiechnął się krzywo.

– Dopiero potem magister powiedział nam, że czesanie włosów było oznaką przygotowywania się do bitwy, tak jak ostrzenie miecza czy podkuwanie konia – ciągnął Zrinski. – Spartiaci zmylili szpiegów tą niepozorną, kobiecą czynnością, której oddawali się, oczekując bitwy. Sprawili, że Persowie uczynili ich przedmiotem swoich drwin, zlekceważyli, a w rezultacie ponieśli ogromne straty. Tyle razy zastanawialiśmy się, jak skończyłaby się ta historia, gdyby Efialtes nie zdradził Leonidasa.

Nikola Šubić Zrinski siedział chwilę w milczeniu ze wzrokiem wbitym gdzieś w ciemność.

– Podziwialiśmy owych bohaterskich trzystu broniących przed Persami przesmyku Termopile. Chcieliśmy być tacy jak oni. Dzielni, nieustraszeni, mężni, „lekceważący życie i odważni do szaleństwa" – dokończył po grecku. – Pragnęliśmy dostać od losu szansę, by kiedyś móc udowodnić, że i my potrafilibyśmy pozostać do końca wierni. Kserkses był bezbożny i okrutny, a nade wszystko nie dotrzymywał obietnic. Zawarcie pokoju równało się oddaniu w niewolę perską. Lacedemończycy byli tego świadomi i poszli na pierwszy ogień, by pokazać pozostałym mieszkańcom Hellady, że z Persami należy walczyć, miast się z nimi układać…

Znów zamilkł, jakby zbierał siły, by wypowiedzieć trudną do przyjęcia prawdę. Ferenc już wiedział, że Zrinski odrzuci propozycję sułtańskiego posła.

– Zostaliśmy oszukani, przyjacielu – rzekł. – Zdradzeni przez cesarza, którego sztandar z walecznym lwem powiewa dumnie na czubku serca Szigetváru. Nie mamy wyboru, Ferenc. Musimy walczyć do końca.

– „Gościu, oznajmij Lacedemończykom, że w boju poległszy, tu spoczywamy po wiek, wiernie słuchając ich praw" – wyrecytował szambelan.

Ksiażę zaśmiał się gorzko.

– Trzeba uważać, o czym się marzy, Ferenc. Może bowiem nadejść dzień, w którym owe marzenia się spełnią.

– Zapamiętam i tę lekcję, panie – odparł szambelan z powagą, skrywając głęboko własne przerażenie.

– Jesteś dobrym przyjacielem, Ferenc – powiedział niespodziewanie Zrinski. – Najlepszym, jakiego miałem.

– Panie, jeszcze żyjemy – przerwał mu szambelan, przełykając wzruszenie, które ścisnęło mu gardło. – A póki żyjemy, wszystko może się odmienić. Nie myślmy o Termopilach. Jeśli przyjdzie nam podzielić los żołnierzy Leonidasa, podzielimy, lecz może uda nam się jeszcze przedłużyć swe dni. Wspomnij na wielkie zwycięstwo Aleksandra nad Dariuszem, wspomnij Gaugamelę. Perska armia była pięciokrotnie silniejsza, a mimo to Macedończycy zwyciężyli.

Zrinski zamyślił się nad słowami przyjaciela.

– Masz rację, Ferenc – rzekł nagle, prostując plecy. – Masz rację.

Szambelan z ulgą dostrzegł, że z oblicza jego pana zniknął grobowy mars i znów pojawił się na nim wyraz stanowczej determinacji. Wiedział już, że książę się nie podda, a kto wie, może rzeczywiście uda mu się zwyciężyć Sulejmana, tak jak Aleksander zwyciężył szacha perskiego.

– Każ, by wieczorem wszyscy obrońcy twierdzy zjawili się w Wielkiej Sali w sercu Szigetváru.

Ferenc skinął głową i odwrócił się w kierunku drzwi.

– Jeszcze jedno – zatrzymał go książę. – Wezwij do mnie Gašpara Alapicia. Natychmiast!

– Jesteś tego pewien, panie? – zapytał zdziwiony po chwili milczenia.

Zrinski skinął głową.

– Ufam mu jak sobie. Tylko on ochroni moje dzieci… – odrzekł zamyślony. – Tylko on zdoła pokierować obroną zamku, jeśli…

Ferenc nie pozwolił mu dokończyć.

– Zwyciężymy, panie – rzekł stanowczo.

2

Olbrzymia komnata w podziemiach serca twierdzy, nazywana Wielką Salą, przybrana specjalnie na ten wieczór szkarłatnymi sztandarami cesarza i wielobarwnymi chorągwiami rodów walczących pod dowództwem księcia Zrinskiego, była wypełniona po brzegi. Jelena nigdy nie widziała tylu zbrojnych zgromadzonych w jednym pomieszczeniu. Rycerze w milczeniu siedzieli na ławach, a ci, dla których zabrakło miejsc, stali w równych rzędach w cieniu ścian z grubo ciosanego kamienia. Chwiejne światła dziesiątek świec i pochodni odbijały się w ich lśniących zbrojach i oczach wpatrzonych w podwyższenie, na którym specjalnie na ten wieczór przygotowano prowizoryczny ołtarz.

Ubrana w najpiękniejszą suknię Jelena, wbrew swej naturze przestraszona, stała z bratem pod krzyżem, obok tronu przygotowanego dla księcia. Podniosła atmosfera panująca wewnątrz kaplicy onieśmieliła ją. Nie odwracając głowy, tak by nikt nie zwrócił na nią uwagi, rozejrzała się wokoło. Znała niemal wszystkich zgromadzonych tu mężczyzn. Nosili ją na rękach, gdy była mała, przywozili jej zabawki, a później książki z obrazkami w pięknie zdobionych okładkach z dalekich wypraw, nawet z samego Wiednia. To oni pokazali jej, jak zakładać nagolenniki, jak trzymać tarczę i miecz, pozwalali, aby podawała im strzały podczas ćwiczeń, aż doczekała dnia, w którym mogła sama udźwignąć lekki łuk. Rycerze służący pod rozkazami jej ojca byli bohaterami, przyjaciółmi i opiekunami jego córki. Podziwiała ich i kochała niemal jak własną rodzinę.

Jej uwagę przykuła ciemna postać stojąca po przeciwległej stronie ołtarza, w nieznacznym oddaleniu od pozostałych. Jelena wytężyła wzrok, by odgadnąć, czyja twarz kryje się w ciemnościach. Wkrótce rozpoznała w mrocznym rycerzu Gašpara Alapicia, zdaniem jej braci najdzielniejszego po księciu Zrinskim wojownika w szeregach cesarza Maksymiliana. Jelena wiedziała, że ojciec nie darzy go sympatią. Nie dziwiła mu się. Gašpar mimo młodego wieku miał dziwaczne siwe włosy i było w nim coś odpychającego, coś, czego nie potrafiła nazwać. Pozbawiony był uroku i dobroduszności charakteryzujących jej ojca. Nigdy się nie śmiał, prawie nie odzywał, rzadko bywał na ucztach czy turniejach, choć gdy pojawiał się na tych ostatnich, zawsze zwyciężał. Był surowy i wyniosły, ale jego rycerze i giermkowie darzyli go miłością i niezmiennie powtarzali, że Alapić jest sprawiedliwy, i że zawsze najwięcej wymaga od siebie. Jego twarz – jako i dusza – też była pełna sprzeczności. Przecinała ją na pół brzydka, szeroka, czerwonawa blizna. Gdyby nie ona, Gašpar z pewnością mógłby uchodzić za pięknego mężczyznę, mimo iż w jego stalowobłękitnych oczach ani razu nie dostrzegła nawet iskry dobroci czy humoru.

Jelena nie znała go dobrze. Jego obecność w jej życiu była jak wiatr, którego nie widać ani nie słychać, lecz który zawsze można wyczuć gdzieś obok. Miała tylko jedno wspomnienie związane z Gašparem, które pozostało wyraźne mimo upływu lat. Tego dnia na zamku trwało wesele jej ojca i macochy. Jelena miała wówczas sześć lat, lecz pozwolono jej bawić się ze wszystkimi tak długo, jak tylko będzie miała ochotę. W pewnym momencie wśród zabawy, muzyki, śmiechów i tańców dziewczynka poczuła się bardzo zmęczona. Rozejrzała się wokoło, ale nie dostrzegła nikogo bliskiego. Przestraszyła się i zaczęła płakać, wzywając braci, ojca i macochę, ale wśród ogólnej wrzawy nikt nie zwracał na nią uwagi. Roześmiane, poczerwieniałe od wina i gorąca twarze wirowały wokół niej, a ona krzyczała coraz głośniej i głośniej. W pewnej chwili poczuła, że ktoś staje tuż przy niej. Ogromny cień przesłonił jej światło. Czyjeś wielkie dłonie ujęły ją niespodziewanie delikatnie i po chwili frunęła w górze ponad głowami tańczących, zamknięta w żelaznym uścisku. Nie wiedziała, kto ją niósł, a mimo to strach minął. Było jej dobrze i bezpiecznie. Wtuliła twarz w kolczugę na piersi rycerza, którego twarzy wciąż nie mogła dostrzec. Zmęczona emocjami dnia, płaczem i strachem, zasnęła. Gdy się ocknęła, leżała we własnym łóżku, a tuż obok niej siedział Gašpar Alapić. Spoglądał gdzieś w dal, pogrążony we własnych myślach. Nie zauważył, że się obudziła. Przestraszona obecnością groźnego rycerza Jelena na wszelki wypadek zmrużyła powieki i spod ich zasłony obserwowała każdy ruch Gašpara. Po chwili rycerz wzdrygnął się nieznacznie i spojrzał na nią. Na jego zwykle zamarzniętym obliczu odmalował się smutek, i coś jeszcze, jakby czułość. Chciała otworzyć oczy i powiedzieć coś do niego, pocieszyć go, podziękować, że wyratował ją z kręgu obcych twarzy, gdy nagle Gašpar uniósł rękę i pogłaskał ją po głowie, nieśmiało i delikatnie.

– Jaka do niej podobna… – szepnął. – Jaka podobna.

Jelena dostrzegła wówczas samotną łzę, która spłynęła po przeciętym blizną policzku. Widok łez na twarzy tak dzielnego rycerza zawstydził ją i przeraził. Mieszaninę zażenowania i lęku spotęgowało także to, że nie pojmowała sensu wypowiadanych przez niego słów, zacisnęła więc mocniej powieki i po chwili znów zasnęła. Gdy ponownie się zbudziła, Alapicia nie było już w komnacie, a zza okna dobiegał śpiew ptaków i odgłosy porannej krzątaniny na dziedzińcu.

Kilka dni później powiedziała o całym zajściu ojcu i poprosiła, by wytłumaczył jej zachowanie i słowa rycerza. On jednak zamiast jak zwykle cierpliwie rozwiewać wszystkie jej wątpliwości, zachował się równie dziwnie: poczerwieniał na twarzy i huknął pięścią w stół, jak to miał w zwyczaju w chwilach złości.

– Nie zapomniał! – wykrzyknął. – Przez te wszystkie lata nie zapomniał!

Dopiero jakiś czas potem, gdy podrosła, dowiedziała się od służby, że we wczesnej młodości Alapić kochał jej matkę. Wszyscy znali historię tego młodzieńczego uczucia, książę także. Właściwie to jemu Zrinski zawdzięczał pierwsze spotkanie ze swą przyszłą małżonką. Pewnego razu, gdy podczas przeprawy przez bród w puszczy nieopodal Szigetváru na powóz dziewczyny napadli rabusie, towarzyszący jej Alapić uratował przyszłą matkę Jeleny od pohańbienia i śmierci. Wywiązała się walka, podczas której jeden z napastników odrąbał Gašparowi połowę twarzy. Stara kucharka z wypiekami opowiadała Jelenie, że ciężko ranny Alapić ciął mieczem jak opętany.

W końcu dobił ostatnich przeciwników, obwiązał zalaną krwią głowę szmatami i nie zważając na własne rany, zaniósł zemdloną ukochaną na rękach do pobliskiego zamku Szigetvár. Tam padł na kolana i złożywszy kobietę ostrożnie na kamiennej posadzce, stracił przytomność. Lekarze zaszyli ranę, ale twarz pięknego dotąd młodzieńca znaczyła odtąd brzydka, szeroka blizna. Gašpar wiele dni walczył o życie, trawiony dreszczami i gorączką. Matka Jeleny umierała z niepokoju o życie sługi, który tak jej pomógł. Nie wiedziała jednak nic o jego miłości. Jej zszargane przez napaść i niepokój nerwy koił z dużą delikatnością i wdziękiem czarujący, choć dojrzały, książę Zrinski. Wkrótce zakochała się w nim i zgodziła się za niego wyjść.

– To w dniu ich ślubu Alapić tak osiwiał – szepnęła kucharka, oglądając się z przestrachem za siebie. – Oj, książę nie byłby zadowolony, gdyby wiedział, że opowiadam panience to wszystko.

Jelena uspokoiła ją, że nikt, a zwłaszcza ojciec, o niczym się nie dowie, i dopytywała, co było dalej.

– Dalej… A nic, panienko. Alapić, nie czekając uczty weselnej, odjechał, a twoi rodzice zamieszkali razem w Szigetvárze. Piękna to była para, ach, piękna – westchnęła kucharka i dyskretnie otarła wilgotne oczy brzegiem fartucha. – A potem matka panienki obumarła, świeć Panie nad jej duszą.

Kobieta zamyśliła się, jakby jakaś niepokojąca myśl przyszła jej do głowy.

– I chwilę później stało się coś, czego chyba nikt nigdy nie pojmie! Po jej śmierci Gašpar Alapić niespodziewanie przyjechał do Szigetváru i złożył przysięgę księciu Zrinskiemu. Ej, dziwny to człowiek, dziwny! – wykrzyknęła nagle.

Jelena popatrzyła na Alapicia. Stał teraz w blasku pochodni dumny i niewzruszony jak posąg, jak istota nienależąca do tego świata.

Niczym umarły za życia, pomyślała Jelena, w której sercu nagle zrodziło się coś na kształt współczucia dla tego surowego człowieka.

Rycerze powiadali, że około południa książę Zrinski wezwał go do siebie. Podczas rozmowy miał ponoć powierzyć mu dowództwo twierdzy na wypadek swej śmierci. Jelena wzdrygnęła się na samą myśl o podobnej tragedii. Nim jednak zdążyła na dobre pogrążyć się w rozpaczliwych wizjach, jej uwagę przykuła procesja, która przy dźwiękach dzwonków, wśród sinych oparów kadzidła wkraczała właśnie do komnaty. Zbroje zachrzęściły, gdy dziesiątki wojowników podniosło się jednocześnie. Przez środek szpaleru utworzonego z rycerzy na przedzie pochodu szło dwóch giermków, ubranych tego dnia w białe tuniki, niosących kadzielnice. Za nimi w asyście kleryków postępował ksiądz Jewgienij, staruszek z długą siwą brodą, który Jelenie zawsze kojarzył się z zasuszoną gruszką. Kapłan szedł powoli, ostrożnie stawiając stopy. W drobnych dłoniach przysłoniętych skrajem migoczącej złotem szaty niósł wzniesiony ku górze Najświętszy Sakrament, ukryty we wnętrzu wysadzanej szmaragdami monstrancji. Za nim w pewnej odległości postępował książę. Gdy wyszedł z ciemności i pojawił się w kręgu światła, z ust zgromadzonych wydobyło się westchnienie.

Jedno spojrzenie na postać ojca wystarczyło, by wszystkie obawy opuściły serce dziewczynki. Nikola Šubić Zrinski ubrany w odświętną zbroję i wysoką czapkę z białym piórem na głowie wyglądał jak ucieleśnienie bohaterstwa, jak ktoś, komu chwała została zapisana w niebiosach na długo przed narodzinami.

Rycerze pochylili głowy, giermkowie stojący najdalej od ołtarza padli na kolana, a Jelena nie była pewna, komu tak naprawdę oddają cześć i okazują oddanie tym gestem. Ręce jej drżały, a serce napełniła ogromna radość.

Procesja zatrzymała się przy ołtarzu, na którym ksiądz postawił monstrancję.

– *In nomine Patris et Filiiet Spiritus Sanctus* – słaby głos starca odbił się echem od kamiennych ścian, nabierając mocy.

– Amen – odpowiedział mu huk rycerskich głosów, tak potężny, że Jelenie zdało się nagle, że ściany zadrżały.

Rycerze skłonili głowy, opuszczono sztandary i rozpoczęła się Litania do wszystkich świętych. Gdy rycerze po raz ostatni powtórzyli *ora pro nobis*, kapłan zamknął oprawioną w skórę księgę, wziął do ręki krzyż i spojrzał na księcia.

Zrinski zdjął czapkę i z odsłoniętą głową podszedł do ołtarza. Twarz miał poważną, usta zaciśnięte, oczy patrzyły wprost na postać ukrzyżowanego Zbawiciela. Jelena odniosła nagle wrażenie, jakby w tej tymczasowej kaplicy nie było nikogo, tylko ojciec i Chrystus spoglądający nań z krzyża. Zawstydziła się, jak człowiek w pełni świadom, że nie powinien oglądać sceny, która rozgrywa się przed jego oczami. Serce podskoczyło jej do gardła, gdy nagle ojciec odezwał się głosem spokojnym, dźwięcznym i mocnym. Wydawałoby się, że jedno jego słowo mogłoby skruszyć nie tylko najtwardsze skały, ale i całą turecką potęgę.

– Ja, Nikola Šubić Zrinski, ślubuję uroczyście Bogu w Trójcy Jedynemu, Najświętszej Jego Matce zawsze Dziewicy, wierności dochować i nie odstąpić od obrony wiary chrześcijańskiej, bodajby mi jej samemu strzec przyszło. Biednej ojczyzny mej granic do ostatniej kropli krwi bronić i do wrogów wypędzenia z jej ziem doprowadzić. Danej cesarzowi Maksymilianowi przysięgi i za cenę życia dotrzymać. Na rany Chrystusa oblężonym w twierdzy braciom w dobrem i złem służyć, pomagać, z nimi wespół walczyć, a jeśli mi zginąć przyjdzie, w ich ramionach polec, uprzednio mocą Bożą i chwałą okrywszy mury tej twierdzy.

Po tych słowach książę podszedł do kapłana i ucałował krzyż. Rycerze, którzy z powagą wysłuchali słów swego wodza, teraz poczęli wiwatować, nie zważając na obecność świętych przedmiotów.

– Niech żyje nasz książę! Niech żyje książę Zrinski!

Nikola Šubić stał na podwyższeniu, przyglądając się im z powagą. Wreszcie uniósł w górę dłoń, dając znak, by umilkli.

– Który z was jest ze mną, który nie boi się ginąć za Święty Kościół, wiarę naszą, domy, dzieci i umiłowaną węgierską ziemię, niech ucałuje krzyż i pozostanie mu wierny! – To mówiąc, zszedł z ołtarza i usiadł na przygotowanym stolcu.

Następnie rycerze jeden po drugim podchodzili do krzyża, padali na kolana, po czym głośno i radośnie powtarzali słowa przysięgi. We wszystkich wstąpiła nowa nadzieja, a wiara w powodzenie obrony twierdzy rozniecita na nowo płomień bohaterstwa w ich duszach. Większość zachowała niewzruszoną powagę, ale kilku podniosły nastrój chwili i wzruszenie odebrały mowę.

Jelena nie odważyła się wprawdzie podejść do ołtarza, lecz i ona drżącymi wargami wypowiedziała słowa przysięgi. Czuła, jak radość, jakiej nie odczuwała nigdy przedtem, zalewa jej duszę. Była teraz obrońcą twierdzy, żołnierzem stojącym na przedmurzu chrześcijańskiego świata, by bronić doń dostępu niosącym śmierć niewiernym. Wstając z kolan, ogarnięta religijną ekstazą, była pewna, że zwyciężą. Bóg był przecież z nimi.

Ostatni do ołtarza podszedł Gašpar. Ukląkł i wzniósł oczy ku oświetlonej od tyłu światłem świecy monstrancji. Cisza w komnacie była tak głęboka, że własny oddech wydał się Jelenie głośny niczym uderzenie gwałtownego wichru. Z ust rycerza nie wydobyło się ani jedno słowo. Po chwili uczynił znak krzyża i odwrócił się w stronę kapłana. Ten, niepewny, co ma uczynić, spojrzał na księcia, szukając u niego rady, ale Zrinski skinął z powagą głową. Wówczas kapłan podszedł do klęczącego rycerza i także jemu podał krucyfiks do ucałowania. Gašpar Alapić przyłożył usta do stóp figury Chrystusa ukrzyżowanego, po czym powstał z kolan i nie spojrzawszy na nikogo oddalił się na swoje miejsce. Jelena poczuła, że milczenie tego człowieka znaczyło więcej niż rozentuzjazmowane przysięgi innych żołnierzy. Była pewna, że Alapić będzie wierny do końca, do zwycięstwa lub klęski Szigetváru. Jednak o tej drugiej możliwości nikt dziś nie myślał. Zgromadzeni w Wielkiej Sali rycerze gromkim głosem poczęli śpiewać *Te Deum*. Jelena przyłączyła się do nich, wkładając w śpiew całą nadzieję swego dziecinnego serca. Czuła, że z kolejnymi dźwiękami pieśni jej dusza wznosi się coraz wyżej i wyżej ku niebu, gdzie dobry Bóg wysłuchuje próśb swych owiec, błagających o zwycięstwo.

2 sierpnia 1566
Harkány
IMPERIUM HABSBURGÓW

Po modlitwie w południe członkowie dywanu zebrali się w namiocie pełniącym funkcję wojennej kancelarii wielkiego wezyra na ostatnią naradę przed rozpoczęciem oblężenia Szigetváru. Tego dnia tuż po świcie przybył poseł z twierdzy, przywożąc przesyłkę od księcia Zrinskiego – odpowiedź na propozycję pokoju, którą Sokollu przesłał mu kilka dni wcześniej. Kapitan Szigetváru odesłał mu płócienny worek związany sznurem, wewnątrz którego znajdowała się przysypana strzępami listu wielkiego wezyra głowa pojmanego pod Siklós sandżakbeja Trikalli – Mehmed Beja. Sokollu, oburzony barbarzyństwem Zrinskiego, z jeszcze większym zapałem przystąpił do dopracowania szczegółów planu zdobycia miasta.

Stał pochylony nad rozłożoną na wysokim, srebrnym pulpicie mapą, gdy nagle ktoś galopem zajechał tuż przed wejście do namiotu, wzbijając widoczną z jego wnętrza zasłonę kurzu. Zaraz dało się słyszeć poruszenie.

– Arslan Pasza! – zaanonsował sługa pilnujący wejścia do namiotu podczas obrad.

We wnętrzu natychmiast zapanowała cisza. Wszyscy spojrzeli w stronę wielkiego wezyra. Sokollu poczuł, że serce ściska mu się w piersi. Nienawidził tego człowieka, a mimo to współczuł mu czekającego go losu.

Arslan Pasza, potomek wielkiego tureckiego rodu, którego kolejni synowie byli bohaterami opiewanymi w coraz to wspanialszych legendach, pragnął ze wszystkich sił dorównać swoim przodkom. Chciał być najwspanialszym żołnierzem i dosłużyć się najwyższych zaszczytów państwowych. Niestety, okazał się nie aż tak wytrawnym wojakiem i politykiem, jak jego poprzednicy. Dodatkowo jako młodzieniec, przekonany o wynikającej z historii rodowej wyższości nad innymi, niezbyt przykładał się do swoich obowiązków, za to często i chętnie zaglądał do kielicha z zakazanym przez religię winem i raczył się opium. Gdy Sulejman mianował Mehmeda Paszę Sokollu wielkim wezyrem, Arslan Pasza przyjął to jako osobistą zniewagę. Zbyt długo czekał na nominację na to stanowisko, by teraz zostało ono obsadzone kolejnym konwertytą, człowiekiem znikąd, bez kropli szlachetnej krwi tureckiej w żyłach, bez wielkich przodków i wielkiej tradycji rodowej.

Od tamtej chwili nie omijał żadnej sposobności, by wskazywać sułtanowi błędy i potknięcia jego wezyra. Prawdziwe czy też wyimaginowane, słane były do władcy w długich, napisanych piękną, poetycką prozą listach, gdyż oprócz wojny Arslan Pasza, podobnie jak sułtan, kochał poezję. Sulejman traktował epistoły z przymrużeniem oka, znał bowiem butne usposobienie młodzieńca; darzył go przy tym – jak wielu spośród dostojników i poddanych – sporą sympatią, która nakazywała mu łagodność wobec jego wybryków. W końcu jednak stało się coś, obok czego sułtan nie mógł już przejść obojętnie.

Na wieść o wyprawie na Węgry rozzuchwalony brakiem reakcji sułtana na donosy Arslan Pasza, wówczas bejlerbej Budy, postanowił, nie czekając na rozkaz Sokollu, rozpocząć kampanię wojenną i w ten sposób okazać wielkiemu wezyrowi swą wzgardę. Liczył, że jeśli uda mu się otworzyć przed sułtanem wrota Węgier, ten odwoła z urzędu bośniackiego przybłędę i da Arslanowi upragniony pierścień, symbol władzy wielkiego wezyra. Na początku czerwca, nie zważając na zatwierdzony przez sułtana na zemuńskich polach plan kampanii, wraz z niewielkimi siłami napadł na miasto Várpalota. Oblężenie trwało dziesięć dni i zakończyło się porażką aroganckiego paszy, który zmuszony był wycofać się do Budy.

Porażka Arslana Paszy rzuciła cień na całą wyprawę i ostudziła entuzjazm, nim jeszcze na dobre zdołał rozgorzeć.

Cała sprawa nie mogła przejść bez echa z jeszcze jednego powodu. Podstawą doskonałości funkcjonowania Imperium Osmańskiego były posłuszeństwo i dyscyplina. Sułtan, przezwyciężywszy swą osobistą słabość do młodego dowódcy, musiał go ukarać. Wkrótce potem nadeszły wieści, że Arslan Pasza utracił na rzecz wojsk habsburskich kolejne miasta, Veszprém i Tata. Wówczas

Sulejman zmuszony był wydać wyrok śmierci na budyjskiego bejlerbeja. Zażądał, by Arslan Bej, jeśli kiedykolwiek pojawi się w obozie, natychmiast został zabity. Wyrok miał być wykonany przed namiotem wielkiego wezyra, którego winowajca tyle razy znieważał. Sokollu niezbyt podobał się ten pomysł, lecz nie śmiał sprzeciwić się sułtanowi, który od zwycięskiego przemarszu przez most na Dravie czuł się wyraźnie gorzej. Zgodnie z przewidywaniami władcy, wiedziony zuchwałością Arslan Pasza przybył do obozu w Harkány, by prosić sułtana o powierzenie mu dowództwa nad artylerią podczas oblężenia Szigetváru.

Zamiast nakazać wpuścić gościa, Sokollu sam wyszedł przed namiot, by stanąć z nim twarzą w twarz. Bejlerbej Budy siedział na koniu; nie zsiadł zeń, choć tak właśnie powinien okazać szacunek wielkiemu wezyrowi. Sokollu zachował spokój, wiedząc, że los młodzieńca jest już przesądzony i tym razem jego arogancja na nic się nie zda.

– Czemuś przyjechał? – zapytał bez powitania.

Arslan Pasza uśmiechnął się szyderczo.

– Witaj, panie – rzekł, ignorując pytanie wezyra.

– Czy nie wiesz, że trwa wojna? – spytał chłodno Sokollu. – Komu powierzyłeś pieczę nad swymi wojskami?

Uśmiech zniknął z twarzy żołnierza. Pojął zamiar wielkiego wezyra. Sokollu wobec całego dywanu i zgromadzonych wokół namiotu żołnierzy oskarżał go o największą zbrodnię, jaką mógł popełnić dowódca w czasie wojny, o porzucenie wojsk. Nim zdążył cokolwiek odpowiedzieć, Sokollu powtórzył jeszcze głośniej:

– Dowódcy bez rozkazu sułtana nie wolno opuszczać ludzi, którzy złożyli w jego ręce swe życie.

Arslan Pasza pobladł, lecz wciąż nie zsiadł z konia.

– Twoja miłość własna i brawura sprawiły, że oddałeś muzułmańskie miasta w ręce niewiernych, a teraz bez rozkazu porzucasz swe wojsko? – zagrzmiał Sokollu.

Tłum zgromadzony wokół namiotu zafalował, a z ust wielu wydobył się groźny pomruk. Arslan Pasza zrozumiał, że jego życie wisi na włosku, gdy Sokollu skinął na jednego ze strażników i rzekł:

– Z rozkazu sułtana Sulejmana…

– Nie! – wykrzyknął Arslan Pasza, kiedy ogromny strażnik pociągnął go za pas i zrzucił z konia. – Żądam, byś zaprowadził mnie przed oblicze władcy!

Sokollu zachował kamienny wyraz twarzy, choć w duszy uśmiechnął się, że przewidział to posunięcie budyjskiego bejlerbeja. Skinął głową. Wiedział bowiem, że jeśli Sulejman sam przedstawi Arslanowi Paszy swoją decyzję, w późniejszym czasie w przypływie starczego kaprysu nie będzie miał żalu do wezyra o pochopne wykonanie wyroku na jego ulubieńcu.

Poprowadził Arslana Paszę pod strażą przed oblicze Sulejmana. Tego dnia władca był wyjątkowo rozdrażniony. Rozmokły po kolejnej fali deszczów grunt nasączał powietrze wilgocią, która nasilała jego bóle tak, że mimo ziół i lekarstw stawały się trudne do wytrzymania.

Arslan Pasza skłonił się przed sułtanem i w pięknych słowach zaczął go zapewniać o swoim oddaniu. Pogrążony w boleści władca machnął zniecierpliwiony ręką.

– Dlaczegoś przybył? – ponaglił.

– Panie, przywożę ci pisma, których treść wskaże ci, jak bardzo zasadnym było moje przybycie, nim rozpoczniesz oblężenie twierdzy. – To mówiąc, wyciągnął przed siebie dwa rulony opatrzone pieczęcią.

Sulejman nakazał słudze, by mu je podał. Złamał pieczęć. W miarę czytania czerwieniał na twarzy coraz bardziej, aż wreszcie huknął z mocą, o którą nikt by go nie podejrzewał:

– To wszystko, co masz? Zabierzcie mi go sprzed oczu! – Po czym nabrawszy tchu, dodał: – Wezwijcie kata.

Arslan Pasza zadrżał jak człowiek, który zrozumiał, że jego walka się skończyła. Sokollu wiedział, że powinien czuć satysfakcję. Oto jego wróg, człowiek, który od lat okazywał mu swoją wyższość, otwarcie mu się sprzeciwiał i pogardzał nim, miał zostać powieszony z rozkazu władcy tego świata. A jednak nie czuł się szczęśliwy. Wiedział, że Arslana Paszę zgubiła pycha, a nie złe zamiary czy faktyczna wina. Nazbyt pragnął własnej wielkości, był jednak zbyt głupi, by zrozumieć, że do zdobycia zaszczytów nie wystarczy urodzić się w rodzinie wielkich ludzi. Na honor i szacunek należy zapracować.

Następnego dnia o świcie przed namiotem wielkiego wezyra odbyła się egzekucja. Sokollu patrzył jak zdrowe, młode ciało bejlerbeja budyjskiego dygocze w przedśmiertnych konwulsjach. Naraz uczuł, że ktoś mu się przygląda. Rozejrzał się dyskretnie wokoło i natychmiast dostrzegł mężczyznę w kapturze, który jako jedyny nie patrzył w stronę szubienicy, lecz wprost na wielkiego wezyra. W jego wzroku było tyle zapalczywej nienawiści, że Sokollu odwrócił oczy. Gdy znów spojrzał, mężczyzny już nie było.

Ciało Arslana Paszy odwieziono z należnymi honorami do Budy, by mógł zostać pochowany w rodzinnym grobowcu, armia Sulejmana wyruszyła zaś do Pécsu, ostatniego przystanku przed Szigetvárem.

5 sierpnia 1566
Szigetvár – Węgry
Imperium Habsburgów

Stojąca na murach Jelena nie mogła oderwać wzroku od zbliżającego się morza wojsk nieprzyjaciela. Wiedziała, że ojcu nie spodobałoby się to, co robi, ale przecież chciała tylko przez chwilę popatrzeć, upewnić się, czy to wszystko, co przepowiadali ludzie, jest prawdą, na własne oczy ujrzeć potęgę wroga. Nie przeszło jej nawet przez myśl, że owa chwileczka mogłaby wystarczyć komuś innemu, by pozbawić ją życia. Któryś z łuczników sułtana mógł wystrzelić w jej stronę strzałę, która zamknęłaby na zawsze jej nazbyt ciekawskie oczy. Wprawdzie wojska były jeszcze w dość znacznej odległości, ale przy sprzyjającym wietrze strzała wytrawnego łucznika zdołałaby przebić jej pierś. Jelena nie myślała jednak o podobnym niebezpieczeństwie. Owszem, wiedziała, że łamie zasady, pozostając na murach, zamiast zerknąć i czym prędzej się oddalić, ale nie mogła zmusić się do odejścia. Nie bała się. Od chwili, gdy spojrzała na rozciągającą się wokół zamku równinę, po prostu nie mogła przestać patrzeć. Odczuwała dziwną mieszaninę zdziwienia, podekscytowania i niedowierzania, powodującą zupełną niemoc. Wpatrywała się jak zahipnotyzowana w falujące morze nadciągających ku twierdzy Turków.

Kilka dni wcześniej, gdy wraz z żołnierzami ojca składała przysięgę na wierność księciu, Bogu, chrześcijańskiej wierze i węgierskiej ziemi, wydawało jej się, że są niepokonani, że nic nie zdoła zniszczyć hartu ich ducha, pokonać siły rycerskiego ramienia, a nade wszystko tknąć murów wspaniałego zamku, którego przyjdzie im bronić. Teraz po raz pierwszy zaczęła się zastanawiać, czy zatrzymanie tureckiej hordy jest w ogóle możliwe. Mury Szigetváru po raz pierwszy wydały jej się zbyt kruche, aby stawić czoło osmańskiej potędze. Rycerze ojca, owi bohaterowie jej dzieciństwa, których siłę i zdolności fechtunkowe podziwiała całe życie, zdali jej się nagle zbyt słabi i zbyt mało liczni, by udało im się choćby zadrasnąć nieprzyjaciela. Wojska tureckie niczym wielkie, czarne pająki zasnuwały swą siecią cały ich świat, zacieśniając gruby pierścień wokół zamku, powoli odbierając im wolność. Szigetvár wydał się nagle dziewczynce małą wysepką, samotną i słabą, kołysaną przez fale niespokojnego, czarnego morza. Jedna potężniejsza fala wystarczyła, aby przynieść kres świata, jaki znała. Strach wdarł się do wnętrza jej duszy, poczuła, że serce zaczyna jej kołatać w piersi coraz szybciej i szybciej.

– Co ty tu robisz?! – usłyszała za sobą oburzony głos młodszego ze swych braci.

Wyrwana z zamyślenia Jelena aż podskoczyła z przerażenia. Odwróciła się prędko. Andriej w kolczudze i napierśniku stał na drabinie tuż za jej plecami. Pod oczami miał sinoszare cienie, a białka poprzecinane czerwonymi żyłkami. Jego jasne włosy były posklejane, a na twarzy lśniły kropelki potu. Oblężenie jeszcze się nie rozpoczęło, a on już wyglądał jak żołnierz, który świeżo powrócił z potyczki na polu bitwy. Andriej od wielu dni każdego ranka pracował z mieszczanami nad umocnieniami warowni, kopał rowy, pogłębiał otaczające miasto fosy, łatał dziury w murach. Wieczorami zaś brał udział w naradach wojennych z dowódcami. Nie dosypiał i z pewnością – jak to miał w zwyczaju od dziecka, gdy coś nazbyt go zainteresowało – nie dojadał, a mimo to wyglądał na szczęśliwego.

– Złaź natychmiast, jeśli ci życie miłe! – ponaglił siostrę. – Niech tylko ojciec się o tym dowie!

Jelena z trudem odwróciła się od widoku nadciągającej fali wroga i podbiegła do brata. Dopiero teraz poczuła z całą mocą potęgę strachu, który zdążył już splątać ciężki supeł wewnątrz jej trzewi.

– Zakazuję ci tam wchodzić, rozumiesz? – krzyknął brat, gdy znaleźli się oboje znów bezpiecznie ukryci za murami.

– Nie możesz mi niczego zakazać ani rozkazać! – odkrzyknęła, czerwieniąc się ze złości, że Andriej znów traktuje ją jak małe dziecko, a nie jak prawdziwego żołnierza. – Trwa wojna! Wojskami węgierskimi dowodzi książę Zrinski! Tak jak ty przyjmuję komendy jedynie od ojca!

Wyraz oburzenia, który odmalował się na jej dziecięcej twarzyczce, natychmiast złagodził gniew brata.

– Jesteś najdzielniejszą dziewczynką, jaką znam – powiedział już spokojnie, klękając przy niej. – Kto wie, czy zdołamy znaleźć kandydata na twego męża, który będzie lepiej od ciebie władał mieczem i strzelał z łuku…

Twarz Jeleny nieco się rozchmurzyła. Słowa brata mile ją połechtały.

– Nie możesz jednak zapominać, kim jesteś – ciągnął Andriej, poważniejąc. – Jesteś córką Nikoli Šubicia Zrinskiego… Ukochaną córką. Twoja śmierć pozbawiłaby ojca woli walki i mogłaby pogrążyć całą twierdzę i nas wszystkich. Jeśli chcesz być żołnierzem, zacznij się zachowywać jak prawdziwy żołnierz, który zawsze pamięta o swoich towarzyszach broni, troszczy się o nich i dba o ich bezpieczeństwo, zamiast ulegać własnym kaprysom czy ciekawości. Wierz mi, za kilka dni będziesz marzyła o tym, by znów zobaczyć lasy i pola wokół zamku zamiast tureckich obozowisk, lecz one wciąż tam będą… Zdążysz się na nie napatrzeć, a teraz postaraj się jeśli nie pomóc, to przynajmniej nie przeszkadzać i nie narażać innych.

Jelena zawstydziła się, spuściła wzrok i skubała niteczki haftu na sukience.

– Samotny człowiek stojący nieruchomo na szczycie murów obronnych jest łatwym celem – ciągnął brat, choć surowy ton przychodził mu z coraz większym trudem. – Gdybym cię w porę nie zauważył, bitwa mogłaby zostać rozstrzygnięta, nim się na dobre rozpoczęła. A przecież i ty niczego nie pragniesz bardziej, jak odgonić stąd tę diabelną hordę?

Dziewczynka skinęła głową. Andriej uśmiechnął się krzepiąco, dostrzegając prawdziwy żal odmalowujący się na twarzy siostry.

– Już, już dobrze – powiedział zupełnie miękko. – Ładnie ci w tym nowym uczesaniu, wiesz? Ciekawe, co powie macocha, gdy cię zobaczy...

Jelena zachichotała, zakrywając usta dłońmi. Kilka dni wcześniej ojciec nakazał, by ścięła włosy.

– Wygodniej będzie ci ścigać wroga, gdy nie będziesz musiała martwić się o uczesanie – zażartował wówczas i czule pogładził po raz ostatni długie włosy dziewczynki. Zabronił jej także nosić sukienki, o którym to poleceniu co rano zapominała.

– A co by powiedziała, gdyby zobaczyła mnie w spodniach syna koniuszego, które ojciec kazał mi nosić? – powiedziała, krztusząc się ze śmiechu na wyobrażenie miny macochy.

Andriej zawtórował jej z przyjemnością, śmiejąc się w głos.

– Jak to się właściwie stało, że mnie zauważyłeś? – zaciekawiła się nagle dziewczynka. – Zwykle o tej porze dnia pracujesz przy umacnianiu wyłomów, których z tej strony twierdzy przecież nie ma.

– Szukałem cię – odparł. – Mam dla ciebie niespodziankę.

Jelena klasnęła z uciechy w dłonie.

– Uwielbiam niespodzianki! Pokaż, pokaż, co dla mnie masz?

– Myślałem, że żołnierze nie zaprzątają sobie głowy takimi błahostkami... – zaczął kpiąco.

Jelena ściągnęła brwi, przybierając groźną minę. Andriej natychmiast podniósł ręce do góry w geście poddania.

– Nie rzeknę już ani słowa na ten temat. Obiecuję... pani kapitan! – zaśmiał się. – A teraz chodźmy, niespodzianka czeka.

Szli uliczkami miasta, na których mimo upału panował nieustanny ruch. Fale wieśniaków, którzy skryli się wewnątrz murów starego i nowego podgrodzia, mieszczan, żołnierzy, wozów i zwierząt przemieszczały się we wszystkich kierunkach, tworząc nieopisany zgiełk. Jelena ciągnięta przez brata, który z niemałym trudem przedzierał się przez napierającą ze wszystkich stron ciżbę, przyglądała się ludziom i miała wrażenie, że ich twarze nie tylko spochmurniały, ale i zrobiły się bardziej odpychające i nieprzyjazne. Nie mogła się nadziwić, że stojąc w obliczu tureckiej nawałnicy, która mogła ich wszystkich pochłonąć na zawsze, ludzie przystawali, by kłócić się o to, że ktoś zajechał komuś drogę, popchnął w ścisku czy rzucił nieprzyjazne spojrzenie. Nerwowa atmosfera oczekiwania na atak udzielała się wszystkim, wzmagając złe humory i skłonność do szukania zwady. Strach obnażał ludzkie przywary, w czasie pokoju skryte głęboko pod maską uprzejmości.

Chwilę później przeszli przez bramę i znaleźli się na dziedzińcu zamkowym. Jelena odetchnęła z ulgą, choć i tu trwał rozgardiasz. Czuła, jak panująca wszędzie przedbitewna gorączka udziela się także jej. Zapragnęła nagle przebrać się w szaty giermka i uzbroić w swój sztylet, by być gotowa do walki, gdy odezwą się trąby, ale Andriej chwycił ją za rękę i pociągnął za sobą.

Weszli do kuchni przez tylne wejście, którym zwykle służba wynosiła resztki do chlewów. Kamienna podłoga zalana była w tym miejscu lepiącą mazią, ponad nią latały muchy. Pod wpływem upału maź wydzielała okropną woń; natychmiast przyprawiła ona Jelenę o mdłości. Czym prędzej przyłożyła do nosa rękaw sukni. Niestety, nie na wiele się to zdało – fetor szybko przesiąknął przez cienką tkaninę, z nową siłą wdzierając się w nozdrza dziewczynki. Spojrzała na brata, ale on zdawał się nie wychwycić tych subtelności. Gdy ich oczy się spotkały, przyłożył palec wskazujący do ust, nakazując siostrze milczenie. Jelena, niczego nie rozumiejąc, posłała mu pytające spojrzenie, ale Andriej uśmiechnął się tylko i puścił do niej oko. Stąpając ostrożnie, by nie narobić hałasu, potrąciwszy któryś z wielkich, miedzianych garów ustawionych przy wyjściu na podwórze, zakradli się do wnętrza kuchni. Trzech pomocników kucharza siedziało przy ogromnym stole, krojąc warzywa z piętrzącego się przed nimi stosu. Pracowali tak szybko, że dziewczynka z trudem dostrzegła noże w ich rękach. Mimo to warzywny kopiec zdawał się wcale nie maleć. Kilku sług uwijało się w drugiej części pomieszczenia, porządkując naczynia. Nigdzie nie było widać kucharza. Andriej dał znak Jelenie, by została, a sam zgięty wpół prześlizgnął się w róg kuchni, gdzie było wejście do spiżarni. Chwilę później już całkiem otwarcie wybiegł stamtąd, trzymając w prawej ręce niewielki koszyk.

– Jelena, uciekaj! – zawołał, śmiejąc się w głos.

Dziewczynce nie trzeba było dwa razy powtarzać. Natychmiast chwyciła rąbki sukni w obie dłonie i wybiegła na dziedziniec. Tuż za nią biegł Andriej, goniony przez grubego kucharza, który wygrażał mu pięścią.

– Tędy! – krzyknął Andriej i znów łapiąc ją za rękę, wyminął w pędzie kilku żołnierzy. Potrąceni, rzucili za nimi parę niestosownych słów.

Za kolejnym zakrętem, skryci w cieniu załomu murów, zatrzymali się, z trudem łapiąc oddech.

– Kucharz był w spiżarni! – wydusił Andriej. – Musiałem przepatrzeć mój plan i zadziałać całkiem otwarcie, ale szybko.

Jelena wciągała głośno powietrze.

– Ładna mi niespodzianka! – ofuknęła brata i roztarła łokieć, w który uderzyła się podczas ucieczki. – Przebieżki w upale nie należą do moich ulubionych zajęć.

– Ale ze wszystkich łakoci najbardziej lubisz maliny, nieprawdaż? – odpowiedział, unosząc serwetę, którą przykryty był koszyk.

Wewnątrz znajdowały się karminowe, nabrzmiałe od soku owoce wielkości paznokcia dorosłego mężczyzny. Oczy Jeleny rozbłysły z radości. Rzuciła się bratu na szyję.

– Jesteś najlepszy, najcudowniejszy, najwspanialszy! – mówiła, obsypując go pocałunkami.

– Już, już, zrozumiałem! – zaśmiewał się Andriej, przyjmując te dziecięce pieszczoty i jednocześnie usiłując nie wypuścić z rąk koszyka z cenną zawartością.

– Jak kucharzowi udało się zdobyć maliny? Przecież leśne chruśniaki są za wzgórzem, tam, gdzie… – głos uwiązł jej w gardle na wspomnienie nadciągającej armii wroga, o której udało jej się na chwilę zapomnieć.

Andriej dostrzegł jej zmieszanie i chcąc rozproszyć nagłą chmurę, która zasnuła czółko siostry, przysiadł na kamiennych schodkach, a gdy dziewczynka usadowiła się obok, zaczął opowiadać.

– Tuż przed świtem wpuszczono do miasta grupę wieśniaków, kto wie, czy nie ostatnią, ze wsi za lasem zajętej przez Turków. Wieśniacy zdołali ukryć się w kniejach i pod osłoną nocy przemknąć ścieżkami ukrytymi wśród moczarów do starego podgrodzia. Jedna z kobiet w podziękowaniu za otwarcie bram ofiarowała żołnierzom kosz zebranych przy świetle księżyca gdzieś głęboko w lesie malin. Widziałem, jak obdarowany zanosi je do zamkowej kuchni. Kucharz z pewnością nie pozwoliłby nam ich zjeść, tylko jak wszystkie owoce tego lata przerobiłby je na pożywne konfitury, wino albo lecznicze soki, które mogą nam pomóc przetrwać oblężenie. Pomyślałem jednak, że koszyk jest nieduży, więc i pożytek dla ogółu będzie niewielki. Czyż kolejny wek wart jest więcej niż radość księżniczki Zrinskiej? To mówiąc, ułożył koszyk pomiędzy nimi i podał dziewczynce maleńki owoc. Zajadali maliny, od czasu do czasu zlizując z palców kwaskowaty, czerwony sok. Śmiali się przy tym i żartowali jak zwyczajne dzieci żyjące w bezpiecznym świecie, w którym nie było wojny, lęku, zagrożenia. Jelena popatrzyła na brata. Choć młodszy i o wiele szczuplejszy, bardzo przypominał jej ojca.

– Z każdym dniem jesteś coraz bardziej podobny do papy, wiesz?

Andriej posłał jej uszczęśliwiony uśmiech. Żadne słowa nie mogły mu sprawić większej przyjemności. Trwali tak dłuższą chwilę, patrząc sobie w oczy i uśmiechając się do siebie, czerpiąc otuchę ze wzajemnej bliskości. Nagle zobaczyli w oddali grupę żołnierzy biegnących w stronę bramy. Uśmiech zniknął z twarzy Andrieja. Wstał gwałtownie, przewracając koszyk z malinami. Soczyste owoce rozsypały się na piasku.

– Co się dzieje? – zawołał za oddalającymi się żołnierzami.

– Turcy u bram! – odkrzyknął jeden z nich, nie zwalniając kroku. – Otoczyli nas ze wszystkich stron i rozwinęli sztandary.

– Zaczęło się... – szepnął Andriej i zapominając o siostrze, rzucił się pędem za żołnierzami.

Jelena została sama. W tej samej chwili na wieży zamkowej rozdzwoniły się dzwony. Serce załomotało jej w piersi z przerażenia. Spojrzała w dół na rozsypane maliny, rozdeptane przez zaaferowanego Andrieja. Wzdrygnęła się, owładnięta dziwnym niepokojem, bo oto nagle zdało jej się, że stoi nad kałużą świeżej krwi.

19 sierpnia 1566
Szigetvár – Węgry
Imperium Habsburgów

Po porannej modlitwie Sokollu wspiął się na wzgórze, by raz jeszcze przyjrzeć się temu niewielkiemu miastu, które od dwóch tygodni przysparzało im ogromnych strat. Surowy podmuch niosący zapowiedź zbliżającej się jesieni uderzył go w twarz i zakołysał długą czarną brodą wezyra. Mimo to, gdy spojrzał w dół, nie zobaczył niczego. Gęsta mgła w kolorze mleka, nieporuszona przez wiatr, który nie miał dostępu do wtulonej między pagórki równiny, unosiła się nad oparzeliskami, pomiędzy którymi położone było miasto. Wyglądało to tak, jakby mary przeszłości, dusze przodków, powstały, by bronić swej ojczyzny. Choć Sokollu nie był przesądny, wzdrygnął się na ten widok i szczelniej otulił płaszczem. Poranki stawały się coraz chłodniejsze, a wszechobecna wśród tych mglistych moczarów wilgoć i wiejący na wzgórzu wiatr jeszcze wzmagały uczucie przeszywającego zimna.

Słońce powoli pięło się ku górze, a wraz z nim rozstępowała się zasłona bagiennych oparów, zza których wyłaniała się sylwetka grodu.

– Cóż to za dziwne miasto! – szepnął Sokollu i wówczas zdał sobie sprawę, że wypowiada to zdanie za każdym razem, gdy spogląda na Szigetvár.

Odbył wiele podróży. Po wielokroć gościł w miastach wschodu i zachodu, osadach nadmorskich i mieścinach położonych wysoko w górach, których domy tuliły się do zimnych skał, lecz w całym swoim życiu nie widział niczego podobnego do tego grodu leżącego na pograniczu węgiersko-chorwackim.

Szigetvár zdawał się nie mieć fundamentów, jakby podtrzymywany tajemnymi mocami wisiał na gruncie z moczarowych oparów. Od pierwszych dni oblężenia to właśnie owe dymy unoszące się wokół grodu budziły największe przerażenie wojsk osmańskich, choć prawdziwym zagrożeniem i trudnością było ich źródło – gęste, brunatnozielone grzęzawisko, broniące dostępu do miasta lepiej niż jakiekolwiek mury czy wojsko.

Szigetvár leżało na równinie otoczonej wokół zieloną wstęgą wzniesień. Trzy części miasta połączone były ze sobą przedziwną siecią grobli i mostów zawieszonych nad wodami potoku Almás. Po niedawnych burzach i ulewnych deszczach wody potoku wystąpiły z brzegów i otaczały teraz całość pajęczyną wielkich, lśniących kałuż, z których każda na tutejszym gruncie mogła stanowić śmiertelne zagrożenie. Niektóre z nich obrońcy otoczyli ziemnymi szańcami, za którymi umiejscowili pozycje dla strzelców. Inne pogłębili, tworząc kilkadziesiąt prostokątnych fos, mających utrudnić wojskom osmańskim dotarcie do twierdzy. Pomiędzy nimi wśród sitowia widoczna była plątanina ścieżynek, z których większość kończyła się na środku bagniska, nieliczne zaś wiodły z twierdzy ku pobliskim kniejom. Mimo długiego wpatrywania się weń, Sokollu nie potrafił powiedzieć, która prowadziła dokąd. Drożyny przenikały się, wiły, przybierając finezyjne kształty, splatały się ze sobą, by po chwili rozłączyć się, odbiec już nie w dwóch, a w pięciu kierunkach i zmieszać się na nowo. Pomyślał, że nigdy nie odważyłby się wyruszyć którąkolwiek z nich. Jawiły mu się jako labirynt mamiący nadzieją przedostania się na drugi brzeg, a w rzeczywistości wiodący przybyszów w głąb moczarów, gdzie czekała na nich jedynie śmierć.

Pośród tego bezkresu wody, błota i mrocznej zieleni, ponad którym we dnie i w nocy krążyły wielkie, czarne, drapieżne ptaki, jakby czekające na rozlew krwi i rzeź, stało miasto. Każda jego część otoczona była osobnym murem, choć jedynie ów okalający twierdzę był wystarczająco solidny, by zasługiwać na miano obronnego. Stare i nowe podgrodzie otoczone były wałem gliny i ziemi, w które powtykano wielkie głazy. Żelazne kule tureckich armat od dwóch tygodni nieprzerwanie waliły w ściany obwarowań; te, choć niepozorne, trzymały się zaskakująco dobrze. Regularnie ułożone, precyzyjnie zbudowane mury były mimo wszystko łatwiejsze do zburzenia. Kule armatnie, uderzając w nie, powoli luzowały i wykruszały zaprawę spomiędzy kamieni i wreszcie mury padały wielkimi płatami, otwierając nacierającym szeroką drogę do miasta. Przedziwna konstrukcja fortyfikacji szigetvárskich sprawiała artylerzystom sporo trudności.

Wielkimi sprzymierzeńcami żołnierzy księcia Zrinskiego były też same moczary, uniemożliwiające artylerzystom zajęcie dogodnych pozycji. Lecz i ta przeszkoda wkrótce miała zostać pokonana. Inżynierowie opracowali już metodę ujęcia grzęzawiska w karby, a saperzy od wielu dni przygotowywali tunele i podkopy mające wspomóc wykonanie ich planu.

W końcu i one runą, myślał Sokollu, patrząc na okopy podgrodzi. Wobec osmańskiej techniki oblężenia żaden mur nie zdoła się ostać, to tylko kwestia czasu.

Podgrodzia z krytymi słomą domkami z gliny i wikliny przylegały do wysokich, posępnych murów twierdzy. To były prawdziwe mury, których ściany z łatwością da się skruszyć za pomocą cierpliwości, odpowiednich podkopów, pewnej ilości kul armatnich i prochu, techniką przećwiczoną i sprawdzoną na kilkudziesięciu warowniach obleganych i zdobytych przez Sulejmana. Z miejsca, w którym stał wielki wezyr, można było bez trudu dojrzeć murowany zameczek, okalające go budynki gospodarcze, dziedziniec, a także skrytą głęboko wewnątrz murów okrągłą, niezgrabną, szeroką, ceglaną średniowieczną basztę, którą – jak donosili szpiedzy – ludzie Zrinskiego nazywali sercem Szigetváru. W jej podziemiach najprawdopodobniej skryty był skarbiec, gdzie znajdowały się także zrabowane niedawno przez księcia cekiny.

Butni obrońcy na początku oblężenia przyozdobili wysokie, kamienne mury twierdzy szkarłatną tkaniną. Po dwóch tygodniach przybrudzone i poszarpane poły materiału wciąż dodawały zabudowaniom majestatu, lecz także sprawiały, że centralna część warowni wyglądała na dziwnie samotną.

Wszystko to razem tworzyło pejzaż tyleż ponury, co tajemniczy.

Zaklęte miasto na jeziorze... – pomyślał Mehmed, wspominając legendy, które dawno temu, jeszcze w poprzednim życiu, opowiadała mu matka.

Naraz z zamyślenia wyrwał go dźwięk dzwonu umieszczonego na szczycie serca twierdzy. W tej samej chwili zza murów dało się słyszeć głośny świst i powietrze zaczerwieniło się od płonących pocisków wycelowanych w szturmujących bramę Turków. W odpowiedzi tureckie maszyny miotające zasypały obwarowania Szigetváru gradem olbrzymich głazów. Gdy opadł kurz, Sokollu zdołał dojrzeć, że na coraz bardziej zdewastowanych redutach wokół starego i nowego podgrodzia zdążyła już rozgorzeć brutalna walka wręcz, w której Turcy ponosili wielkie straty.

Wprawdzie Sulejman, który przyprowadził tu blisko dwieście tysięcy żołnierzy, nakazał zdobyć Szigetvár za wszelką cenę, jednak ta, według której za życie jednego obrońcy płacili nierzadko kilkudziesięcioma muzułmańskimi istnieniami, wydawała się wezyrowi zbyt wysoka. Spoglądał teraz na setki, tysiące ciał wojowników islamu, którymi gęsto usłane były rowy wokół twierdzy, i choć wiedział, że dla żołnierzy Sulejmana nie ma piękniejszej śmierci niż ta poniesiona za Allaha, widok ten budził jego sprzeciw.

Opary znad mokradeł szybko zmieszały się w jedno z szarawym dymem z muszkietów i czarną parą buchającą z armat. Rozpoczął się kolejny dzień krwawej walki, a sens tej rzezi zdawał się Mehmedowi coraz bardziej ulotny. Powoli zaczynał nienawidzić tego upartego miasta. Szybko jednak odpędził zły nastrój i ruszył do obozu po rozkazy sułtana. Oblężenie przedłużało się, a władca, choć starał się nie pokazywać tego nikomu, zdawał się coraz bardziej zrezygnowany, jakby tracił wiarę w zwycięstwo, a wraz z nim wolę życia. Wezyr rozpaczliwie potrzebował glorii, choćby najmniejszej, by podreperować siły władcy. To było najważniejsze.

Pospiesznie zszedł do obozu i przywołał do siebie dowódców.

– Nie pozwólcie, by garstka fanatycznych zapaleńców, bagniska i kupa gliny stanęły wam na drodze! – rzekł ostro, gdy stanęli naprzeciw niego. – Dziś jest dzień zwycięstwa! Dziś jest dzień, w którym sułtan Sulejman nakazuje wam za wszelką cenę zdobyć stare i nowe podgrodzie ku chwale Boga Najwyższego! Ku chwale Imperium Osmańskiego! Ku chwale sułtana Sulejmana!

– Allahu Akbar! – gromko wykrzyknęli dowódcy, podnieceni zwięzłą przemową wezyra. Ton, którym do nich przemówił, i wyraz zdeterminowania na twarzy pierwszego spośród sułtańskich sług napełniły ich serca falą bitewnego zapału. – Niech żyje sułtan Sulejman!

23 sierpnia 1566
Szigetvár – Węgry
IMPERIUM HABSBURGÓW

1

Zdobycie podgrodzi tylko na chwilę uspokoiło tureckich bojowników, coraz bardziej rozjuszonych i zniecierpliwionych przedłużającym się oporem Szigetváru. Obrońcy i większość mieszkańców zdołała skryć się za murami twierdzy, nim Turcy przedarli się przez wały broniące dostępu do zewnętrznej części miasta. Co gorsza, Nikola Šubić Zrinski nakazał uciekającym podkładać ogień pod wszystko, co wartościowe, a za nieposłuszeństwo, próby ukrywania czy zakopywania majątku karał szubienicą. Tym samym zamiast morza łupów janczarzy, którzy pierwsi wkroczyli do miasta, zastali rzekę mniejszych i większych ognisk, których płomienie pochłaniały ich niedoszłe wojenne trofea. Gorzały domy, zagrody i spichlerze. Tylko nieliczni spośród sułtańskich żołnierzy zdołali odnaleźć przedmioty, które choć trochę osłodziłyby im gorycz i trudy walki toczonej od blisko miesiąca. Owi szczęśliwcy stawali się natychmiast wrogami całej reszty, której żądza łupów nie została zaspokojona. Wkrótce okazało się, że niespalone pozostały dwie karczmy. Znaleziono w nich pokaźne zapasy wina. Mimo zakazu dowódców część żołnierzy postanowiła utopić swe rozczarowanie w alkoholu. Tego wieczora obóz wrzał podnieceniem. Tłumiona wściekłość, która nie znalazła ukojenia w odpowiedniej ilości złota i jeńców, wzięła górę nad posłuszeństwem. Żołnierze pojęli, że choć znaleźli się u kresu podróży, jej cel był równie daleki jak na początku oblężenia. Nikt nie zachował w sercu zbyt wiele otuchy, a brak nadziei począł rodzić bunt.

Kolejnego ranka nie wznowiono ataków. W obozie panowała pełna napięcia cisza i najmniejsza iskra wystarczyłaby, żeby ostatnia kampania Sulejmana Prawodawcy skończyła się bratobójczą walką pod murami nieustępliwej twierdzy.

Wówczas Sokollu podjął ryzykowną decyzję. Sułtan od wielu dni nie pokazywał się żołnierzom, co potęgowało ich zniecierpliwienie. Kazał sługom przyodziać władcę w najlepsze szaty, a medykowi polecił podać mu zwiększoną dawkę leków uśmierzających ból. Sulejman przejechał przed wojskami na swym śnieżnobiałym rumaku i dzięki słowom, które przygotował dla niego wielki wezyr, przywołując pamięć o chwale poprzednich zwycięstw, po raz ostatni zdołał obrócić gniew swych żołnierzy przeciwko giaurom.

Pożary ugaszono, przywrócono dyscyplinę, a wśród zgliszczy podgrodzi rozpoczęli wytężoną pracę azabowie i minerzy, szykując podwaliny do ostatecznej rozprawy z obrońcami Szigetváru. Przygotowywali podkop, by móc podłożyć materiały wybuchowe bezpośrednio pod murami twierdzy. Dojście do nich inną drogą uniemożliwiali obrońcy, którzy z wysokości murów ostrzeliwali wojska tureckie we dnie i w nocy płonącymi kulami – lepką, oleistą mieszanką wełny, alkoholu, tłuczonego szkła, smoły i nafty. Przyklejały się one do ciał obrońców, przyprawiając ich o śmierć w strasznych męczarniach. Sokollu z zaciśniętymi szczękami obserwował, jak konie, na które spadły kule, wiły się w agonii, a ich jeźdźcy, płonąc jak dusze potępionych w ogniu piekielnym, oszalali z bólu biegli na oślep, by zakończyć życie wśród mglistych moczarów, z których nie było powrotu. Jednak niezauważony przez obrońców podkop pogłębiał się i wydłużał, z każdym dniem przydając nadziei szturmującym.

Chcąc podnieść nadwątlone morale swoich żołnierzy, wielki wezyr nakazał, by co wieczór w każdym oddziale opowiadacze wyśpiewywali pieśni o zwycięstwach Sulejmana Prawodawcy. Zbliżała się bowiem rocznica bitwy pod Mohaczem, zdobycia Budy i Belgradu. Zdawał sobie jednak sprawę z tego, że to zaledwie półśrodek, i rozpaczliwe poszukiwał sposobu, którym mógłby choć odrobinę przybliżyć zwycięstwo i na nowo rozpalić nadzieję oraz wiarę swych oddziałów.

Tymczasem sam je tracił, zwłaszcza że stan zdrowia sułtana z każdą chwilą się pogarszał. Tego dnia, gdy wielki wezyr wszedł do namiotu władcy, Sulejman leżał nieruchomo wśród poduszek. Był blady, oddychał spokojnie, powieki miał przymknięte, ale nie spał. Sokollu obrzucił szybkim spojrzeniem inkrustowany masą perłową pulpit, na którym poprzedniego wieczora pozostawił korespondencję. Ani jedna pieczęć nie została złamana. Dokumenty leżały nietknięte. Sulejman skinął na niego dłonią, dając znak, by podszedł.

– As-salamu alejkum! – rzekł Sokollu, gnąc się w ukłonie.

Sulejman chciał coś powiedzieć, ale z jego ust wydobył się jedynie charchot. Wezyr czym prędzej nalał wody do złotego kubka. Jedną ręką podtrzymywał głowę władcy, drugą przytknął naczynie do jego warg. Ciało sułtana wydało mu się nagle tak słabe i wiotkie, jak ciało nowo narodzonego dziecka. Smutek ścisnął serce wezyra. Odłożył ostrożnie głowę władcy na poduszki.

– Jesteś zmęczony, mój panie! – rzekł. – Odpoczywaj. Przyjdę później.

Sułtan nie odpowiedział. Sokollu zgarnął listy i schował je do torby. Spojrzał po raz ostatni na łoże, na którym spoczywał władca tego świata. Pożółkły, pomarszczony jak pomięty pergamin, a nade wszystko zawstydzająco bezbronny. Ogarnęła go straszliwa melancholia. Czuł, że zbliża się nieuniknione. Ze wszystkich sił starał się odpędzić od siebie tę myśl i podtrzymywać nadzieję, że to tylko chwilowy kryzys, że klimat węgierskich moczarów nie służy władcy, że poczuje się lepiej, gdy tylko wróci do swych komnat w seraju. Sułtańscy medycy powtarzali, że Sulejmanowi potrzeba jedynie słońca i suchego powietrza, by znów stanął na nogi. Mówili, że ma silny organizm, że bóle znikną natychmiast, gdy zakończą się trudy i niewygody kampanii. Mimo to dręczące wezyra przeczucia nie chciały ustać.

– Sułtan udał się na spoczynek – powiedział do strażników, wychodząc z namiotu władcy. Starał się brzmieć obojętnie i pewnie jak zwykle, jak gdyby nic się nie stało. – Nikomu nie wolno mu przeszkadzać aż do mojego powrotu. Przykazał, bym osobiście zadbał o jego niezakłócony wypoczynek.

Strażnicy skłonili odruchowo głowy.

– Nikomu, zrozumieliście? – powtórzył z naciskiem. – Choćby sułtanka Hürrem powróciła zza grobu i zażądała spotkania z sułtanem, ma zaczekać przed wejściem.

Tym raz strażnicy spojrzeli na niego, nim skłonili się ponownie, a jeden z nich odrzekł:

– Będzie, jak rozkażesz, panie.

Dopiero ta odpowiedź usatysfakcjonowała Sokollu. Odwrócił się od nich i ruszył powoli w stronę swojego namiotu, starając się ukryć zagubienie, którego doświadczał. Sułtan gasł. Nagle, po raz kolejny odkąd wyruszyli na wyprawę, Mehmed uzmysłowił sobie ogrom niebezpieczeństwa, w którym się znalazł. Wrogowie otaczali go z każdej strony, a jedyna jego tarcza, gwarant bezpieczeństwa, nie zdołał przed chwilą dźwignąć się z posłania. Mehmed Pasza czuł, że nie jest sobą, jak człowiek, który nadużył wina. Jego umysł był przytępiony, zmysły zawodziły, a wszystko wokół wydawało mu się nierealne. Nie mógł zrozumieć, jak to możliwe, że najpotężniejszy władca tego świata umiera, a życie toczy się dalej. Janczarzy siedzieli wokół ognisk zasłuchani w historię opowiadaną przez bajarza, strażnicy, kiwając się sennie, pilnowali wejść do namiotów ważnych osobistości, na nieboskłonie srebrzyły się gwiazdy. Wszystko było jak wczoraj, a jednak nic nie było takie samo. A może to on inaczej spojrzał nagle na otaczający go świat? Jakby jego umysł i serce próbowały sobie wyobrazić świat bez Sulejmana.

Wszedł do swego namiotu. Pod jego nieobecność słudzy zapalili dziesiątki miedzianych, bogato zdobionych latarenek, rzęsiście oświetlających teraz wnętrze, uporządkowali dokumenty, przygotowali posłanie na noc oraz nakryli do kolacji niski stolik o sześciu nogach. Wielki wezyr wpatrywał się w aksamitny obrus w kolorze soku granatu, tu i ówdzie poprzetykany złotą nicią. Na obrusie z wielkim znawstwem i smakiem ułożono mnóstwo złotych miseczek, a w każdej umieszczono inną potrawę. W największej misce znalazła się solidna porcja jego przysmaku, świeżej cebuli krojonej w cieniutkie plastry, posypanej solą. Obok stał wysoki dzban inkrustowany srebrem, którego wnętrze wypełnione było ajranem. Gęsty, tłusty jogurt zmieszany z wodą, kolendrą i miętą, specjalnie na życzenie wezyra doprawiany szczyptą pieprzu, pachniał zachęcająco.

Sokollu nie jadł nic przez cały dzień, a mimo to widok i aromaty ulubionych potraw nie wzbudziły jego zainteresowania. Patrzył na to wszystko, na otaczający go przepych, pogrążony we własnych myślach, którymi nie mógł się z nikim podzielić. Jakby od tego świata i jego mieszkańców oddzielała go zasłona, przez którą nie mógł się przedrzeć.

Słudzy, od lat przywykli do odczytywania z wyrazu twarzy swego pana poziomu jego zadowolenia, wymienili zlęknione spojrzenia. Przedłużające się milczenie pogłębiało ich niepokój.

– Panie, podać coś jeszcze? – odważył się spytać najstarszy z mężczyzn.

Wyrwany z zamyślenia wielki wezyr wzdrygnął się jak człowiek, któremu nagle przerwano sen. Spojrzał na sługę niewidzącymi oczami i pokręcił głową. Nie spuścił jednak wzroku ze staruszka, który wiernie służył mu od kilkunastu lat.

– Źle się czujesz, mój panie? – spytał znów mężczyzna, spuszczając wzrok. – Wezwać medyka?

– Możecie odejść – odprawił ich Mehmed, pozostawiając ostatnie pytanie bez odpowiedzi.

Słudzy wyszli. Sokollu przysiadł na sedirze, niskiej sofie z podłokietnikami, i podparł czoło na dłoniach. Głowa ciążyła mu niemiłosiernie. Zawahał się, czy jednak nie wezwać medyka, by przyrządził mu ułatwiający zasypianie napar z ziół.

Powinien się położyć, odpocząć, pozwolić, aby sen zdjął z jego barków przynajmniej część zmartwień.

Jednak myśl o czyhającym zagrożeniu, bynajmniej nie ze strony diabłów cesarza Maksymiliana, nie dawała mu spokoju. To nie był czas na odpoczynek, lecz na walkę. Ścisnął palcami skronie i spróbował zebrać myśli. Potrzebował spokojnie zastanowić się nad położeniem, w którym lada chwila, za dzień, tydzień czy miesiąc, może znaleźć się nie tylko on sam, ale i całe państwo wielkiego rodu Osmanów. Wiedział, że nie podoła sam. Przywołał sługę czekającego przed namiotem na rozkazy swego pana.

– Wezwij Feridun Beja.

– To niemożliwe, panie – odparł sługa. – Dziś rano sułtan kazał wysłać go z oddziałem na patrol.

Sokollu uniósł brwi ze zdziwienia. Był pewien, że sułtan od rana nie był zdolny do wydania żadnego rozkazu. On sam, jedyny człowiek w Imperium mogący wydawać rozkazy w imieniu władcy, także nie wyprawił Feriduna w drogę.

– Kiedy wyruszył? – zapytał.

– Sam widziałem, jak po popołudniowej modlitwie wsiadali na konie, mój panie.

Sokollu spojrzał w niebo. Słońce powoli przybliżało się do linii horyzontu.

– W którą stronę odjechali? – spytał prędko.

Sługa udzielił mu wszystkich informacji. Widać było, że jest zdziwiony przede wszystkim tym, że jego wszechpotężny pan zdaje się nic nie wiedzieć o wyekspediowaniu oddziału zwiadowców. Wezyr dostrzegł pytające spojrzenia, ale zignorował je. Po głowie kołatało mu się jedno pytanie: kto wydał rozkaz?

2

Noce na progu jesieni były wprawdzie coraz dłuższe, lecz dzień nadal wstawał dość wcześnie. O poranku Mehmed musiał znów znaleźć się w obozie, by w imieniu sułtana wydawać rozkazy, rozwiązywać spory, rozdzielać zadania, a nade wszystko ukrywać przed wszystkimi, w jak złym stanie jest Sulejman, i manifestować wszędzie jego obecność i potęgę, jakkolwiek chwiejna byłaby w rzeczywistości.

Miał niewiele czasu, by dotrzeć do miejsca, gdzie spodziewał się znaleźć Feridun Beja, jedynego człowieka w Imperium Osmańskim, któremu mimo młodego wieku ufał niemal jak sobie, a który – jak podpowiadała mu intuicja – mógł być w niebezpieczeństwie. Nie było czasu, aby poczynić stosowne przygotowania do podróży. Zastanawiał się, czy nie rozsądniej byłoby zabrać ze sobą kilku strażników, ale szybko odrzucił tę myśl. Skoro on, głównodowodzący armią w imieniu padyszacha, nie wiedział o wyprawieniu oddziału zwiadowczego, najwyraźniej ktoś celowo zadbał o to, żeby ukryć przed nim ten fakt. Nagle poczuł się zagubiony wśród własnych ludzi. Był bowiem pewien, że nieprzypadkowo wysłano żołnierzy pozostających pod komendą Feriduna.

Podróż nie jest daleka, pocieszał samego siebie. Najpewniej zatrzymali się na popas i nocny odpoczynek przy rzece. Tam ich znajdę, porozmawiam z Feridunem i nakażę im powrót do obozu.

Zdjął jedwabny płaszcz, obszyty sobolowym futrem, i zaczął ubierać się w strój podróżny, który kupił kiedyś na bazarze, aby służył mu za przebranie, gdyby pojawiła się konieczność ukrycia własnej tożsamości. Po chwili wahania wziął także krótki miecz i schował go pod luźnymi połami brunatnego, płóciennego okrycia.

Zostawił zapalone świece i wyszedł ze swojego namiotu bocznym wyjściem, używanym wyłącznie przez sługi. Paź, któremu w międzyczasie nakazał przygotować konia, stał już poza obozowiskiem z osiodłanym wierzchowcem. Sokollu uśmiechnął się na widok krępej, burej, berberyjskiej klaczy o krótkim, niezgrabnym tułowiu. Niepozornej z wyglądu, ale mocnej, szybkiej i wytrzymałej. Paź dokonał doskonałego wyboru, choć on sam nie udzielił mu żadnych wskazówek w tym względzie. Zapisał sobie w myślach, by po powrocie nagrodzić chłopca za jego spryt.

– Nikt cię nie widział? – zapytał pospiesznie.

– Nikt, mój panie.

– Dobrze – pochwalił go Sokollu. – A teraz słuchaj uważnie. Wejdź do mojego namiotu. Zgaś świece i powiedz strażnikom, że zastałeś mnie śpiącego. Rzuć zdanie czy dwa o oblężeniu, odciągając ich myśli ode mnie.

– Uczynię, jak każesz, panie – odparł paź.

– Czekaj tu znów po modlitwie porannej – przykazał wezyr, wskakując na konia, po czym dodał: – I módl się, by dobry Bóg pozwolił mi wrócić szczęśliwie.

Choć wypowiedział słowa, które zwykł mówić zawsze przed podróżą, tym razem sługa wyczuł w nich powagę towarzyszącą zazwyczaj sprawom najistotniejszym.

– Amen – rzekł uroczyście, oddając Sokollu wodze. Potem dłuższą chwilę stał i patrzył za odjeżdżającym samotnie wezyrem.

3

– Panie mój! – wykrzyknął Feriudun Bej, który w mężczyźnie zbliżającym się do ogniska natychmiast rozpoznał wezyra.

Sokollu pokręcił nieznacznie głową, dając znak, by przyjaciel nie zwracał na niego uwagi innych. Feridun zrozumiał, a drugi z mężczyzn oddalił się w przeciwnym kierunku, nie rzekłszy ani słowa wyjaśnienia żołnierzom, którzy spoglądali na niego zdziwieni.

– Dostawca świecidełek – zaśmiał się Feridun Bej. – Z takimi najlepiej spotkać się, gdy inni nie widzą. Okazja jest okazją tylko wtedy, gdy mało kto o niej wie, a niewiasty najbardziej lubią to, co niedostępne dla innych niewiast. Sami wiecie, jak trudno je zadowolić.

Pozostali żołnierze zachichotali i jeden przez drugiego poczęli opowiadać sobie rubaszne historie. Feridun Bej posiedział z nimi jeszcze chwilę, a upewniwszy się, że zapomnieli o tajemniczej postaci, oddalił się od oddziału. Sokollu siedział nieopodal, skryty w mroku, i z daleka przyglądał się janczarom skupionym wokół ogniska. Wiele by dał, by znaleźć się wśród nich, w cieple ognia, jako część tej braterskiej wspólnoty życia i krwi.

– Panie mój! – rzekł Feridun Bej, stając obok niego. – Co tutaj robisz? Czemu przybywasz sam w nocy?

– Kto kazał ci wyruszyć w drogę? – odpowiedział wezyr pytaniem.

– Nie rozumiem, panie. – Feridun był wyraźnie skonsternowany.

– Kto wydał rozkaz? – powtórzył Sokollu.

– Sam sułtan, mój panie – odpowiedział szybko. – Dziś rano służący przyniósł mi pismo. Zgodnie z zawartymi w nim instrukcjami miałem wyjechać poza obóz i sprawdzić, czy od strony rzeki nie zbliżają się oddziały Maksymiliana.

Oddziały Maksymiliana nie przybędą, pomyślał Sokollu, ale nie chcąc martwić przyjaciela, nic nie rzekł.

– Myślałem, że o wszystkim wiesz, mój panie… – dodał Feridun nieco ciszej, jakby i jemu udzielił się niepokój czający się w milczeniu wezyra.

Sokollu pokręcił przecząco głową.

– Nie wiedziałem – odparł.

– To był rozkaz samego sułtana, panie – zapewnił Feridun Bej. – Osobiście złamałem pieczęć.

Ostatnie zdanie sprawiło, że zimny dreszcz przebiegł po plecach wezyra.

– Jesteś pewien, że to była tugra Sulejmana? – upewnił się, choć wątpił, by Feridun Bej, niszandży, mimo młodego wieku piastujący urząd sekretarza państwa, mógł się pomylić w tej kwestii.

– Tak, panie – potwierdził Feridun.

Było jasne, że dziwne słowa wezyra niepokoją go coraz bardziej. Powstrzymał się jednak od zadania zbędnych pytań.

– Zatem jesteś… jesteśmy w niebezpieczeństwie – rzekł Sokollu. – Zbierz oddział. Natychmiast wyruszamy z powrotem do obozu. Każ wszystkim, by byli gotowi do walki. Powiedz, że otrzymałeś wiadomość o bandach złodziei grasujących w okolicy. Niech będą czujni, ale nie tracą ducha i humoru.

4

Jechali wysunięci nieznacznie przed czoło oddziału. Sokollu zdążył już podzielić się z Feridun Bejem swoimi obawami, które ten – jak każdy dostojnik osmański – przyjął ze spokojem na twarzy, mimo burzy szalejącej w sercu. Podążali w głąb rzednącego powoli mroku w milczeniu. Zbyt wiele niedomówień zawisło pomiędzy nimi, zbyt wiele obaw, do których nie mogli się przyznać, zawładnęło ich sercami, zbyt wiele pytań kołatało się w ich głowach. Każdy krok koni przybliżał ich do minionych bezpowrotnie dni, do gry o życie, w której do niedawna znali każdą regułę i mogli przewidzieć każde posunięcie wszystkich uczestników. Do rozgrywki, w której śmierć sułtana zmieniłaby wszystko.

Słońce zaczęło powoli wychylać się zza linii horyzontu. Szerokie, świetliste pasy srebrzystego świtu schyłku lata pokładały się na płynącej wzdłuż drogi rzece i falowały razem z nią niczym kawałek najdelikatniejszego materiału. Sokollu przypatrywał się tej grze światła i wody. Na nowo ogarnął go smutek, tak potężny, że wezyrowi zabrakło tchu.

– Ej, Sulejmanie! – szepnął z tęsknoty za tym, co minęło bezpowrotnie. – „Pod ciosami losu leży moje serce rozbite w pył!"

Cienie skracały się coraz bardziej, gdy w oddali, na wzgórzu, dostrzegli pierwsze, cieniuteńkie smugi dymu z dogasających obozowych ognisk. Sokollu wzdrygnął się. Zdało mu się nagle, że to nie dym, a dusze poległych żołnierzy wznoszą się ku niebu, wyciągając ramiona w stronę swego Stwórcy.

Co teraz będzie? Co będzie ze mną – rozmyślał – gdy zabraknie mi twej mądrości i rady, o wielki Sulejmanie?

W tej samej chwili z pobliskich szuwarów wyfrunęło ze skrzekiem stado dzikich kaczek. Koń Sokollu zarżał przerażony i stanął dęba. Wyrwany z zamyślenia jeździec nie zdążył zareagować. Zwierzę szarpnęło i poniosło wielkiego wezyra w rozszalałym galopie.

– Panie! – usłyszał za plecami przerażony okrzyk Feridun Beja, który natychmiast puścił się w ślad za nim.

Sokollu ściągnął wodze i ścisnął udami koński bok, próbując uspokoić zwierzę, ale na niewiele się to zdało. Rumak pędził jak szalony, ignorując wszelkie poczynania jeźdźca. Wezyr zaprzestał więc prób zatrzymania klaczy i robił, co mógł, by utrzymać się w siodle. Upadek z rozpędzonego rumaka oznaczać mógł tylko jedno – pewną śmierć. Ta wizja zaniepokoiła go, lecz i dziwnie podnieciła. Być może nie był to koniec, który nadawałby się do opiewania w legendach o jego życiu, kronikarze z pewnością nie byliby zadowoleni, lecz o ileż słodsza, a nade wszystko mniej upokarzająca wydawała mu się ta wizja, niż widmo śmierci od miecza kata. Odarty z własnych szat, zmuszony byłby klęknąć z głową opartą na pniu, skazany niesłusznie za zdradę Imperium, w które wierzył i któremu oddał wszystko. Wiatr rozlał po pooranych zmarszczkami policzkach dwie łzy, których Mehmed nie zdołał powstrzymać. Wizja rozpłynęła się wraz ze łzami w chłodnym powiewie wiatru. Mimo niebezpieczeństwa znów czuł się spokojny. Nie mógł zostawić Sulejmana, nie teraz, nie u kresu ich wspólnej drogi, z której sułtan będzie musiał zejść pierwszy. Musiał żyć tak, jak żył od zawsze, dla padyszacha, nie zważając na własny los.

Szybko nabierali prędkości, mknąc wzdłuż ściany drzew. Odjechali spory kawałek od głównej ścieżki, gdy nagle koń skręcił gwałtownie w niski brzozowy las. Poranne słońce odbijało się w jasnej korze cieniutkich pni, migocząc jak pięknie oszlifowany diament. Sokollu czuł, że zaczyna mu się kręcić w głowie. Klacz najwyraźniej także poczuła się nieswojo w tej powodzi bieli i światła, bo zaczęła zwalniać. Feridun zrównał się z nim. Obecność drugiego konia najwyraźniej uspokoiła wierzchowca wezyra, bo wkrótce zwolnił już zupełnie, dopasowując rytm swego chodu do tempa konia Feridun Beja. Po chwili udało się im zatrzymać.

– Nic ci nie jest, panie? – zagadnął zdyszany Feridun Bej, gdy znów stanęli na ziemi.

Sokollu, oddychając ciężko, pokręcił głową. Odczuwał ulgę i złość na samego siebie, że stracił czujność, naraził ich obu na niebezpieczeństwo, pozwalając, by rozdrażnione nerwy wzięły górę nad rozsądkiem.

– Odpocznijmy, a potem poszukamy drogi powrotnej – rzekł, opanowawszy się na tyle, aby móc odpowiedzieć.

Przywiązali konie, a sami usiedli nieopodal. Oparli się plecami o pień drzewa. Feridun Bej podał Sokollu bukłak z wodą, który odczepił od siodła.

Konie skubały trawę, a oni siedzieli, wsłuchując się w odgłosy budzącego się lasu. Drzewa szumiały kojąco niby staruszki śpiewające baśnie wnuczętom. Ptaki ćwierkały wesoło, witając kolejny dzień, światło migotało wśród maleńkich listków, wokół bujnie rosnących paproci latały wielobarwne motyle. Sokollu przymknął oczy.

Nagle usłyszeli w oddali łoskot przywodzący na myśl tętent niepodkutych koni. Po chwili wśród niezliczonych pni mignęło wielkie zwierzę.

– Jeleń – ocenił szybko Sokollu. – Jeleń pędzący samotnie wśród drzew…

– Polowanie? – zgadywał Feridun Bej, odruchowo ściszając głos i wypatrując ścigających.

Byli na obcej ziemi. Wprawdzie obaj mieli na sobie podróżne płaszcze, lecz gdy tylko przyszłoby im pokazać twarz lub broń, z pewnością zostaliby rozpoznani. Czym prędzej położyli się płasko na pachnącym mchem i wilgocią runie leśnym. Obejrzeli się na konie, lecz one stały nieco za drzewami, skryte w cieniu.

Nie musieli długo czekać. Po chwili między pniami mignęło kilku konnych. Sokollu czuł, że serce zaczyna mu mocniej walić w piersi. Mimo odległości zdołał dojrzeć chorągiew jednego z jeźdźców.

– To sztandar Juraja Zrinskiego – syknął wezyr.

Mężczyźni wymienili spojrzenia. Sami niejednokrotnie, zwłaszcza gdy sytuacja wymagała pośpiechu, podróżowali w ten sposób – bez taboru z zaopatrzeniem czy choćby juków spowalniających bieg konia. Zabierali z sobą tylko bukłaki z wodą, a o pożywienie troszczyli się po drodze, polując na dziką zwierzynę, ptaki, łowiąc ryby lub posilając się jagodami i owocami leśnymi. Najwyraźniej dziedzicowi księcia Zrińskiego bardzo spieszno było dołączyć do ojca, choć siły, którymi dysponował, były śmiesznie małe.

Sokollu i Ferdiun Bej dostrzegli swoją szansę na odwrócenie losów oblężenia. Wiedzieli, że pojmanie najstarszego syna dowódcy Szigetváru przechyliłoby szalę zwycięstwa na ich stronę. Nikola Šubić Zrinski był niezłomnym wojownikiem, ale był też ojcem, a niewielu rodziców gotowych było poświęcić życie swych dzieci, nawet w imię honoru. Mieli mało czasu na podjęcie decyzji. Konni jechali szybko i wkrótce mogli stracić ich z oczu.

– Ich pięciu na nas dwóch… – rzekł w zamyśleniu Sokollu, oceniając szanse.

Feridun Bej uśmiechnął się pogodnie. Jego młoda, urodziwa twarz, której łagodności dodawało spojrzenie wielkich, niebieskich oczu, promieniała ekscytacją.

– Na cóż więc czekamy, mój panie? – odparł, dźwigając się na łokciach i wstając zgrabnym podskokiem.

Sokollu również się uśmiechnął. Entuzjazm Feridun Beja udzielił się i jemu.

Chwilę później pędzili za konnymi, którzy bez reszty pochłonięci ściganiem zwierzyny, nie podejrzewając, że w rodzinnych lasach mogliby spotkać wroga, nie wyczuli w porę niebezpieczeństwa. Zostali zaskoczeni w chwili, gdy triumfując i ciesząc się z udanego polowania, zbliżali się do konającego zwierzęcia.

Kilkanaście minut później było już po wszystkim. Olbrzymia plama krwi znaczyła coraz szerszym kręgiem soczyście zielone leśne runo. Jeden z żołnierzy z oddziału młodego Zrinskiego leżał bez życia, wyblakłymi źrenicami wciąż otwartych oczu wpatrując się w oczy martwego jelenia.

– Gdzie jest twój pan? – zapytał Sokollu płynną łaciną.

Ranny żołnierz wzdrygnął się ze strachu. Stojący nad nim turecki wojownik przemawiający w języku świata zachodniego wydał mu się samym diabłem. Sokollu powtórzył pytanie, jednocześnie przykładając ostrze swego miecza do krtani mężczyzny.

– Nie wiem – odparł tamten.

Sokollu mocniej docisnął ostrze. Czuł, jak skóra jeńca napina się, stawiając ostatni opór; jeszcze milimetr i ustąpiłaby, otwierając drogę ostatniemu tchnieniu mężczyzny.

– Nie wiem – jęknął rozpaczliwie. – Naprawdę nie wiem.

W jego oczach był zwierzęcy strach, który zwykle wyzwalał prawdomówność. Sokollu odrobinę cofnął miecz.

– Wyjaśnij – zażądał.

– Jechaliśmy za zwierzyną, by zjeść coś na śniadanie. Nagle książę odłączył się, dając nam znak, byśmy jechali dalej – tłumaczył nieskładnie, zachłystując się powietrzem. – Litości! Nic nie wiem!

Na twarzy mężczyzny odmalowało się tak wielkie przerażenie, że Sokollu zaczął przypuszczać, iż nie ma do czynienia z wojownikiem. Pewnie dlatego też właśnie on jako jedyny pozostał przy życiu.

– Kiedy się odłączył? – warknął.

– Nie wiem, panie – wyjąkał. – Las wszędzie wygląda tak samo…

Sokollu wyczuł nutkę fałszu w jego głosie i znów docisnął ostrze.

– Na skraju lasu! – chłód stali na szyi błyskawicznie odświeżył pamięć mężczyzny. – Na skraju lasu, nieopodal zjazdu z traktu.

Sokollu spojrzał na Feridun Beja. Musieli się minąć. Kto wie, czy młody Zrinski nie odłączył się do oddziału właśnie dlatego, że ich zauważył. Choć gdyby tak było, czemu nie przyłączył się do walki? Może gdzieś w pobliżu znajdowały się większe siły habsburskie, które postanowił wezwać na pomoc? Przyjaciel, którego myśli podążały tymi samymi drogami, skinął głową. Byli w niebezpieczeństwie. Musieli jak najszybciej wydostać się na trakt i dołączyć do oddziału Feridun Beja, by cała ta przygoda nie skończyła się tragicznie. Sokollu uniósł miecz. Już miał czym prędzej rozprawić się z ostatnim jeńcem, gdy promień światła odbił się w złotym przedmiocie u jego paska i smagnął wezyra po oczach.

– Kim jesteś? – zapytał.

– Trębaczem oddziału Juraja Zrinskiego – odparł drżącym głosem mężczyzna.

W głowie Sokollu zaświtała nagła myśl. Opuścił szablę.

– Jedzie z nami – oznajmił.

– Panie, to zbędne ryzyko – ośmielił się sprzeciwić Feridun Bej. – Nie możemy dać mu konia, bo ucieknie. Jeśli zaś rozkażemy mu biec obok, opóźni naszą jazdę.

Trębacz przenosił przerażony wzrok z jednego smagłego mężczyzny na drugiego. Choć nie rozumiał wypowiadanych przez nich słów, wiedział, że ważą się jego losy.

– Jedzie z nami – rzekł ostrzej Sokollu. – Po drodze wszystko ci wyjaśnię, a teraz spieszmy się! Im dłużej rozmawiamy, na tym większe niebezpieczeństwo możemy się narazić.

Feridun Bej skinął głową.

– Sztandar! – przypomniał sobie wezyr. – Koniecznie weź sztandar.

25 sierpnia 1566
Szigetvár – Węgry
IMPERIUM HABSBURGÓW

Bezkrwiste, poranne słońce powoli wschodziło nad zniszczoną twierdzą. Jasne promienie musnęły ciepłem policzek Jeleny. Dziewczynka uśmiechnęła się, wciąż pozostając na pograniczu pięknego snu i bolesnej jawy. Próbowała jeszcze skraść kilka cennych chwil w świecie bez wojny, strachu, głodu, przemocy, bez huku dział oblężniczych, nawoływań rycerzy, krzyku rannych, wrzasku kobiet, którym odbierano dzieci, zduszonych jęków konających, bez ulic spływających krwią, bez tureckiego obozowiska, owego morza ognisk i namiotów, w którym we dnie i w nocy trwało wesele, jakby Turcy już dawno uznali swoje zwycięstwo. Niemal bez przerwy dało się słyszeć z oddali dźwięki piszczałek, bębnów, tamburynów wygrywających pieśni na cześć sułtana i jego dzielnych żołnierzy, które – choć skoczne i wesołe – napełniały serce dziewczynki nieopisaną trwogą.

Tej nocy przyśnił się Jelenie wyjątkowo piękny sen. Oto znów byli wszyscy razem w Szigetvárze. W ogrodzie kwitły róże i fruwały dziesiątki kolorowych motyli. Jelena wraz z rodzeństwem tańczyła, pląsając boso po zielonej trawie wkoło uśmiechniętego ojca i macochy piastującej na rękach nowo narodzone dziecko. Jelena pochyliła się, by pocałować maleństwo. Nie przestając się uśmiechać, najostrożniej jak umiała odchyliła powoli koronkową chustkę zakrywającą twarzyczkę śpiącego dziecka. Nie zdołała jednak dostrzec jego twarzy. Potężne burczenie w brzuchu przypomniało jej o rzeczywistości. Sen prysł, znikając bezpowrotnie, lecz ssanie w żołądku pozostało. Jelena niechętnie otworzyła oczy w poszukiwaniu czegoś do zjedzenia. Wczorajsza kolacja nie była posiłkiem wystarczająco obfitym, żeby zaspokoić apetyt dorastającej dziewczynki. Mimo to nie narzekała. Odkąd Turcy pojawili się w okolicy, liczba mieszkańców zamku potroiła się, choć niewielu spośród nowo przybyłych mogło zasilić mocno przetrzebione szeregi armii księcia Zrinskiego. W większości były to kobiety z dziećmi, starcy czy młodzieńcy, synowie okolicznych wieśniaków, drżący na samą myśl o spotkaniu z diabłami, które przybrały ludzką postać. Mężczyźni, którzy nadawali się do noszenia broni, zostali w gospodarstwach albo kryli się z bydłem w lasach, próbując ochronić resztki dobytku swojego życia.

Jelena wiedziała, że przedłużające się oblężenie, a potem upadek starego i nowego podgrodzia oraz odcięcie obrońców od tamtejszych spichlerzy wymusiły na ojcu podjęcie decyzji o racjonowaniu żywności w twierdzy.

I tak dostaję więcej niż inni, pomyślała, choć takie pocieszenie nie na wiele się zdało.

Postanowiła zająć się czymś, żeby nie myśleć o głodzie. Wstała z łóżka, ubrała się sama, wzięła ze stołu kawałek czerstwego chleba i wyszła z komnaty.

Od wielu dni nikt jej nie pilnował. Robiła, co chciała, i chodziła, gdzie jej się podobało. Ocaleli z rzezi podgrodzia mieszkańcy miasta, owi szczęśliwcy, którym udało się w porę skryć za murami twierdzy, gonili za swoimi sprawami, rozpaczliwie usiłując ukryć resztki własnego majątku i wymyślić jakiś sposób na ocalenie życia. Choć twierdza chyliła się ku upadkowi i losy Szigetváru wydawały się przesądzone, mieszczanie wciąż nie dopuszczali do siebie myśli o ostatecznej klęsce. Wiara w to, że uda im się wymyślić jakiś fortel, by uciec w ostatniej chwili albo czymś przekupić sułtańskie sługi, wielu podtrzymywała przy zdrowych zmysłach. Tylko dzięki tej kupieckiej brawurze nie wybuchła jeszcze panika.

W całym tym zamieszaniu nikt nie zwracał uwagi na dzieci. Biegały od rana do zachodu słońca, szukając czegoś do zjedzenia albo bawiąc się na zamkowym bruku w wojnę z Osmanami.

Jelena szła zamkowymi korytarzami i żuła ostatni kawałek chleba, starając się dla zabawy jak najdłużej utrzymać go w ustach. Przechodząc obok komnaty księcia, zapragnęła wejść do środka, by przywitać się z ojcem. Chciała przytulić się do niego i przez jedną, choćby najkrótszą chwilę być znów małą dziewczynką, jak jeszcze kilka tygodni temu. Bycie rycerzem okazało się o wiele trudniejsze, niż jej się kiedyś wydawało.

Podeszła do drzwi i aż pisnęła ze strachu, gdy w tej samej chwili podwoje komnaty księcia uchyliły się.

– Nie możesz tam teraz wejść, panienko – powiedział sługa, który wyślizgnął się z komnaty i ukłonił się jej pospiesznie. – Książę jest zajęty.

Przez szparę w drzwiach Jelena zdążyła jeszcze dostrzec twarz ojca pochylonego nad rozwiniętym zwojem. Jego oblicze było skupione i groźne, najwyraźniej coś musiało bardzo go rozgniewać. Dookoła księcia stali doradcy, a także Andriej i Ferenc. Wszyscy wyglądali na zmartwionych. Zwłaszcza mina Andrieja zaniepokoiła ją. Postąpiła krok naprzód, licząc, że jednak uda jej się wejść, ale sługa odsunął ją delikatnie i zamknął drzwi. Następnie skinął głową i szybkim krokiem ruszył w głąb korytarza.

Dziewczynka, pozostawiona sama sobie, powlekła się na dziedziniec. Wybrukowany plac usłany był schnącymi liśćmi, wśród których bieliły się kawałki pergaminów. Podniosła jeden z nich, nakryty skręconym od słońca suchym liściem, i przeczytała. Była to jedna z owych bibuł wstrzeliwanych za mury muszkietami, którymi Turcy próbowali skłócić mieszkańców twierdzy, nastawić ich przeciwko sobie nawzajem, a nade wszystko przeciw księciu i jego żołnierzom. W napisanych po węgiersku, niemiecku i chorwacku tekstach, których treść różniła się od siebie, opowiadali wyssane z palca historie o tym, że Nikola Šubić Zrinski zdradził cesarza Maksymiliana, że po kryjomu dogaduje się z Sulejmanem, że przyjął od sułtana propozycję władania całą Chorwacją, jeśli tylko odda mu w niewolę wszystkich mieszkańców miasta, i tym podobne nonsensy, którym na szczęście nikt w twierdzy nie dawał wiary. Jelena czuła, że czerwieni się z wściekłości. Zmięła bibułę w dłoni i rzuciła gniewnie na stos końskiego gnoju usypany w pobliżu.

Naraz ujrzała konnego, który roztrącając ludzi, galopem wpadł na dziedziniec zamkowy. Czym prędzej pospieszyła w tamtą stronę. Konny rzucił lejce giermkowi i przez nikogo niezatrzymywany biegiem ruszył po schodach. Chwilę później stojąca na podwórzu Jelena usłyszała krzyki dobiegające z komnaty ojca. Nie mogła dłużej wytrzymać oczekiwania. Ruszyła śladem posłańca. W korytarzu zderzyła się z Andriejem, który wypadł z komnaty, zatrzaskując z hukiem drzwi. Nie zatrzymał się jednak, nie powiedział ani słowa, tylko szybkim krokiem oddalił się w głąb korytarza.

– Bracie, zaczekaj! – krzyknęła Jelena, biegnąc za nim co sił w nogach. – Porozmawiaj ze mną! Proszę.

Andriej zatrzymał się nagle i odwrócił w jej stronę. Przeżycia ostatnich tygodni zmieniły twarz chłopca w twarz mężczyzny. Dorosłe, obce Jelenie oblicze, w którego rysach z trudem odnajdywała te należące do ukochanego brata, było teraz trupio blade. Brwi miał groźnie ściągnięte, żyła biegnąca po lewej stronie jego czoła pulsowała, a usta drżały. Nie patrzył jej w oczy.

Jelena wzięła go za rękę. Była zimna jak lód.

– Andriej, co się stało? – spytała, gładząc go po dłoni. – Kto to był? Dlaczego ojciec tak krzyczał?

Andriej milczał. W jego wnętrzu toczyła się walka, po chwili jednak podjął decyzję, że powie siostrze prawdę.

– Juraj… – szepnął. – Schwytali Juraja.

Jelena poczuła, że serce w jej piersiach przestaje bić.

– Na wieść o oblężeniu, wbrew rozkazowi cesarza, z garstką oddanych sobie żołnierzy pospieszył nam z pomocą – opowiadał głosem rwącym się z emocji. – Jeden z patroli tureckich schwytał ich, gdy próbowali przemknąć do twierdzy. Wywiązała się walka. W krwawej potyczce zginęli niemal wszyscy żołnierze z oddziału. Juraj został ranny. Ktoś musiał rozpoznać w nim książęcego syna, bo został wzięty do niewoli.

– O Boże! – westchnęła dziewczyna, czując, jak ziemia usuwa się spod jej stóp. – Boże, dopomóż.

Do oczu napłynęły jej łzy.

– Juraj… Juraj… – szlochała.

Andriej przyciągnął ją do siebie. Wówczas dziewczynka rozpłakała się na dobre. Kołysana w ramionach brata płakała tak długo, aż jej oczom zabrakło łez.

– Ojciec… ojciec go uratuje, prawda? – zapytała, odzyskawszy zdolność mówienia. – Już wysłał wielki oddział najlepszych żołnierzy, by go odbili, tak?

Twarz Andrieja na nowo stężała i spochmurniała.

– Andriej? – Jelena zaniepokoiła się jeszcze bardziej. – Andriej, powiedz coś! Ojciec go uratuje, prawda?

Andriej powoli pokręcił głową. Jelena zamarła.

– Andriej, co to znaczy…? – zaczęła ciszej.

– Odsieczy nie będzie. Nikt nie wyruszy naszemu bratu na pomoc – odparł, cedząc słowa.

– Może wyruszą za chwilę? – Jelena nie dawała wiary słowom brata.

– Nikt nie wyruszy! – ryknął Andriej, wkładając w ten krzyk całą rozpacz, która rozrywała mu duszę. – Nikt nie ośmieli się sprzeciwić wielkiemu księciu Zrinskiemu!

– Jak to: sprzeciwić?!

– Sprzeciwić! Ojciec zakazał komukolwiek podejmować próbę ratowania Juraja.

– To niemożliwe… – szepnęła dziewczynka.

– A jednak taki właśnie wydał rozkaz!

– Ale dlaczego?

– Ojciec uważa, że to pułapka. Odparł, że nie uwierzy w to, że Juraj dał się pojmać żywcem, dopóki nie zobaczy go na własne oczy.

– Może ma rację? – spytała prędko Jelena, w której sercu nagle obudziła się nadzieja.

Andriej pokręcił przecząco głową.

– Poseł zapewnił, że o pomyłce nie może być mowy. Powiedział także, że w samo południe Turcy dostarczą dowód…

Jelena odruchowo zerknęła za okno. Słońce stało już niemal w zenicie. Nagle do ich uszu dobiegł pojedynczy sygnał trąbki. Spojrzeli po sobie zdziwieni i podbiegli do okna. W oddali dostrzegli samotnego trębacza, stojącego u podnóża murów. Nad jego głową powiewał sztandar Juraja Zrinskiego, który przytroczono mu do pleców. Naraz z trąbki popłynęła melodia marsza chorwackiego. Każdy kolejny dźwięk wbijał się w serce dziewczynki jak ostrze sztyletu. Ten marsz znał tylko trębacz Juraja, który nauczył się owej starej, ludowej melodii specjalnie dla książęcego syna. Po chwili powietrze przeciął świst.

Trąbka upadła na ziemię, a w ślad za nią padł i trębacz, którego nakrył sztandar. Zapadła cisza.

Rozpalona na chwilkę iskra otuchy zgasła, pozostawiając w sercu dziewczynki krwawiącą ranę.

– Sułtan poprzysiągł, że jeśli ojciec nie podda twierdzy do świtu, Juraj zostanie... – szepnął Andriej w zamyśleniu.

Niewypowiedziane słowo zawisło pomiędzy rodzeństwem jak najstraszliwsza groźba.

– Nie, nie, nie! – krzyknęła Jelena, na nowo zdjęta strachem. – Tylko nie Juraj, każdy tylko nie on! Musi być jakiś sposób, by go uratować!

Andriej patrzył na zaczerwienioną od łez twarzyczkę siostry. Nagle jego rysy złagodniały, drżenie ustało, wyglądał jak człowiek, który właśnie odkrył i przyjął swoje przeznaczenie.

– Nie martw się, Jeleno – powiedział po prostu, po czym ucałował siostrę i odszedł.

– Andriej! Andriej! – wołała za nim dziewczynka.

W zachowaniu brata było coś niepokojącego. Serce podeszło jej do gardła.

– Andriej! – krzyknęła rozpaczliwie.

Ale on ani razu się nie odwrócił.

26 sierpnia 1566
Szigetvár – Węgry
IMPERIUM HABSBURGÓW

Jelena zaczerwienionymi od płaczu oczami oglądała nadejście kolejnego świtu ponad twierdzą, która wydawała jej się teraz wielką stertą kamieni, trzymającą się jedynie dzięki niezmordowaniu i niesłabnącej woli walki jej obrońców.

Wreszcie wąziutki pas światła wychynął na horyzoncie zza szarugi przedświtu, znacząc linię murów obronnych Szigetváru złotą lamówką. Dziewczynka dostrzegła teraz księcia Zrinskiego, który stanął na murach w pełnym rynsztunku; w czarnym kołpaku ozdobionym wielkim szmaragdem i białym jak śnieg piórem czapli był doskonale widoczny dla wojsk nieprzyjaciela. Wstrzymała oddech. Była pewna, że ojciec podda twierdzę, by ratować syna. Nie myślała o tym, co będzie potem. Zamek, jego obrońcy, chroniący się weń wieśniacy, nawet wolność ojca czy jej własna – wszystko to zostało przesłonięte straszną i co gorsza, realną wizją najstarszego brata przebywającego w niewoli i okrutnie torturowanego przez wroga.

Ojciec wyprostował się i uniósł do góry prawą rękę, w której trzymał swój miecz. Jelenie zdawało się, że czas stanął w miejscu. Czekała, aż oręż opuści dłoń ojca, spadając z łoskotem na ziemię, aż książę zdejmie z głowy czapkę i ciśnie ją u swych stóp, dając tym samym znak, że się poddaje. Przez chwilę pomyślała, że wszystkich na zamku zszokuje widok wielkiego, nieustraszonego Nikoli Šubicia Zrinskiego oddającego zamek bez walki. Oni jednak nie wiedzieli, że ceną za poddanie twierdzy będzie życie jego najstarszego syna.

Ręka księcia opadła. Świst stali przeciął powietrze, jednak broń nie wypadła z ręki dowódcy. Na umówiony znak z kamiennych szkieletów niegdyś będących wieżami zamkowymi spuszczono jednocześnie kilkadziesiąt lin, na których w przedśmiertnych drgawkach, odarci z szat, wili się schwytani do niewoli tureccy żołnierze. Jelena zamrugała oczami. Nie mogła pojąć tego, co widziała.

Ojciec postanowił bronić twierdzy do końca, poświęcając w tym akcie graniczącym z szaleństwem życie swego pierworodnego.

Zza murów dobiegł do jej uszu straszny ryk. Turcy manifestowali swoją wściekłość, ich urażona duma domagała się krwi. W następnej chwili na mury zamkowe spadł grad strzał i pocisków, z których każdy wycelowany był w pierś Zrinskiego. Ale księcia już tam nie było. Jelena dostrzegła go, jak zbiega po schodach, wykrzykując rozkazy. Patrząc za ojcem, nagle kątem oka wyłowiła cień przemykający pod wewnętrznym murem, w stronę wyłomu wychodzącego do sekretnego przejścia tuż przy fosie, którym z zamku na moczary wydostawali się szpiedzy i kurierzy. Chwilę później rozpoznała w postaci Andrieja. Zdziwiona patrzyła, jak chłopak, rozejrzawszy się raz jeszcze, zniknął w wyłomie. Zaszumiało jej w uszach. Nagle zrozumiała jego zamiary i osunęła się bez sił na kamienną posadzkę. Andriej zaczekał na ostateczną decyzję ojca, a gdy ją poznał, postanowił sam ruszyć na ratunek bratu. Nie mogła nic zrobić, nikogo zawiadomić, prosić, by ktoś go zatrzymał, ocalił, w tej samej bowiem chwili rozgorzała straszna walka, w której obie strony zdawały się tracić resztkę krwi i oddechu. Jelena, nieczuła na wstrząsy, głód i pragnienie, siedziała wprost na podłodze odrętwiała z trwogi o los swych braci.

Nie była pewna, czy spała, czy czuwała wewnątrz kamiennej komnaty, która wydawała jej się obca wśród ogłuszających wystrzałów dobiegających zza murów. Wreszcie oprzytomniała na tyle, by wyjść na dziedziniec i spróbować wśród panującego tam zgiełku dowiedzieć się, gdzie przebywa jej ojciec. Musiała go odnaleźć i opowiedzieć mu o wszystkim. Wkrótce otrzymała wieść, że książę od rana walczy na murach, gdzie absolutnie nie wolno jej iść. Jelena wróciła do swojej komnaty. Nie pozostało jej nic jak tylko czekać.

Słońce powoli skrywało się za horyzontem, rozpościerając krwawe łoże na równinie. Podczas potyczki pochwycono do niewoli tureckiego dowódcę, który natychmiast został ścięty, a jego głowę wystrzelono z armaty w kierunku wroga. Był to Sofia Ali Pasza, namiestnik Egiptu, kochany przez żołnierzy starzec, słynący z miłosierdzia i dobroci.

Przez całą noc z obozu tureckiego dochodziły jęki, lamenty i zawodzenia żołnierzy opłakujących swego wodza, mieszające się z głosami hafizów recytujących Koran.

W odpowiedzi na to barbarzyństwo następnego dnia w południe znów zagrała trąbka, a w miejscu, gdzie poprzedniego dnia zginął trębacz Juraja, spod ziemi wyrósł nagle wysoki pal. Słońce świeciło tego dnia wyjątkowo mocno, tak że Jelena musiała zmrużyć oczy, by lepiej przyjrzeć się całej scenie. Znieruchomiała. Widok oślepił ją i pozbawił tchu. Na pal nabite zostało naszpikowane strzałami nagie, naznaczone śladami tortur ciało Andrieja Zrinskiego. Jasne włosy chłopca powiewały na wietrze, a rysy jego twarzy zastygły w wyrazie ulgi, którą pośród cierpień przyniosła mu śmierć. Ponad jego głową zaczęły już krążyć muchy i drapieżne ptaki. Powietrze rozdarł krzyk. I wówczas Jelena ujrzała ojca, który padł na kolana i trupio blady wpatrywał się w zmasakrowane ciało syna.

Pod osłoną nocy przyniesiono zwłoki Andrieja do twierdzy, lecz Jelenie nie pozwolono go zobaczyć. Książę Zrinski, nie odezwawszy się do nikogo ani jednym słowem, zamknął się w komnacie z ciałem syna. Na zamku zapadła cisza.

Po obu stronach muru działa umilkły. Przerwano walki. Na szigetvárskich moczarach zakrólował bezruch. Obrońcy i nacierający pogrążyli się w żałobie.

5 września 1566
Szigetvár – Węgry
IMPERIUM HABSBURGÓW

1

Wielki wezyr polał ostrożnie list gorącym woskiem. Gęsty, krwistoczerwony płyn rozlał się nieznacznie i stężał, natychmiast sklejając ze sobą brzegi pergaminu. Zastygnięty wosk zalśnił, odbijając w swej karminowej tafli światło świecy. Sokollu odcisnął jeszcze pieczęć i odłożył list na stos korespondencji przygotowany dla posłańca. Konny kurier o poranku miał zawieźć wieści do Belgradu, a potem do Stambułu.

Kolejny dzień pełen wytężonej pracy dobiegł końca. Mehmed był zmęczony, śmiertelnie zmęczony. Ramiona mu ścierpły, nie czuł karku i nóg, skronie pulsowały.

Nie był już młodym człowiekiem, ale wciąż jakoś nie mógł się do tego przyzwyczaić. Umoczył wyschnięte usta w pucharze z chłodną wodą i poczuł się trochę lepiej.

Od świtu w imieniu sułtana, który nie mógł już podnieść się z łoża, dowodził walkami pod murami twierdzy. Żołnierze osmańscy od kilku dni oprócz żądzy mordu i łupów pałali także chęcią zemsty z powodu barbarzyństwa, z jakim Zrinski potraktował jednego z najbardziej umiłowanych przez nich dowódców. Nie mogli zrozumieć, dlaczego książę nie zaproponował okupu, nie uwięził Sofii Alego Paszy, tylko bez czci ściął mu głowę.

Tego wieczora pochwycono młodego mężczyznę, w którym jeden ze szpiegów rozpoznał młodszego syna księcia Zrinskiego. Pierworodnego nie udało się do tej pory schwytać. Któryś z informatorów widział go ponoć pędzącego co koń wyskoczy w kierunku Komáry. Prawdopodobie jechał, by raz jeszcze spróbować nakłonić cesarza do przysłania posiłków do Szigetváru, i to jak najszybszego. Wezyr nie kłopotał się tym zbytnio. Wiedział, że Maksymilian i tak nie zmieni raz powziętej decyzji. Teraz zaś cieszył się, że przynajmniej młodszy syn Zrinskiego dostał się w jego ręce. Widział w jeńcu upragnioną i wyczekaną szansę na zwycięstwo. Jego poprzedni spisek został przez księcia odkryty, lecz tym razem naprawdę miał jego syna w niewoli i mógł zmusić go do poddania twierdzy. Jednak gdy rozwścieczeni janczarzy dowiedzieli się, kim jest młodzieniec, znęcali się nad nim tak długo, aż wyzionął ducha, po czym postanowili zwrócić go ojcu, traktując zwłoki z okrucieństwem równym temu, z jakim Zrinski obszedł się z ciałem Sofii

Alego. Sokollu nie zdołał go ocalić, nie potrafił zmusić rozszalałych z rozpaczy żołnierzy do posłuszeństwa. Musiał pozwolić im dać upust wściekłości, by ich gniew nie obrócił się przeciwko niemu.

Bestialskie zamordowanie potomka Zrinskiego nie dało ich sercom upragnionego wytchnienia. Od tamtego dnia na murach trwała zacięta walka, jakiej Sokollu nie widział nigdy dotąd. Obie strony konfliktu, opętane demonami zemsty, parły wściekle naprzód, dążąc zajadle do zwarcia, nie zważając na płomienie, dym i eksplozje. Prowadziły ich nienawiść i furia podsycane żądzą zemsty. Dusze wszystkich przepełniało pragnienie utopienia żalu we krwi wroga.

Sokollu zdawało się, że dopiero wówczas pojął potęgę emocji tureckiego wojska. Ich radość była wylewna, żal dogłębny, a gniew nieujarzmiony. Na murach trwała rzeź, lecz Turkom wciąż nie udało się wedrzeć do twierdzy.

Gdy skrwawione i wyczerpane oddziały powróciły do obozu, wielki wezyr zamiast udać się na spoczynek musiał zająć się sprawami państwowymi, które mimo wojny toczyły się nadal swoim zwykłym biegiem.

Wreszcie i jego dzień dobiegł końca. Zdmuchnął świecę, jakby zdmuchiwał wszystkie trudy i zmartwienia tego dnia. Chwilę siedział, odpoczywając, i wpatrywał się w dogasającą na końcu knota maleńką iskrę, która wciąż się tliła, choć żywy płomień dawno już zniknął. W końcu i ona zgasła. W obszernym wnętrzu namiotu zapanowała ciemność. Skryła wielobarwny dywan leżący na podłodze, jedwabne haftowane poduszki, złote dzbany z wodą, kryształowe kielichy, miedziane lampeczki, srebrne misy do ablucji, kufry z ubraniami, patery z owocami, książki, dokumenty, szkatuły złota i drogocennych kamieni. Maleńka iskierka zgasła i cały przepych przestał mieć znaczenie. Pozostała tylko bezkresna, nienamacalna ciemność.

Ciemność, w której pewnego dnia zatonie każdy z nas, pomyślał Sokollu, ogarnięty nagle dziwną melancholią. Pochłonie każdy ślad, jaki po sobie pozostawiliśmy. Pewnego dnia i pamięć ludzka przeminie, a za kilkaset lat trudno będzie komukolwiek uwierzyć, że w ogóle żyliśmy, pragnęliśmy, kochaliśmy, walczyliśmy o władzę, kobiety, zaszczyty, tytuły, majątki, o to wszystko, co skryła ciemność…

Czym prędzej skarcił samego siebie za uleganie wzruszeniom. Ostatnio coraz częściej mu się to zdarzało, jak gdyby jakaś dawno zapomniana, lecz wciąż żywa, tląca się gdzieś głęboko w jego sercu niczym owa iskra cząstka słowiańskiej duszy obudziła się nagle w tym dziwnie bliskim, lecz zarazem wrogim miejscu. Od przybycia do Szigetváru jego serce było niespokojne, a dziwne przeczucia spędzały mu sen z powiek. Chłodne kalkulacje, które każdy dowódca przeprowadza w trakcie wyprawy wojennej, przemawiały na ich korzyść. Mieli przewagę liczebną, wielkie zapasy żywności, wody i medykamentów, byli doskonale uzbrojeni i mimo ogromnych strat odnosili kolejne drobne zwycięstwa nad wojskami Šubicia Zrinskiego. A jednak wielki wezyr wciąż czuł, że coś jest nie tak, jak być powinno, jakby wisiała nad nimi nienazwana groza, niebezpieczeństwo skryte gdzieś przed ich oczami. Wytężał wzrok, ze wszystkich sił starając się je dojrzeć, ale nie zdołał.

Pokręcił przecząco głową, chcąc przerwać rwący strumień podniecenych myśli obracających wniwecz pozorny spokój odzyskany dzięki pracy.

Oblężenie twierdzy podczas wyprawy wojennej to doprawdy nie czas i miejsce na rozważania egzystencjalne. Człowiek jest zbyt podatny na sugestie, gotów wbrew rozsądkowi wierzyć we wszystkie dziwne wytwory zmęczonego walką i tułaczką umysłu – przywołał się do porządku, wspominając krążące wśród janczarów pogłoski o tym, że wyprawa jest przeklęta. Najwyższa pora przysłużyć się Imperium rzetelną pracą i złożyć sułtanowi raport z wydarzeń dzisiejszego dnia.

Pokrzepiony nieco tą myślą wstał z siedziska i wyszedł z namiotu. Minął sługi, stojące z pochodniami przed wejściem, i dłonią dał im znak, by pozostali na swoich miejscach.

Ruszył między namiotami. Po kilku krokach owionęła go fala chłodu. Ta noc była inna niż poprzednie. Ciepłą, pachnącą końcem lata, pełną odgłosów zwierząt i nocnych ptaków ciemność, która niemiłosiernie wzmagała tęsknotę za snami śnionymi na dachu seraju, niespodziewanie zastąpiła bezgwiezdna, mglista noc pełna tajemnic. Wiał lekki, ale bardzo zimny jak na tę porę roku wiatr. Wielki wezyr skinął na sługę, aby ten podał mu płaszcz obity sobolowym futrem. Mimo ubrania wciąż czuł, że trzęsie się z zimna. Spojrzał w niebo. Srebrzyste od księżycowej poświaty kłęby chmur sunęły majestatycznie ponad rzędami drzew szeleszczących wyschłymi od panującego za dnia upału liśćmi. Nieznośny żar przemienił się w przejmujące zimno.

Jak na pustyni, pomyślał ze zdziwieniem wezyr, a byli przecież od niej tak daleko.

Przed wejściem do namiotu władcy jak zawsze stały straże. Sokollu zamienił z nocnymi wartownikami parę słów. Nie wiedział, czy faktycznie interesują go ich przemyślenia, czy chce jeszcze chwilę opóźnić moment, w którym podzieli się z sułtanem niepomyślnymi wiadomościami. Od kilku dni Sulejman zdawał się jeszcze bardziej niezdrów i osłabiony. Choroba odcisnęła już piętno nie tylko na jego ciele, ale i duszy, czyniąc go niezwykle nerwowym i rozdrażnionym. Łatwo wpadał w gniew i coraz trudniej było go uspokoić oraz skłonić do podejmowania przemyślanych działań. Tym razem rozwaga była wyjątkowo potrzebna.

Nie mógł jednak zwlekać w nieskończoność. Odsunął zasłonę i wszedł do sułtańskiego namiotu. Po spacerze w rześkim, lodowatym nocnym powietrzu uderzył go panujący wewnątrz zaduch. Kwaśna woń potu zmieszana z oparami opium przebijała ponad zapachem wonnych kadzideł, przy zastosowaniu których słudzy usiłowali uczynić przebywanie w namiocie znośniejszym. Mehmedowi wydawało się, że sułtan śpi. Odwrócił się, chcąc czym prędzej wyjść, gdy Sulejman poruszył się wśród aksamitnych poduszek i skinął na niego ręką.

– Mehmed Pasza Sokollu… To ty, wezyrze? – zapytał słabo.

– Jestem, panie – odparł, kłaniając się nisko.

– Usiądź przy mnie – wychrypiał Sulejman.

– Jak rozkażesz, panie – rzekł Sokollu i pochylony zbliżył się do łoża, na którym spoczywał władca.

Przysiadł na niskim stołku ustawionym tuż przy wezgłowiu łoża Sulejmana. Spojrzał na poznaczoną starczymi plamami i pooraną zmarszczkami twarz, w której nie dostrzegał władcy świata, a jedynie wątłego, zmęczonego życiem człowieka, dla którego śmierć byłaby wybawieniem. Odpędzone na chwilę smutek i niepokój powróciły ze zdwojoną siłą. Bez Sulejmana byłby nikim. To on, dziesiąty sułtan z dynastii Osmanów, czwarty władca Stambułu, Król Królów, Boski Cień na Ziemi, był źródłem jego siły. To dzięki wierze w potęgę, sprawiedliwość, mądrość, dobroć i prawość pana, któremu służył, gotów był na tak wiele poświęceń, by wiernie wypełniać powierzone mu zadania. Sulejman był sokolnikiem, na którego przedramieniu on, sokół schwytany w sidła w młodości, odnalazł swoją wolność, na zawsze pozostając niewolnikiem. Sulejman był sensem jego istnienia.

Wielki wezyr wiedziony instynktem, który po raz pierwszy nakazał mu załamać sztywne zasady etykiety, położył dłoń na przezroczystej, pożółkłej jak stary pergamin ręce władcy tego świata i swego najdroższego przyjaciela. Sulejman nic nie powiedział, nie wyszarpnął też dłoni. Trwali tak w zbudowanej przez lata przystani bliskości, której nie potrafiliby nazwać, nikomu opisać czy ubrać w żadne słowa.

– Pamiętasz przysięgę? – zapytał niespodziewanie Sulejman, przerywając ciszę.

Mehmed w milczeniu skinął głową, od razu domyślając się, że chodzi o przysięgę janczarów. Sulejman całe swoje życie uwielbiał uczestniczyć w ceremoniach wcielenia kolejnych rekrutów do korpusów janczarskich, podczas których każdy z nich po raz pierwszy nazywany był joldaszem, czyli towarzyszem drogi. Sam sułtan, co często z dumą podkreślał, wpisany był na listę pierwszego regimentu tej formacji i razem z innymi janczarami solidarnie pobierał żołd od dowódcy. Sulejman kochał janczarów, a oni odwdzięczali mu się za tę miłość niemal ślepą lojalnością.

– Wyrecytuj mi przysięgę – wyszeptał sułtan. – Proszę.

Ostatnie słowo wstrząsnęło wezyrem. Dłuższą chwilę milczał wzruszony. Nigdy dotąd nie słyszał, by sułtan prosił kogokolwiek o cokolwiek. Nie musiał prosić. Jego słowo było świętym rozkazem, który należało bezzwłocznie spełniać. I wówczas wielki wezyr pojął, że poprosił go już nie jako Sulejman Prawodawca, trzeci po Bogu i proroku Mahomecie, lecz jako człowiek. Umierający człowiek. Sulejman odchodził. Osoba, wokół której od pół wieku kręciło się całe życie Mehmeda Paszy Sokollu, wielkiego wezyra najpotężniejszego kraju świata, odchodziła ku wieczności. Poczuł, jak jego wnętrze zasysa nieopisany ból samotności.

– Moja droga jest waszą drogą, moje ramię waszym ramieniem, moja wiara waszą wiarą – zaczął, choć jego głos z trudem przeciskał się przez zwężone z emocji gardło. – Moje myśli…

– …zawsze z wami – wychrypiał Sulejman i przymknął powieki.

Mehmed mówił dalej, ściszywszy głos w nadziei, że monotonna recytacja uśpi umęczonego chorobą władcę.

Odsunął od siebie straszne myśli i przekonywał samego siebie, że Sulejman najbardziej na świecie potrzebował teraz wypoczynku. Ta przeklęta kampania powinna się już dawno skończyć, a sułtan – wrócić do Stambułu. Sokollu pochylił się, aby zgasić świecę, i w tym momencie zdał sobie sprawę, że nie słyszy żadnego dźwięku. Chrapliwy oddech ustał. Krew zatętniła mu w skroniach, gdy przykładał ucho do piersi leżącego spokojnie Sulejmana. Odpowiedziała mu jedynie cisza.

Sulejman Prawodawca, sułtan nad sułtanami Wschodu i Zachodu, zrodzony pod szczęśliwą gwiazdą, Władca państw Rzymian, Persów i Arabów, Bohater wszystkiego, co istnieje, Chluba kręgu Ziemi i Czasu, Pan Morza Śródziemnego i Czarnego, czcigodnej Kaaby i prześwietnej Medyny, szlachetnej Jerozolimy i tronu Egiptu – tej perły wieków, prowincji Jemenu, Adenu, Sany i Bagdadu, ostoi prawości; Basry, al-Hasy i miast Nuszirawanu, krain Algieru i Azerbejdżanu, stepów Kipczaku, krainy Tatarów, Kurdystanu i Lurystanu, krajów Rumelii i Anatolii, Karamanu i Wołoszczyzny, Mołdawii i Węgier – ich wszystkich i wielu innych jeszcze królestw i krain, pełen chwały sułtan i padyszach, przez dyplomatów świata chrześcijańskiego nazywany Wspaniałym, nie żył.

Mehmed długo siedział w ciemnościach. Od dawna wiedział, że ten dzień musi nadejść i codziennie prosił Boga, by nie nastąpił zbyt prędko. Jakaś cząstka jego duszy wbrew rozumowi nie mogła uwierzyć w to, że Sulejman jest tylko człowiekiem, podlegającym jak wszyscy prawu życia i śmierci. Teraz był więc przede wszystkim zaskoczony. Nie mógł uwierzyć, że to, czego był jedynym świadkiem, wydarzyło się naprawdę, że oto nastał koniec panowania wielkiego Sulejmana Prawodawcy. Wszystko wydawało mu się nierzeczywiste, jakby Sulejman nigdy nie żył i żył zawsze, jakby był wszystkim i niczym.

Przypomniał sobie słowa, które władca rozkazał wyryć w inskrypcji umieszczonej na murach cytadeli w Bendery nad Dniestrem: „Niewolnikiem Boga jestem i sułtanem tego świata. Z Bożej łaski jestem głową wspólnoty Mahometa. Za przewodników mam Boską moc i cuda Mahometa. Jam jest Sulejman, w imię którego wygłaszana jest chutba w Mekce i Medynie. To ja jestem w Bagdadzie owym szachem, pośród ziem Bizancjum – cezarem, w Egipcie sułtanem, co wyprawia floty swe na morza Europy, Maghrebu i Indii…"

– Niewolnikiem Boga jesteś… – szepnął Sokollu.

Sulejman odszedł tak, jak żył, jak bohater skrywający drugie oblicze, którym wcześniej była twarz poety, a przed śmiercią ból i cierpienie chorego człowieka.

– „Muhibbi, nikt na świecie nie miał tyle kłopotów, co ty! Wiem, że nikt nie miał tyle, co ja przeżyć pięknych i niepięknych". – Sokollu wyszeptał wersety jednego z gazali, które Sulejman pisał pod pseudonimem Muhibbi, czyli „zakochany".

Zakochany w życiu, zakochany w imperium, którym przyszło mu rządzić, zakochany w wojnie i sztuce, zakochany w kobiecie, która przysporzyła mu tyleż radości, co i cierpień, rozmyślał wezyr, patrząc na zastygłe w wiecznym uśpieniu rysy władcy.

On sam kochał Sulejmana Prawodawcę bardziej niż własne życie. To jemu zawdzięczał wszystko to, kim był i co osiągnął w swoim życiu, każdy zaszczyt, do którego doszedł, cały swój majątek i sławę. Choć znał jego słabości, podziwiał go, szanował i cenił najwyżej ze wszystkich ludzi, którzy kiedykolwiek stąpali po ziemi. Sulejman był ucieleśnieniem mądrości, pobożności i sprawiedliwości, niczym Salomon.

Potrząsnął głową.

– Nie teraz, nie teraz – powtarzał, usiłując wyrwać się z otępienia.

Przyjdzie jeszcze czas, gdy będzie mógł opłakać przyjaciela. Sulejman całe życie uczył go słowem i przykładem, że sprawy osobiste nigdy nie mogą przysłonić dobra imperium. Dla Sulejmana to właśnie Imperium Osmańskie było najwyższą wartością na tej ziemi.

– Nasze cierpienie czy radość są niczym, pyłem i prochem, który przeminie, rozwiany oddechem kolejnego świtu. Najważniejsza jest troska o kraj i los naszych poddanych, tak by aniołowie w niebiosach nie słyszeli ich skarg i lamentów – mawiał sułtan. – Nawet gdyby serce miało ci pęknąć z żalu czy rozpaczy, musisz zawsze wybierać to, co jest najlepsze dla ludu Imperium Osmańskiego.

Teraz nadeszła pora, aby uczeń udowodnił, jak wiele nauczył się od swego mistrza. Należało działać. Z chwilą śmierci Sulejmana przestał być wielkim wezyrem. Wszystkie prawa i nominacje, wyroki i decyzje poprzedniego władcy przestawały obowiązywać, nim nie potwierdzi ich kolejny sułtan. Jednak nic i nikt nie był w stanie zmusić Mehmeda, by sprzeniewierzył się zasadom wpajanym mu przez Sulejmana. Musiał zrobić, co tylko było możliwe, aby osadzić na tronie jego ostatniego żyjącego syna – Selima. Zapewnić bezpieczeństwo wewnętrzne i jedność Imperium, obronić je przed siłami zewnętrznymi, które na wieść o śmierci potężnego sułtana Sulejmana obnażą znów swe kły i rzucą się na państwo, by je rozszarpać pomiędzy siebie.

Nade wszystko jednak należało zdobyć tę przeklętą twierdzę położoną w morzu błota, by po raz ostatni otoczyć chwałą imię Sulejmana.

2

Wielki wezyr wyszedł z namiotu i drżącym głosem, na który jednak strażnicy nie zwrócili uwagi, oznajmił, że władca śpi. Zaraz potem posłał po dowódców, by przyszli do jego namiotu na naradę. Gdy nadeszli, jedni zaspani, drudzy w niedbałych strojach, jeszcze inni wyraźnie ociężali po obfitym wieczornym posiłku, nakazał, by przygotowali się do nocnego szturmu. Po wyczerpującym dniu ten i ów próbowali się sprzeciwić, zwłaszcza że nie wydarzyło się nic, co usprawiedliwiałoby konieczność podjęcia nocnych ataków, z zasady trudnych i jeszcze bardziej niebezpiecznych, ale Sokollu nie pozwolił im dokończyć, mówiąc:

– Taka jest droga wybrana przez sułtana Sulejmana, któremu przysięgaliście posłuszeństwo.

A wyrzekł te słowa tak stanowczym tonem, że dowódcy czym prędzej rozeszli się wypełnić rozkazy.

Następnie Mehmed przykazał, by niewielki oddział najdzielniejszych spośród jeźdźców deli, wziąwszy ze sobą wypełnione prochem kule, nie zważając na ofiary własne, wdarł się na mury. Ci, którym uda się przeżyć, mieli podpalić, co się da, tak by wzniecić pożar i cisnąć bombami w baszty, co odcięłoby obrońcom dojście na mury. Jeśli im się powiedzie, wybuchy i płomienie na blankach powinny przynajmniej na chwilę odwrócić uwagę obrońców od tego, co będzie się działo pod murami.

W tym samym czasie saperzy mieli udać się w głąb przygotowywanego od tygodni tunelu i odpalić ładunki.

Godzinę później szkarłatne sukno, od początku oblężenia wciąż okrywające mury twierdzy, zapłonęło, rozświetlając ciemność nocy pomarańczowym blaskiem. Chwilę później nocną ciszę przerwał straszliwy huk. Gdy dym bielący się wśród mroku opadł, okazało się, że w murach powstał wyłom wielkości bramy. Droga do Szigetváru stanęła otworem.

– Bóg Wszechmogący powiada: mam armię, której dałem imię Turcy! – wykrzyknął na całe gardło Sokollu, unosząc w górę pochodnię; jego twarz płonęła od żaru i emocji, a żołnierzom wydawało się, iż wezyra wspiera jakaś nieziemska siła. – Kiedy ludzie budzą mój gniew, zsyłam na nich moich Turków!

Odpowiedziała mu wrzawa żołnierzy. Sokollu ściągnął wodze, zmuszając konia do obrotu wokół własnej osi. Zaczerpnął powietrza i wykrzyknął z mocą:

– Te słowa Proroka niech nas prowadzą! Jesteśmy gniewem Allaha! Sługami najpotężniejszego władcy tego świata, Sulejmana Prawodawcy! – Czuł, że głos mu zadrżał, gdy wypowiadał imię zmarłego, jakby jeszcze żył. By przykryć zmieszanie, podjął głośniej: – Jesteśmy armią Boga Najwyższego! Nadeszła pora, byśmy zdobyli tę przeklętą twierdzę giaurów! Niech noc będzie naszym sprzymierzeńcem! Allahu Akbar!

Tłum zafalował. Z tysięcy gardeł wydobył się wrzask wściekłego entuzjazmu.

Sokollu odrzucił pochodnię, wysunął z pochwy swój miecz i uniósł go nad głowę. Światło księżyca odbiło się w wypolerowanej stali, rzucając promień w stronę twierdzy, jakby wskazywał drogę ataku. Wielki wezyr odwrócił się i ruszył galopem w stronę wyłomu.

– Za Sulejmana! – szepnął do samego siebie.

3

Stare i nowe podgrodzie znów stanęły w ogniu. Z okna swojej komnaty wyrwana ze snu Jelena chwilę obserwowała czerwoną łunę, doskonale widoczną w ciemnościach nocy, usiłując opanować strach. Oto płonęły poszarpane resztki czerwonego sukna, którym tak niedawno dumni obrońcy, pewni zwycięstwa, okryli mury twierdzy. Najwyraźniej Turcy postanowili przed szturmem wyładować swoją złość i zniecierpliwienie na dawno zdobytych częściach miasta. Artyleryjskie wystrzały i łomot bębnów mieszały się z rytmicznym trzaskiem tarana wbijanego w ostatnią bramę broniącą dostępu do wnętrza twierdzy.

Zgodnie z poleceniem ojca pospiesznie ubrała chłopięcy strój, po czym przybrudziła twarz i włosy kawałkiem węgla wyjętym z paleniska. Na wszelki wypadek ukryła pod koszulą sztylet podarowany jej niegdyś przez Andrieja i tak uzbrojona wyszła z komnaty. Wiedziała, że nie powinna szukać ojca. Musi być teraz jeszcze dzielniejsza, oszczędzić mu przynajmniej konieczności martwienia się o córkę. Postanowiła jak najdokładniej wypełnić powierzoną jej misję i czym prędzej udać się do tunelu.

„W ten sposób naprawdę mi pomożesz i przyspieszysz chwilę, gdy znów będziemy razem" – w uszach dziewczynki rozbrzmiały znów słowa ojca.

Nagle usłyszała huk tak potężny, że zdawało jej się, że zamek zatrząsnął się w posadach, a zaraz potem ryk radości wydobywający się z tysięcy gardeł:

– Allahu Akbar!!!

Turcy wdarli się do twierdzy. Strach ścisnął gardło Jeleny, gdy znalazła się przy drzwiach wyjściowych. Miała ochotę wrócić do swojej komnaty i skryć się pod łóżkiem, zamiast wychodzić w tę groźną ciemność niosącą łzy i śmierć.

Za wszelką cenę muszę przedrzeć się do tunelu, rozkazała samej sobie.

Wybiegła na ulicę, na której zdążyło się już rozszaleć piekło, i pognała wzdłuż murów w kierunku serca twierdzy. Nie mogła dać się złapać, ta jedna myśl dodawała jej siły i odwagi. Biegnąc, starała się patrzeć jedynie na własne nogi. Nie zniosłaby widoku scen rozgrywających się wokół niej. Choć była tylko małą dziewczynką, o wiele mniej dzielną w prawdziwej walce, niż zawsze sądziła, gdzieś w głębi struchlałej ze strachu duszy czuła, że jeśli spojrzy na cokolwiek innego, straci siły, podda się, a jeśli przeżyje, obrazy te już nigdy nie opuszczą jej wnętrza. Same odgłosy tego, co działo się wokół, wystarczyły, by przyprawić ją o dreszcze. Słyszała rozdzierające wrzaski krzywdzonych kobiet, głuchy łoskot niemowlęcych czaszek roztrzaskiwanych o bruk, piski dzieci wyrywanych z objęć rodziców, odgłos kości pękających pod ciosami podkutych żelazem osmańskich koni, jęki i modły starców, trzask rozpadających się od ognia domostw, huk kamieni spadających niczym grad na twierdzę, a ponad tym wszystkim, jak refren pieśni, metaliczny szczęk oręża. Już same dźwięki wystarczyły, by w jej duszy nie było już żadnych uczuć, nic oprócz zwierzęcego strachu, który gnał ją naprzód, byle dalej stąd.

Nagle zatrzymała się w pół kroku. Ostrze miecza znalazło się tuż przy jej twarzy. Napastnik chybił. Sekundę później wziął kolejny zamach. Nie zdążyła zareagować, pomyśleć, szepnąć nawet słowa modlitwy. Czas zatrzymał się. Stal milimetr po milimetrze przybliżała się, by pozbawić ją życia, a ona – sparaliżowana lękiem – mogła jedynie biernie czekać. I nagle pojawiło się drugie ostrze, które odparło cios ponad jej głową. Poczuła powiew przecinanego mieczem powietrza i zapach krwi zmieszany z zapachem stali. Natychmiast rozpoznała rycerza, który wyrósł spod ziemi, by ją uratować.

– Uciekaj! – ryknął Gašpar Alapić, nawet na nią nie patrząc.

Brzmienie jego głosu wyrwało dziewczynkę z otępienia. Zaczęła znów biec w kierunku serca twierdzy, ani razu nie spojrzawszy za siebie. Skręciła w wąski przesmyk pomiędzy powozownią i stajnią. Oddzielona nieco od bitewnej wrzawy, poczuła się tak, jakby ktoś pozwolił jej wreszcie odetchnąć. Przystanęła i oparłszy dłonie na kolanach, wyrównała oddech. Ucisk w boku, który towarzyszył jej od dłuższego czasu, znikł. Dziewczynka wyprostowała się i już chciała ruszyć w dalszą drogę, gdy nagle dostrzegła grupę mężczyzn z dziwnymi, szerokimi, zakrzywionymi ostrzem ku górze szablami w dłoniach, biegnących w jej stronę. Wtuliła się w tylną ścianę powozowni i ostrożnie, powoli wsunęła się w cień rzucany przez budynek. Osmańscy żołnierze przebiegli tuż obok. Odetchnęła z ulgą, gdy zyskała pewność, że pozostała niezauważona. Wypełzła z cienia, wychodząc znów na tylny dziedziniec. Doskonale widziała już serce twierdzy, wejście do tunelu było blisko.

– Odwagi – szepnęła, próbując dodać samej sobie otuchy.

Już miała rzucić się biegiem w stronę muru, by jak najszybciej opuścić to piekło, które do niedawna nazywała domem, gdy kątem oka dostrzegła czyjąś obecność. Wielki mężczyzna z twarzą zbryzganą krwią odwracał się właśnie niespiesznie od ściany przeciwległego budynku, zawiązując sznurek przybrudzonych szarawarów. Ramiona i łydki miał gęsto pokryte tatuażami przedstawiającymi kotwice, ryby i mnóstwo innych znaków, których w półmroku nie potrafiła zidentyfikować. Jego długie włosy posklejane były od brudu, potu i posoki ofiar. On także wyczuł czyjąś obecność na sekundę przed tym, nim podniósł wzrok. Bez chwili wahania ugiął lekko kolana, sięgnął do przytroczonych u pasa pochew i błyskawicznie wyciągnął dwie szable o wygiętych w łuk klingach. Dopiero uzbrojony i gotowy do walki rozejrzał się wokoło. Natychmiast spostrzegł małego, chudego chłopca stojącego naprzeciw niego. Uśmiechnął się, obnażając połamane zęby. Przez chwilę wyglądał, jakby chciał się roześmiać, ale zamiast tego postąpił krok naprzód. Dopiero ten dziwny, złowrogi uśmiech sprawił, że Jelena poczuła skurcz w żołądku. Mężczyzna zbliżał się do niej powoli, jakby chciał uśpić jej czujność. Mamrotał także jakieś słowa, ale dziewczynka nie mogła ich usłyszeć. Narastająca panika dawała o sobie znać. Wiedziała, że powinna uciekać, ale nie mogła. Nogi nie chciały jej słuchać. Cała się trzęsła i nie będąc w stanie zebrać myśli, wpatrywała się tępo w zbliżającego się napastnika.

Naraz przypomniała sobie słowa ojca, że strach jest najgorszym i najlepszym z żołnierskich doradców. Najgorszym, gdy uniemożliwia działanie, najlepszym, gdy ostrzega przed nadchodzącym niebezpieczeństwem.

– Najważniejsza jest umiejętność zapanowania nad strachem i przekucia go na swą najgroźniejszą broń – zwykł mawiać do żołnierzy książę Zrinski, gdy wyruszali na wyprawę.

Jelena zacisnęła pięści. Ona także była żołnierzem swego ojca, najlepszym. Miała zadanie do wykonania. Musi dotrzeć do tunelu, bo taki otrzymała rozkaz. Nikt nie będzie nad nią panował, a już na pewno nie lęk. Odetchnęła głęboko, by uspokoić emocje. Mężczyzna najwyraźniej odczytał to westchnienie jako objaw przerażenia i uśmiechnął się jeszcze szerzej. W tej chwili przypominał Jelenie jednego ze sług piekieł, którego widziała kiedyś na ilustracji w książce przedstawiającej sceny biblijne. Strach ofiary zdawał się dodawać mu sił.

Skrzyżował przed sobą ręce i jednym, błyskawicznym ruchem wsunął oba ostrza do pochwy. Najwyraźniej poczuł się na tyle bezpiecznie, by schować broń. Miał przecież do czynienia tylko z małym chłopcem, pozbawionym jakichkolwiek szans na ucieczkę, którego mógł udusić jedną ręką. Wojownik zrobił kilka kolejnych kroków, patrząc jej głęboko w oczy jak drapieżnik szykujący się do skoku na ofiarę. Jelena nie spuściła wzroku. Pilnowali się nawzajem, choć tylko dziewczynka zdawała sobie z tego sprawę. Powoli przesunęła dłonią w stronę paska i po chwili jej palce dotknęły chłodnego metalu. Mężczyzna był coraz bliżej. Pochylił się nad nią, opierając dłonie na kolanach. Obleśny grymas wykrzywił mu usta i groteskowo zniekształcił rysy. Przysunął twarz bardzo blisko jej twarzy. Jelena poczuła kwaśny zapach dobywający się z ust wojownika i jego oddech na policzkach. W tej samej chwili odchyliła się do tyłu, po czym skoczyła naprzód, gwałtownie wyciągając sztylet przed siebie. Ostrze świsnęło z niebywałą prędkością. Dłonią dziewczynki kierował jedynie zwierzęcy strach. Zamknęła oczy. Mężczyzna ryknął. Z jego wnętrzności trysnęło na Jelenę coś ciepłego. Zamachnął się rękami w jej stronę, ale jakaś nadludzka siła nie pozwoliła Jelenie się poruszyć. Ciężka dłoń chwyciła ją za gardło. Grube, szorstkie palce zacisnęły się wokół jej szyi żelazną obręczą. Skamieniała. Poczuła, że traci oddech, a ręka trzymająca broń słabnie.

To koniec, pomyślała z żalem nie za życiem, którego miało nie być dane jej przeżyć, a jedynie za tym, że zawiodła ojca.

W tym samym momencie wojownik zadrżał. Dziewczynka czuła dygotanie ciała Turka na rękojeści sztyletu, ale wciąż nie odważyła się poruszyć ani spojrzeć. Lepka, gęsta maź zalała jej rękę i twarz, mimo to uścisk wokół jej szyi nie zelżał. Jelenie brakowało tchu, w uszach zaczęło szumieć. Ciałem mężczyzny wstrząsnął potężny dreszcz, a zaraz potem obręcz rozluźniła się. Jelena wciągnęła haust powietrza. Naraz poczuła ogromny ciężar, którego nie mogła udźwignąć. Otworzyła oczy w momencie, w którym wielka, bezwładna postać opadała na nią. W blaknącej źrenicy szeroko otwartego oka mężczyzny dostrzegła zdziwienie, jakby pytanie, jak to możliwe. Z drugiego oczodołu Turka wystawała rękojeść jej sztyletu i część ostrza pokryta szarą mazią zmieszaną z krwią. Zdążyła jeszcze zaczerpnąć łyk powietrza, gdy cuchnące potem cielsko przywaliło ją niczym konar drzewa. Uderzyła głową o bruk i pogrążyła się w ciemności.

4

Gdy przed nastaniem świtu wojska tureckie wróciły do obozu, wszędzie wokoło panowała cisza. Drogę powrotną znaczyły ciała poległych i rannych poddanych cesarza Maksymiliana, którym nie miał już kto udzielić pomocy. Garstka ocalałych obrońców Szigetváru – nie mogło ich być więcej niż pół tysiąca – skryła się w sercu twierdzy. Zwycięstwo Turków było już pewne. Mimo to wojownicy Imperium Osmańskiego nie triumfowali. Wracali do swych namiotów w milczeniu, jakby i oni przeczuwali, że w tę noc zwycięstwa wydarzyło się coś jeszcze. Wiatr ustał i gęsta mgła zaczęła powoli osiadać na gałęziach drzew, dekorując je kryształowymi paciorkami wody. Raz po raz ciężkie krople z głuchym łoskotem spadały na rozstawione pod drzewami namioty. Mdlejący z osłabienia wezyr, ignorując zdziwione spojrzenia sułtańskich odźwiernych, wszedł do namiotu władcy. Przyklęknął przy łożu Sulejmana i oparł wilgotne od potu i krwi czoło o jego zimną dłoń, jakby prosił o błogosławieństwo.

– Miasto jest nasze, panie – wyszeptał. – Zdobyłeś Szigetvár.

Wypowiedziawszy te słowa, Mehmed Pasza Sokollu, wielki wezyr Imperium Osmańskiego, po raz pierwszy w dorosłym życiu zapłakał.

6 września 1566
Szigetvár – Węgry
Imperium Habsburgów

1

Gdy muezzin wezwał na poranną modlitwę, Sokollu wyszedł z namiotu sułtana. Jak w transie ponownie rozkazał odźwiernym, by nikt nie przeszkadzał sułtanowi, tłumacząc, że po wydarzeniach ostatniej nocy władca zażądał odpoczynku. Nad moczarami wstawał świt. Poczucie nierealności wzmogło się, gdy dojrzał bladożółtą kulę słońca wyłaniającą się z mgły. Oto wstawał świt, pierwszy, którego Sulejmanowi Prawodawcy nie dane będzie zobaczyć.

Nawet najpotężniejszy władca tego świata podlega prawom życia i śmierci, pomyślał wezyr. Każdy z nas jest tylko przemijającą cząstką wiecznej całości.

Idąc wśród powodzi namiotów, rozmyślał o tym, jak wielu ludzi trawi swe życie na podtrzymywaniu iluzji, zamiast godnie je przeżyć, jakiekolwiek by nie było. Wierzą oni, że szczęście kiedyś się do nich uśmiechnie, zamiast doceniać to, co mają dziś. Ufają, że historia zatoczy krąg i znów wszystko będzie jak dawniej, w czasach, które idealizują w swej pamięci, zamiast żyć chwilą, która trwa. Otumanieni, nieprzytomni od tych marzeń, spędzają kolejne lata, czekając, choć sami nie wiedzą na co ani na kogo, aż wreszcie ich czas się kończy, a oni rozczarowani pytają tylko: to już?

Sulejman nie czekał. Sam tworzył swój los, służąc Bogu i potędze rodu Osmana. Od pierwszego do ostatniego tchnienia wierny i świadomy swych zadań, a nade wszystko celu, który miał do osiągnięcia. A teraz nadszedł dzień, którego Sulejman nie powita, w którym nie zrobi kolejnego kroku naprzód. Wstał kolejny świt, bo choć czas powinien się zatrzymać, mknął dalej, nieczuły na płacz tych, którym przyszło żyć dalej.

Sokollu westchnął. Wiedział, że powinien natychmiast zawiadomić dowódców i dostojników państwowych przebywających w Szigetvárze o śmierci sułtana, by mieli czas przygotować się na wybuch rozpaczy wśród wojska, który z pewnością będzie nieokiełznany, a pozostawiony sam sobie może się okazać śmiertelnie niebezpieczny. Powinien także wysłać posłańców do stolicy i do Kütahyi, by czym prędzej powiadomić Selima o śmierci jego ojca. Nade wszystko zaś powinien wezwać hafizów i imama, aby spełnili swe ostatnie powinności wobec władcy. To i jeszcze wiele innych rzeczy powinien uczynić jako wielki wezyr, a jednak coś, jakieś niezrozumiałe przeczucie, którego nie potrafił nazwać, powstrzymywało go przed tym.

Bezwiednie skierował swe kroki do namiotu Feridun Beja. Nie czekając na zaproszenie, wszedł do środka. Przyjaciel już nie spał. Siedział pochylony nad posiłkiem. Zdziwił się nieco, widząc wezyra o tak wczesnej porze, lecz przywitał go i zaprosił do stołu. Gdy Sokollu nie odpowiedział na jego zaproszenie i bez ruchu stał w milczeniu na środku namiotu, Feridun Bej odprawił sługi i zapytał:

– Panie mój, co ci jest?

– Sułtan Sulejman nie żyje – szepnął Sokollu, choć te słowa z wielkim trudem przeciskały mu się przez gardło.

Miał wrażenie, że jego głos nie należy do niego, a słowa, które wypowiedział po raz pierwszy, brzmiały w jego uszach jak baśniowe zaklęcie, a nie rzeczywistość.

Kielich wypadł z dłoni Feriduna.

– Allah, Allah! – jęknął.

Potem zaczął mamrotać słowa wyznania wiary. Łzy płynęły mu po policzkach, a gdy skończył odmawiać modlitwę za zmarłego, osunął się na poduszki, jakby nagle wszystkie siły opuściły jego ciało.

– To nie może być prawda... – powtarzał raz za razem, kręcąc przecząco głową. – Bóg Miłosierny nie pozwoliłby na to. Nie tu, nie teraz!

– „Ogród wieczności obiecany bogobojnym, który będzie dla nich zapłatą i przystanią. Oni będą tam mieli to, co zechcą; będą tam przebywać na wieki. To jest obowiązująca twego Pana obietnica". – Sokollu wyrecytował fragment z Koranu w nadziei, że przyniesie on przyjacielowi ukojenie.

– Amen – westchnął Feridun Bej, w którym pobożność walczyła teraz z niezgodą na odejście ukochanego wodza, a żałość za sułtanem ze strachem o własne życie.

Dłuższą chwilę siedzieli w milczeniu. Wreszcie Feridun podniósł głowę i zapytał:

– Panie, co teraz będzie?

Sokollu westchnął. Wiedział, o co pytał Feridun Bej, ale jak dotąd nie potrafił udzielić odpowiedzi nawet samemu sobie.

– Jeśli Bóg pozwoli, wkrótce będziemy mieli nowego sułtana. Na tronie w Stambule zasiądzie Selim, a historia podąży dalej, mknąc własnymi ścieżkami – odparł bez przekonania.

– Panie, co teraz będzie z nami? – uściślił Feridun Bej.

Sokollu zamyślił się. Znajdowali się w położeniu niezwykle trudnym. Sułtan nie żył, lecz tylko oni o tym wiedzieli i postanowili ukryć ten fakt przed wszystkimi, nawet przed Wysoką Portą. Po wyjściu prawdy na światło dzienne ktoś z łatwością mógłby ich posądzić o to, że sami zamordowali władcę. Zapewne zostaliby oskarżeni o spisek przeciw Imperium i zamordowanie sułtana oraz skazani na śmierć, kto wie, czy nie obrano by jakiejś wyjątkowo okrutnej metody pozbawienia ich życia, aby służyli za przykład innym, którym w przyszłości mógłby przyjść do głowy zamach na sułtana. Tak byłoby, gdyby o wszystkim dowiedział się świat wielkiej polityki.

Sokollu wzdrygnął się na myśl o tym, co zrobiliby z nimi janczarzy na wieść o całym przedstawieniu z martwym sułtanem w roli głównej, które przecież zorganizował specjalnie dla nich.

Teraz jednak nie mógł myśleć o sobie. Najważniejsze było Imperium Osmańskie, ochrona dzieła życia Sulejmana. Musiał zrobić wszystko, by janczarzy poszli za nim do Belgradu. W koszarach o wiele łatwiej będzie nad nimi zapanować niż tu, na polu bitwy pośród mokradeł.

– Wojsko nie pójdzie za tobą, panie – zauważył nagle Feridun Bej, jakby odgadł ostatnią myśl wezyra. – Nie pójdą za nikim. Na wieść o śmierci sułtana wpadną w rozpacz, a potem uznają samych siebie za zwolnionych z przysięgi. Nas wszystkich pozabijają, rozgrabią, co jest do rozgrabienia, i odejdą każdy w swoją stronę, siejąc zamęt i grozę w tutejszych zakamarkach Imperium, aż któryś z bejlerbejów nie zrobi z nimi porządku.

Sokollu wiedział, że przyjaciel ma rację. Jego myśli od rana krążyły tymi samymi drogami, wokół zagadek losu, których wciąż nie znajdował rozwiązania.

– Panie, ty wiesz, że sułtan Sulejman, błogosławione niech będzie jego imię po wszystkie czasy, był dla swoich żołnierzy kimś więcej niż dowódcą i władcą. Był ich siłą. Tylko on potrafił obudzić w nich ducha walki, a nade wszystko ducha posłuszeństwa. Sam widziałeś, że choć był cierpiący i, wybacz mi te słowa i nie wątp w moją miłość do niego, i niewielki był z niego pożytek, sama jego obecność wystarczała, by…

– Sama obecność! – wykrzyknął Sokollu, doznawszy olśnienia.

– To się nie uda... – spróbował go powstrzymać Ferdiun Bej, który natychmiast zrozumiał plan wezyra.

Już wcześniej w dziejach zdarzało się, że informacja o śmierci władcy była zatajana z obawy przed wojną domową. Smutne wieści podawano do publicznej wiadomości dopiero, gdy jego następca był już w stolicy, gotów do objęcia tronu. Jednak wówczas zwłoki sułtana ukrywano w pałacowych komnatach, z dala od janczarskich koszarów, które zwykle były zarzewiem buntów. Tu zaś, w obozie wojskowym na krańcach państwa Habsburgów, ukrycie śmierci wodza wydawało się Feridun Bejowi niemożliwe do wykonania.

– Nie ma innego sposobu – przerwał mu pospiesznie Sokollu, nagle zniecierpliwiony jak człowiek zmuszony tracić czas na tłumaczenia, gdy tak wiele ma pracy. – By następca Sulejmana mógł zasiąść na tronie, musi opanować skarbiec i stolicę, przejąć insygnia ojca i być w stanie ujarzmić armię, a zwłaszcza janczarów. Jeśli pozwolimy na wybuch emocji już teraz, nie zdołamy ich opanować. Po zwycięskiej, choć wyczerpującej kampanii czują się silni i wszechmocni. Ktoś może spróbować to wykorzystać i obrócić janczarów przeciwko Selimowi, by osadzić na tronie któregoś z dalszych książąt z rodu Osmanów. Nie mogę na to pozwolić! Na tronie Imperium Osmańskiego musi zasiąść syn Sulejmana. Jestem mu to winien – dokończył ciszej.

Feridun nie powiedział nic więcej, tylko skinął głową.

– A zatem niech tak będzie, panie. Muszę jednak uprzedzić cię, że jeśli to się wyda...

– Stracimy głowy – rzekł spokojnie Sokollu. – Ja na pewno, ale przysięgam, że zrobię wszystko, co w mojej mocy, by ocalić twoją.

– Panie… – chciał zaprotestować Feridun, ale wezyr nie pozwolił sobie przerwać.

– Podkreślam, że powiedziałem „jeśli". Jeśli bowiem nasz plan się powiedzie i uda nam się utrzymać śmierć sułtana w tajemnicy przynajmniej dopóty, dopóki nie dotrzemy do Belgradu, wówczas mamy szanse ocalić nie tylko głowy, ale i stanowiska, by dalej służyć Imperium tak, jak przysięgaliśmy Sulejmanowi.

– A zatem musimy zrobić wszystko, by twe „jeśli", mój panie, rozstrzygnęło się na naszą korzyść – rzekł Feridun Bej, chcąc dodać wezyrowi otuchy.

2

W południe wezyr wezwał do namiotu sułtana Kajsunizade, lekarza egipskiego pochodzenia, uchodzącego za jednego z najbieglejszych w swym fachu chirurga w Imperium Osmańskim, oraz kilku najbardziej zaufanych hafizów z imamem na czele. Pojawienie się lekarza w namiocie sułtana nikogo nie dziwiło. Medycy wchodzili doń i zeń wychodzili we dnie i w nocy, toteż i Kajsunizadego nikt nie zatrzymywał. Duchownym zaś Sokollu nakazał przybyć w przebraniu o godzinie, w której zmieniały się straże, gdy przed namiotem władcy panował duży ruch i wielki wezyr mógł wprowadzić ich do środka, nie wzbudzając nadmiernego zainteresowania sług i gwardii sułtańskiej.

Podczas gdy Kajsunizade wycinał najszybciej psujące się w ludzkim ciele wnętrzności władcy, duchowni odmawiali chutbę i czytali Koran. W tym samym czasie przed namiotem trwało świętowanie zdobycia Szigetváru. Muzycy wygrywali triumfalne pieśni, a hafizi, ustawieni przed namiotem pomiędzy wiwatującymi na cześć sułtana, recytowali fragmenty z sury *Zwycięstwo*:

– „Spodobali się Bogu wierni, kiedy złożyli tobie przysięgę na wierność pod drzewem. On poznał, co było w ich sercach, i zesłał na nich spokój bezpieczeństwa, i dał im w nagrodę bliskie zwycięstwo i mnóstwo łupów, które mieli zabrać. Bóg jest potężny, mądry! Bóg obiecał wam liczne łupy, które weźmiecie".

Tymczasem ci, którzy modlili się wewnątrz namiotu, mruczeli zgnębieni:

– „Nie smuć się! Zaprawdę Bóg jest z nami! I Bóg zesłał na niego Swój spokój i wzmocnił go Swoimi wojskami".

Cienie rzucane przez radujących się na zewnątrz mieszały się z cieniami pogrążonych w smutku hafizów czuwających przy zmarłym sułtanie. Sokollu wraz z lekarzem i Feridun Bejem mył sułtana tak, jak zwykle sam obmywał się przed modlitwą. Następnie zgodnie z rytuałem pogrzebowym dopełnili obowiązku kąpieli oczyszczającej, myjąc wnętrze nosa, uszu i jamy ustnej zmarłego. Drobne, wiotkie, pomarszczone ciało w niczym nie przypominało tego, kim było za życia – wielkiego Sulejmana Prawodawcy, przed którym przez dziesiątki lat drżeli możnowładcy wszystkich krajów.

Uczesali go, napomadowali długą siwą brodę, zabalsamowali, a potem owinęli jego ciało w sukno nasączone wonnymi olejami, mające je utrzymać jak najdłużej w świeżości. Pora roku i jesienne chłody, dotąd będące przyczyną udręk kampanii, stały się teraz sprzymierzeńcami ich planu. Sułtan – niczym woskowa kukła – został ubrany w kosztowne szaty. Sokollu osobiście nałożył władcy na głowę przyozdobiony drogimi kamieniami turban, z trudem powstrzymując łzy, które cisnęły mu się do oczu. Kajsunizade jedwabną nicią przyszył powieki sułtana tak, by miał wciąż otwarte oczy. Nieżyjący władca został usadzony wśród poduszek przodem do okna, aby przechodzący nieopodal żołnierze i dygnitarze mogli go widzieć.

Sokollu ogłosił, że sułtan skarży się na żołądek, więc on sam, chcąc wykryć przyczynę złego samopoczucia władcy, będzie odtąd pilnował przyrządzanych dlań potraw i osobiście podawał mu je do stołu. Słudzy byli zdziwieni, lecz zgodnie z przewidywaniami Sokollu ich wyobraźnia natychmiast pobiegła w stronę potencjalnego oskarżenia o próbę otrucia sułtana, które to przestępstwo karane było śmiercią. Toteż zamiast dociekać i plotkować o nietypowych zarządzeniach wezyra, poczęli drżeć o własną skórę.

Gdy po obiedzie orkiestra obozowa przybyła pod namiot, by zagrać specjalny koncert z okazji zdobycia miasta, martwy sułtan siedział już znowu w oknie, doskonale widoczny dla wszystkich. Rozpoczęła się gra, której finał mógł być tragiczny.

Tymczasem Sokollu, zostawiwszy zmarłego pod opieką hafizów, którzy musieli wyrecytować świętą księgę od pierwszego do ostatniego wersu, ukradkiem wyszedł z namiotu.

Już za obozem spotkał się z Feridun Bejem, który dzierżył w dłoni łopatę, a po drodze dołączył do nich Kajsunizade niosący srebrną szkatułę z wnętrznościami Sulejmana. Weszli na pobliskie wzgórze, skąd rozciągał się widok na wciąż dymiące zgliszcza Szigetváru, by oddać tej przeklętej ziemi ciało Sulejmana. Tam właśnie Feridun Bej wykopał duży dół. Naraz sięgnął za pas i nim Sokollu zdołał zareagować, ostrze jego wspaniale zdobionego bułata o cienkim, szerokim piórze załopotało w powietrzu i spadło na głowę lekarza. Krew trysnęła na boki, skrapiając mężczyzn, szkatułę i ziemię, na której stali.

– Wybacz, panie, że uczyniłem to bez twojej zgody – rzekł Feridun Bej, pospiesznie układając wciąż ciepłe ciało lekarza we wnętrzu dołu. – Ale Kajsunizade nie mógł pozostać przy życiu, jeśli nasz plan ma się powieść. Lubił nadużywać opium i zaglądać do dzbana z winem, a trunek ten znany jest ze swych właściwości rozwiązywania języka. Nasz sekret nie był u niego bezpieczny. Wychodząc z obozu, powiedziałem jego sługom, że lekarz został wezwany do Budy. Wkrótce rozejdzie się wieść, że został złapany przez Turków i poległ.

Sokollu w milczeniu skinął głową. Nie było w nim zgody na podobne postępki, nie tego uczył go Sulejman, a jednak wiedział, że jest to jedyna droga, by ochronić

Imperium. Śmierć sułtana rozpoczęła niebezpieczną rozgrywkę, w której będzie jeszcze wiele ofiar, winnych i niewinnych, niosących zagrożenie i ginących przy okazji, bo zobaczyli, usłyszeli lub od dawna wiedzieli zbyt wiele. Kajsunizade był pierwszą z nich.

Chwilę później patrzył, jak Feridun Bej wkłada ostrożnie srebrną szkatułę z wnętrznościami Sulejmana w głąb ziemnej jamy. W głowie miał pustkę, nie czuł już nic. Patrzył na rozgrywającą się scenę, lecz serce wciąż nie dawało wiary oczom.

– „Kiedy opuszczą ciało dusze nasze anielskie, na grobach naszych ludzie parę cegieł położą; a potem skruszą nasze popioły bliźniacze, by zrobić cegły, co inne zwłoki przykryją" – mamrotał Sokollu.

– Omar Chajom – szepnął Feridun, ocierając pot z czoła i stając obok przyjaciela.

Wpatrywali się w milczeniu na świeżo usypany kopczyk, niemal nieróżniący się od kilkunastu innych utworzonych w tym miejscu przez leśne zwierzęta. Nie było już nic do powiedzenia. Pozostały tylko cisza, ciemność, wielki ból i strach. Obaj wiedzieli, że to, co zdecydowali się uczynić, było jedynie odsunięciem w czasie nieuniknionego. Czy przyniesie im to jakąś korzyść, czy wręcz przeciwnie – stanie się pretekstem do jeszcze bardziej zaciekłych ataków ich wrogów? Nikt nie mógł przewidzieć, jaki będzie wynik tej gry. By zwyciężyć, musieli przestać spoglądać wstecz. Należało skupić się na teraźniejszości, zaczynając od pokonania resztek wojsk Zrinskiego i ostatecznego opanowania twierdzy, a potem czym prędzej wyruszyć do Belgradu na spotkanie z Selimem. Tego popołudnia Sokollu wysłał zaufanego posła, by zaniósł następcy tronu zaszyfrowaną wiadomość. Miał nadzieję, że Selim będzie miał dość rozsądku, by nie popaść w euforię, że oto nadeszła godzina jego chwały, i zdoła dotrzymać tajemnicy.

7 września
Szigetvár – Węgry
Imperium Habsburgów

1

W sercu twierdzy garstka pozostałych przy życiu obrońców Szigetváru, owych szczęśliwców, którzy w porę usłyszeli wezwanie do odwrotu, zgromadziła się wokół księcia. Niewielu spośród nich było takich, których ciał nie oplatały bandaże, a twarze niepoznaczone były krwistymi pręgami. Część rannych leżała wzdłuż murów dygocząc w przedśmiertnej gorączce. Jęczeli i wyli z bólu, którego nijak nie dało się ukoić, podczas gdy kapłan udzielał im ostatniego namaszczenia. Ten widok jeszcze bardziej przygnębiał pozostałych żołnierzy. Sami ranni, niektórzy pozbawieni kończyn, uszu, oczu, zmęczeni obrońcy podupadli na duchu i zdawali się tęsknić do śmierci, w której upatrywali nadziei na zakończenie ich obecnej niedoli. Za życia pragnęli jeszcze tylko jednego: zginąć śmiercią bohaterów z mieczem w ręku, tak by przyszłe pokolenia mogły śpiewać o nich pieśni. Lecz Nikola Šubić Zrinski, z którym związali swój los, zdawał się wahać.

Serce twierdzy było potężną, murowaną konstrukcją, której zburzenie zajęłoby Turkom wiele dni. Musieliby bowiem najpierw przeprowadzić swoje wielkie działa przez zgliszcza miasta, aby ustawić je na dogodnych pozycjach. Było to wielce karkołomne zadanie, a Turcy byli już zbyt zniecierpliwieni i znużeni walką, w której ponosili niewspółmierne do korzyści straty, by wykonywać kolejne forsowne prace. Poza tym nadchodziła jesień. W powietrzu coraz częściej czuć było już chłodne podmuchy. Lada dzień znów rozpoczną się deszcze. Rzeki wystąpią z brzegów, drogi rozmiękną, utrudniając, jeśli nie odcinając sułtańskiej armii drogi powrotu. Zrinski zaś był pewien, że żaden z najeźdźców nie chciałby czekać wśród ziejących grozą moczarów w spalonej twierdzy na nadejście węgierskich mrozów. Nawet tak doskonale zorganizowane wojsko jak armia osmańska mogło zapłacić za zimowanie na obcej ziemi straszną cenę. W głowie księcia zaczęła świtać myśl o przeczekaniu kilku tygodni wewnątrz wieży. Miejsca i żywności mieli dość. W podziemiach ukryta była wykopana przed kilkuset laty studnia, która dostarczała czystą wodę do picia i gaszenia pożarów. Prochu i amunicji starczyłoby, aby przez długie tygodnie uprzykrzać Turkom życie, ostrzeliwując ich z muszkietów przez wąziutkie okienka barbakanu. Kto wie, może wrogowie zdecydują się odstąpić od oblężenia, pozostawiając niedobitki jego armii przy życiu. Wówczas mogliby przeprawić się przez moczary i dołączyć pod Komárą do pozostałych sił habsburskich, a wiosną uderzyć na Turków i odzyskać twierdzę.

Zrinski miał jeszcze jedną troskę. Jelena zniknęła. Nie było jej wśród rannych, żywych ani zabitych. Nie dostała się też do niewoli, gdyż wszystkie kobiety i dzieci pozostałe przy życiu po pierwszej fali ataków, którym przeznaczono los niewolników sułtańskich, spędzono teraz na dziedziniec u podnóża serca twierdzy, aby ich płacz i błagalne jęki były wyrzutem sumienia skrytych za solidnymi murami obrońców. Jeleny wśród nich nie było.

Jedyną jego nadzieją była myśl, że udało się jej przedostać do tunelu. Gašpar Alapić, który siedział teraz przy kominku, wpatrując się ponurym wzrokiem w ogień, widział ją ostatni. Z jego opisu wynikało, że spotkali się w miejscu oddalonym zaledwie o kilkadziesiąt metrów od wejścia do przesmyku. Przy zdrowych zmysłach podtrzymywała Zrinskiego jedynie wiara w to, że jego ukochanej córce udało się uciec. By móc dalej walczyć, musiał jednak mieć pewność. Troska o Jelenę burzyła mu spokój niezbędny do zapewnienia bezpieczeństwa sobie i wiernym oddziałom, dlatego wezwał do siebie Gašpara Alapicia.

– Musisz odnaleźć Jelenę – rzekł, gdy mroczny rycerz, którego nienawidził całym sercem, stanął przed nim.

Alapić z głową obwiązaną bandażem milczał, gdy Zrinski opowiadał mu o sekretnym tunelu i o rozkazie, który wydał córce.

– Sam ruszyłbym na poszukiwania, ale nie mogę zostawić żołnierzy – zakończył książę głosem, w którym pobrzmiewała rozpacz. – Musisz odnaleźć Jelenę. Musisz odnaleźć moją córkę…

Zawahał się, po czym dodał ciszej:

– Jej córkę.

Oblicze Alapicia okryło się purpurą, jakby ktoś uderzył go w twarz. Nic nie odpowiedział. Skinął głową i odszedł w kierunku podziemi, gdzie znajdowało się przejście do zamkowych piwnic, o którym nie wiedzieli Turcy.

Zrinski patrzył w zamyśleniu za oddalającym się żołnierzem, gdy wtem dostrzegł jakieś poruszenie w głębi sali. W następnej chwili zziajany Ferenc Črnko znalazł się tuż przy nim.

– Panie, byłem na szczycie wieży! – wykrzyknął. – Otoczyli nas.

– Spodziewałem się tego. Pozostawało tylko kwestią czasu, kiedy to nastąpi, Ferenc. – Zrinski nie rozumiał, dlaczego ten oczywisty fakt wywołał takie emocje u jego szambelana.

– Panie, nie wiesz wszystkiego! Mają armaty!

Zrinski wstrzymał oddech. Podprowadzenie dział pod serce twierdzy przez gruzy i pogorzelisko będące do niedawna jego domem w ciągu zaledwie kilkunastu godzin wydawało mu się zadaniem niemożliwym do wykonania.

– Armaty? – powtórzył, blednąc.

Ferenc skinął głową.

– Kilkanaście armat, panie.

– To niemożliwe – bezwiednie wyszeptał Zrinski.

– Sam widziałem, panie – podchwycił zaaferowany szambelan. – Turcy zrobili kolejny podkop i pod ziemią przeciągnęli działa pod basztę.

Turecka machina wojenna po raz kolejny pokazała swą moc. Tysiące czarnych od ziemi azabów przez cały dzień i całą noc kopało szigetvárską ziemię, by przygotować drogę artylerzystom. Zrinski nie krył podziwu dla wroga.

– Liczyłem, że mamy więcej czasu. Nie podejrzewałem, że ktokolwiek zdoła uczynić coś takiego!

– Wygląda na to, że Sulejman rzucił przeciwko nam całe swe siły…

– Wielotysięczna armia przeciwko garstce ostatnich obrońców – westchnął książę. – A zatem, Ferenc, jednak nie Gaugamela, a Termopile wyznaczą nasz los.

Przyjaciel szarpnął głową i spojrzał księciu prosto w oczy.

– Co też mówisz, panie? – obruszył się, a w jego głosie czuć było strach.

– Nie poddam twierdzy, Ferenc. A zatem przyjdzie mi w niej zginąć. Jestem żołnierzem, pragnę więc umrzeć z mieczem w ręku, miast zostać pogrzebanym wśród zwalonych kamieni, do ostatniego tchnienia kryjąc się jak tchórz. Jestem gotowy umrzeć, jednak moja droga do piekieł wybrukowana będzie ciałami tureckich wojowników.

Ferenc przyjrzał mu się uważnie. Bladość opadła z twarzy Zrinskiego, ustępując znów miejsca zaciętej dumie. Książę był na powrót sobą, dowódcą Szigetváru, najlepszym generałem wojsk habsburskich, nieugiętym wojownikiem i doskonałym strategiem.

– Zaszczytem będzie polec u twego boku, panie – oznajmił Ferenc.

Zrinski uśmiechnął się do swego sługi.

– Nie żegnaj się zbyt szybko z życiem; i dla ciebie będę miał zadanie. O tym jednak za chwilę – powiedział pogodnie. – Tymczasem przynieś mi odświętny mundur.

– Mundur? – zdziwił się szambelan.

Książę skinął głową.

– Zbroja spowalnia i krępuje ruchy, a moja ostatnia walka ma się zapisać w dziejach jako ta, w której jeden niemłody chorwacki rycerz usiekł najwięcej tureckich psów.

Ferenc uśmiechnął się smutno i odszedł, by przynieść strój.

2

Nikola Šubić Zrinski stanął przy potężnych, zwodzonych wrotach broniących dostępu do serca twierdzy. Odziany w biały płaszcz ze stójką i złotymi guzikami, czarny kołpak z wielkim, białym jak śnieg piórem czapli, w jednej ręce trzymał miecz, w drugiej tarczę, niegdyś należące do jego ojca. Była to broń, z którą nigdy się nie rozstawał, teraz zaś walczyć miał nią po raz ostatni. Złoty łańcuch opadał mu na pierś dokładnie w miejscu, w którym kończyła się poprzetykana srebrem broda. W kieszeniach pobrzękiwały monety, które włożył tam, by okradający jego ciało szabrownik nie opowiadał potem, że kieszenie Nikoli Šubicia Zrinskiego były puste. Zabrał ze sobą także wizerunek matki i klucze do miasta. Wyglądał jak szlachcic na chwilę przed wkroczeniem na ślubny kobierzec, nie jak bojownik zdążający na spotkanie ze śmiercią. Obrócił się, aby raz jeszcze spojrzeć na towarzyszy broni, poddanych i przyjaciół, z którymi przyjdzie mu dziś stoczyć ostatnią walkę. W ich twarzach dostrzegł napięcie właściwe rycerzom przed bitwą, lecz nie dopatrzył się strachu czy żalu. Zdawali się, jak i on sam, pogodzeni z losem, który został im przeznaczony. Ta myśl przyniosła mu ulgę. Wyjął z płaszcza podobiznę matki i ucałował. Pomyślał o Jelenie. Tęsknota ścisnęła mu serce. Żal, że nie zdoła pożegnać się ze swoją ptaszyną, zmącił mu wzrok. Jej los nie należał już do niego. Musiał teraz pozostawić go w ręku Alapicia, któremu z Bożą pomocą może uda się ocalić dziewczynkę, by nie podzieliła losu Andrieja

– Panie, wszystko gotowe – szepnął Ferenc, podchodząc do niego, gdy kolejny wystrzał z armaty wstrząsnął basztą, a na głowy obrońców posypały się fragmenty zaprawy. – Już czas.

Zrinski skinął głową.

– Oto nadeszła chwila, by nasze imiona zostały zapisane w gwiazdach! – wykrzyknął i dał znak do zwolnienia blokady łańcucha. Ostatnie wrota opadły.

Przed nimi rozpościerała się ściana płomieni i dymu, zza której dobiegały wściekłe wycia tureckich hord, bicie bębnów i dźwięki trąb.

– Wrota piekieł – szepnął Zrinski.

Uniósł szablę i rzucił się w stronę wroga.

3

Siedząc w swym namiocie, Sokollu w milczeniu wysłuchał relacji z ostatniego starcia wojsk osmańskich z siłami Zrinskiego.

– Książę ruszył jak błyskawica, przedzierając się przez pierwsze linie naszych obrońców. Niósł śmierć i zniszczenie. Wydawało się, że nikt go nie zatrzyma. Ostrza mieczy mijały go, nie mogąc dosięgnąć. Nawet najlepsi janczarzy pozostawali bezradni. Wreszcie opadł dym, który dotąd zasnuwał walczących, i strzelcom udało się go namierzyć. Zrinski zginął, mój panie. Aga janczarów kazał natychmiast przerzucić go przez jedno z dział i osobiście odrąbał mu głowę.

To mówiąc, wyjął z worka głowę dowódcy Szigetváru i rzucił ją z pogardą i obrzydzeniem do stóp wezyra.

– Oto jak kończą bohaterowie – westchnął Sokollu, nie mogąc powstrzymać podziwu dla dowódcy, który przez ponad miesiąc stawiał czoło najpotężniejszej armii świata, mając do dyspozycji nieco ponad dwa tysiące żołnierzy.

W głębi namiotu ktoś jęknął przeraźliwie.

– Kogoś przyprowadził? – zapytał Sokollu, jednocześnie dając znak słudze, by zabrał głowę księcia. – Zatknijcie ją na pal przed namiotem sułtana na znak jego triumfu.

– To Ferenc Črnko. Mówi, że jest szambelanem księcia, i w zamian za darowanie życia gotów jest wskazać dokładne położenie komnaty, w której Zrinski ukrył swój skarbiec.

Sokollu uniósł brwi ze zdziwienia. Nie spodziewał się znaleźć wśród garstki pozostałych przy życiu jeńców z serca twierdzy tak cennego informatora.

– Węgier? – zapytał sługę.

– Chorwat, daleki krewny samego Zrinskiego.

– Przyprowadź go bliżej – rozkazał.

Dwóch janczarów przywlokło Ferenca przed oblicze wielkiego wezyra. Zmusili go, by ukląkł. Sokollu chwilę przyglądał się zgiętej wpół postaci. Był to mężczyzna mizernej postury, o podłużnych rysach, rzadkich włosach, rozbieganych oczach, w których czaił się strach, stanowczo nie typ bohatera.

– Mów zatem – przemówił Sokollu w ojczystym języku jeńca.

Zdziwienie odmalowało się na twarzy Ferenca.

– Znasz naszą mowę? – mimo swego położenia nie zdołał powstrzymać ciekawości.

– Trzeba ci wiedzieć, że choć macie nas za barbarzyńców, poddani sułtana, oby jego słońce nigdy nie zgasło, są wykształceni o wiele lepiej od waszych książąt i cesarzy – wyjaśnił wezyr. – Lecz nie czas na podobne rozważania. Gdzie jest skarb?

– W podziemiach serca twierdzy, które twe wojsko niszczy, choć nikogo nie ma już w środku. Wiodą doń ukryte schody, do których wejście znają nieliczni, w większości polegli. – odparł bez wahania Črnko. – Jednak jeśli się nie pospieszycie, wieża runie, a w jej piwnicach zostanie pogrzebany wasz skarb.

Sokollu skinął tylko głową i janczarzy wybiegli z namiotu, by dać rozkaz do wstrzymania ataków i tym samym umożliwić wydobycie skarbu.

– Co Zrinski trzymał w podziemiach? – spytał Sokollu, znów zwracając się do jeńca.

– Sto tysięcy dukatów węgierskich, sto tysięcy talarów, skrzynie pełne drogich kamieni i pereł. Tysiące złotych i srebrnych naczyń – wymieniał powoli Ferenc z doskonale udawanym namysłem. – Lichtarze, kufle, misy, talerze, wszystko z najczystszego złota…

– Dość – przerwał mu wreszcie Sokollu, w którego sercu opanowanie jeńca i jego zapał do zdradzania sekretów skarbca księcia obudziły nagle niejasne podejrzenia.

Črnko zignorował słowa wezyra.

– Zapomniałem chyba wspomnieć o siedemnastu tysiącach cekinów weneckich, niegdyś będących własnością sułtana – kontynuował wyliczankę Ferenc.

Sokollu był już pewien, że coś jest nie tak.

– Gdzie go pojmano? – zapytał sługę.

– Nikt go nie pojmał, mój panie. Sam do nas przyszedł i zażądał widzenia z tobą. Był sam, nieuzbrojony, a na potwierdzenie swych słów pokazał nam pieczęć Zrinskiego.

Twarz wezyra zapłonęła gniewem.

– Dlaczego mi to wszystko mówisz? – spytał ostrym tonem. – Czemu zdradzasz sekrety skarbca swego księcia?

Jeniec zamiast się przestraszyć, roześmiał się w głos śmiechem człowieka, który nie ma już nic do stracenia. Każdy kolejny dźwięk smagał wnętrze wezyra jak najgorsze obelgi.

– Przestań! – wykrzyknął, tracąc panowanie nad sobą, ale to tylko spotęgowało śmiech szambelana.

Sokollu sięgnął po swój inkrustowany szmaragdami bułat i uderzył mężczyznę w miejsce, w którym ramię łączy się z obojczykiem. Śmiech ucichł, a z ust Ferenca dobyło się wycie, gdy wytrącone ze stawu ramię prawej ręki nagle zawisło bezwładnie, trzymając się tylko na skórze.

– Dlaczego mi to wszystko mówisz? – wycedził Sokollu, unosząc bułat w górę. – Po coś przyszedł?

Ferenc skulił się ze strachu, lecz po chwili, drżąc z bólu, znów się wyprostował.

– Podczas gdy my tu rozmawiamy – rzekł hardo – twoi ludzie, oślepieni żądzą złota, zbliżają się ku własnej śmierci.

Sokollu zamarł, a Ferenc wybuchnął jeszcze głośniejszym śmiechem, w którym strach i desperacja mieszały się z szaleństwem. Ostatni plan Zrinskiego się powiódł.

W skarbcu ustawiono wszystkie beczki z prochem, cały zapas amunicji i materiałów wybuchowych zgromadzony do obrony twierdzy. Najciężej ranny, lecz przytomny Branko Vrančić zażądał, by to jemu przydzielono posterunek honoru i możliwość oddania ostatniej posługi księciu i ojczyźnie. Zniesiono go więc do piwnic, by tam oczekiwał ponownego przybycia Turków. Kiedy nadejdą, miał podłożyć ogień pod beczki z prochem.

Sokollu uniósł bułat i tym razem z zimną furią uderzył prosto w głowę szambelana Zrinskiego. Ferenc Črnko opadł na ziemię, a wielki wezyr wybiegł przed namiot i począł wykrzykiwać rozkazy, by żołnierze czym prędzej oddalili się od serca twierdzy. Rozkaz popłynął falą w kierunku baszty, jednak nikt go nie słuchał. Legendy o wspaniałościach skarbca Zrinskiego, które od początku oblężenia krążyły wśród janczarów, sprawiły, że wojownicy pozostali głusi na głos swych dowódców i owładnięci żądzą bogactw parli naprzód. Wezyr wskoczył na konia, chcąc zatrzymać tych, którzy jeszcze nie weszli do wnętrza, lecz w tej samej chwili w sercu twierdzy coś zaszumiało i rozległ się huk. Eksplozja była tak potężna, że wielu żołnierzy stojących wokół wezyra padło na kolana i wzniosło oczy ku niebu, przekonanych, że oto nadszedł dzień sądu ostatecznego. Koń Sokollu stanął dęba i zrzuciwszy swego jeźdźca, pognał w przeciwnym kierunku, byle dalej od tego przeklętego miejsca. Gdy wielki wezyr odzyskał przytomność po upadku i otworzył oczy, wszystko wokół zasnute było gęstą zasłoną dymu, a on sam leżał nakryty tarczą Feridun Beja, choć jego samego nie dostrzegł wśród wszechobecnej szarości. Gdzieniegdzie tylko czerwieniły się niewielkie płomyki dogasających ognisk. Sokollu dźwignął się na łokciu, próbując wstać, i wtedy jego dłoń prześlizgnęła się po czymś ciepłym i wilgotnym. Podniósł dłoń do twarzy i ujrzał, że ocieka krwią. Zasłona powoli opadła i oczom wezyra ukazał się obraz, jakiego nigdy dotąd nie widział. Pośród stert rdzawych kamieni, wśród migoczących złotych monet, lśniły skąpane w świeżej krwi fragmenty dziesiątków ludzkich ciał. Spojrzał w dół i zobaczył, na czym omsknęła mu się dłoń, gdy próbował wstać. Był to gruby zwitek trzewi, mokry i lepki od krwi i ekskrementów. Z trudem powstrzymując mdłości, uniósł wzrok w kierunku, w którym według jego oceny znajdowało się serce twierdzy, lecz budowli już tam nie było. Zniknęła, zapadła się pod ziemię, zamykając w swych śmiertelnych objęciach trzy tysiące muzułmańskich istnień.

4

Sokollu wjechał przez zrujnowaną bramę na dziedziniec zamku, a raczej tego, co z niego pozostało, by raz jeszcze spojrzeć na szczątki serca twierdzy, które zmieniło się w wielki grobowiec tureckich żołnierzy. Wiedział, że naraża się na niebezpieczeństwo, mimo to był sam.

Potrzebował ciszy, by uspokoić myśli po bitwie kończącej tę tragiczną kampanię. Coś pociągnęło go w stronę tego miejsca, cmentarzyska, na którym pod kamieniami pogrzebani zostali najodważniejsi słudzy jego nieżyjącego pana. Mehmed Pasza nie mógł powtrzymać żalu, który nagle wezbrał w jego piersi. Zarówno oni, jak i dzielni rycerze z oddziałów Zrinskiego zginęli, bo książę trwał u uporze. Duma, chora duma, nazywana przez chrześcijańskich władców i poetów honorem, nie pozwoliła mu poddać ostatniego bastionu twierdzy, choć znikąd nie mógł się już spodziewać ratunku. Naraz Sokollu przypomniał sobie opowieść hodży Ibrahima o wojownikach Leonidasa broniących przesmyku Termopile.

„Przechodniu, powiedz Sparcie, żeśmy polegli wierni jej prawom" – słowa nauczyciela wyrecytowane po łacinie przed ponad czterdziestoma laty głośno wybrzmiały w uszach wielkiego wezyra, gdy rozglądał się po rumowisku.

I na co to wszystko, pomyślał rozgoryczony.

Tyle przelanej krwi, tylu dzielnych wojowników, którzy mogliby zasilić formacje sułtańskie, dosłużyć się tytułów, wykorzystać swoją wiedzę i zdolności do walki w najpotężniejszej armii świata. Lecz oni woleli pójść na pewną śmierć w ślad za swym fanatycznym księciem.

Wierność czy głupota? – zapytał samego siebie, choć janczarska cząstka jego duszy podpowiadała, że i on postąpiłby podobnie, gdyby na miejscu Zrinskiego był Sulejman.

W oddali rozległ się grzmot, który przerwał mu rozmyślania. Mehmedowi od rana wydawało się, że powietrze robi się coraz cięższe, ale dotychczas nie miał czasu, by się nad tym zastanowić. Teraz zaś spojrzał w niebo. Ponad czarnymi konarami drzew na rozświetlonym przez światło księżyca nieboskłonie zbierały się chmury. Już chciał zawrócić konia i wrócić do obozu, gdy nagle pędzone wiatrem obłoki odsłoniły tarczę księżyca. Blask srebrzystej poświaty rozjaśnił miejsce skryte dotąd w cieniu. Ktoś tam był. Wezyr natychmiast złożył lejce w jedną rękę, drugą sięgając po rękojeść miecza. Spiął konia i cicho podjechał bliżej. Na opuszczonym dziedzińcu stukot kopyt o bruk był doskonale słyszalny, mimo to ciemna postać nie poruszyła się. Mehmed podjechał bardzo blisko.

– Kim jesteś? – zapytał, choć nie potrafiłby wyjaśnić, czemu zadał to pytanie.

Drobna postać odwróciła się powoli w jego stronę. Był to nędznie odziany, okropnie brudny, najwyżej dziesięcioletni chłopiec, bardzo urodziwy, o wielkich, ciemnych oczach, drobnej budowie i delikatnych rysach.

Idealny na haremowego eunucha, pomyślał wezyr mimo woli. Doskonały na dar dla którejś z ważnych tureckich kobiet. Trzeba by go tylko najpierw trochę umyć.

– Kim jesteś? – zapytał raz jeszcze, tym razem po chorwacku.

Chłopiec wyraźnie wzdrygnął się i spojrzał w stronę jeźdźca. Z pewnością dostrzegł jego lśniący, haftowany kaftan, tkany złotem płaszcz, śnieżnobiały turban z wielkim szmaragdem, a przede wszystkim stalowe ostrze błyszczące w jego dłoni, mimo to wyprostował się i wpatrywał w twarz wezyra bez lęku, lecz i bez podziwu, jakby przepych i bogactwo nie robiły na nim wrażenia. W jego spojrzeniu nie było też nienawiści ani żadnego z uczuć, które Sokollu spodziewał się ujrzeć.

Przegrani zwykle zachowywali się podobnie. Na widok zwycięzców, zwłaszcza tych dzierżących w ręku miecz, padali na kolana i błagali o ocalenie, zawodzili modlitwy do swoich bogów, by darowali im życie, podejmowali próby wykupienia siebie i swych rodzin za obietnice bez pokrycia, licząc, że uda im się oszukać los i oprawców. Wezyr wielokrotnie widywał ludzi w takim położeniu. Nieszczęśników niemających do stracenia nic poza własnym życiem, które wciąż wydawało im się drogie, choć nie znaczyło już nic. Większość starała się je mimo wszystko za wszelką cenę ochronić, żebrząc o łaskę, póki świst miecza nie przerywał w połowie ostatniego błagania. Wyjątkowo pojawiali się i tacy, którzy rzucali się z pięściami na obnażone miecze, by zginąć w pozorach walki z tym swoim nieszczęsnym honorem.

Tymczasem oczy młodzieńca nie wyrażały niczego, były puste, jakby oślepł, choć Sokollu wyraźnie czuł na sobie jego wzrok.

Nagle uświadomił sobie, że zna ten stan, choć od wielu dekad ukrywał wspomnienie o nim w najgłębszych zakamarkach duszy. Pod wpływem wzroku chłopca Mehmed Pasza Sokollu, wielki wezyr najpotężniejszego imperium świata, stał się znów szesnastoletnim Bajo Sokoloviciem, w którego sercu umarła ostatnia nadzieja, gdy opuszczał swoją wioskę, jadąc na osmańskim wozie, i po raz ostatni spojrzał na klasztor Mileševa. Wiedział już, że stracił wszystko. W ułamku sekundy zrozumiał, że nigdy nie wtuli się w miękki brzuch matki, nie dotknie spracowanej dłoni ojca, nie posprzecza się z braćmi, nie zaśpiewa w chórze, nie będzie słuchał połajanek stryja podczas lekcji łaciny ani nie zostanie mnichem jak on.

Przypomniał sobie moment, w którym jego ówczesny świat się skończył.

Przymknął oczy i pod powiekami ujrzał twarz Witalija, leżącego bezwładnie na stosie ciał mnichów. Przyjaciel był pierwszym martwym człowiekiem, którego Sokollu ujrzał w swoim życiu. I choć później wielokrotnie widywał ludzkie zwłoki, choć niejeden raz sam zadał komuś śmierć, to właśnie twarz martwego przyjaciela powracała do niego w najgorszych snach. Mimowolnie zadrżał, a chcąc ukryć zmieszanie, owinął się mocniej płaszczem, by owo drżenie usprawiedliwić nawet przed samym sobą chłodem wczesnojesiennej nocy.

Doprawdy, natura ludzka najintensywniej odczuwa wszystkie zdarzenia, które dzieją się po raz pierwszy, pomyślał znów, zapominając o chłopcu. Czasem wspomnienia tych chwil są tak piękne, że człowiek pielęgnuje je jak wyjątkowy okaz egzotycznego kwiatu, czasem jednak są zbyt straszne, by nie zagrzebać ich najgłębiej, jak to tylko możliwe.

Aby przetrwać i żyć dalej, musiał zapomnieć o wszystkim, kim był. Musiał wypełnić swoje wnętrze pustką. Szybko zamknąć za drzwiami to, co kochał, czego pragnął, kim był, i podążyć drogą wskazaną przez Yeşilce Beja. Nie dlatego, że chciał wówczas ochronić swoje życie, lecz ponieważ w tej jednej drastycznie bolesnej sekundzie jego dusza pękła i było mu wszystko jedno.

Choć minęło tyle lat, wspomnienia tamtych dni ścisnęły go za gardło. Odwrócił wzrok i spojrzał na ruiny wieży. Wówczas przypomniał sobie o chłopcu i zerknął w jego stronę. On także patrzył na gruzy leżące u jego stóp. Sokollu podniósł miecz. Zimna stal dotknęła podbródka młodzieńca. Chłopiec ani drgnął, jakby ostrze, które muskało jego skórę, było niczym więcej jak wierzbową witką czy gęsim piórem, a nie narzędziem niosącym śmierć.

A może jest mu ona równie obojętna jak życie? – pomyślał Sokollu i nacisnął delikatnie miecz, zmuszając chłopca, by uniósł głowę i spojrzał na niego.

Ich oczy raz jeszcze się spotkały. Gdyby zaczął teraz błagać o litość, Mehmed, rozstrojony przez wspomnienia, odebrałby mu życie, nie zawahawszy się ani przez chwilę. Mimo lat spędzonych w pałacu wciąż w głębi duszy był janczarem, maszyną do zabijania, niewolnikiem Lwa Islamu, sułtana Imperium Osmańskiego Sulejmana Wspaniałego. Jednak chłopiec wciąż patrzył na niego bez lęku, a w jego oczach odbijała się ciemna otchłań duszy.

Gwałtowny błysk zalśnił nagle na srebrnej tafli miecza, oświetlając jasno twarze stojących naprzeciwko siebie mężczyzny i chłopca. To przypieczętowało ich los. Sokollu był pewien, że oto otrzymał znak, by darować dziecku życie.

– Chwyć się mojego strzemienia – rozkazał nagle po chorwacku, chowając miecz do pochwy. – Milcz, dopóki nie pozwolę ci znów mówić. Nie oddalaj się, nie wykonuj żadnych gwałtownych ruchów, a nade wszystko nie patrz nikomu w oczy.

Chłopak powoli złapał strzemię, wciąż nie spuszczając wzroku, jakby nie zrozumiał ostatniego zdania. Mehmed rzucił mu ostatnie spojrzenie i gotów był przysiąc, że dostrzegł w oczach chłopca iskierkę życia. Tym razem wspomniał twarz dobrego, nieżyjącego od tak wielu lat Yeşilce Beja, który w nim samym ocalił ostatnią iskrę we wnętrzu niemal zgasłego już serca.

A oto po tylu latach dałeś mi, Boże, szansę, bym spłacił mój dług, pomyślał wezyr.

Jelena bez słowa podążyła za bogato odzianym mężczyzną. Pod osłoną ciemności szybkim, ledwie dostrzegalnym ruchem ręki zerwała z szyi cienki złoty łańcuszek z medalionem, prezent od ojca, ostatni dowód na to, kim była jeszcze wczoraj. Naszyjnik opadł bezszelestnie na zgliszcza Szigetváru, dziedzictwo i grobowiec jej ojca, który zaledwie kilkanaście tygodni wcześniej był krainą szczęśliwości jej dzieciństwa. Od tej chwili jedyną rzeczą, która miała przypominać jej o przeszłości, była chęć dochowania przysięgi, a nade wszystko pragnienie zemsty. Przed oczami stanął jej szeroki uśmiech Juraja, kiedy żegnał się z nią przed odjazdem do Komáry; brat przepadł bez wieści, o ile w ogóle jeszcze żył. Potem ujrzała spokojną, umęczoną twarz martwego Andrieja. Na koniec zaś zdziwiony wyraz twarzy ojca pędzącego z serca Szigetváru ku bramie twierdzy, w którego piersi nagle utkwiły kule, a w czole strzały. Zobaczyła go, gdy na chwilę odzyskała przytomność. Nie mogła krzyknąć, nie miała dość sił, by zepchnąć z siebie cuchnące ciało Turka i podbiec do ojca. W milczeniu nieruchomo przyglądała się całej scenie. Nim książę padł martwy na ziemię, ich oczy spotkały się na jedną krótką chwilę. W rozświetlonych łuną pożarów ciemnościach ojciec rozpoznał ją. Spróbował się do niej uśmiechnąć, dodać jej otuchy, ale nie zdążył.

Ciałem idącej za wezyrem dziewczynki wstrząsnął dreszcz. Wspomnienia były zbyt bolesne. Wstrzymywały bicie serca, tamowały oddech. Fala nienawiści zalała jej duszę. Zacisnęła pięść i choć była skrajnie zmęczona, głodna i spragniona, przyspieszyła kroku, aby nadążyć za idącym długimi krokami rumakiem tureckiego pana.

Jego też chciała znienawidzić, a jednak w oczach Turka, który przemówił do niej w ojczystej mowie, było coś, co jej na to nie pozwalało. Nie chciała jednak zagłębiać się w te myśli. Turcy byli diabłami, władali mocami nieczystymi, nie mogła zatem pozwolić, by swymi szatańskimi sztuczkami omamili i jej duszę, prowadząc ją ku wiecznemu potępieniu. Dawne życie się skończyło, ale ona musiała zachować swoją tożsamość, pamiętać o tym, kim była i jakie zadanie miała do wykonania. Jako ostatnia z rodu Zrinskich, która zdołała poznać ojca i braci, musiała pomścić ich śmierć. Odpłacić Turkom za wszystkich przyjaciół, pobratymców i znajomych, którzy zginęli w tej nierównej walce. Inaczej nigdy nie zazna spokoju, a jej dusza przez wieki błąkać się będzie po moczarach Szigetváru. Po tym, czego doświadczyła i co zobaczyła, pragnęła już tylko jednego: utopić Imperium Osmańskie we krwi, jakąkolwiek cenę przyszłoby jej za to zapłacić. Nie była już małą dziewczynką, księżniczką bawiącą się w rycerza. Tamto życie runęło wraz z sercem twierdzy, w którym umarło i jej serce. Nie czuła już bólu, nie tęskniła, otępiała od przeżyć, z którymi jej wnętrze nie potrafiło sobie poradzić. Przymknęła więc drzwi przeszłości, choć światło prześwitujące przez szparę miało jej odtąd wskazywać drogę, ścieżkę do krwawej rozprawy z tymi, którzy odebrali jej dom, rodzinę i marzenia. Gotowa była zrobić wszystko, by dopełnić zemsty i wreszcie dołączyć do tych, których kochała, a którzy czekali w Królestwie Niebieskim, aż wykona ostatnią powinność.

Część druga

MARSZ

13 września 1566
Szigetvár – Węgry
Imperium Habsburgów

Cienie wydłużyły się już znacząco, zdobiąc wszystko wokoło ciemnymi pasami, wchłaniając barwy dnia i niosąc zapowiedź kolejnej nocy, którą przyjdzie im spędzić w tym ponurym miejscu. Sokollu wszedł do przedsionka namiotu władcy. Zaraz też odprawił służących, znudzonych wielogodzinnym próżnowaniem, gdyż pod nieobecność wezyra nie wolno im było wchodzić w głąb wnętrza namiotu ani wychodzić na dwór. Sokollu wydał ten rozkaz, by podtrzymać w żołnierzach złudzenie, że są oni nieustannie zajęci przy niedomagającym sułtanie. Wprawdzie służący początkowo dziwili się, że ich jedynym zajęciem jest pilnowanie za plecami straży, by nikt niepowołany nie wchodził do namiotu, lecz nie śmieli zadawać pytań. Wkrótce przywykli do dziwnego rytmu odwiedzin wezyra, nade wszystko zaś do tego, że w tych dniach władcę odwiedzali i osobiście obsługiwali jedynie niemy medyk, duchowni, wielki wezyr i Feridun Bej. W milczeniu przyjmowali wyjaśnienia wielkiego wezyra, że zmożony chorobą sułtan do odzyskania sił potrzebuje spokoju i odpoczynku.

Sokollu oddalił służących, nakazując jednemu udać się do kuchni po posiłek dla sułtana, drugiemu zaś do bakyrdży Mustafy, wytwórcy naczyń miedzianych, by zamówić u niego zestaw zdobionych koszyczków do szklanek, z których sułtan lubił popijać herbatę. Upewniwszy się, że odeszli, podszedł do sułtańskiego łoża i ostrożnie wyjął zeń zwłoki władcy. Pospiesznie ubrał je, zawinął wokół szyi bandaże, aby głowa nie zwisała bezwładnie, i nasadził amarantowy turban. Następnie podniósł z dnia na dzień coraz lżejszego Sulejmana i zaniósł na poduszki, sadzając go bokiem do okna przy niskim stołku, sam zaś usiadł naprzeciw zmarłego i zaczął zdawać mu relację z wydarzeń w obozie, tak jak to miał w zwyczaju jeszcze za życia władcy.

– Panie mój, kurier przyniósł dobre wiadomości! Twój wierny sługa Pertev Mehmed Pasza zdobył Gyulę, Jenspol i Világos, wyjmując tym samym spod habsburskiej władzy rejony środkowej Tiszy. Nadal jednak wyglądam wieści z Kütahyi – ciągnął, patrząc w dal ponad głową martwego sułtana na wiszące na ścianach namiotu ozdobne perskie kilimy, które Sulejman tak bardzo lubił.

Znał techniki tkackie i wiedział, że spogląda na setki ciasno splecionych węzełków wielobarwnych nici, lecz jego oczy widziały tylko wspaniałą dekoracyjną tkaninę z motywem kwiatowym. Jego życie od ponad tygodnia przypominało tkanie kilimu. Plątał nitki własnego losu z niteczkami dziesiątków, tysięcy innych losów w nadziei, że wkrótce jego wytężona praca zostanie nagrodzona i oczom wszystkich ukaże się sens owych działań.

W zamyśleniu odruchowo zwrócił wzrok ku sułtanowi i natychmiast zamknął oczy. Nie mógł znieść widoku twarzy Sulejmana, policzków z każdym dniem zapadających się coraz bardziej, warg, które już dawno straciły swą barwę, a nade wszystko spojrzenia jego martwych, wytrzeszczonych oczu pozbawionych wyrazu. Mimo gorliwych zabiegów na ciele sułtana zaczynały powoli pojawiać się pierwsze oznaki rozkładu. Natura domagała się uczynienia zadość jej prawom. Sułtan wciąż jednak musiał być choćby z oddali widoczny dla wojsk zniecierpliwionych coraz bardziej tym, że nie widzieli władcy od ponad tygodnia. Sulejman był zawsze blisko swoich żołnierzy, gotów wysłuchać ich skarg, przyjść im z pomocą, świętować z nimi zwycięstwa i opłakiwać porażki.

Wkrótce, by podtrzymać iluzję życia tlącego się w ciele władcy, będzie musiał zacząć stosować szminki, róże i pudry zakupione przez przezornego Feridun Beja na bazarze. To, czym nałożnice barwiły skórę, aby zamaskować niedoskonałości swej urody i przypodobać się odwiedzającym je mężczyznom, miało teraz posłużyć wielkiemu wezyrowi za narzędzie kłamstwa na usługach, w co nadal wierzył głęboko, dobrej sprawy.

Za każdym razem, gdy jego wzrok przypadkowo spoczął na twarzy Sulejmana, serce zastygało mu z żalu i wstydu. Miał wrażenie, że w pozbawionych wyrazu oczach dostrzega jednak błysk wyrzutu i oskarżenia. Czuł się winny, że nie dopełnił pośmiertnych obowiązków wobec swego najdroższego przyjaciela. Powinien był go czym prędzej pochować z głową skierowaną w stronę Mekki i dopilnować odprawienia wszystkich modlitw i obrzędów, aby każdy złożył zmarłemu należny hołd. Tymczasem nie kto inny, lecz on, wielki wezyr Mehmed Pasza Sokollu, uczynił z umiłowanego władcy kukłę grającą niemą rolę w przedstawieniu dla niemal wszystkich w obozie. Sulejman Prawodawca nie zasłużył na podobny los i ten stan rzeczy coraz bardziej męczył wezyra. Wyrzuty sumienia zakłócały mu sen, lecz rozsądek wciąż nakazywał brnąć dalej i dalej w tę niebezpieczną grę.

– Posłaniec już prawdopodobnie dotarł do twego syna, mój panie – zaczął znów. – Pozostaje nam teraz czekać na krok ze strony księcia Selima, oby Bóg prowadził jego rządy drogą prostą ku chwale Imperium Osmańskiego. Rozesłałem też wieści o twym zwycięstwie namiestnikom prowincji, wszystkim członkom rodu Osmana, przywódcom wojsk przebywających w odległych zakątkach Imperium. Posłałem też umyślnych do Mekki oraz do władcy Wenecji, chana krymskiego i szacha perskiego.

Umilkł, jakby chciał wysłuchać, co sułtan będzie miał do powiedzenia w tej sprawie. Wciąż towarzyszyła mu myśl, że ktoś może ich obserwować, starał się więc ze wszystkich sił, by spotkanie wyglądało na rzeczywistą rozmowę. Choć każde takie przedstawienie powodowało w nim napięcie i lęk przed tym, że ktoś nieodpowiedni odkryje prawdę, monolog, który prowadził przed sułtanem, przynosił mu także ulgę.

– Panie, w twoim imieniu wydałem rozkaz, by Semiz Ali Pasza, bejlerbej Rumelii, wyruszył z połową oddziałów spod Szigetváru celem zdobycia Babócsy – kontynuował. – Pasza, bliski przyjaciel mego krewnego Lala Mustafy, od lat jest mi nieprzychylny. Odsunąłem go, gdyż obawiałem się, że gdyby zbyt szybko poznał prawdę, mógłby spróbować obrócić wierne mu wojska przeciwko mnie i utrudnić mi spotkanie z twym synem. Kazałem też odbudować Szigetvár, by stał się wspaniałym muzułmańskim miastem, symbolem twej zwycięskiej chwały. Budowniczowie ukończyli już przerabianie murowanego kościoła na podgrodziu na meczet, w którym jeszcze dziś odbędą się pierwsze piątkowe modlitwy, modły dziękczynne za twoje zwycięstwo nad siłami Zrinskiego.

Sokollu zmarszczył brwi, gdyż nagle przypomniało mu się coś bardzo nieprzyjemnego.

– Panie, przyrzekłem wojskowym, że pojawisz się podczas dzisiejszego nabożeństwa. Wiesz, że idąc za twoim przykładem, zawsze dotrzymywałem słowa, szczególnie tego danego żołnierzom. Wybacz mi, lecz tylko tak mogłem choć chwilowo ukoić ich złość i rozżalenie wywołane tęsknotą za twoim widokiem, a także rozgoryczeniem z powodu liczby poległych muzułmanów i utraty łupu, o którym tak marzyli.

Rozdrażnienie wojsk było widoczne na każdym kroku. Żołnierze coraz częściej zastępowali drogę wezyrowi, dopytując, gdzie jest sułtan. Sokollu widział w ich oczach gniew, wciąż tłumiony, gotowy jednak w każdej chwili wybuchnąć. Gdyby do tego doszło, wypadki, których cieniuteńkie niczym pajęcza przędza wodze wezyr trzymał w swych dłoniach, rozwiałby wicher. A tego nikt i nic nie zdołałoby powstrzymać wśród oddalonych od stolicy moczarów.

– By nieco ukoić ich gniew i niepokój, gdy po skończonych modlitwach przed meczetem mężczyźni zbiorą się w grupki i zaczną protestować, żeś nie był obecny podczas nabożeństwa, nadejdą słudzy i ogłoszą, że jutro odbędzie się posiedzenie dywanu. Wezyr wciągnął powietrze, jakby zbierał siły do powiedzenia czegoś wyjątkowo trudnego. – Zdecydowałem, że powiem prawdę twym dostojnikom, mój panie. Nie mogę dłużej ukrywać jej przed nimi. Dotąd robiłem to jedynie po to, by nikt nie odebrał ci tego ostatniego zwycięstwa. Sam jednak nie zdołam doprowadzić ich do twego syna, muszę im powiedzieć…

Ściszył głos, wypowiadając ostatnie słowa.

– Pragnąłem spełnić twoje marzenie, mój panie. Niech będzie mi wybaczone, jeśli zbłądziłem. Teraz jednak wyznam im swe winy, bo potrzebuję ich wsparcia, jeśli cały plan ma się udać.

Sokollu westchnął. Bał się jutrzejszego posiedzenia dywanu, choć był nieomal pewien, że wszyscy dygnitarze przeczuwają już śmierć sułtana.

– Nie jestem gotowy na twoje odejście, mój panie – wyznał nagle. – Nie wiem, jak mam dalej żyć bez twojego prowadzenia. Teraz skupiam się na ukrywaniu twego odejścia przed światem, lecz cóż zrobię, gdy nie będę już musiał niczego ukrywać?

Powiał wiatr, unosząc brokatową zasłonę w jednym z okien. Pachnące wilgocią powietrze wtargnęło do namiotu, przynosząc powiew świeżości, zapach pełen mocy życiodajnej natury, która powoli układała świat do zimowego snu. Ta woń wyrwała Sokollu z melancholii. Nie było czasu na rozmyślania, na poddawanie się uczuciom. Należało skupić się na działaniu, by wyprowadzić wojska z tego przeklętego miejsca, nim nadejdzie zima.

14 września 1566
Szigetvár – Węgry
IMPERIUM HABSBURGÓW

Sokollu od rana zajęty był nadzorowaniem prac przy odbudowie miasta. Musiał znaleźć zajęcie janczarom, którym nie należało pozostawiać zbyt wiele czasu na odpoczynek i bezczynność. Postanowił, że zatrudni ich przy odbudowie murów twierdzy, tak by oficjalnie sułtan mógł wyprowadzić wojsko, zostawiając za sobą tętniące życiem miasto, a nie morze ruin. Prace postępowały szybko. Sułtańscy rzemieślnicy, budowniczowie, kamieniarze, stolarze kierowali robotami wykonywanymi przez wziętych do niewoli mieszkańców miasta. Jeńcom obiecano, że jeśli przyłożą się do swej pracy i pozostaną wiernymi sługami Imperium Osmańskiego, będą mogli wkrótce wrócić do swych domów, pól i zwierząt i żyć dalej w pokoju, a o ich bezpieczeństwo odtąd dbać będzie sam sułtan Sulejman. Ci zaś, którzy zapragną pozostać w mieście, otrzymają domy i będą mogli rozpocząć tu nowe życie. Osmanowie zwykle nie nawracali podbitych ludów na islam, gdyż najczęściej próby te kończyły się krwawym buntem i zaciekłym oporem. Pozwalali żydom i chrześcijanom, Ludom Księgi, czyli wyznawcom poprzedzających islam religii monoteistycznych, zachować wiarę ich przodków i żyć w zgodzie z dawnymi obyczajami, pod warunkiem, że będą płacić pogłówne i stosować się do zasad wyznaczanych przez administrację osmańską. Jednak ci, którzy zdecydowali się przejść na islam, mogli czerpać z tego faktu wiele korzyści, głównie ekonomicznych, co z czasem skłaniało wielu do zmiany wyznania. Stopniowo całe społeczności przekonywały się do nowych zwyczajów i tradycji, zwłaszcza gdy widziały dobrodziejstwa płynące z tej zmiany. Jednak ze zmian tych najczęściej korzystały warstwy średnie. Życie najbiedniejszych mieszkańców podbitej krainy w zasadzie pozostawało takie jak dawniej. Musieli jedynie oddawać lwią część swoich mizernych plonów kolejnemu, nierzadko jeszcze surowszemu panu. Czy był to urzędnik osmański w białym turbanie, czy habsburski w futrzanej czapce, dla chłopów nie miało to większego znaczenia. Pozbawieni charyzmatycznego przywódcy, przystali więc na propozycję pomocy najeźdźcy, pokornie przyjmując swój los, w zamian za nadzieję powrotu do własnych pól i zagród.

Słońce stało już wysoko na niebie, oświetlając złotawym blaskiem wszystko wokół. Znużony pracą wezyr wracał do namiotu, by przygotować się do posiedzenia dywanu. Przechodząc obok swych stajennych, dostrzegł wśród nich owego chłopca, którego przyjął do służby w dniu, w którym zatrzęsła się ziemia, a serce twierdzy pogrzebało w ruinach tysiące jego żołnierzy. Zatrzymał się w pewnej odległości, aby lepiej mu się przyjrzeć. Chłopiec z czułością czesał jego rumaka, poruszając wargami, jakby doń mówił, choć musiał być niemową, gdyż od ich pierwszego spotkania nie odezwał się ani razu. Koń, który najwyraźniej także polubił chłopca, skłonił nisko głowę, by dziecko mogło dosięgnąć jego grzywy. Sokollu patrzył na ten niezwykły, sielankowy obrazek i mimo woli się uśmiechnął. Chłopiec okazał się użytecznym nabytkiem. Sokollu codziennie obserwował go z ukrycia. Wprawdzie niewiele potrafił, lecz niespodziewanie szybko się uczył, zdawał się nigdy nie męczyć. Był spokojny, nie dawał się sprowokować, gdy inni słudzy z niego kpili, zdawał się tego nie słyszeć, nie wdawał się w bójki. Trzymał się na uboczu podczas posiłków i wieczornych rozmów; oddalał się od reszty chłopców służących w stajni i siadał pod drzewem, spoglądając ze wzgórza na miasto wyrastające pośród ruin Szigetváru. Był osobliwym dzieckiem, lecz z końmi, jak widać, radził sobie doskonale.

– Ibrahimie! – zawołał wezyr, takie bowiem imię wybrał dla swego sługi.

W pierwszej chwili chłopiec nie zareagował. Często mu się to zdarzało, lecz Sokollu nie miał o to pretensji. Pamiętał, jak jemu samemu trudno było przyzwyczaić się do nowego miana.

– Ibrahimie! – zawołał znowu.

Kilkoro służących odwróciło się w jego stronę. Chłopiec zauważył poruszenie i także rozejrzał się wokoło.

W ślad za nim i koń wezyra uniósł szyję i potoczył wzrokiem po okolicy. Sokollu znów się uśmiechnął.

– Widzę, że zdążyliście się już zaprzyjaźnić – powiedział, podchodząc bliżej.

Chłopiec skinął głową, po czym drgnął, jakby nagle sobie o czymś przypomniał i wykonał gwałtowny, niezgrabny ukłon, niemal dotykając czołem swych chudych kolan. Kilku innych stojących nieopodal prychnęło śmiechem, który natychmiast zamarł im na ustach, gdy wielki wezyr zgromił ich wzrokiem.

– Zapomnijmy na chwilę o etykiecie. W pałacu wszystkiego cię nauczą – rzekł serdecznie, choć sam nie potrafił wyjaśnić, gdzie leży źródło jego pobłażliwości wobec tego dziecka. – Jeśli i tam będziesz pilnie pracował, nie stanie ci się żadna krzywda.

Ibrahim znów skinął głową. Sokollu poklepał koński bok. Rumak parsknął z zadowoleniem.

– Wiele razem przeszliśmy – odezwał się znów do chłopca. – To niezwykłe zwierzę, opiekuj się nim dobrze, a zyskasz moją wdzięczność.

To rzekłszy, przywołał starszego stajennego i oddawszy mu lejce, kazał poprowadzić wierzchowca do wodopoju.

– A teraz pójdź za mną – rzekł i ruszył w stronę namiotu.

Chłopiec posłusznie pospieszył za nim, odprowadzany zaciekawionymi spojrzeniami pozostałych sług.

Gdy odźwierni odsunęli ciężką, adamaszkową kotarę zasłaniającą wejście do namiotu wielkiego wezyra, chłopiec przystanął, jakby nie śmiał wejść do środka.

– Wejdź – rozkazał wezyr. – Chciałbym ci coś pokazać.

To mówiąc, zniknął we wnętrzu namiotu. Po chwili wahania młody służący podążył za nim. Podczas krótkiego pobytu w tureckim obozie skrywająca się pod chłopięcym imieniem i przebraniem Jelena uważnie obserwowała panujące tu zwyczaje. Zdążyła się zatem zorientować, że jej opiekun jest szczególnie poważaną osobą. Chodził wyprostowany i dumny, władczym głosem wydając rozkazy, gdy zaś wybuchał gniewem, od jego gromów kurczyli się nawet wspaniale odziani mężczyźni w turbanach. Zdołała także poznać jego imię, które zwykle wymawiano z szacunkiem i najczęściej w towarzystwie słowa sułtan, pierwszego tureckiego słowa, którego się nauczyła.

Jednolity na zewnątrz, bladozielonkawy, jakby pokryty miedzią, poza rozmiarem i strażnikami w złotych czapkach broniącymi wstępu do wejścia niewiele się różnił od namiotu, w którym spała wraz z pozostałymi chłopcami opiekującymi się końmi. Gdy jednak weszła do środka, oniemiała z zachwytu. Choć Jelena przywykła do zbytków i widziała w życiu wiele pięknych przedmiotów, którymi uwielbiała się otaczać jej macocha, była pewna, że czegoś równie niezwykłego nie byłaby w stanie nawet wyśnić.

Namiot, wsparty na dwóch błyszczących, złotych masztach i zawieszony na biegnącym wysoko ponad jej głową systemie lin i kółek zdobionych drogimi kamieniami, wydawał się jeszcze przestronniejszy, niż gdy się spoglądało nań z zewnątrz. Na ścianach obitych kobaltowym jedwabiem prztykanym gdzieniegdzie złotą nicią układającą się w finezyjne arabeski widniały kunsztowne zdobienia. W haftowanych niszach, ozdobionych złocistymi cekinami, umieszczono medaliony, na których z liter wykonanych ze złoconej skóry ułożono piękne napisy. Jakiś czas później miała się dowiedzieć, że były to cytaty z Koranu, traktujące o gościnności i błogosławieństwa dla mieszkańców tego domostwa. Teraz jednak były to jedynie wyjątkowo piękne rzędy harmonijnie współgrających zawijasów, od których nie mogła oderwać wzroku. Miększy od najdelikatniejszej trawy na łące wzorzysty dywan, idealnie współgrający z całością wystroju, dopełniał dzieła. Wzdłuż ścian poustawiano meble, będące owocem pracy osmańskich snycerzy. Kunsztownie rzeźbione kufry i skrzynie, okute złotem i przyozdobione kamieniami, migotały w świetle mosiężnych lamp. Na mahoniowych półkach spoczywały misternie zdobione kwiatami porcelanowe talerze, butle i lampiony. Niezliczone srebrne i złote puzderka oraz szkatuły rzucały ku niej pojedyncze błyski, jakby zachęcały Jelenę, by do nich zajrzała. Wszystko w namiocie wezyra zdawało się pobłyskiwać, szklić i migotać.

Cały ten przepych onieśmielił dziewczynkę. Spojrzała na wielkiego wezyra, zastanawiając się, czy możliwe jest zaśnięcie w tym pomieszczeniu przepełnionym cudownościami, z których każdą można by oglądać bez końca, lecz on wydawał się niewzruszony, jakby nie dostrzegał w tym nic niezwykłego. Stał obok wysokiego srebrnego pulpitu, którego nóżki zrobione były z pereł, i przekładał karty jakiejś wielkiej księgi.

– Jest! Znalazłem! – wykrzyknął zadowolony, tak że Jelena zapatrzona w migoczące ściany namiotu aż podskoczyła ze strachu. – Podejdź.

Dziewczynka posłusznie postąpiła ku niemu, choć jej wzrok raz za razem uciekał gdzieś na bok, w kierunku kolejnych pięknych przedmiotów znajdujących się we wnętrzu tego materiałowego pałacu.

– Spójrz, to miniatura Matrakçı Nasuha – rzekł, przesuwając księgę w jej stronę.

Jelena aż westchnęła z zachwytu. Na pożółkłym pergaminie namalowany był baśniowy rumak ze skrzydłami, o kobiecej twarzy. W jego jasnym umaszczeniu odbijało się światło, sprawiając, że całe zwierzę zdawało się lśnić nieziemską poświatą.

– „Chwała temu, który przeniósł Swego sługę nocą z Meczetu świętego do meczetu dalekiego, którego pobłogosławiliśmy, aby mu pokazać niektóre znaki" – wyrecytował Mehmed, a dostrzegłszy pytające spojrzenie chłopca, który nie znał jeszcze arabskiego i nie rozumiał słów świętej księgi, wyjaśnił: – To Al-Burak, koń, na którym prorok Mahomet udał się w podróż do Jerozolimy, a stamtąd do nieba.

Chłopiec znów zapatrzył się na miniaturę, ale Sokollu wyczuł, że pragnie wysłuchać tej historii.

– Pewnej nocy prorok Mahomet spał w Al-Kabie. Nagle zbudził się i spostrzegł stojącą przy nim postać. Był to Dżibra'il, anioł, którego imię oznacza „Bóg jest moją siłą", duch o sylwetce człowieka z czterema wielkimi skrzydłami, z których każde składało się ze stu mniejszych. Na owych czterech skrzydłach wypisane miał słowa „Bi-ismi

Allahi ar-rahmani ar-rahim", słowa, od których każdy muzułmanin zaczyna i którymi kończy swój dzień. Obok Dżibra'ila stało zwierzę przypominające konia, większe od osła, lecz mniejsze od muła, o sierści połyskującej jak najczystsze złoto. Dżibra'il nakazał, by Prorok dosiadł zwierzę, i po chwili szybowali już w przestworzach, a nocny wiatr tańczył wokół nich. Każdy krok Al-Buraka sięgał dalej niż spojrzenie Mahometa, toteż nie upłynęło wiele czasu, nim znaleźli się w świętym mieście Jeruzalem. Mahomet padł na kolana i zaczął się modlić, a wówczas Dżibra'il przyniósł mu drabinę tak śliczną, iż Mahomet był pewien, że na całym świecie nie znalazłby nic równie pięknego. Była to drabina, która ukazuje się ludziom, gdy zbliża się kres ich ziemskiej pielgrzymki. Dżibra'il przykazał, by Mahomet bez obaw wstąpił na jej szczeble, sam Bóg bowiem pragnie się z nim spotkać, aby wyjaśnić mu sens wędrówki duszy ludzkiej po świecie.

Dziewczynka słuchała jak urzeczona. Bała się odetchnąć, by wezyr nie przestał snuć tej cudownej opowieści.

– Prorok wspiął się po drabinie aż do bram niebieskich. Dżibra'il był jego przewodnikiem po niebiosach, wyjaśniał mu także, jak należy żyć, żeby po śmieci wejść do raju. Przechodzili przez kolejne części nieba, gdzie spotykali proroków głoszących na ziemi przed Mahometem. W szóstym przedsionku nieba spotkali Ibrahima, aż wreszcie dotarli do miejsca, gdzie czekał na Mahometa sam Allah. Prorok Mahomet stanął twarzą w twarz z Bogiem i światłość zalała jego duszę. Nagle pojął wszystko i zapragnął żyć tylko dla Boga. Wtedy Bóg zażądał, żeby wrócił na ziemię i przykazał wiernym, aby modlili się pięćdziesiąt razy dziennie.

Pochłonięta przez historię Jelena w ostatniej chwili zdołała powstrzymać się przed głośnym okrzykiem zdziwienia, że Bóg chciał, by ludzie aż tyle się modlili. Gwałtownie pokręciła głową, dając w ten sposób wyraz swemu niedowierzaniu.

– Mahomet także był zdziwiony, ale nie śmiał odmówić Bogu, toteż przyrzekł, że ludzie będą modlić się pięćdziesiąt razy dziennie. Gdy jednak wracał przez niebo do złotej drabiny, ponownie spotkał na swej drodze Mojżesza. Powiedział mu, co przyobiecał Bogu, a wówczas Mojżesz kazał mu zawrócić do siódmej części nieba i poprosić Najwyższego, by ludzie mogli oddawać mu cześć pięć razy dziennie. „Więcej nie zdołają się modlić – mówił Mojżesz. – To tylko ludzie; muszą też jeść, spać i pracować". Mahomet posłuchał rady Mojżesza i wyprosił pięciokrotną modlitwę w ciągu dnia. Po czym zszedł po drabinie, a Al-Burak zaniósł go na swym grzebiecie po szarzejącym już nieboskłonie z powrotem do Mekki – zakończył wezyr.

Jelena musnęła postać zwierzęcia namalowanego tak kunsztownie, że nieomal czuła miękkość jego sierści pod palcami. Miała ogromną ochotę zobaczyć następną ilustrację, lecz nie śmiała przewrócić strony. Spojrzała na wezyra pytająco, a on natychmiast skinął głową, jakby odkrył jej myśli. Każda kolejna miniatura była ciekawsza od poprzedniej, lecz dziewczynce najbardziej spodobał się obrazek przedstawiający ogromne miasto oblane ze wszystkich stron błękitną wodą, po której pływały wielkie statki. Wiatr wyginał ich żagle, gdy wpływały do zatoki pomiędzy dwoma brzegami. Przy jednym z nich stał pałac otoczony murem ze smukłymi wieżami.

– To mapa Stambułu. A to – rzekł, wskazując na pałac – to jest Topkapı Sarai, dom sułtana.

Oczarowana Jelena zaczęła się zastanawiać, jak wspaniały musi być w rzeczywistości ten budynek, skoro na obrazku robił tak ogromne wrażenie.

– To najwspanialszy pałac świata – powiedział Sokollu, jakby dosłyszał jej myśli. – Wkrótce wyruszymy do stolicy i być może i ty będziesz mógł go zobaczyć, Ibrahimie.

To powiedziawszy, rzucił ostatnie spojrzenie na misterne dzieło Matrakçı Nasuha, zamknął księgę i odwrócił się, by odłożyć ją na półkę. Jelena podążyła za nim wzrokiem i nagle bajkowa zasłona utkana opowieściami wielkiego wezyra opadła z jej oczu, a serce zastygło w połowie uderzenia. Sokollu dostrzegł, że Ibrahim zatrzymał się w pół kroku i przygląda się czemuś jakby skamieniały. Spojrzał w tamtą stronę. Chłopiec stał bez ruchu ze wzrokiem utkwionym w oręż spoczywający na skrzyni stojącej w rogu namiotu wezyra. Były to lekka tarcza i złocony miecz księcia Zrinskiego. Sokollu uśmiechnął się ze zrozumieniem. Żaden mężczyzna bez względu na wiek i pochodzenie nie może przejść obojętnie obok tak misternej roboty.

– Piękne, prawda? – zagadnął, biorąc reakcję sługi za wyraz zachwytu. – Chciałbyś obejrzeć?

Jelena czuła, jak żal ściska jej gardło. Nie była pewna, czy uda się jej opanować emocje, lecz nie zdołała oprzeć się pokusie zbliżenia się do przedmiotów, które były dowodem na to, że jej dawne życie naprawdę istniało. Skinęła głową. Wielki wezyr sięgnął po miecz i przysunął go bliżej chłopca.

– Idealnie gładkie ostrze – rzekł. – Nie dorównuje wprawdzie wyrobom z damasceńskiej stali, lecz niewiele mu brak do ich doskonałości.

Jelena musnęła delikatnie rękojeść miecza, który tyle razy widziała w dłoni ojca. Tamte dni wydawały jej się ułudą, fantasmagorią niemal tak odległą i nieprawdopodobną, jak podróż Mahometa do nieba na skrzydlatym rumaku. Nie było już ojca, braci, domu, wolności. Wspomnienia zmieszane z rozpaczą odebrały jej zdolność oddychania. Wnętrze namiotu zawirowało. Wzięła głęboki wdech i jeszcze jeden, i kolejny. Z każdym oddechem łzy powoli cofały się znów w głąb serca, gdzie powinny zostać ukryte na zawsze.

– Ta broń należała do Nikoli Šubicia Zrinskiego, dowódcy Szigetváru – wyjaśniał tymczasem Sokollu, niepewny pochodzenia chłopca. Wiedział, że podczas oblężenia w twierdzy ukrywało się wielu okolicznych wieśniaków, którzy niedużo wiedzieli o świecie książąt i panów. – Postanowiłem zachować ją, by przypominała mi o tym, że Imperium Osmańskie jest wprawdzie niezwyciężone, lecz i wrogów ma niekiedy potężnych i odważnych.

Jelena podniosła wzrok i spojrzała ukradkiem na Sokollu, który zamyślony obracał w rękach miecz. Nie dostrzegła na jego twarzy triumfu ani radości ze zwycięstwa. W jej sercu znów zatliła się jakby iskra sympatii. Poczuła wdzięczność, choć natychmiast zawstydziła się tych uczuć. Nie mogąc znieść plątaniny emocji, która nagle ogarnęła jej serce, niewiele myśląc, zerwała się i wybiegła z namiotu. Sokollu nie mógł zrozumieć, co tak przestraszyło chłopca, bo silne emocje, które nagle odmalowały się na twarzy małego stajennego, nie uszły jego uwagi.

– Dziwne dziecko – szepnął sam do siebie.

Powinien ukarać Ibrahima za okazanie braku szacunku wielkiemu wezyrowi, lecz coś w głębi duszy podpowiadało mu, że uciekający chłopiec nie miał zamiaru go zlekceważyć, tylko dał się ponieść fali uczuć. Sokollu nie miał zresztą czasu, by dłużej zastanawiać się nad tą kwestią, gdyż naraz przypomniał sobie o zbliżającym się posiedzeniu dywanu; pierwszym, któremu z ciemnego kąta namiotu miał się przysłuchiwać martwy sułtan. Myśli Mehmeda czym prędzej powędrowały ku czekającemu go niebezpiecznemu zadaniu. Poprzedniego wieczora Feridun Bej odbył rozmowy z każdym z wezyrów, powiadomił ich o śmierci Sulejmana, a ci przeważnie nie wydawali się zaskoczeni tym faktem, choć oczywiście każdy głośno lamentował, wyrażając w ten sposób swój żal i cierpienie po stracie umiłowanego władcy. Większość obiecała także wesprzeć plan wielkiego wezyra, przyjmując argumenty, że tylko w ten sposób zdołają doprowadzić wojsko przynajmniej do Belgradu, gdzie w międzyczasie dotrze Selim, co umożliwi obwołanie go nowym sułtanem i przekazanie mu władzy nad janczarami.

Lecz byli także i tacy, którzy wieści przyjęli z troską o to, czy sułtanowi nie wyrządza się jakiejś krzywdy, bezczeszcząc w taki sposób jego zwłoki. Najbardziej zgorszony był Lala Mustafa, który głośno wyraził swoje oburzenie, oskarżając wielkiego wezyra o nieprzemyślaną decyzję, i zadeklarował, że nie przyłoży ręki do tego haniebnego przedstawienia. Sokollu skrzywił się na wspomnienie krewniaka. Ich wzajemne stosunki nigdy nie układały się najlepiej, zwłaszcza odkąd Sokollu zaczął ujawniać mądrość, która w szybkim czasie zjednała mu uznanie nie tylko całego dworu, lecz i samego sułtana Sulejmana.

Doskonale pamiętał dzień, w którym ich relacja uległa jeszcze większemu pogorszeniu. Było to zaledwie rok temu.

Po śmierci Semiza Alego Paszy, na dwa dni przed końcem czerwca wszyscy wezyrowie zostali zaproszeni do Wielkiej Porty na obrady dywanu. Od wielu dni po całym pałacu krążyły pogłoski, że sułtan jeszcze za życia poprzedniego wezyra podjął decyzję. Sokollu podobnie jak inni nie miał wątpliwości, że w podzięce za lata wiernej, choć niedoskonałej służby zarówno samemu sułtanowi, jak i jego synom Sulejman wskaże na swoją prawą rękę Lala Mustafę. Tylko nieliczni zdawali sobie sprawę z jeszcze jednej okoliczności przemawiającej za wyborem krewniaka Mehmeda. Niewielu wiedziało, że choć od tamtych wydarzeń minęło ponad dwadzieścia lat, sułtana wciąż dręczyły wyrzuty sumienia po tym, co stało się ze starszym bratem Lala Mustafy, Husrevem Paszą.

Odkąd po kolejnym dewszirme w Bośni Husrev Pasza przybył do sejaru, sprawnie piął się po szczeblach dworskiej kariery. Szybko został bejlerbejem Aleppo, potem

Damaszku, i wreszcie w wieku czterdziestu lat awansował na gubernatora Egiptu, ostatni postój przed dołączeniem do dywanu.

Już rok później jego marzenia o dostąpieniu godności wezyra się spełniły. Po przyjeździe do stolicy został mianowany trzecim wezyrem Porty, w kolejnym roku otrzymał nominację na drugiego wezyra. Gdy zmarł wielki wezyr Lufti Pasza, Husrev, podobnie jak teraz Lala Mustafa, oczekiwał nominacji na najwyższy urząd w państwie. Jednak sułtan Sulejman miał inne plany i do rangi wielkiego wezyra wyniósł Hadima Sulejmana Paszę. Hardy i zarozumiały Husrev pojął wówczas, że jest to ostrzeżenie. Już wcześniej jeden z jego doradców uprzedzał go, że do uszu sułtana doszły wieści o okrucieństwach i niesprawiedliwości, jakich dopuszczał się w swoich guberniach. Stłumił więc wściekłość, przyjął decyzję sułtana z doskonale zagraną pokorą i nie powiedział ani słowa skargi, poprzysięgając sobie w duchu znaleźć tych, którzy na niego donieśli, i odpłacić im we właściwy sposób.

Gdy Hadim Pasza zmarł, Husrev postanowił tym razem nie czekać bezczynnie na decyzję władcy, lecz spróbować na nią wpłynąć. Jego kontrkandydatem był trzeci wezyr Porty, sułtański zięć, mąż Mihrimah – Rustem Pasza.

Pewnego dnia Husrev zaprosił Rustema na rozmowę do sali obrad dywanu. Wyjął sztylet, przyłożył go do gardła przeciwnika, po czym wymusił na nim przysięgę, że Rustem zrobi wszystko, by nie zostać obdarzonym tym tytułem, i zachowa milczenie. Przyparty do muru dostojnik dał słowo. Husrev odetchnął z ulgą i schował sztylet. Mężczyźni wymienili ukłony i jak gdyby nigdy nic opuścili salę. Rustem jednakże ani myślał dotrzymać obietnicy i czym prędzej doniósł sułtanowi o próbie szantażu, jakiej dopuścił się jeden z jego wezyrów. Sulejman wpadł we wściekłość. Natychmiast ogłosił Rustema Paszę wielkim wezyrem, a Husreva pozbawił urzędu. Załamany Husrev poszedł do swego seraju i już nigdy żywy go nie opuścił. Popadł w rozpacz. Przez wiele dni nie wstawał z łóżka, nie jadł i nie pił. Medyków, którzy chcieli mu pomóc, oskarżał o próbę otrucia, najbliższym zarzucał zdradę, aż wreszcie po tygodniu zmarł z wycieńczenia. Po śmierci został obdarzony przydomkiem Deli, czyli „szalony", gdyż wcześniej żaden z wysokich urzędników sułtańskich nie popełnił samobójstwa w tak straszny i niedopuszczalny dla muzułmanów sposób. Gdy Sulejman dowiedział się o śmierci Deli Husreva, popadł w melancholię, obwiniając się o pchnięcie swego sługi na skraj rozpaczy, skąd wyrwać mogła go jedynie śmierć. Po pewnym czasie władca doszedł do siebie, ale wyrzuty sumienia pozostawiły trwałą drzazgę w jego sercu. Zadra ta burzyła spokój jego snów, ułatwiając jednocześnie Lala Mustafie zdobywanie kolejnych tytułów i przywilejów.

Jednak nie był to wystarczający powód, żeby mianować go wielkim wezyrem. Sulejman powołał wówczas na to stanowisko Mehmeda Paszę Sokollu, równie zaskoczonego jak Lala Mustafa, i to jemu oddał swój pierścień. Od tej pory Lala Mustafa nie odezwał się do kuzyna ani jednym słowem. Sokollu początkowo liczył, że gorąca krew rychło ostygnie w żyłach jego krewniaka, lecz nadzieje te okazały się płonne.

Przyjdzie czas, by i o to się zatroszczyć, pomyślał teraz, odkładając w duchu rozmyślania o Lala Mustafie na późniejszy czas. Najważniejsze, że przyobiecał nie czynić niczego wbrew mej woli. Bierność w tej sytuacji jest niemal równie cenna jak poparcie.

Aby ostatecznie uspokoić wojsko i skłonić je do posłuszeństwa po obradach dywanu, aga janczarów miał przemówić, przekazując wolę sułtana Sulejmana. Każdemu z żołnierzy przyznana została nagroda za zdobycie twierdzy. Sułtan życzył sobie także, by dołożyli wszelkich starań, aby odbudować Szigetvár jako prawdziwie muzułmańskie miasto na chwałę Allaha, władcy Imperium Osmańskiego. To powinno przynajmniej tymczasowo uładzić janczarów.

– Eh, straciłem zbyt dużo czasu na tę rozmowę z niewolnikiem – Sokollu skarcił samego siebie na wspomnienie czekających go tego popołudnia przeciwności, choć w głębi duszy czuł, że obecność tego milczącego dziecka dodała mu otuchy i przyniosła wytchnienie po trudach poranka.

27 września 1566
Szigetvár – Węgry
IMPERIUM HABSBURGÓW

1

Sokollu siedział oparty o poduszki. Mimo chłodu panującego na zewnątrz popijał sorbet z lodem. Cierpki, zimny napój doskonale orzeźwiał jego ciało i umysł. Po raz pierwszy od wielu dni czuł się dobrze. Prace nad odbudową Szigetváru posuwały się coraz szybciej i wezyr począł dostrzegać szanse na to, że uda im się wydostać z tych piekielnych bagnisk przed nadejściem pierwszych mrozów. Solidnie obciążeni pracą żołnierze nie mieli czasu na złorzeczenia i domaganie się obecności sułtana. Zadowalali się widokiem władcy, który siedząc w oknie, skryty w cieniu namiotu, pozdrawiał ich ręką, gdy szli budować pomnik jego chwały. Tuż obok niego pochylony nad miniaturami Matrakçı Nasuha siedział Ibrahim. Sokollu opowiadał mu o Stambule i cudach, jakie zobaczy w najwspanialszym mieście świata.

Ich drogi coraz częściej się krzyżowały, głównie za sprawą chłopca, który przylgnął do niego i nic sobie nie robił z obowiązującej w otoczeniu wezyra etykiety. Wykonywał powierzone mu zadania gorliwie i dokładnie, po czym spędzał czas, siedząc skulony pod namiotem wielkiego wezyra. Gdy ten dokądś zdążał, Ibrahim jak pies szedł za nim krok w krok, a jego smutna twarz rozpromieniała się, gdy Sokollu doń zagadnął. Początkowo wszyscy szydzili z chłopca, lecz wkrótce znudzili się tym, widząc, że ich ofiara nic sobie nie robi z ich naigrywania. Po pewnym czasie nikt już nie zwracał uwagi na wątłych rozmiarów niemowę, który niczym cień wędrował za wezyrem. Straże coraz częściej widziały chłopca, jak zwinięty w kłębek i przykryty kocem śpi wprost na ziemi u progu namiotu wezyra. Nikt nie wiedział, jak udawało mu się wymknąć agom pilnującym niewolników. Mimo kar i gróźb po niedługim czasie powtarzało się to już co noc. Wielki wezyr surowo karcił chłopca, choć w głębi serca czuł, że jego oddanie coraz bardziej go wzrusza. Gdy zaczęły się jesienne chłody, w obawie, by malec nie zamarzł, zgodził się nawet, by sypiał w przedsionku jego namiotu. Wkrótce i strażnicy przywykli do obecności dziecka, w którym widzieli upośledzonego faworyta wezyra. Nie wadziło im, a niekiedy bywało pomocne, gdy trzeba było zdobyć z kuchni coś na rozgrzewkę podczas nocnej warty, toteż odnosili się do niego z sympatią, choć nie szczędzili mu kuksańców.

Milcząca obecność chłopca sprawiała wezyrowi dziwną radość, której nie odczuwał nigdy wcześniej. Czuł, że młody sługa go podziwia i potrzebuje, że chłonie jego opowieści każdą cząsteczką swojego ciała. Cieszyło go to, że w wydłużające się wieczory nie był sam, a nade wszystko, że może wreszcie podzielić się z kimś swoim światem, opowiedzieć przeżyte historie, opisać zobaczone cuda i dostrzec podziw w oczach kogoś, dla kogo był głównym bohaterem.

Siedzieli tak w migoczącym świetle lamp. Sokollu poczuł, że robi się senny, i już miał odprawić chłopca, gdy w ustach poczuł metaliczny posmak. Przyłożył wierzch dłoni do ust. Wciągnął głośno powietrze, gdy dostrzegł na niej krew. Ibrahim oderwał wzrok od wspaniałych miniatur i spojrzał na niego wzrokiem dziecka wybudzonego z głębokiego snu. W następnej chwili pobladł, dojrzawszy w półmroku panującym wewnątrz namiotu czerwoną strużkę krwi wypływającą z kącika ust mężczyzny. Sokollu dostrzegł strach w oczach dziecka.

– To nic takiego. Musiałem się skaleczyć… – tyle zdążył powiedzieć, nim wstrząśnięty torsją zgiął się wpół i zwymiotował krwią.

Jelena rzuciła się do stołu, napełniła puchar wodą i wsypała doń całą czareczkę z drogocenną solą. Strach ściskał ją za gardło, lecz dodawał także niespodziewanej stanowczości jej poczynaniom. Sokollu potrząsnął głową. Torsje wyczerpały go. Nie chciał nawet myśleć o piciu czy jedzeniu czegokolwiek. Kręciło mu się w głowie, a przed oczami tańczyły czarne punkciki. Zatoczył się lekko, usiłując skierować swe kroki w stronę łóżka. Jelena zastąpiła mu drogę. Źrenice miała rozszerzone z emocji, oddychała ciężko, wspięła się na palce i podetknęła kielich do ust wezyra.

Coś we wzroku malca sprawiło, że wezyr poddał się jego opiece i wychylił zawartość naczynia. Wkrótce pożałował. Poczuł się gorzej. Całym jego ciałem wstrząsnął dreszcz. Zrobiło mu się zimno, choć żołądek palił go żywym ogniem. Upadł na ziemię i wstrząsany konwulsjami zaczął obficie wymiotować. Jelena pospiesznie podeszła do posłania i wzięła zeń wysoką poduszkę. Podłożyła ją pod głowę wezyra i podbiegła znów do stolika. Napełniła kubek wodą i rozejrzała się w poszukiwaniu fajki, którą wezyr zwykł palić wieczorami. Szybko wyjęła ze środka dużą szczyptę opium i wsypała do wody, po czym podała Sokollu do picia.

Wezyr czuł, że słabnie. Coraz trudniej przychodziło mu zogniskować wzrok. Twarz dziecka rozpływała się w powietrzu jak nocna zjawa odchodząca z nadejściem świtu.

Gdy Jelena przyłożyła mu do ust puchar, próbował się odsunąć, ale ta przytrzymała jego głowę i wlała mu do gardła jego zawartość. Wypił gorzkawy napój i opadł na poduszkę. Jelena przyłożyła ucho do ust wezyra. Jego oddech był szybki, urywany i zdawał się słabnąć z każdą chwilą. Musiała wezwać kogoś na pomoc, choć wiedziała, że wezyr z pewnością wolałby utrzymać to wszystko w tajemnicy, by nie dawać pretekstu swoim wrogom. Okryła go prześcieradłem i chwyciwszy zwój leżący na stole, wybiegła z namiotu.

– Prowadź do Feridun Beja – zwróciła się do strażnika najbardziej władczym tonem, na jaki zdołała się zdobyć w swoim obecnym położeniu.

Miała wrażenie, że nieużywany od tylu dni głos brzmi jakoś obco, podobnie jak słowa, które wypowiadała łamaną turecczyzną. Strażnik wyglądał, jakby zobaczył ducha. Wszyscy byli przekonani, że niewolnik-idiota, faworyt wezyra, jest niemową, toteż usłyszawszy jego głos, żołnierz wzdrygnął się ze strachu. Dłuższą chwilę stał w milczeniu osłupiały i wpatrywał się w chłopca szeroko otwartymi oczami.

– Słyszysz, co mówię! – wrzasnęła Jelena, zniecierpliwiona, że przez zachowanie strażnika traci cenne sekundy. – Prowadź do Feridun Beja.

Strażnik odzyskał przytomność na tyle, by zamknąć rozdziawione dotąd usta, lecz wciąż nie spieszył się z udzieleniem jej pomocy. Poruszył się dopiero, gdy Jelena zamachała mu przed nosem pergaminem.

– Niosę ważne informacje od wezyra, które mam dostarczyć do rąk własnych niszandży Feridun Beja – powiedziała i po sekundzie dodała zdanie, które nader często padało z ust jej opiekuna: – Jeśli rozkazy nie zostaną wykonane, ty poniesiesz za to odpowiedzialność.

Efekt był błyskawiczny. Strażnik wezwał gwardzistę i polecił mu zaprowadzić chłopca, dokąd żądał.

2

Gdy Sokollu się zbudził, ujrzał nad sobą twarz Feridun Beja. Przyjaciel był blady, miał spierzchnięte usta i podkrążone oczy, jakby nie spał od wielu dni. Wezyr spróbował się podnieść, ale nie zdołał. Nie czuł swojego ciała. Nie mógł poruszyć palcami. Chciał coś powiedzieć, ale z jego ust wydobył się tylko niezrozumiały bełkot.

– Bóg okazał swe miłosierdzie! – zawołał uradowany Feridun Bej. – Allahu Akbar! Jak to dobrze, że się obudziłeś, panie.

Sokollu szarpnął głową, jakby chciał usiąść, ale Feridun pokręcił przecząco głową.

– Musisz leżeć spokojnie, mój panie – urwał, jakby się zawahał, lecz po chwili dodał: – Próbowano cię otruć.

Oczy Sokollu rozszerzyły się z niepokoju.

– Twój niewolnik przyszedł po mnie, a ja wezwałem twego medyka – ciągnął Feridun Bej. – Był tu jeszcze przed chwilą, by sprawdzić, jak się masz. Powiedział, że ten malec uratował ci życie. Woda z solą wzmocniła torsje, więc udało ci się pozbyć resztki trucizny, a opium częściowo wyczyściło krew.

Sokollu leżał, wpatrując się w migoczące złotem powały swego namiotu. Serce waliło mu w piersi jak oszalałe, czuł, że nie może nabrać w płuca dostatecznej ilości powietrza, bo oddech więźnie mu gdzieś w głębi piersi. W głowie zaś kołatały dziesiątki myśli.

Nigdy dotąd nikt nie próbował go zabić. Dwór osmański słynął z rozwiązywania problemów i pozbywania się niewygodnych ludzi za pomocą skrytobójstwa, ale wielki wezyr nigdy nie przypuszczał, że i jego to dotknie. Tyle lat strzegł bezpieczeństwa sułtana, a teraz sam padł ofiarą zamachu. Zawsze mu się wydawało, że trzyma się dostatecznie daleko od świata pałacowych intryg, nie daje się wikłać w sieci zależności od kogokolwiek, że stara się nie być nikomu wrogiem, lecz nawet wobec nieprzyjaciół i tych, z którymi się nie zgadza zachowuje chłodną rezerwę, umożliwiającą ostateczne uzyskanie kompromisu. Wiedział, że wielu zazdrości mu jego pozycji i pragnie zająć jego miejsce. Nie przypuszczał jednak, że ktokolwiek mógłby chcieć pozbawić go także życia. Było przecież tak wiele innych dróg prowadzących do odebrania mu tytułu i stanowiska, zwłaszcza teraz, gdy Sulejman nie żył, a jego miejsce miał zająć Selim, który mimo wielu lat spędzonych razem nie darzył Sokollu sympatią. Walka, której zarzewia nie dostrzegł, musiała rozgorzeć już na dobre, przybierając szaty bezwzględności i okrucieństwa. Gra o pozostanie przy władzy rozpoczęła się szybciej, niż przewidywał, choć wydawało mu się, że zna już na wskroś tajemnicze mechanizmy rządzące światem polityki i nic nie jest w stanie go zaskoczyć.

Każdy z wezyrów jest podejrzany, myślał Sokollu. Każdy chce utrzymać się na powierzchni pod rządami nowego sułtana, który wszakże ma swoich faworytów na najwyższe stanowiska w państwie. Część z nich zmierzała już wraz z nim z Kütahyi do Belgradu, by dopilnować swoich interesów. A zatem równie dobrze mógł mnie spróbować otruć któryś z nich...

Feridun tymczasem relacjonował mu szczegółowo wypadki tamtego wieczora.

– Trucizna, którą ci podano, mój panie, była wyjątkowo silna. Medyk powiedział, że nigdy wcześniej nie widział czegoś podobnego. Przez trzy dni leżałeś niemal bez życia i nikt nie potrafił powiedzieć, czy przeżyjesz. Prawie nie oddychałeś, a z twego czoła nie znikały kropelki potu, choć twój sługa całymi nocami czuwał przy tobie i przemywał ci twarz wodą różaną.

– Ibrahim? – wychrypiał Sokollu.

– Twój sługa ma się dobrze. Odprawiłem go, by trochę odpoczął. Powiedział, że...

– Powiedział? – oczy wezyra wyrażały najszczersze zdumienie.

Feridun Bej uderzył się dłonią w czoło.

– Zapomniałem, że i ty pewnie nie wiedziałeś, mój panie, że twój sługa Ibrahim potrafi mówić.

Sokollu zamrugał ze zdziwienia, ale nie miał siły zadawać kolejnych pytań. Na szczęście Feridun Beja nie trzeba było namawiać, by podzielił się swoją wiedzą.

– W noc, gdy cię otruto, wybiegł z twego namiotu i zaczął rozkazywać służącym. To bystry dzieciak. Niejeden z bardziej doświadczonych sług straciłby głowę w takiej sytuacji. Aż strach pomyśleć, co by się stało, gdyby nie zareagował tak szybko... – umilkł na moment, przerażony własnymi myślami, po czym zakończył z głośnym westchnieniem: – Niech Bóg ma go w swojej opiece po wszystkie dni jego życia.

3

Kilka dni później paraliż opuścił ciało wezyra. Siedział więc wsparty na poduszkach i z uśmiechem obserwował, jak Ibrahim, siedzący nieopodal przy niskim intarsjowanym stole, na którym pyszniła się złota misa z owocami, usiłuje wydłubać ziarenka granatu z twardego wnętrza owocu. Sok pryskał na wszystkie strony, znacząc bordowymi plamkami wszystko wokół, od szaty młodego sługi poczynając. Chłopiec, bez reszty pochłonięty wyłuskiwaniem owocu ze skorupy, zdawał się nie pamiętać o obecności wezyra. Pochylony nad stolikiem, wysunął nieznacznie język, a na jego twarzy widać był niezwykłe skupienie. Był to tak miły widok, że Sokollu nie spieszył się, by mu pomóc.

– Musisz rozkroić granat na pół i postukać weń łyżeczką – poradził wreszcie, nie przestając się uśmiechać.

Dziecko, nawet na niego nie spojrzawszy, odrzuciło trzymany w ręku owoc, po długotrwałych zabiegach niepodobny do niczego, i sięgnęło po następny. Po chwili mięśnie jego twarzy rozluźniły się, a na ustach pojawił się triumfalny uśmiech, gdy z różowawej skorupki na drewniany blat posypały się nabrzmiałe od soku ziarenka. Niedługo potem Ibrahim przysiadł na brzegu łoża wezyra z porcelanową miseczką wypełnioną owocem. Kładli sobie ziarenka na języku i rozgniatali o podniebienie, by wydobyć z nich cierpki, pełen aromatu sok.

– Postanowiłeś zostać moim kucharzem? – zagadnął Sokollu.

– Powiedzmy, że postanowiłem nie dopuścić, by ktoś znów spróbował cię otruć, mój panie – odparła Jelena cicho, bo wciąż bała się, że głos zdradzi jej prawdziwą płeć.

Wezyr, nawykły do życia wśród eunuchów i posiadania służących w osobach niedojrzałych chłopców, zupełnie nie zwracał na to uwagi.

– Nie musisz się obawiać. Wszyscy, którzy mieli dostęp do mego posiłku tamtego wieczora, zostali już przesłuchani i ukarani.

– Ale winnego nie odnaleziono, więc na wszelki wypadek pozwól, że ja będę cię karmić.

Sokollu roześmiał się w głos. Czasem miał wrażenie, że to nie lekarstwa medyka, a przebywanie w towarzystwie tego dziwnego chłopca znacznie poprawia jego kondycję. Ibrahim był niewolnikiem, dzieckiem, któremu wojska osmańskie odebrały dom i bliskich, a mimo to okazywał mu tak wiele przywiązania i serca! Sokollu nie mógł tego pojąć, jednak był już pewien, że nie jest to zwykłe dziecko, a wysłannik Allaha.

– A umiesz przyrządzać potrawy? – zapytał, gdy udało mu się odzyskać odrobinę powagi.

Gładkie czoło chłopca przecięła zmarszczka zmartwienia.

– Nie bardzo, mój panie…

– W takim razie i ty możesz mnie otruć! – zażartował Sokollu.

Twarz chłopca spurpurowiała z oburzenia.

– Mogę ci niczego nie przyrządzać, panie! – bąknął obrażony. – Możesz przecież jeść owoce.

Sokollu znów się zaśmiał. Czuł się lekki i wesoły, jakby w namiocie w towarzystwie Ibrahima wszystkie jego zmartwienia traciły znacznie.

– Zatem pozostaje mi wybierać pomiędzy otruciem a śmiercią głodową! – wykrzyknął. – Boże, miej litość nad swym sługą!

Ibrahim wydął policzki, ale tknięty nagłą myślą rzekł:

– Panie, skoro naprawdę nie wiesz, kto mógł to zrobić, jesteś wciąż w niebezpieczeństwie…

Uśmiech zniknął z twarzy wezyra.

– Wiem – odparł, poważniejąc, po czym wyznał, dziwiąc się samemu sobie: – I nie przestaje mnie to martwić we dnie i w nocy.

– We wszystkich opowieściach o dworskich intrygach trucizna była bronią kobiet – kontynuował chłopiec, przybierając poważną minę.

Sokollu nic nie odrzekł, nie chciał mu przerywać, licząc, że być może dowie się czegoś o jego przeszłości. Czuł, że chłopiec coraz bardziej go ciekawi i zajmuje coraz więcej miejsca w jego myślach. Tym bardziej pragnął poznać jego historię, a malec nigdy dotąd nie mówił niczego o swoim dawnym życiu.

– Jednak zawsze powtarzano mi, że właśnie z tego powodu jest to najsilniejszy oręż mężczyzn, którzy nie chcą, by ich czyn został odkryty.

– Kto był twoim nauczycielem? – zapytał ostrożnie Sokollu, lecz zaraz pożałował, że się odezwał.

Chłopiec natychmiast stał się czujny, a jego ciało napięło się, jakby szykował się do odparcia ataku.

– Nie miałem nauczycieli – powiedziała szybko Jelena, przestraszona, że nieopatrzne słowa mogły ją zdradzić, a jednocześnie zadowolona, że nawet nie musi okłamywać dobrego wezyra. Wszak wszyscy, od których pobierała nauki, byli nauczycielami jej braci.

Wezyr skinął w milczeniu głową. Słowa chłopca tylko potwierdziły jego przypuszczenia, że nie jest on potomkiem wieśniaka. Sposób, w jaki się wypowiadał, widoczne maniery, ot choćby to, jak trzymał łyżkę i zjadał posiłki świadczyły o tym, że jeśli nawet nie pobierał żadnych nauk, musiał przebywać w kręgu ludzi wykształconych.

20 października 1566
Droga do Belgradu
Imperium Osmańskie

Tego ranka piesi buńczuczni wyjęli drzewce z przywiązanymi do nich końskimi ogonami, opatrzone kulami z metali szlachetnych, na których umieszczono emblematy poszczególnych formacji. Na ostatku wyjęto także dziewięć buńczuków znaczących wejście do sułtańskiego namiotu i przy ogłuszającym dźwięku trąb i huku bębnów wojska osmańskie opuściły Szigetvár, pozostawiając za sobą odbudowaną twierdzę, z której wieży powiewały sztandary Proroka. Gdy znaleźli się na drodze prowadzącej do Belgradu, Sokollu poczuł się jak wyciągnięty z wodnych odmętów człowiek, który po walce z żywiołem może wreszcie znów zaczerpnąć powietrza. Jego męki wkrótce miały się zakończyć. Wracali do Stambułu. Wojsko maszerowało szybko. Żołnierze pogrążeni w dziwnej apatii, która zamiast uspokoić, dręczyła wielkiego wezyra, zachowywali się jak ludzie, którym spieszno wrócić do domu, choć po prawdzie ich powrót nie miał być równie triumfalny, jak się tego spodziewali, opuszczając kilka miesięcy wcześniej stolicę wśród wiwatów i wesela. Łupy zgromadzili nieznaczne, niewolników także nie było zbyt wielu, gdyż większość pozostałych przy życiu mieszkańców Szigetváru, zgodziwszy się zostać poddanymi Imperium Osmańskiego, wróciła do swych gospodarstw. By podnieść żołnierzy na duchu, wieczorem przed wymarszem Sokollu nakazał rozdać słodycze i osobiście przemówił do janczarów.

– Sułtan jest wam wdzięczny! – wołał donośnym głosem. – Błogosławi wam i obiecuje, że po przybyciu do stolicy otrzymacie awanse, nagrody i podarki o wiele większe, niż oczekujecie.

Entuzjazm wywołany tymi słowami nie trwał jednak zbyt długo. Sokollu cieszył się, że w ciągu ostatnich kilku tygodni zwolnił większość formacji wojskowych, poczynając od sipahisów, i zezwolił im na samodzielny powrót do stolicy. Czuł, że niepokój wojsk narasta, jakby przeczuwali, że wezyrowie i dowódcy coś przed nimi ukrywają. Coraz wyraźniej widać było znamiona podskórnego wrzenia wewnątrz armii.

Tych, których gniewu bał się najbardziej, musiał jednak zatrzymać przy sobie. Będący zgodnie ze zwyczajem gwardią przyboczną sułtana janczarzy nie mogli zostać zwolnieni do samodzielnego powrotu. Wezyr musiał utrzymać ich w posłuszeństwie aż do Belgradu, gdzie miał nadzieję zastać Selima. Wówczas, ogłosiwszy śmierć sułtana Sulejmana, odda ich pod komendę nowego władcy. Na razie musiał jednak podtrzymywać iluzję, co przychodziło mu z coraz większym trudem. Ciało sułtana nie nadawało się już do pokazywania nawet ze znacznej odległości. Ponieważ jednak wojsko musiało go oglądać w sułtańskim powozie, obok zwłok władcy posadzono Hasana Agę, rysami wielce doń podobnego, który ubrany w sułtańskie szaty zza zasłony pozdrawiał przejeżdżających obok żołnierzy. By nie wzbudzać podejrzeń, od czasu do czasu przesiadał się on do lektyki, jak poprzednio sułtan, zwłaszcza gdy droga robiła się wyboista bądź nader podmokła.

Wzmagający się z każdym dniem jesienny chłód, plucha jeszcze trudniejsza do zniesienia przy niskich temperaturach niż podczas marszu latem, wielogodzinne poruszanie się w ciemnościach gęstych lasów, szybko zapadający zmierzch, a nade wszystko rozdrażnienie i znudzenie wzajemnym towarzystwem i całą tą kampanią, w której zamiast ociekającego bogactwem Wiednia tyle czasu strawili na obleganie twierdzy wśród mokradeł – wszystko to sprawiało, że wojsko z każdym dniem stawało się coraz bardziej nieobliczalne, a Sokollu modlił się, by Selim zdołał nad nimi zapanować.

Gdy zatrzymali się na postój, do odpoczywającego wezyra podszedł posłaniec ze stolicy, który nie zastawszy już wojsk w Szigetvárze, czym prędzej ruszył ich śladem, przekazano mu bowiem, że wiezie pilne wieści.

„Panie mój – donosił informator – książę Selim, otoczony swymi dworzanami, przybył do Stambułu już 24 września. Wbrew moim sugestiom natychmiast zarządził, by z Czerwonej Wieży ogłoszono, że sułtan Sulejman zmarł i nastał czas rządów sułtana Selima. Cały dzień w mieście słychać było wystrzały armatnie i muzykę na cześć nowego władcy, choć on sam zdawał się niepocieszony, że nieomal nikogo znaczącego w stolicy nie zastał, tłumaczenia, że wszakże trwa kampania wojenna, przyjmując z wyraźnym niezadowoleniem. Natychmiast rozkazał przenieść harem sułtana Sulejmana do Starego Pałacu. Następnie zasiadł przed Bramą Szczęśliwości w Nowym Pałacu na przylądku naprzeciw wejścia do Bosforu, by z miejsca, w którym Mehmed Fatih wzniósł sztandar Proroka po zdobyciu Konstantynopola, przyjąć hołd od nielicznych pozostałych w stolicy dostojników. Nie wydawał się jednak usatysfakcjonowany tak skromnym wstąpieniem na tron. Kilka dni później, zgodnie z nakazem tradycji, odbył jeszcze podróż barką w górę Złotego Rogu do grobowca Ejjuba, towarzysza proroka Mahometa, by tam uroczyście przypasano mu przyniesiony ze skarbca poświęcony miecz. Wrócił do Stambułu konno, po drodze odwiedzając groby swoich przodków, zostawiając na każdym około sześciuset złotych cekinów. Dopełniwszy w niemałym pośpiechu tych obowiązków, ogłosił, że bezzwłocznie wyrusza Wam na spotkanie, by dołączyć do swych wojsk, w rzeczywistości zaś by odebrać należne sobie honory. Podpowiedzieli mu to dwaj doradcy, którzy przybyli wraz z księciem z Kütahyi: Ataulah Efendi i Celal Çelebi. Obaj podtrzymują w nowym sułtanie przekonanie, że jest predystynowany do rzeczy wielkich, choć żaden nie namawia go do wysiłku, by po owe wielkie rzeczy sięgnąć. Wybacz mi, Panie, te słowa, ale prosiłeś, bym przekazał Ci wszystko w jak najdrobniejszych szczegółach, toteż odważę się teraz napisać, że sułtan miast zatroszczyć się o sprawy państwowe, od przyjazdu do miasta ani razu nie zajrzał do kancelarii, nie przyjął czekających dyplomatów, nawet tych przybyłych z Wenecji i Persji. Ugościł jedynie swą siostrę, sułtankę Mihrimah, od której wziął pożyczkę na zaspokojenie najpilniejszych, jego zdaniem, potrzeb własnej świty. Od tamtej pory ani razy nie widziałem go trzeźwego, choć wiem, że za napisanie tych słów o sułtanie mogę stracić życie. Ufam jednak głęboko w Twą mądrość i oddaję się Twemu osądowi. Jeśli me słowa nazbyt są śmiałe, nie wahaj się wydać wyroku.

Jednakże milczeć nie mogę, gdy w mieście czuć napięcie, w koszarach janczarów, którym nie dane było wyruszyć na Węgry, znudzonych i zniechęconych, wrze, mój Panie, a przyszły sułtan oddaje się uciechom, obżarstwu i pijaństwu, wydając na uczty pieniądze, które doń nie należą, i wzgardzając tymi, których winien szanować.

Panie mój, powinieneś wiedzieć, że książę wraz ze swą nieodłączną kompanią z Kütahyi wyruszył Ci na spotkanie. Bądź ostrożny, gdyż nie jestem pewien, czy nie postanowi dołączyć do Was w drodze, zamiast zaczekać na wasze przybycie do Belgradu".

Sokollu zmiął list w dłoni i czym prędzej wrzucił do ognia.

– Głupiec – syknął z oburzenia.

Na krótką chwilę emocje odebrały mu trzeźwość myślenia. Obawiał się, że Selim może okazać się słabym władcą, ale nie przypuszczał, że tak szybko ukaże wszystkim swoją krótkowzroczność. W liście, który Sokollu wysłał do księcia do Kütahyi, nie tylko zawiadamiał go o śmierci ojca, lecz także przedstawił szczegółowo trudności i zagrożenia, które ten fakt mógłby przynieść, gdyby wieść rozeszła się wśród wojskowych w ferworze walki na obcej ziemi. Selim, najwidoczniej oczarowany własną osobą w roli sułtana, postanowił zignorować rady i ostrzeżenia wielkiego wezyra.

Nie wiedział wprawdzie, że wiadomość o śmierci sułtana nie została podana do wiadomości podległych mu formacji, ale musiał być świadom, że odkąd niemal dwa stulecia wcześniej sułtan Bajazyd II kupił sobie poparcie janczarów, które umożliwiło mu nie do końca słuszne wstąpienie na tron, uznali oni ten precedens za zwyczaj. Odtąd żądali, by każdy kolejny sułtan przed objęciem władzy hojnie ich obdarowywał, a gdy któryś śmiał okazać wahanie, grozili, że nie poprą jego kandydatury. To zaś oznaczało jedno: wojnę domową i przelew krwi, z którego zwycięsko wyjdą tylko samowolni janczarzy. By tego uniknąć, przyszły sułtan szybko uśmierzał symboliczny bunt wszczynany przez janczarów po śmierci jego poprzednika odpowiednio wysokim bakszyszem.

Zorganizowanie takiej wypłaty, a przede wszystkim sprowadzenie takiej ilości złota do Belgradu było nie lada wyzwaniem; w trakcie trwania marszu powrotnego było zaś niewykonalne. Ponadczterdziestoletni Selim powinien to przewidzieć.

Sokollu wolał nawet nie myśleć, co mogłoby się wydarzyć, gdyby Selim pojawił się w obozie w chwale nowego władcy, nim wojsko dowie się o śmierci Sulejmana. Sam Selim też mógłby publicznie zbyt wybujale okazać niezadowolenie z tego, co zrobiono ze zwłokami jego ojca. Wielki wezyr liczył, że uda się uniknąć publicznej konfrontacji, w której niechybnie zostałby od razu stracony, lecz dopiero przedwcześnie objawiony brak strategicznego myślenia cechujący nowego sułtana ukazał mu pełnię niebezpieczeństwa, w jakim się znalazł.

Wyszedł z namiotu zaczerpnąć powietrza i uspokoiwszy myśli, zaczął opracowywać plan działania. Wiatr owionął jego twarz, powiewem zimna odświeżając ciało i umysł.

Aż strach pomyśleć, co mogłoby się wydarzyć, gdyby cesarz Maksymilian był bitniejszym władcą. To upiorne przedstawienie mogłoby się skończyć tragicznie dla całego Imperium – przemknęło mu przez głowę, gdy spoglądał na otaczający polanę ciemniejący od zmierzchu dębowy las. Ta myśl otrzeźwiła go ostatecznie.

Pokonanie drogi ze Stambułu do Belgradu zajmowało karawanom około miesiąca. Drogi w Imperium Osmańskim były osobistym powodem do dumy sułtana Sulejmana, który gdy tylko mógł, przybywał, by nadzorować ich powstawanie. Sokollu wspomniał, jak pewnego razu przebywający w stolicy poseł wenecki rzekł do swego sługi, że od czasów upadku Cesarstwa Rzymskiego nikt nie widział państwa, w którym tak dbano by o utrzymanie dróg. Doskonale znający język włoski Sokollu podsłuchał ową opinię i przekazał ją sułtanowi, któremu pochwała sprawiła wyjątkową przyjemność. Choć pora roku nie sprzyjała podróżom, wezyr podejrzewał, że Selim, upojony tym, że nareszcie doczekał się dnia, w którym świat padł mu do stóp, będzie chciał czym prędzej do nich dołączyć, aby pławić się w swej chwale nowego sułtana.

Na szybkich rumakach z sułtańskich stajni, podążając jedynie z niewielkim lekkozbrojnym oddziałem, mógłby pokonać tę drogę i w dwa tygodnie, a to oznaczałoby...

– O, nie! – wykrzyknął wezyr, odkrywając ku własnemu przerażeniu, że Selim może lada dzień zrównać się z nimi, a wówczas nie zdoła utrzymać tajemnicy odpowiednio długo.

Czym prędzej kazał wezwać najszybszego konnego i wysłał go z listem do Belgradu, zaznaczając, że jeśli sługa po drodze napotka oddziały księcia Selima, ma bezzwłocznie oddać mu pismo.

Mehmedowi nie pozostało już nic więcej do zrobienia. Mógł tylko modlić się, by jego plan się powiódł. W celu zajęcia czymś myśli skierował swe kroki ku obozowym stajniom, by zobaczyć, jak radzi sobie Ibrahim.

Zastał chłopca klęczącego przy koniach; czyścił ich podkowy. Cały umorusany, w niewygodnej pozycji, zdany na łaskę i niełaskę zwierzęcia, które w każdej chwili mogło zrobić mu ogromną krzywdę, zdawał się zupełnie zadowolony ze swojego położenia. Gdy poczuł na sobie wzrok wezyra, odwrócił się w jego stronę i uśmiechnął przyjaźnie.

22 października 1566
Droga do Belgradu
IMPERIUM OSMAŃSKIE

1

Tej nocy Sokollu spał niespokojnie. Śniło mu się, że pochylony nad ogromną mapą świata Sulejman własną piersią próbuje osłonić Imperium Osmańskie, nad którym wisi sztylet. Woła o pomoc, rozpaczliwie wzywa swego wezyra, by przyszedł mu z pomocą, pomógł ocalić dzieło jego życia. Obserwujący scenę z boku Sokollu nie mógł się poruszyć, podbiec, wesprzeć swego pana i przyjaciela.

– Paszo, gdzieś jest? – krzyczał Sulejman. – Sokole mój!

Głos wiązł wielkiemu wezyrowi w gardle. Ilekroć otwierał usta, by odpowiedzieć na wezwanie, żaden dźwięk nie opuszczał jego krtani. Czuł, że dławi się krzykiem, dusi słowami, których nie może wypowiedzieć. Świat zawirował. Ostatnim, co widział, była wykrzywiona w bólu twarz przebitego sztyletem sułtana.

Obudził się zlany zimnym potem. Oddychał ciężko. Wciąż na granicy jawy i snu, rozejrzał się wokoło, wśród ciemności nocy poszukując twarzy Sulejmana.

W tym momencie dostrzegł cień, który bezszelestnie przesunął się ku niemu z głębi namiotu. Jego kroki zagłuszało wściekłe wycie wiatru, który próbował wtargnąć do wnętrza, potrząsając jedwabnymi ścianami i szarpiąc nimi niemiłosiernie. Sokollu, niepewny czy to rzeczywistość, czy senna mara, uniósł się delikatnie na łokciu. W tym momencie na zewnątrz huknęło i światło błyskawicy na ułamek sekundy rozświetliło wnętrze namiotu. W jasności błysnęło ostrze długiego sztyletu. Niemal identyczne jak to, które przed chwilą wezyr widział we śnie.

Wytężył wzrok, chcąc dojrzeć, czyja dłoń dzierży ostrze, ale nie zdołał. A potem zobaczył napastnika tuż obok siebie i wiedział, że jest już za późno. Doświadczony wojownik potrafi błyskawicznie ocenić szanse swoje i przeciwnika, toteż Sokollu był pewien, że zginie. Wciśnięty pomiędzy łoże a ścianę namiotu, nie miał dokąd uciec. Jego miecz leżał na jednym z kufrów razem z kaftanem, a sztyletem, który zawsze miał przy sobie, posłużył się dziś, by zjeść gruszkę. Lepki od soku nóż z rękojeścią inkrustowaną masą perłową, dar od samego sułtana, leżał teraz na stole, zbyt daleko, by Mehmed mógł go dosięgnąć i powalczyć o życie.

Zapewne zginąłby natychmiast, gdyby spróbował przywołać któregoś ze swych sług, czuwających na zewnątrz namiotu, o ile i oni nie padli wcześniej ofiarą skrytobójcy. Przypomniał mu się sen, który dopiero co go opuścił, i wówczas zrozumiał, że była to zapowiedź śmierci, którą miał się zakończyć jego pobyt na ziemi.

Opadł na poduszki. Nie pozostawało mu nic innego, jak czekać na następny ruch przeciwnika. Nagle uświadomił sobie, że jest bardziej zdumiony własnym spokojem niż przerażony wizją utraty życia, która z każdą sekundą stawała się coraz realniejsza. Czas zdawał się rozciągać w nieskończoność. Wreszcie wyczuł, że napastnik stoi tuż obok niego. Wzrok zdążył przyzwyczaić się już do ciemności i Sokollu dostrzegł wyraźny kontur ciemnej, wysokiej postaci. Asasyn uniósł nad głowę krótki, zakrzywiony miecz. Przeświadczony, że ofiara śpi, nie spieszył się z egzekucją.

Czubek ostrza w zagłębienie pomiędzy szyją a obojczykiem, mimo woli pomyślał Sokollu, którego wyćwiczony przez lata wojskowej służby umysł bez trudu odgadł zamiary przeciwnika. Dużo krwi, lecz śmierć pewna.

Skrytobójca zamachnął się. Sokollu instynktownie szarpnął się w bok, robiąc unik. Napastnik wzdrygnął się, lekko zaskoczony. Ostrze minęło wprawdzie szyję wezyra, ale – pokierowane pewną ręką zabójcy – trafiło pod lewe żebra. Sokollu jęknął i zwinął się z bólu. Zabójca błyskawicznie wyszarpnął ostrze i raz jeszcze się zamachnął.

To koniec, pomyślał Sokollu, zamroczony bólem, i przymknął oczy.

Pod powiekami zobaczył twarz Sulejmana, młodą, pełną życia i siły, taką, jaką widział po raz pierwszy w pałacu w Edirnie, kiedy przysięgał służyć mu do końca swoich dni. Nagle w świetlistą wizję wdarł się dziki krzyk. Sokollu otworzył oczy i zobaczył małą postać pędzącą w stronę łoża. Chłopiec natarł na skrytobójcę, wyciągając przed siebie długi miecz wezyra. Napastnik, skupiony na ofierze, drgnął zaskoczony, lecz nie zdążył się nawet obrócić, by poszukać źródła przerażającego krzyku. Sokollu usłyszał chrzęst wnętrzności przebijanych stalą. Ostatnią rzeczą, którą zapamiętał, była gorąca krew, która zalała mu twarz.

2

Gdy się ocknął, wydawało mu się, że całe jego ciało stoi w ogniu. Wrażenie potęgowała panująca w namiocie ciemność, rozproszona gdzieniegdzie krwawymi językami płomieni tańczących na tle adamaszkowej zasłony. Gorączka trawiła jego wnętrzności, oblewając całe ciało potem, zalewając oczy i usta słonymi kroplami. Po chwili zauważył stojących wokół niego ludzi. Czterej słudzy trzymali jego nogi, czterej kolejni przytrzymywali ręce, dwóch głowę. W tym momencie poczuł ból tak straszny, że odbierał mu zdolność oddychania. Sokollu był pewien, że umiera. Medyk wsunął mu do ust fajkę i rozkazał wciągnąć powietrze. Zapach opium rozniósł się wokoło. Po chwili ból zelżał, ustępując miejsca otępieniu.

Dopiero teraz wielki wezyr uświadomił sobie, że to właśnie ból otrzeźwił go, wyrywając z maligny. Znieczulenie trwało krótko. Wkrótce kolejny zwierzęcy spazm wstrząsnął jego ciałem. Nie mogąc znieść upokorzenia, z całej duszy zapragnął teraz zemdleć ponownie. Medyk przycisnął rozgrzane do czerwoności szczypce do rany, odkażając ją i zamykając. Sokollu wrzasnął rozdzierająco i próbował się wyszarpnąć, ale słudzy mocno go trzymali. Znów stracił przytomność.

Obudził się, gdy wnętrze namiotu wypełnione było szarością przedświtu. Feridun Bej siedział przy jego posłaniu. Drzemał. Głowa opadła mu na pierś, głośno i miarowo oddychał przez lekko uchylone usta.

– Kto to był? – szepnął, zaciskając dłoń na nadgarstku przyjaciela.

Feridun Bej podskoczył, wyrwany gwałtownie ze snu.

– Zamachowiec... – uściślił wezyr.

– Gdy przybyłem, już nie żył, panie – odpowiedział Feridun Bej, natychmiast przytomniejąc. – Nie znaleźliśmy przy nim niczego, co mogłoby nam wskazać, kto wydał rozkaz.

– Czemu sądzisz, że ktoś mu rozkazywał?

– Strój miał z drogich tkanin, sztylet wysadzany szlachetnymi kamieniami, panie, ale nim wrzuciliśmy ciało do rzeki, zdążyłem spojrzeć na jego stopy. To ten widok każe mi przypuszczać, że ktoś najął go do dokonania zamachu na twe życie, panie. Jego stopy były poznaczone bliznami, strupami, i nosiły świeże ślady po pękniętych owrzodzeniach. Musiał to być jeden z tych najemnych wędrownych rzezimieszków, o których usługi nietrudno.

– Gorzej z ich lojalnością – rzekł Sokollu. – Nikt nie zaryzykowałby powierzenia zabicia wielkiego wezyra przypadkowemu łotrzykowi.

– Chyba że nie miałby innego wyboru – zasugerował Feridun Bej. – Wyrafinowana trucizna nie poskutkowała, może upatrywał w tym zamachu jedynej szansy na pozbawienie cię życia, nim dołączysz do Selima.

Sokollu chwilę milczał, jakby rozważał taką możliwość, po chwili jednak potrząsnął przecząco głową.

– To niemożliwe. Zaledwie garstka ludzi wie o śmierci sułtana i o tym, że książę wyruszył z Kütahyi, by się z nami spotkać. Zamachowiec mógł zostać pochwycony przez straże i wówczas mógłby zdradzić swego mocodawcę, podając choćby najmniejszy szczegół.

– O ile go znał, panie.

– Słusznie mówisz: o ile go znał – przytaknął wezyr. – Zatem żadnych śladów?

– Żadnych, mój panie.

Sokollu chwilę leżał spokojnie, lecz nagle jego ciałem wstrząsnął dreszcz.

– Chłopiec! – wykrzyknął, tknięty niepokojącą myślą. – Przecież to on znów mnie ocalił! Wyraźnie widziałem w ciemności twarz Ibrahima. Gdzie chłopiec?

Niszandży nie odpowiedział.

– Chłopiec… Co z nim? – wydyszał Sokollu.

Feridun Bej odwrócił głowę.

– Musieliśmy najpierw ratować ciebie, mój panie – rzekł zawstydzony. – Potem medyk zabrał go do swego namiotu. Nie wiem, co z nim, nie chciałem zostawiać cię samego.

Sokollu uniósł się na łokciu.

– Leż spokojnie, panie – Feridun Bej próbował go powstrzymać. – Jesteś ranny, musisz odpoczywać.

– Zostaw – syknął wezyr.

– Panie, zostań – nalegał Feridun, zaskoczony uporem wielkiego wezyra. – Ja pójdę. Dowiem się, co z twoim niewolnikiem, i zaraz ci doniosę.

Sokollu zignorował jego słowa. Dźwignął się i z jękiem usiadł na posłaniu. Zrobiło mu się ciemno przed oczami i przez chwilę pomyślał, że nie zdoła wstać. Czuł jednak, że nie może zawieść tego dziecka, które mimo nienawiści do Turków, którzy zniszczyli mu dom, obdarzyło go zaufaniem i oddaniem, a potem dwukrotnie uratowało mu życie.

Poza tym był pewien, że w obozie mimo wczesnej pory huczało już od plotek o zamachu na wielkiego wezyra. Należało jak najszybciej je ukrócić, uspokoić dostojników, pokazać się służącym i żołnierzom, dać do zrozumienia, że nic mu nie jest, że próba zakończyła się niepowodzeniem.

Wstał i nakazał sługom przynieść kaftan. Ci ubrali go pospiesznie, raz po raz rzucając pytające spojrzenia w stronę Feridun Beja, jakby oczekiwali od niego jakichś poleceń, ale dostojnik nie powstrzymywał wezyra. Gdy wkrótce wyszedł w ślad za nim, ujrzał kłębiących się wokół janczarów. Wówczas stało się dla niego jasne, dlaczego Sokollu chciał czym prędzej opuścić swój namiot. Musiał jak najszybciej uciszyć niepokój. Nie wiedział wprawdzie wszystkiego, ale po raz kolejny westchnął z uznaniem dla przewidywalności wezyra.

Ten zaś, choć blady, kroczył dumnie wyprostowany pomiędzy rozsuwającymi się przed nim żołnierzami, nie okazując słabości. Feridun Bej drżał, by fizyczność nie złamała ducha przyjaciela.

– Chodźmy do namiotu medyka – szepnął.

Zgodnie z jego przewidywaniami niepokojący się o stan zdrowia swego niewolnika Sokollu skinął nieznacznie głową.

Lekarz, który akurat wylewał wodę z misy przed swym namiotem, nie zauważył ich. W szarudze poranka woda zabarwiona krwią spłynęła prosto pod nogi wielkiego wezyra. Czuł, że serce łomocze mu w piersi z wysiłku i ze strachu.

– Panie mój! – wykrzyknął medyk, gdy znaleźli się tuż przy nim. – Nie wolno ci wstawać! Rana jest zbyt świeża, otworzy się…

– Co z chłopcem? – wydusił Sokollu, ignorując jego słowa.

Czuł, że mimo chłodu poranka pot oblewa mu twarz. Oddychał z coraz większym trudem.

– Panie, sądzę, że powinniśmy porozmawiać… – zaczął lekarz, widząc, że ostrzeżeniami nic nie wskóra.

– Mów prędzej! – zażądał Sokollu, choć jego głos był cichy i słaby.

Medyk rzucił niepewne spojrzenie w stronę Feridun Beja. Sokollu podchwycił je i powtórzył tylko:

– Mów.

– Panie, pozwól, że najpierw przekażę wieści tobie, a ty rozporządzisz nimi wedle uznania.

Sokollu przyjrzał mu się uważnie. Wszyscy wiedzieli o przyjaźni łączącej Mehmeda z niszandżym. Rzecz musiała być wielkiej wagi, skoro medyk odważył się zignorować ten fakt, sprzeciwić rozkazowi wielkiego wezyra i narazić na gniew kogoś tak wpływowego jak Feridun Bej.

– Prowadź – rzekł Sokollu.

Feridun Bej szarpnął głową, ale nic nie powiedział. Ukłonił się w stronę wezyra i oddalił bez słowa.

Gdy znaleźli się w namiocie, Sokollu dostrzegł rozstawiony parawan. Nie uszło jego uwagi, że słudzy medyka spoglądają w tamtą stronę z zaciekawieniem. Najwyraźniej zakazano im zaglądać za przepierzenie, co naturalnie tylko podsyciło ich zainteresowanie. Kiedy dostrzegli podążającego za lekarzem wielkiego wezyra, skłonili kornie głowy.

– Wyjść – nakazał Sokollu, wkładając całą siłę w to, by nie okazać słabości wobec sług.

– A teraz mów! – rzucił w stronę medyka, gdy zostali sami.

– Panie mój, nie byłem pewien, czy aby nie pragniesz zachować swego sekretu dla siebie… – zaczął ostrożnie medyk.

Sokollu podniósł na niego zdziwiony wzrok.

– Jakiego sekretu?

Medyk zdawał się zmieszany.

– Panie, twoja tajemnica jest bezpieczna. Gdy tylko nabrałem podejrzeń, odprawiłem sługi i sam obmyłem ciało dziewczynki…

Wielki wezyr wciągnął powietrze.

– Jakiej dziewczynki? O czym ty mówisz?! – wykrzyknął.

Nim medyk zdążył odpowiedzieć, Sokollu zaczął kaszleć, oczy zaszły mu mgłą, a ręce poczęły drżeć. Zmęczenie i wzburzenie odebrały mu resztki sił. Medyk chwycił wezyra pod ramię i usadził na niewysokim stołku. Następnie z obitego skórą kufra wyjął małą fiolkę, wlał kilka kropel na łyżkę i podał wezyrowi. Sokollu wzdrygnął się z obrzydzeniem, przełykając lekarstwo, jednak już po chwili poczuł się lepiej. Oddech mu się wyrównał, a wzrok odzyskał dawną ostrość.

– Jaka dziewczynka? – wychrypiał.

Medyk zdawał się równie zdziwiony. Sokollu domyślił się, że pewnie podejrzewał wezyra o nieczyste skłonności, perwersyjne upodobania, które ten skrywał pod płaszczem chłodu i spokoju.

– Twoja niewolnica, panie, faworyta przebrana za chłopca, ta, która była z tobą... – Medyk zawahał się. – Ta, którą napastnik ranił, nim zdążyłeś go zabić, panie.

Sokollu nie odpowiedział. Był jednak zadowolony z wersji wydarzeń, która poczęła krążyć w obozie. Prawda znacznie osłabiłaby jego autorytet, którego teraz potrzebował bardziej niż kiedykolwiek. Przez jego głowę płynęły setki myśli, nie miał jednak czasu ich uporządkować. Najpierw musiał upewnić się, że osoba, nieważne kim naprawdę była, która ocaliła mu życie, narażając własne, jest bezpieczna.

– Wyzdrowieje? – spytał, ignorując ciekawość płonącą we wzroku medyka.

– Tak, panie. Rana, choć rozległa, nie była głęboka, nie uszkodziła żadnego narządu. Trzeba tylko regularnie zmieniać opatrunki, żeby nie zakazić krwi i nie wywołać śmiertelnej gorączki.

– Dobrze – skinął Sokollu. – A teraz owiń ją w prześcieradło, weź na ręce i zanieś do mojego namiotu.

Na twarzy medyka pojawił się perwersyjny uśmiech, którego nie zdołał ukryć. Sokollu wzdrygnął się z obrzydzenia, ale nie dał niczego po sobie poznać.

Gdy doszli do namiotu wezyra, ten odprawił swe sługi i przykazał medykowi ułożyć dziewczynkę na posłaniu.

– Dobrze zrobiłeś, nie mówiąc o niej nikomu – rzekł, wręczając mu ciężką sakiewkę.

Sługa, olśniony hojnością nagrody, nie dosłyszał lodowatych tonów pobrzmiewających w głosie wielkiego wezyra. Wyszedł uradowany, obiecując zajrzeć wieczorem, by zmienić opatrunki obojgu rannym.

Gdy tylko zniknął, Sokollu ostrożnie usiadł obok nieprzytomnego dziecka. Zdawało mu się, że widzi je po raz pierwszy. Bezwiednie odsunął jasny, krótki kosmyk z czoła i przyjrzał się bladej twarzyczce. Sine, wyschnięte usta były pełne i kształtne, rysy niezwykle miękkie, cera gładka niczym jedwab, długie rzęsy nakrywały oczy ciemnym wachlarzem.

Jak mogłem tego wcześniej nie zauważyć? – zapytywał samego siebie.

W tym momencie dziewczynka wciągnęła głośno powietrze.

– Papo… – szepnęła, nie otwierając oczu.

Sokollu głaskał ją jeszcze chwilę po zimnym i lepkim od potu czole, aż znów zasnęła. Nie mógł określić ani ujawnić nawet przed samym sobą uczuć, które targały jego wnętrzem.

Emocje opadły i poczuł, że sam także musi się udać na spoczynek. Nim jednak siły opuściły go zupełnie, zdołał jeszcze skreślić na pergaminie kilka słów i wręczyć je słudze czuwającemu u wejścia do namiotu.

– Zanieś ten list Feridun Bejowi – rozkazał, po czym dodał: – Do południowej modlitwy niech nikt nie ośmieli się mi przeszkadzać.

Sługa skinął głową i pognał do namiotu niszandżego. Feridun rozwinął list.

„Medyk musi zginąć. Natychmiast".

Feridun zmiął wiadomość i wrzucił ją do małego piecyka stojącego na środku namiotu. Pragnął wyjaśnień, ale nie śmiał o nic pytać, zwłaszcza dziś. Musiał wykonać rozkaz, nie znając prawdy.

Kto wie, czy tak nie jest łatwiej? – pomyślał, stając u wejścia do namiotu lekarza i kładąc dłoń na pochwie sztyletu.

3

W południe Jelena odzyskała przytomność. Sokollu wezwał sługi i kazał podać posiłek. Mimo ostrego bólu w boku wziął łyżkę i ignorując zdziwione spojrzenia swych sług, zaczął karmić dziewczynkę pożywną czorbą. Z początku zaciskała usta, lecz po chwili patrząc mu prosto w oczy, zjadła łyżkę, potem drugą. Gdy skończyli posiłek, Sokollu przykazał, by zostawiono ich samych.

– Skąd się wzięłaś w moim namiocie? – spytał natychmiast, gdy zasłona opadła za wychodzącymi sługami.

Jelena zacisnęła usta i spuściła wzrok. Sokollu powtórzył pytanie. Widząc, że nie zdoła uniknąć odpowiedzi, dziewczynka wyznała cicho:

– Bałam się wichury i piorunów.

Wielki wezyr spodziewał się bodajże wszystkiego, poza tym jednym dziecinnym wyjaśnieniem. Tymczasem dziecko przełknęło głośno ślinę i zamknęło powieki, jakby miało wyrzec jakąś straszną prawdę.

– Obudził mnie grzmot. Drzewa rzucały przerażające cienie na ściany namiotu. Słudzy drzemali. Nie chciałam być sama w przedsionku – wyrzuciła na jednym oddechu, zawstydzona do granic możliwości. – Chciałam...

Zawahała się. Spod opuszczonych powiek zerknęła na twarz wezyra. Nie dostrzegła na niej gniewu ani wyrzutu.

– Chciałam być bliżej ciebie, mój panie... – dokończyła szeptem.

Wstrząśnięty tym wyznaniem wezyr milczał dłuższą chwilę.

– Ale jak ominęłaś strażników? – zapytał wreszcie drgającym ze wzruszenia głosem. – Z pewnością obudziliby się, gdybyś spróbowała sforsować wejście.

– Ale nie próbowałam – odparła dziewczynka, a jej twarz przybrała wyraz szelmowskiej przebiegłości. – Prześlizgnęłam się pod ścianą namiotu.

Sokollu zamrugał oczami, próbując wyobrazić sobie coś podobnego. Przeciśnięcie się przez tak wąską szparę z perspektywy dorosłego człowieka wydawało się niewykonalne, choć czasem do namiotu wkradała się mysz czy kuna. Zamachowiec przebrał się za sługę ze świty wezyra, jednak był to fortel niemożliwy do zastosowania dla małego dziecka.

– Nie było łatwo, ale się udało – dokończyła wyraźnie zadowolona z wrażenia, jakie jej wyczyn wywarł na wielkim wezyrze.

Sokollu przyglądał się jej bladej twarzyczce, na której zmęczenie mieszało się z dumą, i czuł, że w jego sercu drgają struny, których żadnemu z jego dzieci nie udało się poruszyć.

– Dziękuję – rzekł, a słowo rozbrzmiało we wnętrzu namiotu jak uderzenie dzwonu.

– Czyli nie gniewasz się, panie? – dopytywała Jelena.

– Nie, nie mógłbym się na ciebie gniewać – zapewnił. – Uratowałaś mi życie.

Jelena uśmiechnęła się słabo. Wrażenia minionej nocy nadszarpnęły jej zdrowie. Widać było, że przedłużająca się rozmowa pozbawia ją resztek sił. Mehmed musiał jednak wiedzieć coś jeszcze.

– Skoro jesteś dziewczynką, nie mogę dłużej nazywać cię Ibrahimem. Przed resztą świata nadal będziemy udawali, że jesteś chłopcem, tak będzie bezpieczniej, ale ja chcę znać twoje prawdziwe miano.

Jelena zawahała się. Chwilę patrzyli sobie w oczy, wyrażając bez słów to wszystko, czego nie odważyliby się lub nie chcieli powiedzieć.

– Chcę, byś ty dał mi imię – powiedziała wreszcie, odwracając wzrok.

Sokollu zastanowił się.

– Gdy wyszedłem z namiotu, dostrzegłem piękną żółtą różę, rosnącą na dzikim krzaku. W Stambule są całe ogrody wypełnione różami, najwspanialszymi okazami róż, jakie są na świecie, we wszystkich kolorach tęczy, pachnącymi tak słodko, że ich zapach upaja mocniej niż wino. Pośród nich ta wyglądałaby jak polny chwast. A jednak to właśnie ona, ta samotna, żółta, niepozorna różyczka, jest pierwszym znajomym kwiatem, który ujrzałem na tym pustkowiu.

Jelena czuła, że powieki zaczynają jej ciążyć. Zastanawiała się, dlaczego wezyr opowiada jej tę piękną, choć niezrozumiałą historię.

– Będziesz się nazywała Birgül – rzekł. – Pierwsza róża.

– Birgül – powtórzyła dziewczynka, zasypiając. – Ładnie.

Fala czułości wezbrała w sercu Sokollu. Pochylił się i ucałował czoło śpiącej dziewczynki, która w odpowiedzi uśmiechnęła się przez sen.

23 października 1566
Droga do Belgradu
IMPERIUM OSMAŃSKIE

1

Gdy następnego ranka Mehmed wsiadał na konia, jego twarz wykrzywił grymas bólu. Świeża rana, skrzętnie ukryta pod kaftanem i płaszczem, wciąż mu dokuczała. Przez chwilę pożałował, że odmówił sułtańskiemu medykowi, opiekującym się nim po tajemniczym zniknięciu poprzednika, który podszedł w trakcie zwijania obozowiska i zaproponował mu przed podróżą ćwiartkę opium. Sokollu wiedział, że lek uśmierzyłby ból, czyniąc jego obecne położenie znośniejszym, lecz jednocześnie przytępiłby umysł. A podczas tych kilku godzin dzielących ich od kolejnego postoju musiał przemyśleć wiele spraw. Najbardziej potrzebował teraz trzeźwego i czujnego umysłu.

Zauważył zaniepokojone spojrzenie Feridun Beja. Pokręcił przecząco głową, dając przyjacielowi znak, że nie ma powodu do obaw. Chcąc wykazać, że wszystko z nim w porządku, poprawił się w siodle, wyprostował i ujął w drżące dłonie wodze. Pociemniało mu w oczach. Dopiero na koniu poczuł, jak bardzo jego organizm potrzebował odpoczynku po przeżyciach ostatnich dni. Nie mógł sobie jednak teraz na niego pozwolić. Przymknął powieki i odetchnął głęboko, w myślach błagając Boga, by dodał mu sił. Drżenie rąk ustąpiło. Sokollu spiął konia i obrócił się w stronę kompanii, dając znak do wymarszu.

Jechał w otoczeniu sułtańskiego orszaku, który zbił się w ciasne stadko dookoła lektyki, gdzie skryty za aksamitnymi zasłonami leżał Hasan Aga. Cały ten orszak i przywódcy gwardii sułtańskiej zdawali się spięci i czujni. Wiedzieli, jak ważne jest, by tajemnica została zachowana, dopóki nie zbliżą się do Belgradu. Jednak im bliżej miasta byli, tym bardziej wydawali się niespokojni, pomni zasady, że najwięcej nieszczęść przydarza się powracającym podróżnym już na progu domu.

Kołysząc się miarowo w rytm końskich kroków, Sokollu usiłował uporządkować wydarzenia nocy, której miał zginąć zamordowany przez skrytobójcę. Pytań, na które musiał znaleźć odpowiedź, było bardzo wiele. Pewne było jedno: ktoś pragnął jego śmierci. Spoglądał na twarze otaczających go wezyrów i paszów, zastanawiając się, czy to któryś z nich. Jeśli tak, to który? Lala Mustafa i owszem, nienawidził go szczerze, ale był przecież jego krewniakiem, nigdy nie zrobiłby czegoś takiego swemu bratu. Trzeci wezyr Porty, Ferhad Pasza, który miał do Sokollu pretensje o to, że samowolnie, bez konsultacji z pozostałymi członkami dywanu, wcielił w życie plan zatajenia przed wojskiem śmierci Sulejmana? A może posępny czwarty wezyr, Ahmed Pasza, który dowiedziawszy się prawdy, zapłonął świętym oburzeniem, że wobec ciała wielkiego sułtana popełniono świętokradztwo, a to, co wyczynia Sokollu, jest niczym więcej jak bezczeszczeniem zwłok? Wiedział, że uraził dumę wezyrów, lecz nie mógł uwierzyć, by mogła ona doprowadzić do podjęcia decyzji o odebraniu komuś życia.

A może to nieobecni, Şemsi Ahmed Pasza lub Petrev Mehmed Pasza, rozgoryczeni, że wezyr w imieniu sułtana nie zezwolił im na powrót do stolicy, lecz wysłał z kolejnymi zadaniami, zlecili zabójstwo, licząc, że oskarżenie padnie na kogoś kto będzie na miejscu?

Te przemyślenia wprawiły go w zażenowanie. Oto on, wielki wezyr, były janczar, zaprawiony zarówno w bojach na polu bitwy, jak i w dworskich intrygach, dał się zaskoczyć w tak haniebny sposób. Od razu powinien dostrzec podstęp, a jednak wydarzenia ostatnich dni przytępiły jego czujność. Smutek po stracie przyjaciela i wszystko, co musiał robić, by ukryć ten fakt przed wojskami, sprawiły, że zapomniał o własnym bezpieczeństwie i pozwolił się podejść. Kto wie, czy dane by mu było ujrzeć kolejny wschód słońca, gdyby nie to dziecko?

Spojrzał na Birgül, wciąż wyraźnie bladą, jadącą na niskim, krępym, solidnie objuczonym wierzchowcu razem z jego świtą.

„Każda dusza ma nad sobą stróża”, rozbrzmiały w jego uszach słowa sury *Gwiazda nocna*.

Zbyt duża złota czapka, która wraz z pozłacanym kaftanem i złoconymi pantoflami stanowiła umundurowanie sług wezyra, co i rusz opadała dziewczynce głęboko na czoło, przesłaniając widok. Zniecierpliwiona poprawiała ją szybkim ruchem ręki, lecz po chwili czapka znów zsuwała się jej na oczy. Sokollu, sam nie wiedząc czemu, poczuł się nagle pokrzepiony tym widokiem. Uśmiechnął się, patrząc na zmagania danego mu od Allaha stróża z za dużą czapką. Mała dziewczynka, dzielniejsza od niejednego żołnierza, jechała na kucyku całkowicie pochłonięta tym, co działo się tu i teraz. Podczas gdy on zamartwiał się o własny los i przyszłość Imperium Osmańskiego, ona troskała się jedynie o to, jak sprawić, by zbyt duże nakrycie głowy nie przesłaniało jej drogi. Nie musiała jak on myśleć wciąż o tym, co nadejdzie, by przewidzieć wszystkie nadchodzące posunięcia swych przyjaciół i wrogów. Nie żyła też przeszłością, w której on wciąż szukał odpowiedzi na dręczące go pytanie: komu naraził się aż tak, że ów pragnie jego śmierci?

Dostrzegał także pewne jasne strony całego zajścia. Skoro ktoś zdecydował się na powierzenie odebrania życia wielkiemu wezyrowi w ręce najemnego asasyna, musiał być bardzo zdeterminowany. Wprawdzie trucizna okazała się nieskuteczna, lecz najłatwiej byłoby upozorować wypadek, o który przecież w warunkach polowych lub podczas wędrówki wśród lasów i moczarów nietrudno. Feridun Bej miał rację, zaangażowanie skrytobójcy oznacza, że osoba, która czyha na jego życie, chciała mieć pewność, że Mehmed Pasza wreszcie je utraci.

Jego tajemniczy przeciwnik nie zdecydował się także na uknucie spisku, w wyniku którego wielki wezyr mógłby zostać legalnie osądzony i ścięty. Skoro zaś tego nie uczynił, skoro postanowił zamordować najwyższego sługę sułtana i mimo wszystko wziąć na swe barki choćby najmniejsze ryzyko, że ktoś odkryje prawdę i tożsamość zleceniodawcy zamachowca, to znaczy, że nie czuł się wystarczająco silny, by upleść solidną sieć intryg wokół sułtańskiego sokoła. By mieć pewność, że Sokollu zginie, musiał sam podjąć ryzyko.

Mehmed miał zatem do czynienia z kimś potężnym, ale i czującym respekt przed wszechmocą wielkiego wezyra. Mimo woli uśmiechnął się. Skoro budził szacunek wrogów, jego szanse na zwycięstwo były ogromne.

Naraz jego rozmyślania przerwał trzykrotny, urywany dźwięk trąbki, ostrzegający przed niebezpieczeństwem.

Wielki wezyr czym prędzej wyminął służbę i podjechał w stronę czoła pochodu, by zobaczyć, co się dzieje. Przed nim wyrastało wzniesienie; niewysokie, ale strome podejście przecinała ścieżka usypana z kamieni, które ułatwiały wspinaczkę okolicznym chłopom, ale znacznie utrudniały przeprawę wojsk. Dodatkowo droga zwęziła się tak bardzo, że na ścieżce obok siebie mogły jechać najwyżej dwa wierzchowce. Wokół rozciągały się parujące od gorąca, mgliste moczary, uniemożliwiające objechanie wzgórza. Wezyr zarządził, by zwolniono marsz. Wojsko sunęło powoli jak zastygająca lawa. Ludzie i konie stąpali ostrożnie po ostrych kamieniach. Sokollu poczuł przeszywający na wskroś ból w boku. Nierówny krok wierzchowca sprawiał, że zamiast płynnie jechać, podskakiwał na grzbiecie zwierzęcia niczym niezgrabny tobołek.

By odwrócić uwagę od bólu, ponownie skierował myśli na poszukiwania zamachowca. Wiedział, że ma wielu wrogów. Ich twarze przesuwały się teraz przed jego oczami na tle jesiennego krajobrazu węgierskiej równiny. Z każdym kolejnym krokiem wierzchowca lista nieprzyjaciół wydłużała się coraz bardziej. Najbardziej nienawidzili go z pewnością ci, którzy sami pragnęli być blisko Sulejmana i których drażniło to, że sułtan zawsze żądał, aby wezyr mu towarzyszył, i że zasięgał jego rady niemal we wszystkim. Naraz wróciło do niego wspomnienie twarzy Arslana Paszy zaskoczonego tym, że mimo iż pochodził z doskonałego, starego tureckiego rodu, został przez sułtana skazany na śmierć także dlatego, że wielokrotnie lekceważył wielkiego wezyra, człowieka znikąd, który pojawił się w Imperium Osmańskim wzięty w dewszirme, niemal jak rzecz. Zaraz potem ujrzał zakapturzoną postać, która z oddali przyglądała się egzekucji. Czyżby zamachy miały być zemstą za śmierć Arslana Paszy? Jeśli tak, dlaczego zamachowiec tak długo zwlekał? Dlaczego nie pozbawił go życia w czasie oblężenia twierdzy, gdy w bitewnym rozgardiaszu nikt nigdy nie odkryłby ręki, która wypuściła strzałę w stronę wezyra?

Choć chętnie przyjąłby taką wersję wydarzeń, by mieć poczucie, że zna swego przeciwnika, te pytania wciąż nie dawały mu spokoju.

Sokollu wciąż miał niejasne poczucie, że błądzi. Prawdziwy sens wydarzeń ubiegłej nocy i próby otrucia zdawały się wciąż niedopowiedziane, a obraz niepełny, jakby wezyr gubił element niezbędny do ułożenia całości, choć przeczuwał, że jest to detal oczywisty jak przedmiot, na który spogląda się codziennie i który przez to w pewnej chwili staje się dla oczu niewidzialny.

2

W południe zatrzymali się na modlitwę. Gdy wstali z kolan, Sokollu skinął na Feridun Beja, dając mu znak, że chce z nim porozmawiać na osobności.

– Otrzymałem informację, że konnemu udało się zastać księcia Selima pod Vukovarem. Otrzymał mój list i dzięki Bogu Najwyższemu dał się przekonać, by zawrócić do Belgradu i tam oczekiwać naszego przybycia.

Feridun Bej, który znał całą sytuację i od kilku dni z drżeniem wpatrywał się w drogę przed nimi, w obawie, że zobaczy kurzawę zapowiadającą przybycie oddziałów Selima, wzniósł ręce i oczy ku niebu i wykrzyknął:

– Allahu Akbar! – Po czym, nie mogąc powstrzymać ciekawości, zapytał: – Jakeś tego dokonał, mój panie?

Sokollu uśmiechnął się nieznacznie, jak mały chłopiec, któremu udało się spłatać figla.

– W liście wyliczyłem wszelkie niedogodności związane z obozowym życiem, podkreślając zwłaszcza, niech mi to będzie wybaczone, że wino znajdujące się w zapasach jest na wyczerpaniu, podczas gdy piwnice Dubrowniczan prowadzących składy w Belgradzie pełne są najlepszych trunków.

Feridun Bej pokiwał głową z aprobatą.

– Wspomniałem także ponownie o niewystarczającej ilości złota, by wypłacić nagrody żołnierzom, co z kolei mogłoby skutkować buntem w dalekim kraju, w pobliżu habsburskiego wroga, lecz nie sądzę, by to przekonało nowego sułtana – dokończył wezyr. – Nie o tym jednak chciałem z tobą mówić.

Rozejrzał się raz jeszcze, by sprawdzić, czy nikt z ukrycia nie przysłuchuje się ich rozmowie, i podjął:

– Za cztery dni dotrzemy do Belgradu. Nadeszła pora, byśmy powiadomili wojska o śmierci sułtana.

Feridun Bej wydawał się zaskoczony.

– Będzie, jako rzeczesz, mój panie, lecz czy jesteś pewien, że nie powinniśmy jednak zaczekać, aż dotrzemy do miasta?

Sokollu pokręcił przecząco głową.

– Wówczas będzie za późno.

– Ale na co, mój panie?

– By zmarły sułtan oddał mi ostatnią przysługę – odparł Sokollu.

– Nie pojmuję… – szepnął zmieszany Feridun.

– Jesteśmy wystarczająco blisko Belgradu, by z ogłoszeniem wieści o śmierci sułtana nie wiązało się realne niebezpieczeństwo. Wojsko, zapewnione o nagrodach, które na łożu śmierci sułtan Sulejman dlań przeznaczył, z pewnością dotrze do miasta zamiast rozpierzchnąć się po okolicy, siejąc postrach i zniszczenie – tłumaczył Sokollu. – Jednak jesteśmy też wystarczająco daleko, bym to ja, a nie książę Selim, utulił żal żołnierzy.

Oczy Feridun Beja rozbłysły, gdy pojął zamysł swego pana. Wielki wezyr chciał obrócić boleść janczarów na swoją korzyść, jeszcze wzmocnić i ugruntować własną pozycję pomiędzy nimi, by dzięki niej podjąć próbę pozostania na stanowisku wielkiego wezyra. Było to zadanie trudne i wymagające wielkiej zręczności, w otoczeniu zmarłego sułtana powszechnie było już bowiem wiadomo, że książę Selim pragnie pozbyć się urzędników swego ojca, obsadzając na ich stanowiskach swoich faworytów, kompanów hucznych zabaw w Kütahyi.

– Powiedz zatem, co mam czynić, mój panie – rzekł Feridun Bej, gotów w każdej sytuacji wspierać swego przyjaciela i protektora, z którego losem związany był jego własny.

24 października 1566
Droga do Belgradu
IMPERIUM OSMAŃSKIE

Gęstwina ciemności rozpościerała się nad obozowiskiem. Było około godziny czwartej, owa tajemnicza pora, kiedy tuż przed świtaniem ciemności wydają się jeszcze głębsze i posępniejsze. Nagle panującą wokół ciszę rozerwało śpiewne łkanie hafizów.

– W imię Boga Miłosiernego i Litościwego. Chwała niech będzie Bogu, który ożywia i podtrzymuje światy…

W różnych częściach obozu natychmiast zaczęły płonąć pochodnie i lampiony. Wyrwani ze snu żołnierze, słudzy, handlarze, urzędnicy w milczeniu jak ćmy podążali w stronę miejsca, z którego dobywał się głos. Szli w milczeniu, jakby przeczuwali, co się wydarzyło. Wkrótce namiot sułtana został otoczony ze wszystkich stron łuną rzucaną w mroku przez setki świateł.

– Sułtan Sulejman Prawodawca nie żyje!

Gdy echo poniosło tę wieść wśród nocy, stojącemu tuż obok wejścia do namiotu Sokollu zdało się nagle, że wszyscy wstrzymali oddech, a świat zatrzymał swój bieg. Znów poczuł szarpnięcie żałości, takie samo jak przed czterdziestoma ośmioma dniami, kiedy Sulejman opuścił na zawsze ten świat. Milczenie nie trwało jednak długo. Naraz z gardeł dziesiątków mężczyzn wydobyło się przerażające jęknięcie. Przestraszona Jelena przysunęła się bliżej wezyra, bo nagle wydało się jej, że to cierpiące straszliwe męki dusze w piekle wyją i użalają się nad swym losem.

– Allah! Allah! – wykrzykiwali wszyscy, zalewając się łzami, padając na ziemię, rozdzierając szaty. – Biada nam, o Sulejmanie, nasz władco!

Z szarości przedświtu powoli wyłaniały się zarysy drzew, krzewów, wzgórz, namiotów. Ptaki rozpoczęły swój poranny koncert, ogniska dopalały się, a oni nadal zawodzili, klęcząc pod namiotem sułtana i kołysząc się na boki, nieutuleni w żalu po władcy.

Sokollu tymczasem, siedząc w progu namiotu zmarłego, przyjmował wyrazy żalu od wezyrów i pozostałych dworzan, którzy umiejętnie udawali zaskoczonych i pogrążonych w żałobie, którą wszakże każdy z nich zdążył już przeżyć. Wielki wezyr przyjmował ich słowa nieuważnie, raz po raz zerkając w stronę wojsk. Czekał w napięciu na dalszy rozwój wypadków. Wiedział, że u janczarów granica pomiędzy głośno wyrażanym cierpieniem a goryczą i buntem jest bardzo cienka.

Gdy po południowej modlitwie trębacze dali sygnał do wymarszu, nikt nie ruszył się z miejsca. Wyczerpani okazywaniem uczuć żołnierze pokładli się do namiotów i udawali, że śpią. Sokollu był jednak przekonany, że w podnieceniu oczekują na jego kolejny krok. Jakby w odpowiedzi na te myśli tuż przy jego boku pojawił się nagle aga janczarów. Stanął obok wezyra, nie zwracając ku niemu twarzy.

– Żołnierze nie opuszczą baraków, dopóki nie obiecasz im czegoś, co ukoi ich żal po stracie ukochanego przywódcy – szepnął i odszedł, nim ktoś zwróciłby na niego uwagę.

Sokollu właśnie na to czekał. Liczył, że aga janczarów zdecyduje się przyjść do niego, gdyż takie zachowanie oznaczałoby, że po kryjomu sprzyja wezyrowi. Kazał dowódcom ustawić żołnierzy w szeregach na polu przed namiotami. Gdy wszystko było gotowe, polecił Jelenie przyprowadzić jego konia. Wsiadł nań i przedefilował przed rzędami wojsk. Nad jego głową łopotał jasnozielony sztandar Proroka.

– Janczarzy, czemu śpicie, skoro nadszedł już czas wymarszu? – zawołał donośnym głosem. – Czemu wstrzymujecie się w zwycięskiej drodze, po której winniście kroczyć raźno z wysoko podniesionymi czołami? Czyż nie chcecie oddać ostatniej posługi waszemu panu, Sulejmanowi Prawodawcy?

Zawiesił głos, by imię zmarłego sułtana wybrzmiało w uszach wszystkich jak wyrzut sumienia. Wojsko zawyło, głośnymi jękami raz jeszcze wyrażając swój żal.

– To on poprowadził was do zwycięstwa! – podjął po chwili, gdy lamenty nieco ucichły. – To on uczynił Węgry krainą islamu! Bóg wynagrodził go, zabierając do siebie w czasie kampanii wojennej. Odszedł tak, jak żył, nie wśród pałacowych zbytków, lecz w obozie wojskowym, w czasie marszu wśród tych, których najbardziej miłował!

– Allah! Allah! – ryknęli żołnierze, mile połechtani jego słowami.

– Wzywacie Boga Miłościwego! – zakrzyknął Sokollu, wkładając w te słowa całą duszę. – Wzywać Go będziecie po kres waszych dni, bo nie ma Boga prócz Allaha, a Mahomet jest Jego prorokiem. Każdego dnia będziecie wyznawać tę prawdę, dopóki starczy wam tchu w piersi! Przeto wzywam was, byście dopełnili świętego obowiązku muzułmańskiego, jakim jest pogrzebanie zmarłego, i byście uczynili to z honorami należnymi sułtanowi, który zawsze był waszym przyjacielem. Odprowadźmy razem sułtana Sulejmana do Belgradu w dowód wdzięczności za wszystko, co dla nas zrobił za życia.

Żołnierze, którzy z żalu wpadli w euforię, poczęli wiwatować na cześć wezyra. Sokollu uśmiechnął się nieznacznie. Wszystko szło dokładnie tak, jak zaplanował. Nadeszła pora na ostatni akt.

– Trzeba wam wiedzieć, że zmarły sułtan do ostatniej chwili myślał tylko o was. Poprzysiągłem mu, że dopilnuję, by jego wola względem was została wypełniona! – zawołał, wyraźnie podkreślając każde ze słów, które utwierdzały jego pozycję jako rzecznika janczarskiej sprawy, jako tego, który nie pozwoli na ich krzywdę. Zadrżał, wspomniawszy naraz ostatnie słowa zmarłego sułtana, po czym odetchnął głęboko i podjął: – Sułtan Sulejman kazał rozdać wam złoto, nagrody, zaszczyty, zwiększyć wasze płace. Jego słowo zawsze było dla was świętością i jest nią także dla mnie. Nie zwlekajmy więc! Ruszajmy w drogę!

Z tymi słowami Sokollu zawrócił konia i wśród wiwatów i okrzyków radości ruszył na szlak.

Wojsko czym prędzej podążyło za nim, a myśli żołnierzy wypełniały wizje czekających ich nagród.

28 października 1566
Belgrad
Imperium Osmańskie

1

Sokollu spoglądał na majaczące w oddali zabudowania Belgradu. Dalszy marsz odbył się bez przygód. Żołnierze, gnani pragnieniem wzbogacenia, nie uskarżali się na nic, niemal biegnąc w kierunku miasta. Tylko hafizowie recytujący nieustannie kolejne wersety Koranu przypominali im o śmierci Sulejmana. Trzy dni wcześniej, gdy wojsko rozbiło obóz w Mitrovicy, Sokollu posłał konnego do księcia Selima, przesyłając mu szczegółowe wskazówki, jak ma powitać powracające z wyprawy wojsko i w jaki sposób przyjąć zwłoki ojca. Liczył na to, że tym razem Selim go posłucha, choćby dlatego, żeby rozpocząć swe panowanie w glorii jako władca bogobojny, hojny i miłujący swój lud. Spodziewał się, że przed namiotem nowego sułtana stanie świeżo wybudowany, wspaniały pawilon, pod którego baldachimem ustawiony będzie inkrustowany drogimi kamieniami stolec. Zgodnie z obyczajem, gdy dostojnicy Wysokiej Porty znajdą się w Belgradzie, odbędzie się ceremonia wstąpienia księcia Selima na tron, którego podnóże na oczach wojsk każdy z wezyrów winien ucałować na znak swego posłuszeństwa nowemu sułtanowi.

„Powinieneś także pamiętać o swoim wojsku, mój Panie – pisał Sokollu. – W tej uroczystej chwili muszą usłyszeć od Ciebie zapewnienie, że jak przystało na nowego władcę, obsypiesz ich złotem i drogimi podarunkami. Musisz także potwierdzić, że dostaną wszystko, co przyobiecał im zmarły sułtan. Dalszą część dnia winniśmy wszyscy spędzić na modlitwach za sułtana Sulejmana".

Gdy wraz z wojskiem minęli Zemun, posłaniec Selima przyniósł wielkiemu wezyrowi odpowiedź następcy tronu. Sokollu pospiesznie złamał pieczęć, lecz to, co przeczytał, sprawiło, że cała krew odpłynęła mu z twarzy. Selim odmówił wojsku i urzędnikom Porty udziału w ceremonii wstąpienia na tron, tłumacząc, że owa uroczystość odbyła się jeszcze we wrześniu w Stambule. Wielki wezyr natychmiast wydał rozkaz, by wojska zatrzymały się na odpoczynek na piaszczystym brzegu Savy, sam zaś pospieszył do miasta, by osobiście pomówić z sułtanem.

2

Wielki wezyr z przykrością patrzył na posiniałą, nabrzmiałą od nadmiaru wina twarz syna Sulejmana, na jego przerzedzone włosy, dziwnie kontrastujące ze śnieżnobiałym turbanem spiętym wspaniałą szmaragdową broszą. Przedwcześnie obwisła skóra szyi opadała na stójkę wzorzystego, tkanego złotem kaftana, przelewając się przez nią. Sokollu, który miłował piękno, wzdrygnął się mimowolnie. Niegdyś, gdy książę Selim przebywał w Manisie, Mehmed był tam nauczycielem i zapamiętał go jako młodzieńca zgrabnego i jeśli nawet nie przystojnego, to przynajmniej zdrowego. Jednak lata hulaszczego życia odcisnęły na nim straszliwe piętno. Teraz sułtan Selim, zmieniony nie do poznania, otyły, podpocony pomimo chłodu, siedział na podwyższeniu i spoglądał na wezyra bez życzliwości.

– Panie mój, władco tego świata – zaczął Sokollu, licząc, że pochlebstwami zjedna sobie ponownie przychylność nowego władcy. – Musisz...

– Niczego nie muszę! – przerwał mu Selim, głośno ziewając.

Nie uszło uwagi wezyra, że dwaj jego doradcy, stojący po prawej i po lewej stronie sułtana, wymienili między sobą rozbawione spojrzenia. Zaczerwienił się z urazy, lecz spróbował raz jeszcze powściągnąć gniew, czując, że emocje na nic się tu zdadzą.

– Wybacz mi, panie. Jednak niech będzie wolno mi powiedzieć, że twoje wojsko otrzymało obietnice, które ty zgodnie z nakazami tradycji winieneś wypełnić.

– Niczego im nie obiecywałem – wycedził Selim przez zaciśnięte zęby.

Sokollu poczuł w żołądku uczucie strachu. Nie spodziewał się usłyszeć od Selima takich słów. Żaden z sułtanów, nawet spośród najsilniejszych, którzy już w chwili wstąpienia na tron otoczeni byli nimbem świetności, nie pozwalał sobie na lekceważenie armii.

– Wiesz przecież, że żaden władca nie może ostać się na tronie, jeśli janczarzy szablami nie utorują mu drogi… – powiedział, starając się brzmieć cicho i łagodnie, choć wiedział, że za wypowiedziane właśnie słowa może zapłacić głową.

Oczy Selima zwęziły się, zmieniając w dwie wąskie szparki.

– Tak musieli czynić ci, którzy nie mieli praw do tronu. Ja zaś jestem synem Sulejmana Prawodawcy z rodu Osmana, prawowitym następcą tronu Imperium Osmańskiego.

Sokollu zamilkł, niepewny, co ma odpowiedzieć.

– Wiem, czego pragniesz – odezwał się znów Selim. – Myślisz, że nie doniesiono mi, coś uczynił?

– Nie uczyniłem niczego, co nie służyłoby dobru Imperium Osmańskiego – odparł twardo wezyr, prostując się i podnosząc oczy.

Chwilę mierzyli się wzrokiem.

– Być może... – odezwał się Selim, pierwszy spuszczając wzrok. – Jednak obietnice, które złożyłeś, do niczego mnie nie zobowiązują. Jeśli zaś chodzi o ceremonię wstąpienia na tron, odbyła się ona przeszło miesiąc temu w Stambule i nie widzę potrzeby jej ponawiania.

– Zważ jednak, że twoi dostojnicy, dowódcy, wezyrowie, a nade wszystko twoje wojska w znakomitej większości nie mogły przybyć na tę uroczystość, gdyż walczyli, odnosili rany i ginęli w świętej wojnie z niewiernymi. Wynagrodzenie im tych trudów jest twoim świętym obowiązkiem – wyrzucił z siebie wielki wezyr, czując, że najprawdopodobniej i tak nie ma już nic do stracenia i nie może sobie bardziej zaszkodzić.

– Jestem sułtanem Imperium Osmańskiego i nikt nie będzie mi mówił, co mam robić! – ryknął Selim i choć zdawało się to niemożliwe, jego twarz spurpurowiała jeszcze bardziej. – Nie zapominaj się, paszo!

Oddech miał ciężki i świszczący, a jego oczy ciskały nienawistne gromy.

– A teraz odejdź, bym mógł opłakać mego ojca i przygotować się do uroczystości pogrzebowych – rzekł wzgardliwie, uspokoiwszy się nieco.

Sokollu w milczeniu skłonił się nisko i odszedł, odprowadzany kpiącymi spojrzeniami kompanów Selima.

Czuł, że przegrał. Cały jego wysiłek włożony w ukrywanie faktu śmierci władcy przed wojskiem, wszystko, co uczynił, by ochronić Imperium i pozwolić Selimowi w pokoju przejąć władzę, okazało się bezsensownym trudem. Zaślepienie Selima przeraziło go. Wiedział jednak, że nie ma nań już żadnego wpływu. Musiał odsunąć się w cień i zaczekać na rozwój wypadków. Nie był nawet pewien, czy nadal pełni swoją funkcję. Selim wprawdzie nie odebrał mu pierścienia, ale niechęć, jaką mu okazał, mogła być brzemienna w skutki.

29 października 1566
Belgrad
IMPERIUM OSMAŃSKIE

1

W obozie wojskowym rozłożonym tuż nad huczącymi wodami rzeki Savy rozpoczęły się przygotowania do uroczystości żałobnych. Muzycy schowali swoje instrumenty, zwinięto chorągwie i sztandary. Z czapek i turbanów zdejmowano drogie kamienie i ozdobne frędzle. Kolorowe kaftany zamieniono na czarne stroje żałobne. W obozie zapanował uroczysty nastrój. Wszyscy szykowali się do złożenia ostatniego hołdu zmarłemu władcy.

Jelena zajęta była zdejmowaniem ozdobnej uprzęży z jednego z pomniejszych koni, gdy podszedł do niej wielki wezyr. Nie widzieli się od kilku dni i dziewczynka ucieszyła się na jego widok. Twarz jej pojaśniała, a usta rozciągnęły się w najmilszym uśmiechu, który podziałał na zniechęconego wezyra jak kojący balsam. Jego nastrój nie uszedł uwagi dziewczynki. Dostrzegła też sine kręgi pod oczami, rzucające złowrogi cień, zapadnięte policzki i zmarszczkę przygnębienia przecinającą jego czoło. Troski zdawały się go postarzać. Po raz pierwszy dostrzegła w nim starego człowieka. Wcześniej jego siła i niezłomne oddanie misji wyostrzały jego rysy, prostowały sylwetkę, rozjaśniały wzrok, odejmując wezyrowi lat.

– Czyś niezdrów, mój panie? – zapytała zaniepokojona dziewczynka, podchodząc bliżej niego, by uważniej mu się przyjrzeć.

– Nie, Birgül – odparł nieuważnie, pogrążony we własnych myślach.

– Zaprzeczasz, a mimo to nie znajduję cię w zdrowiu – nie ustępowała.

Sokollu uśmiechnął się słabo.

– Oddałem Imperium Osmańskiemu całe moje życie. Służyłem sułtanowi Sulejmanowi każdą kroplą krwi i każdym oddechem. Byłem gotowy w każdej chwili oddać moje życie, byleby on żył – wyznał. – A teraz przyszło mi go pożegnać…

Jelena czuła, że wielki wezyr nie mówi jej wszystkiego, ale nie śmiała dopytywać. Przez ostatnie tygodnie wspólnej wędrówki nauczyła się słuchać i odnajdywać między słowami to, co nie zostało wypowiedziane, tak by nie musieć zadawać pytań.

– Nie przyszedłem jednak, by cię zasmucać – rzekł, otrząsając się z melancholii. – Mam dla ciebie ważne wieści.

– Dobre czy złe? – upewniła się pospiesznie.

– Dobre, oczywiście, że dobre – zaśmiał się Sokollu, mimochodem zauważając, że przy dziewczynce śmieje się o wiele częściej niż zwykle.

– A zatem słucham – ponagliła go zniecierpliwiona. Od dawna już, gdy byli sami, nie siliła się na zachowanie etykiety, a i on nie karcił jej za to.

– Niedługo wojsko znów ruszy w drogę. Wkrótce zobaczysz Stambuł – rzekł.

– Stambuł… – powtórzyła szeptem, nieomal z nabożeństwem.

Intuicja, podsycona jeszcze pięknymi miniaturami Matrakçı Nasuha, podpowiadała jej, że za tym słowem kryje się miasto znacznie przewyższające wytwory jej wyobraźni.

– Pojedziesz do Stambułu z oddziałem mojej osobistej gwardii, który posyłam przodem do stolicy z ważnymi listami – ciągnął wezyr.

Jelena rzuciła mu baczne spojrzenie.

– Mam się z tobą rozstać? – zapytała drżącym głosem.

Sokollu znów się uśmiechnął.

– Nie obawiaj się. To nie potrwa długo. Wyprzedzicie nas jedynie o dzień czy dwa – uspokajał ją.

– Skoro tak, to dlaczego wysyłasz mnie z nimi? – dopytała bystrze.

Sokollu wiedział, że musi powiedzieć jej prawdę. I tak zamierzał to uczynić, licząc, że dzięki temu będzie ostrożniejsza.

– Wolałbym, żeby w Stambule nie widziano nas razem – zaczął, a widząc jej pytające spojrzenie, mówił dalej: – Wciąż jeszcze, choć nie wiem, jak długo zdołam zachować mój tytuł, jestem wielkim wezyrem, pierwszym ministrem Wysokiej Porty Osmańskiej. Lecz zdążyłaś już zauważyć, że mam także wrogów…

Jelena skinęła głową.

– Wrogowie ci zaś tylko czekają, by znaleźć mój słaby punkt i wycelować w niego zatrutą strzałę.

Zdawało mu się, że dziewczynka drgnęła pod wpływem tych słów, nie był tylko pewien, czy ze strachu, czy może ze wzruszenia.

– Musimy wjechać do Stambułu osobno, rozumiesz?

Jelena ponownie skinęła głową.

– Ale przyjedziesz do mnie szybko, prawda?

– Oczywiście, Birgül – odpowiedział, poważnie patrząc jej w oczy.

2

Trumnę z ciałem sułtana Sulejmana umieszczono na wozie i przykryto czarnym suknem, na którym ułożono wspaniały amarantowy sułtański turban. Sokollu szedł na przedzie dywanu, tuż za powozem. Choć dzień po dniu obserwował, jak ciało zmarłego władcy ulega rozkładowi, który on starał się opóźniać i powstrzymywać, choć widział, jak sułtan kurczył się i niknął, jakby pozbawione potężnego ducha ciało zmieniało się w pusty worek niczym bukłak opróżniony z wody, idąc teraz za wozem nie mógł zrozumieć, jak to możliwe, że ktoś tak wielki jak Sulejman Prawodawca mógł spocząć w tak małym sarkofagu. Był pierwszym, który dowiedział się o śmierci sułtana, miał więc najwięcej czasu na przygotowanie się do pożegnania jego śmiertelnych członków, a mimo to czuł, iż wciąż nie dowierza, że to wszystko dzieje się naprawdę.

Kroczył za konduktem żałobnym ulicami Belgradu. Miasto, z którego Sulejman tyle razy wyruszał na kolejne kampanie wojenne na Austrię i Węgry, które było jego dumą i towarzyszem chwil chwały, miało się teraz stać milczącym świadkiem jego odejścia.

Do konduktu przyłączali się kolejni żałobnicy. Mieszkańcy miasta i okoliczni wieśniacy przybyli specjalnie, by pokłonić się sułtanowi sułtanów, szli ramię w ramię z żołnierzami.

Nigdzie nie dostrzegał wzorzystych jedwabi, migotania klejnotów, kolorowych turbanów, srebrnych lasek, blasku złota. Wszystko wokół spowijała żałobna czerń, morze czerni zalewające swymi posępnymi falami wszystko wokół.

Gdy przechodzili przez most, wezyrowi zdawało się, że huk rzeki nagle zmienił się w żałobny lament, jakby i przyroda opłakiwała swego władcę.

Zaraz po ceremonii zwłoki władcy zostaną odesłane do Stambułu, by tam złożono je do grobowca pod kopułami mauzoleum położonego za kolumnadą meczetu

Süleymaniye, dzieła Sinana. Sulejman z pewnością pragnąłby spocząć przy boku swej ukochanej Hürrem. Sokollu wzdrygnął się na myśl o wielkim, ponurym, mimo godnych sułtana zdobień, kamiennym grobowcu, w którym echo sprawia, że każdy oddech brzmi jak gwałtowne uderzenie wichru. Pomyślał, że sam wolałby spocząć w ziemi, przykryty płaskim kamieniem z wyżłobieniem, z którego ptaki mogłyby pić wodę, wśród symbolizujących nieśmiertelność smukłych cyprysów, których żywiczny zapach tak bardzo lubił.

Po przekroczeniu rzeki procesja skierowała się ku Cesarskiemu Wzgórzu, gdzie oczekiwał ich sułtan Selim. Kiedy żałobnicy z daleka dostrzegli postać siedzącego na koniu sułtana, rzucili się ku niemu z głośnym płaczem i zawodzeniem, chcąc okazać mu swe cierpienie. Ubrany w lśniącą, czarną, jedwabną tunikę Selim pozdrawiał ich skinieniem głowy.

Sokollu nie mógł oprzeć się wrażeniu, że traktuje tę uroczystość jako osobliwe przedstawienie i sam jest wzruszony głównie doskonałością odgrywanej przez siebie roli.

Gdy Selim zrównał się z powozem, zsiadł z konia i rzucił się do trumny, wznosząc ręce ku niebu i wykrzykując słowa modlitwy. Na ten widok tłum począł wyć jeszcze głośniej, skomleć i jęczeć po śmierci ukochanego władcy. Wreszcie imam wezwał wiernych do poszukania pocieszenia w słowach Koranu. Zgromadzeni pospiesznie ustawili się w zdających się nie mieć końca rzędach, by wspólnie oddawać cześć Najwyższemu.

– Nie ma Boga prócz Allaha… – zadudniło z taką mocą, że stojąca pomiędzy sługami Jelena spojrzała w górę, pewna, że lada chwila niebiosa rozstąpią się i na ziemię zejdą przywołani lamentami ludzi aniołowie, by wraz z nimi szlochać.

Kiedy zakończono modlitwy, Selim wsiadł na konia i ruchem ręki pozdrowiwszy wszystkich, odjechał w stronę swego namiotu.

Zapadła cisza. Lamenty ustały, jakby ktoś jednym cięciem miecza rozpłatał krtanie wszystkich żałobników. Milczenie było tak wymowne, że Sokollu poczuł, jak żołądek zaciska mu się z przerażenia. W następnej chwili tłum zafalował i począł wrzeszczeć, dysząc z wściekłości. Janczarzy zdjęli czapki i rzucili je na ziemię, rycząc jak zranione zwierzęta, bo oto nowy sułtan jawnie okazał im wzgardę. Wściekłość janczarów rosła z każdą chwilą. Ten i ów zaczęli przeklinać nowego sułtana i namawiać pozostałych, by ruszyć do namiotu władcy i pokazać mu święty gniew janczarów.

– Nie zdołasz się przed nami ukryć! – krzyczeli, wymachując pięściami za znikającą na horyzoncie sylwetką nowego sułtana. – Znajdziemy cię wszędzie, choćbyś nawet skrył się w krainie umarłych.

Sokollu czym prędzej nakazał woźnicom odjechać z trumną Sulejmana, by gniew, który zaślepiał wojska, nie znalazł ujścia w plugawieniu zwłok. Przykazał Feridun Bejowi, by wziąwszy kilku ludzi, wyprowadził bezpiecznie powóz poza granice Belgradu, a wyprawiwszy sułtana Sulejmana w ostatnią podróż do Stambułu, jak najszybciej powrócił.

Tymczasem tłum począł przemieszczać się w ślad za Selimem i jego świtą. Słychać było, że janczarzy nie darzą szacunkiem ani sułtana, ani nikogo spośród jego towarzyszy.

– Gdzie jesteś, paszo? – wołali.

Sokollu zadrżał, słysząc słowa, którymi we śnie wzywał go Sulejman. Niepewny jednak, czy skierowane były do niego, pozostawał skryty w cieniu. Nie chciał się wtrącać bez potrzeby, by nie narażać się na niebezpieczeństwo.

– Ej, wielki wezyrze! – usłyszał po chwili. – Ej, sokole! Nie opuszczaj nas, gdy cię wzywamy, gdy błagamy twej pomocy!

Nie mógł dłużej się ukrywać. Wsiadł na podanego mu konia i wyjechawszy przed tłum, nakazał im się rozejść, przysięgając, że gdy to uczynią, on sam pojedzie do sułtana Selima, by z nim porozmawiać.

– Gdzie nasze złoto? – wołali janczarzy, których niełatwo było zbyć gładkimi słówkami. – Gdzie nasze dary?

– Czyż nie możecie zaczekać nawet dnia? – wykrzyknął, postanawiając obrać ryzykowną drogę zagrania na emocjach żołnierzy i obrócenia ich na swoją korzyść. – Czy nie możecie uszanować dnia, w którym przyszło wam pożegnać Sulejmana Prawodawcę? Walczył pośród was, umarł pośród was, kochał was jak ojciec kocha swe dzieci, a wy tak odpłacacie mu się za dobro, które wam wyświadczył.

Mówiąc to, Sokollu czuł, że następna chwila zadecyduje o wszystkim. Albo zwycięży, albo rozwścieczony tłum ściągnie go z konia i rozerwie wprost na ulicy.

Rozległ się groźny pomruk, jak wówczas, gdy niebo zapowiada burzę, lecz nikt nie zawezwał do ataku na wezyra.

– Ofiarujcie sułtanowi Sulejmanowi swe milczenie w tym jednym jedynym dniu, a jutro, nim wzejdzie słońce, otrzymacie, co wam się należy.

Tłum jeszcze chwilę się wahał, po czym żołnierze jeden po drugim zaczęli odchodzić ku rzece. Sokollu czuł, że jego napięte dotąd ciało omdlewa. Zyskał na czasie, lecz nie był pewien, czy jutrzejszy dzień nie przyniesie początku bratobójczej walki. Obawiał się bowiem, że Selim ponownie mu odmówi.

10 listopada 1566
Belgrad
IMPERIUM OSMAŃSKIE

Po zamieszkach, które wybuchły podczas ceremonii pogrzebowej Sulejmana Prawodawcy, Sokollu popędził do namiotu Selima. W krótkich, ostrych słowach wytłumaczył mu, że jeśli chce zachować głowę i tron, musi go uważnie wysłuchać. Selim, zaskoczony pozbawioną dworskiej obłudy stanowczością wielkiego wezyra, nie dość, że go wysłuchał, to jeszcze przerażony tym, co usłyszał, przynajmniej chwilowo postanowił postąpić zgodnie z jego radą. Następnego dnia heroldowie roznieśli po mieście wiadomość, że sułtan Selim postanowił zwołać posiedzenie dywanu, by wraz z wezyrami przedyskutować zaistniałą sytuację. Janczarzy, którzy przez noc zdążyli nieco ochłonąć, wzięli tę propozycję za dobrą monetę i nie wszczynali awantur, cierpliwie oczekując wyniku obrad.

Posiedzenie trwało aż trzy dni. Sułtan postanowił częściowo ulec żądaniom janczarów, lecz tylko tyle, ile było konieczne, by zachować głowę i zagwarantować sobie niezakłócony powrót do stolicy. Zgodził się od razu podzielić między formacje janczarskie dwa z czterech przyobiecanych im tysięcy asperów, tłumacząc, że w skarbcu w Belgradzie nie ma dość złota, by uczynić w pełni zadość ich żądaniom. Uładzone chwilowo wojska zgodziły się poczekać na drugą połowę żołdu i wszystkie nagrody, aż dotrą razem do stolicy. I choć żołnierze wciąż dąsali się na sułtana, traktując jego dług niemal jak osobistą obrazę każdego z nich, tymczasowy spokój został odzyskany na tyle, by można było myśleć o wymarszu.

Zgaszono ostatnie paleniska, zwijanie namiotów dobiegło końca, wojsko powoli ruszało w dalszą drogę do stolicy.

Sokollu, jadący na przedzie tuż za Selimem i jego świtą, zauważył kilkunastu żołnierzy stojących wzdłuż drogi z siodłami na głowach. Byli to ci szczęśliwcy, którzy w bitwie o Bobócsę stracili jedynie konie, ocalając życie. Nowy sułtan minął ich jednak, nie wydawszy, jak to było w zwyczaju, rozkazu podarowania im nowych wierzchowców. Po raz kolejny w tak krótkim czasie zignorował swoich żołnierzy. Podobne zachowanie z pewnością nie uszło uwagi pozostałych. Lekceważenie żołnierzy zawsze prowadziło sułtanów do zguby. Sokollu ledwie dostrzegalnie pokręcił głową.

– Ej, Sulejmanie! – westchnął, pewien, że zmarły sułtan nigdy nie postąpiłby w ten sposób.

Przez chwilę zastanawiał się, ile razy przyjdzie mu jeszcze z tęsknotą wspominać dobre czasy rządów rozumnego władcy, jakim niewątpliwie był Sulejman. Człowieka o takiej sile ducha i charakteru, który zawsze najwięcej wymagał od siebie, dla innych będąc miłosiernym, spotyka się w życiu tylko raz. Miał złe przeczucia. Selim od dziecka był gnuśny i krnąbrny, a do tego, co pokazały wyraźnie ostatnie wydarzenia, był pełnokrwistym Turkiem, przesadnie dumnym, łatwo ulegającym emocjom, szybko wpadającym w gniew. Władza nad światem pozostawiona w rękach kogoś tak mało rozsądnego, przedkładającego uciechy ziemskie ponad troskę o zachowanie dobrego imienia, a w dodatku całkowicie pozbawionego pokory jak Selim, mogła stać się niebezpiecznym orężem.

Nie czas na lamenty, skarcił się w myślach Sokollu, postanawiając skupić się pierwej na kwestiach najistotniejszych.

Spokojnie zawrócił konia, wyłamując się z szeregu dostojników jadących u boku młodego sułtana. Robił to w czasie podróży na tyle często, że nikt nie zwrócił uwagi na jego zniknięcie, a nade wszystko nie skojarzył tego ze stojącymi przy drodze żołnierzami.

Podjechał do dowódcy sipahisów i w imieniu sułtana wydał rozkaz wyasygnowania pokrzywdzonym nowych wierzchowców spośród zapasowych zwierząt kawalerii. Dowódca skinął głową i nie zadając żadnych pytań, wykonał polecenie. Sokollu odetchnął z ulgą. Wiedział, że stąpa po cienkim lodzie, Selim bowiem dopiero co znów mianował go wielkim wezyrem, a zrobił to jedynie z obawy przed janczarami, którzy zdawali się nie słuchać nikogo poza Mehmedem Paszą, nawet swego agi. Nie mógł więc postąpić inaczej.

Jechali prosto do Stambułu; za tydzień, najdalej dziesięć dni, powinni być na miejscu. Główne drogi łączące najważniejsze miasta Anatolii i prowincję ze stolicą były zadbane, porządnie wybrukowane i przejezdne nawet przy najgorszej słocie. Odkąd znaleźli się na szerokim na nieco ponad metr trakcie z poboczami dla bydła i pieszych wędrowców, wezyr miał wrażenie jakby w wojska wstąpił nowy duch. Wiedzieli już, że wracają do domu, i ta myśl dodawała im sił. Sokollu był pewien, że nic już nie opóźni ich marszu. Miał zbyt mało czasu, by nawiązać kontakt z oddziałami janczarów stacjonującymi w Stambule i przekonać ich do poparcia Selima. Pozostawienie tej sprawy losowi było niezwykle ryzykowne i niebezpieczne. Janczarzy rządzili się swoimi prawami, nierzadko nad dobro państwa przedkładając własne emocje. A Selim, nigdy niecieszący się ich miłością, mimo krótkiego panowania zdążył już zapracować na ich szczerą niechęć.

Rozmyślania wielkiego wezyra przerwało wejście jednego ze strażników strzegących wejścia do namiotu.

– Feridun Bej – zaanonsował.

– Wpuścić – rzucił szybko Sokollu, zadowolony, że przyjaciel jak zwykle przybywa wówczas, gdy jest najbardziej potrzebny.

– Panie. – Feridun Bej skłonił się nieznacznie i podszedł do stolika, przy którym siedział wielki wezyr.

– Witaj, przyjacielu! Powiedz, że przynosisz dobre wieści.

– Niestety, mój panie.

Sokollu przyjrzał mu się uważniej. Czoło Feriduna przecinała zmarszczka zmartwienia.

– Coś się stało? – zapytał wezyr.

– Zaufany człowiek przywiózł wieści ze Stambułu.

Zaciekawiony Sokollu podniósł głowę.

– Mówże czym prędzej, jak się mają sprawy w stolicy!

– Panie, powiadają, że dziś rano w koszarach kotły zostały przewrócone.

Wezyr był zaskoczony. Wiedział, że oddziałom stacjonującym w Stambule uznanie zwierzchnictwa Selima II, któremu już dawno nadali kąśliwy przydomek Pijak, nie przyjdzie łatwo. Janczarzy byli dumni i wierni przede wszystkim swym towarzyszom, z którymi dzielili los, lecz także sułtanowi i jego następcy. Jednak za jedynego prawowitego spadkobiercę Sulejmana uważali jego najstarszego syna, Mustafę, i nigdy nie wybaczyli sułtanowi losu, jaki spotkał księcia. Oskarżenie go o zdradę i spiskowanie przeciw ojcu, skazanie i ścięcie było jedyną rysą na tafli bezgranicznej miłości janczarów do swego sułtana. Konfliktowy, ociężały na ciele i umyśle, a nade wszystko rozpustny Selim uważany był przez wychowanych w surowym rygorze obozowego życia, cnocie, umiłowaniu powściągliwości, kulcie sprawności fizycznej i walki janczarów za niegodnego sułtańskiego tronu.

Mehmed Sokollu nie spodziewał się jednak, że tak szybko zamanifestują swoje niezadowolenie i okażą nieposłuszeństwo. Kotły – wielkie naczynia, w których gotowano strawę, jedyny posiłek spożywany przez janczarów w trakcie całego dnia – były przez nich otaczane czcią przewyższającą tę, którą pozostałe formacje obdarzały swe sztandary. Gdy któraś kompania utraciła w bitwie choćby jeden ze swych kotłów, jej oficerowie otrzymywali karne zwolnienia. Niemal wszystkie stopnie oficerskie, wyłączając chorążego dzierżącego pieczę nad sztandarem, związane były z funkcją, jaką pełniono przy kotłach. I tak na przykład oficer był zupowym, dwaj podoficerowie piastowali funkcję kucharza i głównego pomywacza. Życie janczarów kręciło się wokół kotłów, a ich przewrócenie, najczęściej dokonywane solidnym kopnięciem, było oznaką sprzeciwu i sygnałem do buntu. Wielki wezyr przewidywał, że sprawy przybiorą taki obrót, że janczarzy prędzej czy później zorientują się, iż Selim nie ma zamiaru spełnić swoich obietnic, co od początku wiedzieli wszyscy zasiadający w dywanie, a wówczas okażą nowemu władcy swoje niezadowolenie w bardziej zdecydowany sposób. Nie przypuszczał jednak, że nastąpi to jeszcze przed przejęciem przez Selima pałacu i skarbca.

– Dlaczego tak prędko? – zastanawiał się.

– Oto powód, mój panie – rzekł Feridun Bej, podając mu trzymane dotąd w ręku pismo.

Sokollu rozwinął zwój i zaczął czytać. Z każdym kolejnym zdaniem jego zdenerwowanie przechodziło w przerażenie. Selim II napisał ferman, w którym nakazał do czasu swego przybycia do stolicy wstrzymać wypłaty żołdów w wysokościach ustalonych przez jego ojca. Każdy janczar, który nie był na wyprawie wojennej na Węgrzech, miał znów otrzymywać pensję, która obowiązywała za czasów jego dziada, Selima I.

– Kto podpowiedział coś takiego temu głupcowi! – Sokollu nie zdołał ukryć oburzenia.

– To nie wszystko, mój panie.

– Mów zatem dalej, choć nie mogę uwierzyć, by Selim mógł jeszcze gorzej rozpocząć swe panowanie.

– Panie, wśród janczarów krąży pogłoska…

Sokollu zamarł. Janczarzy byli niemal równie przesądni jak anatolijscy wieśniacy. Oficjalnie byli wiernymi wyznawcami islamu, ale bardziej niż jakakolwiek inna służba wojskowa byli podatni na wiarę w gusła i zabobony. Być może po części dlatego, że wywodzili się w większości z wiejskich rodzin, być może dlatego, że w obliczu śmierci, z której świadomością żyje każdy żołnierz, potrzebna jest pomoc wszystkich sił nadprzyrodzonych, nie tylko tych uznanych przez hodżów. Sokollu sporą część życia spędził w janczarskich koszarach, więc doskonale wiedział, że rozumowe wytłumaczenie czy nawet próby przekupstwa mogą spełznąć na niczym, jeśli wśród janczarów rozpuszczono jakąś plotkę, w której główną rolę odgrywają moce nadprzyrodzone.

– Co mówią?

– Że Selim został opanowany przez dżina, tego samego, który wziął we władanie serce jego dziada, Selima I nazywanego Groźnym, gdy ów chciał przejąć władzę. To dżin kazał mu spiskować przeciwko braciom. To on podkusił go, by podkopywał zaufanie ojca do Mustafy. To on pchnął go do zlecenia zamordowania księcia Bajazyda i jego maleńkich synów…

– Nie, nie... – mamrotał Sokollu, czując jak cały kruchy porządek, który udało mu się zbudować po śmierci Sulejmana Prawodawcy, wali się w posadach.

– Panie, mówią także, że Selim II ma już niebieskie oczy.

– Boże, miej miłosierdzie! – zawołał Sokollu, tracąc panowanie nad sobą.

Niebieskie oczy były największym i zdaniem Sokollu najbardziej niedorzecznym przesądem panującym wśród ludów osmańskich. Mówiono, że oczy tego koloru mają ogromną siłę magiczną i jedno spojrzenie wystarcza, by sprowadzić mnóstwo nieszczęść na ludzi, ich majątki, bydło i ziemię. Większość mieszkańców Imperium Osmańskiego nosiła amulety, małe, szklane, niebieskie kulki mające odbijać złe działanie prawdziwego niebieskiego oka.

Trzeźwo myślący Sokollu odrzucał te zabobony. Wiele podróżował i często widywał giaurów o niebieskich oczach, których spojrzenie nie czyniło niczego złego. Mimo to nie mógł wyśmiać czy pogardzać przekonaniem tak silnie zakorzenionym w myślach i sercach poddanych sułtana, a przede wszystkim nie mógł nie docenić jego wpływu na nastawienie janczarów do nowego władcy.

Wiedział, że to oskarżenie będzie najtrudniejsze do zwalczenia.

– I wreszcie, mój panie... – zaczął drżącym głosem Feridun. – Powiadają, że to Selim, opanowany przez złe moce, targany żądzą władzy, która zabiła w nim resztki miłości, zamordował sułtana Sulejmana.

– Niech Bóg ma nas wszystkich w opiece – jęknął Sokollu, opadając na poduszki.

Przymknął oczy i spróbował zebrać myśli. Wiedział, że Selim ma niewielu przyjaciół, a jego wrogowie są silni i liczni. Nigdy jednak nie przypuszczał, że posuną się aż tak daleko, by oskarżyć następcę tronu o śmierć ojca.

– Dobrze się czujesz, panie? – zapytał Feridun.

Sokollu skinął nieuważnie głową, zatopiony w rozważaniach. O ile zarzut zabicia Sulejmana był łatwy do obalenia, o tyle oskarżenia o sprzysiężenie się ze złymi duchami, by przejąć władzę nad Imperium Osmańskim, były poważnym problemem. Janczarzy budzili wielki lęk nie tylko dzięki swoim wyjątkowym umiejętnościom władania bronią, szczególnie kindżałem, który każdy z nich nosił za pasem, czy dyscyplinie, lecz także z powodu krążących wokół nich legend. Jedna z nich, wyjaśniająca wygląd tradycyjnego nakrycia głowy janczarów mówiła, że pierwsza grupa chłopców z dewszirme wysłana została po błogosławieństwo do samego hodży Bektaşı, założyciela zakonu bektaszytów. Gdy hodża udzielał im błogosławieństwa, kładąc ręce na ich głowach, rękaw jego białej szaty opadał na ich szyje i karki. Odtąd na pamiątkę owego błogosławieństwa Bektaşı wysokie, białe, filcowe czapki janczarów z ozdobnym futerałem na łyżkę na przedzie opatrywane były charakterystycznym płatem materiału. Sprawiało to, że janczarzy cieszyli się specjalnym zaufaniem społeczeństwa jako ci, którzy otoczeni nimbem świętości są bardziej wyczuleni na wszelkie zło.

Oskarżenie wysunięte za pomocą plotki przeciwko Selimowi było problemem, z którym wielki wezyr nie zdoła sobie poradzić sam. Janczarzy, jako najważniejsza formacja militarna Imperium Osmańskiego, nie podlegali jego rozkazom. Choć wciąż utrzymywał się na stanowisku, nie mógł nakazać mianowanemu przez sułtana adze janczarów, który przewodził także stambulskiej policji i zasiadał wraz z wezyrami w dywanie, aby ten zabronił żołnierzom powtarzania szkodliwych dla nowego sułtana plotek. Obecny aga, mianowany jeszcze przez Sulejmana, miał bardzo silną pozycję i cieszył się ogromnym poparciem swoich żołnierzy. Niemożliwe było, aby ktoś przeprowadził podobną akcję propagandową wśród janczarów bez jego wiedzy i zgody. Skoro zaś spiskowcy mieli poparcie agi, siła, groźby czy pieniądze na nic się tu nie zdadzą. Na tego rodzaju atak można odpowiedzieć tylko tą samą bronią.

– Musisz natychmiast pojechać do Kemala Efendiego i przywieźć go do mnie, nim dotrzemy do Stambułu – powiedział Sokollu, ułożywszy w głowie plan działania. Szalony i wbrew rozsądkowi, lecz przy odrobinie szczęścia mający szansę na powodzenie.

Twarz Feriduna pobladła.

– Panie, przecież to niemożliwe! – wykrzyknął. – Jak miałbym go znaleźć? A nawet gdyby udało mi się tego dokonać w tak krótkim czasie, jak miałbym go namówić do udania się ze mną w podróż do stolicy, w której grozi mu śmierć?

– Dostaniesz ode mnie coś, co umożliwi ci przekonanie Kemala Efendiego. Znam także miejsce jego pobytu.

Feridun posłał wielkiemu wezyrowi przerażone spojrzenie. Sokollu w pełni rozumiał jego obawy. Starał się, aby jego głos brzmiał pewnie i stanowczo, by jeszcze bardziej nie niepokoić Feriduna, ale zdawał sobie sprawę, że stąpa po bardzo kruchym lodzie. Bractwo melamitów, zgromadzenie świętych mężów, z którego wywodził się Kemal Efendi, nie cieszyło się zaufaniem większości władców osmańskich, choć sam derwisz nigdy nie przeciwstawiał się protekcji państwa. Jeśli sułtan Selim dowie się o tym wszystkim, Mehmed z pewnością zostanie odwołany z urzędu, którego zachowania i tak nie mógł być pewien.

Utrzymywanie jakichkolwiek kontaktów z członkami któregokolwiek z odłamów melamickich przez urzędników państwowych było od lat ściśle zakazane. Przede wszystkim dlatego, że część swych praktyk religijnych zaczerpnęli od mewlewitów, bractwa szyickiego oskarżanego o sprzyjanie szachom perskim i spiskowanie przeciwko Imperium Osmańskiemu. Przyznanie się do znajomości z Kemalem Efendim stanowiłoby zatem doskonały pretekst dla wrogów Sokollu, powód do pozbawiania go tytułów i przejęcia najwyższego urzędu w państwie przez kogoś innego.

Choć członkowie tego zakonu nie dążyli do władzy, nie pragnęli bogactw ani sławy, a ich życie upływało w zgodzie z naturą na kontemplacji, sumiennej pracy, rozważaniu prawd koranicznych i nawracaniu płomiennymi kazaniami na islam żydów i chrześcijan zamieszkujących Imperium Osmańskie, wciąż byli narażeni na aresztowania, zaciągani przed oblicza sędziów i skazywani. Ten ucisk jednak przyczyniał się wyłącznie do wzrostu ich popularności wśród wieśniaków. Pełne tajemnic i ezoterycznych obrzędów, niedostępne dla wszystkich zakony zawsze budziły zaciekawienie prostego ludu. To z kolei rozbudzało jeszcze większą podejrzliwość możnych wobec derwiszów.

Kemal Efendi był duchowym przywódcą tej grupy, który w świetle wierzeń mistycznych miał dostęp do boskich tajemnic. Niewielu wiedziało, że i Sulejman – choć jak każdy sułtan u początków panowania – obrał sobie szejcha, Nuredina Efendiego, by pełnił funkcje jego duchowego przewodnika i doradcy – często po kryjomu widywał się z Kemalem Efendim. Opowiadał mu swoje sny, prowadził długie dysputy na tematy duchowe lub zasięgał rady świętego męża w dręczących go kwestiach.

Kemal również sprzyjał sułtanowi i darzył go ogromnym szacunkiem. Doceniał także pracowitość władcy, który mimo iż opływał w dostatki, cały czas podtrzymywał biegłość w sztuce jubilerskiej, znał zatem pracę rąk ludzkich, którą uczniowie Hacı Bayramıja traktowali jako najbardziej umiłowaną przez Boga formę oddawania mu czci.

Członkowie bractwa, któremu przewodził Kemal Efendi, żyli w ukryciu wśród ludności mniejszych miast i wsi, ciężko pracując wśród członków cechów rzemieślniczych. Często zmieniali miejsce pobytu, a nawet imiona, co czyniło ich nieuchwytnymi dla wrogów.

Sokollu rozumiał obawy Feridun Beja, ale wiedział, że tylko ktoś taki jak legendarny Kemal Efendi może im pomóc osadzić ostatniego żyjącego syna Sulejmana na tronie i utrzymać jedność Imperium Osmańskiego. Jedno słowo tego legendarnego derwisza znaczyło wśród wojsk i na bazarze więcej niż dziesiątki worków złota wydanych na łapówki.

– Wyruszysz jeszcze dziś – przykazał wezyr. – Przed tobą daleka i niebezpieczna wyprawa, gdyż musisz minąć Stambuł bocznymi drogami, tak by nikt cię nie zauważył. Dalej pojedziesz na południe główną drogą do Denizli. Po drodze, na pustkowiu pustynnego płaskowyżu znajdziesz chan wybudowany dawno temu. Jednopiętrowy, o ścianach z grubo ciosanego kamienia, taki jakiego z pewnością nie widziałeś od wielu lat i który nawet twemu dziadowi wydałby się stary. Wejdziesz do środka i zaczekasz, aż Kemal Efendi do ciebie przyjdzie.

– Ale skąd w ogóle będzie wiedział o moim przybyciu?

– To już nie jest twoje zmartwienie, przyjacielu. Jedyne, co masz zrobić, to udać się do chanu, który ci wskazałem, i oddać odźwiernemu to.

To rzekłszy, wielki wezyr wyjął z woreczka zawieszonego na szyi płaski, cieniutki kawałek srebra z niewyraźnymi, rozmytymi przez czas i częste przechodzenie z rąk do rąk inskrypcjami.

– Pamiętaj jednak, byś pod żadnym pozorem nie wyjawił swojej tożsamości nikomu poza Kemalem Efendim. To bardzo ważne. Nikt nie może dowiedzieć się o tym, że to my będziemy sprawcami jego pojawienia się w Stambule. Zaraz napiszę list, który oddasz Kemalowi Efendiemu, a ty tymczasem idź przygotować się do drogi.

– Będzie, jak rozkażesz, panie – powiedział Feridun Bej, wciąż jednak lekko powątpiewając, by odnalezienie człowieka poszukiwanego przez połowę tureckich możnowładców mogło być tak proste.

13 listopada 1566
Droga do Denizli
IMPERIUM OSMAŃSKIE

1

Podróż zajęła Feridun Bejowi niecałe trzy dni. Po drodze kilkakrotnie zmieniał konie, lecz samemu sobie nie pozwalał na zbyt długi odpoczynek. Nie był pewien, czy plan wielkiego wezyra, by sprowadzić do stolicy Kemala Efendiego, aby przed przybyciem Selima do miasta nauczał na targach i placach wśród przedstawicieli różnych cechów rzemieślniczych, nawołując do spokoju, ufności w dynastię osmańską, a nade wszystko, by spróbował jakoś uporać się z plotkami na temat złych mocy władających nowym sułtanem, miał jakiekolwiek szanse powodzenia, lecz niczego lepszego nie mógł zaoferować.

Pozostawało mieć nadzieję, że Kemal Efendi zdoła przekonać kupców i rzemieślników, do których wkrótce dołączą także janczarzy. Taki był naturalny porządek rzeczy w stolicy. Wszystkie plotki i nowe idee, wszystko, co chciano zaszczepić w świadomości ludu, należało najpierw wpoić kupcom w bedestanach. To przy ich bazarowych stoiskach miał swój początek obieg informacji w Imperium Osmańskim.

Być może uda się tym sposobem ułagodzić nieco janczarów, ale jeśli prawda wyjdzie na jaw, wezyrowi z pewnością przybędzie spore grono nowych wrogów, zwłaszcza spośród stambulskich duchownych, z wielkim muftim Ebusudem Efendim na czele, którzy poczują się urażeni, że zamiast skorzystać z ich pomocy, sprowadził do stolicy znienawidzonego przez nich derwisza.

Skoro jednak sam nie miał lepszego pomysłu na rozwiązanie tego problemu, poddał się woli wielkiego wezyra. Poza tym był zadowolony, że ma zajęcie. Feridun Bej był człowiekiem czynu i powolna wędrówka w monstrualnych rozmiarów kolumnie wojskowej, podczas gdy w stolicy wrzało, jawiła mu się jak najgorsza z tortur.

Przybył do starego chanu późnym wieczorem. Zdziwiła go cisza panująca wokół. Zwykle o tej porze roku wieczorami wokół wjazdu do chanu panował nieopisany rejwach, gdyż wszystkie karawany przebywające w okolicy zjeżdżały się na odpoczynek. Inaczej było latem, gdy upały czyniły podróż za dnia zbyt męczącą i uciążliwą dla ludzi i zwierząt. Wówczas karawany wędrowały w chłodzie nocy i zatrzymywały się na postój dopiero, gdy na horyzoncie pojawiały się pierwsze promienie słońca. Z tego powodu gwiazdę poranną obwołano imieniem Karawan Kyran, czyli „łamiąca karawany", bo jej pojawienie się na nieboskłonie sprawiało, że ludzie i zwierzęta rozchodzili się na odpoczynek, a karawana na kilka godzin przestawała istnieć.

Feridun Bej zsiadł z konia i wszedł przez furtkę w wielkich, drewnianych wrotach wzmocnionych żelaznymi blachami, przymocowanymi do nich za pomocą olbrzymich gwoździ, tak wąską, że można było przez nią przejść tylko pojedynczo. Nagle, gdy byli tuż przed wejściem, rumak wzdrygnął się, chwilę nasłuchiwał, po czym parsknął i z całej siły szarpnął, jakby próbował się wyrwać i rzucić do ucieczki. Zaskoczony Feridun Bej zareagował błyskawicznie, mocniej ściągając lejce. Czujnie rozejrzał się wokoło w poszukiwaniu dzikiego ptaka albo drapieżnika, który spłoszył jego konia. Niczego nie zauważył, ale serce zadrżało mu z niepokoju.

– Spokojnie, spokojnie – powiedział kojącym szeptem wprost do końskiego ucha, choć nie był pewien, komu tak naprawdę próbuje dodać otuchy.

Po chwili zwierzę uspokoiło się, spuściło łeb i zrezygnowane poszło za swym panem.

Nikt nie pilnował wejścia. Zazwyczaj chany były ufortyfikowane lub przynajmniej dobrze strzeżone z obawy przed rozbójnikami. Choć miejsce to oddalone było od najbliższych osad ludzkich o kilkadziesiąt kilometrów, tak że znikąd nie można było oczekiwać pomocy w razie napaści, nikt zdawał się tu nie przejmować kwestiami bezpieczeństwa.

Feridun na wszelki wypadek poprawił miecz u pasa i spojrzał ku miejscu, gdzie tradycyjnie spodziewał się zastać odźwiernego pilnującego wszystkich wchodzących do chanu i wychodzących zeń, jednak i tu nikogo nie było.

Wszedł na zewnętrzny dziedziniec. Przywiązał konia przy sadzawce pełniącej funkcję wodopoju dla zwierząt i przeszedł przez drugie odrzwia na dziedziniec wewnętrzny. Wysokie drzewa rzucały tak długie cienie, że Feridun Bejowi wydawało się, iż podczas gdy on przeszedł z jednego dziedzińca na drugi, zapanowała noc. Uczucie nierzeczywistości i niepokoju wzmogło się jeszcze w duszy młodzieńca, gdy rozejrzał się wokoło.

Pośrodku placu znajdował się niewielki, zaniedbany meczet, a po obu stronach bramy wejściowej od wewnętrznej strony chanu mieściły się warsztat, kuźnia i stajnie. Wszystko wyglądało na nieużywane od lat, choć pochodnie wokół dziedzińca musiały zostać rozpalone zaledwie chwilę przed jego przybyciem, a zatem chan nie był zupełnie opuszczony.

Po chwili do uszu Feriduna dobiegł metaliczny łoskot. Najwyraźniej ktoś pracował w kuźni. Szybkim krokiem poszedł w tamtą stronę. Pchnął drewniane, ciężkie, skrzypiące odrzwia i wszedł do środka.

Ponure wnętrze kuźni, oświetlone jedynie nikłym blaskiem bijącym od paleniska, sprawiło, że dreszcz przeszedł mu po plecach. Choć młodemu mężczyźnie nie brakowało odwagi, wiele by dał, żeby mieć teraz przy boku któregoś ze swych sług lub strażników. Cienie języków ognia tańczyły na ścianach z jasnego piaskowca, nadając pomieszczeniu jeszcze bardziej posępny wygląd. Postąpił do przodu. Dźwięk jego kroków na kamiennej posadzce najwyraźniej zwrócił czyjąś uwagę, gdyż rytmiczne uderzenia ucichły. Naraz z cienia wyszedł wysoki, barczysty mężczyzna, ubrany w długi skórzany fartuch. W dłoni trzymał szczypce, w których ściskał parujący, czarny kawałek metalu. Kowal szybkim, acz uważnym spojrzeniem obrzucił szaty Feridun Beja. Oględziny musiały wypaść pomyślnie, bo jego skupiona i poważna dotąd twarz rozciągnęła się w serdecznym uśmiechu.

– As-salamu alejkum! – przywitał nowo przybyłego.

– Wa alejkum as-salam!

– Wybacz panie, ale nie spodziewałem się gości – rzekł mężczyzna.

Feridun Bej przyjrzał mu się badawczo. Nigdy dotąd bowiem nie słyszał podobnego zdania z ust osoby pracującej w przydrożnym chanie. Pracownicy karawanserajów na ogół przez lata swej pracy zdążyli już przywyknąć do tego, że zaciekawieni podróżni zaglądają do wszystkich zakamarków chanów. Nim jednak zdążył coś powiedzieć, mężczyzna dodał:

– Racz, proszę, poczekać, aż skończę pracę. – To mówiąc, odwrócił się do niego plecami i odszedł.

Feridun chciał go zatrzymać, zapytać o odźwiernego, ale mężczyzna zdążył już wrócić do pracy. Zmęczony podróżą Feridun Bej usiadł na przybrudzonym sadzą stołku, nieopodal wielkiej sterty drewna. Po raz pierwszy od kilku dni pozwolił, by jego ciało rozluźniło się, i dopiero teraz poczuł, jak bardzo jest zmęczony. Oparł głowę o ścianę i zasłuchany w trzaskający pod paleniskiem ogień, przyglądał się pracy kowala. Ciężki młot uderzał miarowo w leżące na kowadle ostrze. Każde kolejne uderzenie, każdy cios sprawiał, że stal nabierała kształtów.

To będzie wspaniały sztylet, pomyślał Feridun Bej.

Nie znał się na kowalstwie; całe życie spędził na dworze lub na polu bitwy, nie przepracował w żadnym innym rzemiośle ani jednego dnia, a mimo to patrząc na wyraz twarzy kowala, potrafił dostrzec na niej zadowolenie człowieka dumnego ze swojej pracy.

Mężczyzna ponownie wziął do ręki szczypce i raz jeszcze umieścił ostrze w ogniu. Stal czerwieniała w promieniach niczym otwarta rana. Feridun Bejem wstrząsnął dreszcz. Przypomniał sobie, po co właściwie tu przyjechał. Niepokój powrócił. Wyprostował się na siedzisku, wstał i chciał odejść. Dość odpoczynku w tym dziwnym miejscu. Miał zadanie do wykonania. Powinien czym prędzej znaleźć odźwiernego i skontaktować się z Kemalem Efendim.

– Nie odchodź, panie – rzekł kowal, nie patrząc w jego stronę. – Zaraz skończę.

Coś w jego głosie sprawiło, że Feridun Bej nie śmiał się sprzeciwić. Skinął tylko głową i znów opadł na stołek.

Tymczasem kowal wyjął ostrożnie rozgrzane do czerwoności ostrze z płomieni i zanurzył je w stojącym obok wiadrze. Stal syknęła jak zraniony człowiek. Z wiadra buchnęła para, na krótką chwilę przesłaniając Feridunowi widok.

Gdy szarawy obłok rozproszył się, nie dostrzegł za nim ani kowala, ani sztyletu. Zerwał się z miejsca, lecz było za późno. Dookoła niego stało kilkunastu mężczyzn ubranych w długie, jasne płaszcze, rozkloszowane u dołu, przewiązane w pasie szerokimi, brunatnymi pasami. Na głowie mieli stożkowate, skórzane kołpaki.

Feridun natychmiast chwycił rękojeść miecza. Błyszczące ostrze świsnęło w powietrzu.

– Odłóż broń, panie – rzekł spokojnie pierwszy z mężczyzn.

W jego głosie nie było strachu ani wrogości.

Feridun Bej przyjrzał mu się uważniej i dopiero teraz dostrzegł, że zarówno on, jak i pozostali nie mieli broni. Chwilę zawahał się, po czym wsunął miecz do pochwy. Mężczyzna w podeszłym wieku, stojący najbliżej niego, skinął głową. Jego oczy otoczone gęstą siecią drobnych zmarszczek miały barwę jasnego miodu, a spojrzenie było nadzwyczaj czyste i szczere.

– Pójdziesz z nami, panie – rzekł.

– Dokąd chcecie mnie zabrać? I jakim prawem zamierzacie to uczynić? – zapytał Feridun Bej, starając się brzmieć jak najbardziej władczo i stanowczo. – Kim jesteście?

– Wiernymi sługami Jedynego Boga, tak jak i ty, panie – odparł ten sam mężczyzna, pierwsze pytania pozostawiając bez odpowiedzi.

– Błogosławione niech będzie Jego imię – odpowiedział prędko Feridun. – Mimo to wolałbym znać cel podróży, nim się w nią udam.

– Celem podróży każdego człowieka jest zjednoczenie z Allahem – odrzekł mężczyzna.

Feridun Bej całą siłą woli powstrzymał się przed głośnym jęknięciem. Był wojskowym i jako tenże oczekiwał konkretów. Chciał poznać możliwie najwięcej szczegółów dotyczących położenia, w którym się znalazł, by móc czym prędzej opracować jakąś drogę wyjścia. Wielki wezyr powierzył mu niecierpiącą zwłoki misję, którą musiał wykonać. Zamiast tego przyszło mu prowadzić dialog z nazbyt uduchowionym derwiszem, na proste pytania odpowiadającym zagadkami filozoficznymi. Należało zacząć działać. Wyprostował się więc, przybierając dumną postawę dowódcy osmańskich wojsk.

– Nie uczyniłem nic złego – zaczął głośnym, mocnym tonem, prostując się jeszcze trochę. – Jestem podróżnym, którego sam Bóg i Prorok kazali ci szanować. Proszę zatem, byś wierny słowom Najwyższego wyjaśnił mi moje położenie lub puścił wolno, abym odszedł w swoją stronę.

– Nie oskarżam cię o nic, panie, lecz nie mogę pozwolić ci teraz odejść. – Derwisz pozostał niewzruszony. – Jeśli jednak chcesz się czegoś dowiedzieć, musisz najpierw powiedzieć, kim jesteś i jakie są twoje zamiary.

Feridun Bej popatrzył bacznie na mężczyznę, chcąc sprawdzić, czy aby nie kpi sobie z niego, powtarzając jego własne pytania. Twarz derwisza pozostawała jednak gładka i bez wyrazu, jak tafla jeziora w bezwietrzny dzień.

– Nazywam się Murat Bayart – skłamał gładko. – I jeśli musisz wiedzieć, czym się zajmuję, tedy zdradzę ci, że jestem kupcem. Jadę do Denizli po towary, które tuż po nowiu mam dostarczyć do stolicy. Przejeżdżałem nieopodal, gdy słońce skryło się za horyzontem i noc poczęła brać w swe panowanie wczorajszy dzień. Zauważyłem przydrożny chan i postanowiłem poszukać tu schronienia przed ciemnością i chłodem nocy dla mnie i mego konia.

Derwisz pokiwał głową. Feridun Bej stłumił uczucie triumfu, które nagle go ogarnęło, i uśmiechnął się przyjaźnie, przekonany, że mężczyzna uwierzył w każde jego słowo.

– A zatem wybrałeś drogę obłudy zamiast podążyć prostą ścieżką prawdy – rzekł mężczyzna.

Ton jego głosu ani wyraz twarzy nie zmieniły się. Feridun Bej spojrzał mu w oczy i nagle poczuł, że mu wstyd. Mimo to wiedział, że nie wolno mu zdradzić swojej tożsamości.

– Jak śmiesz? – oburzył się, jak uczyniłby to każdy turecki kupiec oskarżony o kłamstwo. – Kim jesteś, by mnie obrażać?

Wyczuwał we własnym głosie fałszywe tony, mimo to patrzył derwiszowi prosto w oczy. Policzki mu płonęły. Także i to można było zinterpretować jako oznakę gniewu.

– Jako rzekłem, panie, jestem jedynie prostym sługą Boga Najwyższego, a „Bóg zna to, co jawne i co skryte!” – zakończył słowami sury *Najwyższy*. – A teraz, panie, pójdź za mną.

To mówiąc, skinął na swych towarzyszy, którzy w milczeniu jeden za drugim ruszyli w kierunku wyjścia.

Feridun Bej zerwał się do ucieczki, ale dwóch derwiszów skrytych dotąd w cieniu chwyciło go za ramiona. Mimo drobnej postury byli zadziwiająco silni.

– Nie zrobimy ci krzywdy – rzekł mężczyzna, zbliżając twarz do twarzy Feridun Beja i patrząc mu prosto w oczy. – Jednak jako rzekłem, nie możemy cię wypuścić.

Młodzieniec zdążył jeszcze spróbować wyszarpnąć się z objęć strażników, gdy wtem wokół niego zapanowała ciemność.

2

Pierwszą rzeczą, która uderzyła go, gdy znów otworzył oczy, był dziwny zapach panujący wokół – przywodził mu na myśl obozową spiżarnię. Nie mógł sobie przypomnieć, jak się tu znalazł. Ostatnią rzeczą, którą pamiętał, było spojrzenie miodowo złotych oczu mężczyzny. Dotknął głowy, chcąc sprawdzić, czy nie został w nią uderzony, ale nic go nie bolało.

Dziwne, pomyślał, rozglądając się wokoło.

Naraz zerwał się na równe nogi i dopadł drzwi widocznych w panującej w pomieszczeniu gęstej szarości. Były zamknięte. Choć ręce i nogi miał nieskrępowane, niewątpliwie został uwięziony. Gdy jego oczy przyzwyczaiły się już zupełnie do panującego w komnacie półmroku, dojrzał dziesiątki worków piętrzących się wokół niego. A zatem rzeczywiście znajdował się w spiżarni. Niewielkie pomieszczenie oświetlało jedynie wąskie, podłużne okienko zdobione ażurową kratą, położone wysoko ponad głową Feridun Beja, zapewne mające zapewnić stały dopływ powietrza do pomieszczenia, by zapobiec psuciu się jadła. W perłowym świetle srebrzyły się poruszane delikatnym powiewem drobinki kurzu. Młodzieniec raz jeszcze naparł na drzwi, próbując je sforsować, ale solidne drewniane podwoje tylko skrzypnęły pod naciskiem jego ciosów.

Dłuższą chwilę nasłuchiwał, lecz do jego uszu nie dobiegł żaden dźwięk. Zaczął wołać, chcąc wezwać strażnika. Jego głos odbił się od ścian niezwykle wysokiego pomieszczenia głośnym echem, ale nikt się nie zjawił. W sercu Feridun Beja pojawiła się nagle obawa, że oto członkowie jednego z owych owianych legendą bractw pustynnych, schwytawszy go przypadkiem, dla kaprysu zamknęli w opuszczonym chanie, by umierał powolną śmiercią, poprzedzoną niechybnie utratą zmysłów.

Wrzucili mnie do studni jak Józefa, choć przynajmniej nie grozi mi śmierć głodowa, pocieszał się, gdy zajrzawszy do worków, odkrył, że są one wypełnione daktylami, rodzynkami i orzechami, a także mąką i ziarnem. Nagle przypomniał sobie okoliczności, w jakich się tu znalazł, i uderzony niemiłym przeczuciem pomacał kieszenie. List i srebrna blaszka znajdowały się dokładnie tam, gdzie powinny, pieczęć pozostała niezłamana.

– Przedziwne! – wykrzyknął, gdy odkrył, że sakiewka z pieniędzmi i niewielki sztylet, który zawsze nosił za pasem, także były na swoim miejscu.

Nic nie zniknęło, a więc pragnienie wzbogacenia się kosztem podróżnego również nie było motywem jego zatrzymania.

Skołowany Feridun Bej usiadł na kamiennej posadzce i żując daktyle, rozmyślał o swoim położeniu. Najgorsze było w nim to, że nie wiedział, z kim ani z czym właściwie miał do czynienia. W przebraniu nie wyglądał na bogacza, zresztą jak dotąd niczego mu nie ukradziono. Z całą pewnością nikt nie śledził go w drodze, gdyż kilkakrotnie to sprawdzał, ani tu na pustkowiu nie mógł poznać jego prawdziwej tożsamości. Przypomniał sobie pełen spokoju wzrok mężczyzny i był pewien, że nie chciał wyrządzić mu krzywdy.

Skoro tak, to dlaczego mnie ogłuszył i uwięził? – zapytywał samego siebie.

Nie wiedział, ile czasu przebywał w zamknięciu, jednak coraz słabsze światło wpadające do spiżarki podpowiadało, że dzień chyli się ku zachodowi. Skoro dotarł do chanu po zmroku, musiał to być kolejny dzień.

Zaczął robić sobie wyrzuty, że zamiast włóczyć się po tym przeklętym chanie, powinien był zaczekać przy bramie na odźwiernego.

Gdybym tak postąpił, już dawno byłbym w drodze powrotnej, rozmyślał rozgoryczony.

Niespodziewanie zza ściany dobiegły go głuche dźwięki i szurania, jakby wiele osób wchodziło równocześnie do pomieszczenia. Wkrótce dołączyły doń męskie głosy recytujące słowa modlitwy. Gdy mężczyźni umilkli, dało się słyszeć słodkie brzmienie fletów.

– Sema! – szepnął Feridun Bej, któremu dźwięki instrumentu i rytmiczny odgłos kroków natychmiast skojarzyły się z tajemną ceremonią derwiszów, o której słyszał wiele legend.

Tknięty nagłą myślą, postanowił spróbować wyjrzeć przez szparę, by sprawdzić, czy ma rację.

Kto wie, może uda mu się w ten sposób zawołać kogoś na pomoc albo przynajmniej dowiedzieć się z kim ma do czynienia? Podniesiony nieco na duchu, zaczął układać worki płasko jeden na drugim.

Dźwięki wzmagały się. Wkrótce do instrumentów dołączyły także głosy ludzkie, mruczące coś niezrozumiałego na niskich tonach. Feridun Bej wytężył słuch i wkrótce zaczął rozróżniać słowa, a były to piękne imiona Allaha zapisane na kartach Koranu. Coraz bardziej zaintrygowany, ostrożnie wdrapał się na chwiejną konstrukcję. Zapierając się obiema rękami o ściany maciupeńkiego pomieszczenia, zdołał stanąć na palcach i spojrzeć przez szparę.

W dole dostrzegł wnętrze wielkiej sali o surowym wystroju, której jedyną ozdobą było łukowe sklepienie wyłożone niebieską mozaiką, wyraźnie odcinające się na tle bielonych murów. Dookoła pod ścianami wisiały ogromne, misternie zdobione palmetkami i arabeskami mosiężne lampy. Na środku komnaty niczym lilie wodne niesione prądem rzecznym wirowali derwisze. Pod ścianami dostrzegł kilkanaście czarnych płaszczy, części tradycyjnego stroju derwisza. Ich zrzucenie tuż przed rozpoczęciem tańca miało symbolizować przejście ze śmierci i ciemności do świata życia i światła wyrażanego przez białe szaty. Mnisi na głowach mieli wysokie, spiczaste czapki nazywane sikke. Dawno temu Feridun Bej znał jednego stambulskiego rzemieślnika, który wytwarzał sikke, i to właśnie on opowiedział mu wiele historii o derwiszach. Między innymi i tę traktującą o tym, skąd się wziął i co właściwie oznacza ten ich taniec.

– Ludzie powiadają – mówił rzemieślnik, nie przerywając wykonywanej pracy, którą było cięcie dużej połaci filcu na szerokie pasy – że pewnego dnia Calaleddin Rumi, którego derwisze nazywają Mevlana, czyli „nasz mistrz", rankiem przechadzał się po mieście. Mimo wczesnej pory było upalnie. Naraz poczuł coś jakby uderzenie gwałtownego wichru, a chwilę później usłyszał wyraźne: „La ilaha illalah". Rozejrzał się wokoło w poszukiwaniu modlącego się człowieka, lecz nikogo nie dostrzegł. Gdy znów usłyszał te święte słowa, wypowiedziane głośno i wyraźnie, pojął, że to sam Bóg przemówił do niego. Z radości rozpostarł szeroko ręce i zaczął wirować wokół własnej osi, wielbiąc i wysławiając Stwórcę.

Feridun pamiętał, że wówczas w odpowiedzi na tę opowieść cmoknął tylko zniecierpliwiony, że handlarz kolejny raz rozmową opóźnia wydanie mu zamówionych rzeczy.

– Podobno wirują tak i wirują jak planety po niebie, aż przekroczą granicę pomiędzy naszym światem a tym, co ukryte jest za zasłoną – westchnął z rozmarzeniem rzemieślnik, lecz gdy spojrzał na Feriduna i zauważył wyraz zniecierpliwienia na jego twarzy, machnął ręką i dodał: – Ale kto to tam wie naprawdę.

Po czym ruszył w głąb straganu odnaleźć zawiniątko przygotowane dla klienta z pałacu.

Spoglądając na dziesiątki wirujących w tańcu mężczyzn, Feridun Bej pożałował przez chwilę, że życzliwy rzemieślnik nie może tego zobaczyć. On sam nigdy dotąd nie uczestniczył w żadnym mistycznym obrządku, więc jak zahipnotyzowany przyglądał się całej scenie, zapominając na chwilę o swojej niewesołej sytuacji, niepewnej konstrukcji, na której stał, oraz o zadaniu, którego najprawdopodobniej nie dane będzie mu wypełnić. Widział tylko białe, rozłożyste suknie derwiszów przewiązane szerokimi, ciemnymi pasami, falujące jak płatki kwiatów na wietrze. Początkowo mężczyźni mieli ręce skrzyżowane na piersiach, lecz w miarę jak muzyka przyspieszała, a ruch stóp stawał się coraz mniej zauważalny, ich ramiona stopniowo otwierały się. Prawe poszybowało w górę, a lewe w dół, jakby chciały połączyć niebo z ziemią, przekazać błogosławieństwo od Boga zgnębionej ludzkości.

Feridun Bej nie potrafił powiedzieć, jak długo przyglądał się ceremonii. Czuł, że każdy fragment jego ciała i umysłu chłonie atmosferę mistycznego uniesienia panującą wewnątrz komnaty. Nagle muzyka ustała. Derwisze raptownie zatrzymali się, krzyżując nogi i ramiona. Lecz jeden z nich, ten stojący wewnątrz okręgu, w którym Feridun Bej rozpoznał mężczyznę o miodowo złotych oczach, padł na ziemię. Leżał tak dłuższą chwilę bez ruchu. Potem otworzył oczy i wbił wzrok w dal.

– Widziałem sokoła – rzekł głosem nieprzypominającym tego, którym zwracał się do Feridun Beja poprzedniego dnia. – Wielkiego sokoła z potężnymi skrzydłami, który zataczał coraz większe koła nad światem.

Jego towarzysze spróbowali podnieść go z ziemi, ale odpędził ich szybkim ruchem ręki, nie odwracając ku nim głowy. Feridun Bej poczuł ucisk w żołądku.

– Sokół jest w niebezpieczeństwie. – Oddech mężczyzny stał się przerywany, jakby to, co widział, budziło w nim przerażenie, z coraz większym trudem cedził słowa. – Widziałem wycelowane w niego sztylety, jad węża i kamienie próbujące go dosięgnąć. Kamienie powstrzymała tarcza przyjaciela. Sól i opium podane przez ptaszynę pokonały jad. Sztylet podążył ku niemu, zranił, lecz nie zdołał go zabić.

Feridun Bej aż się skurczył. Starzec nie mógł wiedzieć o żadnym z tych wydarzeń: ani o tym, że Sokollu próbowano otruć, ani o skrytobójcy, który przyszedł w nocy, ani nawet o tym, co wydarzyło się jeszcze w czasie oblężenia twierdzy, kiedy to on sam, spostrzegłszy, że wielki wezyr spadł z konia, zdołał podpełznąć i nakryć nieprzytomnego przyjaciela swoją tarczą.

– I ognie płoną nadal. Ich języki dotykają już piór sokoła – wycharczał mężczyzna.

Przymknął oczy, a na jego twarzy odmalował się ból. Słabe ciało człowieka płaciło straszną cenę za boski dar.

– Widziałem trzy ognie – podjął starzec, nie otwierając oczu. – W jednym płonie to samo drzewo, na którym było niegdyś gniazdo sokoła. Drugie podsycane jest nienawiścią i żądzą zemsty. Czarny to ogień, ponury i okrutny. Najgorszy jest trzeci…

Znów przerwał. Pierś unosiła mu się coraz szybciej, choć oddech cichł.

Feridun czuł, że stos pod jego nogami chwieje się coraz bardziej, ale nie ruszył się z miejsca. Nie mógł. Był pewien, że wizja derwisza dotyczyła Sokollu. Musiał usłyszeć całą prawdę, a potem spróbować ją zrozumieć.

– I widziałem ogień miłości, który wypalał mu duszę – dokończył niemal szeptem, przymykając powieki. – Te płomienie były najstraszliwsze. Pozostałe mogą pozbawić go wzroku, zniszczyć skrzydła, uniemożliwiając lot. Ostatni zaś ogień może go zabić.

Feridun poczuł, jak pęta trzymające go przy okienku nagle się rozluźniły. Wzdrygnął się jak człowiek wybudzony ze snu. Wizje najwyraźniej także się skończyły, bo derwisz otworzył oczy i skinieniem ręki przywołał dwóch młodszych braci, żeby pomogli mu wstać.

Feridun Bej jednak nie myślał o już o mężczyźnie o miodowo złotych oczach. W jego głowie kołatało zbyt wiele pytań. Jednego był pewien: jakiekolwiek znaczenie miały wizje derwisza, Sokollu był w niebezpieczeństwie. Zapomniawszy o tym, gdzie się znajduje, zerwał się, chcąc biec wezyrowi na ratunek. W tym momencie konstrukcja, na której stał, zachwiała się niebezpiecznie. Worki jeden za drugim zaczęły zsuwać się na ziemię. Feridun nie miał nawet czego się chwycić i także runął.

3

Gdy znów się ocknął, zauważył, że drzwi stoją otworem, a z oddali słychać było śpiew ptaków. Pospiesznie wyszedł ze spiżarni, niezatrzymywany przez nikogo. Bolała go głowa i plecy, ale zignorował ból. Musiał jak najszybciej znaleźć się znów u boku Sokollu, i ta myśl orzeźwiała jego umysł i dodawała sił ciału. Nie napotkawszy żywego ducha, odnalazł wreszcie drogę na dziedziniec. Odwiązał konia i już chciał na niego wsiąść, gdy coś zabrzęczało mu w kieszeni. Wyciągnął płaski kawałek srebra. Zawahał się. I tak stracił już dość czasu na realizację planu, który może nie przynieść oczekiwanego rezultatu, a tymczasem wielki wezyr jest w niebezpieczeństwie.

W ogóle nie powinienem był go opuszczać, pomyślał, obracając niepozorną blaszkę w palcach.

Mimo to nie mógł odjechać. Wiedział, że dla Sokollu nic nie miało większej wartości niż Imperium Osmańskie. Nic, nawet jego własne życie. Splunął na piach i zacisnął srebro w dłoni tak mocno, iż czuł, jak metalowe brzegi wpijają mu się w skórę. Spojrzał raz jeszcze na konia, po czym ruszył z powrotem w stronę komnaty derwiszów. Wszedł do środka, ale wewnątrz było już pusto. Przebiegł wzdłuż długiego balkonu chanu, wychodzącego na dziedziniec, i nagle dojrzał małego staruszka siedzącego przy studni tuż obok jego własnego konia. Starzec opierał obie dłonie o długą, zakrzywioną laskę i ułożywszy na nich brodę, kołysał się delikatnie. Feridun Bej czym prędzej zbiegł na dół. Przywitał się pospiesznie, po czym zapytał:

– Nie wiesz, ojcze, gdzie mogę znaleźć odźwiernego?

Starzec rozsunął usta w bezzębnym uśmiechu.

– Ja nim jestem, chłopcze – odparł.

Feridun Bej zaniemówił, zdziwiony, że tym razem tak łatwo udało mu się pokonać przeszkodę. Dziesiątki pytań cisnęły mu się na usta, lecz po chwili namysłu postanowił ich nie zadawać. Miał niejasne przeczucie, że i tak nie uzyskałby odpowiedzi.

– Czegóż ci potrzeba? – spytał staruszek, dostrzegając jego wahanie.

Młodzieniec w milczeniu wyciągnął przed siebie rękę z zaciśniętą pięścią, którą rozsunął tuż przy twarzy starca. Światło latarni odbiło się w srebrnej blaszce, oświetlając niemal niewidoczny napis.

Dobrotliwy wyraz natychmiast zniknął z twarzy starca, choć młodzieniec nie był pewien, czy w jego miejsce zagościł na niej strach, czy uroczysta powaga.

– Zaczekaj tu – powiedział i odłożywszy laskę na bok, żwawym krokiem udał się w głąb chanu.

Feridun Bej posłusznie usiadł na jego miejscu, ani myśląc raz jeszcze wchodzić do wnętrza tego przedziwnego miejsca. Nie czekał jednak długo. Wkrótce dojrzał staruszka, któremu towarzyszyła zakapturzona postać. Podeszli do studni.

– Pewnieś głodny, młodzieńcze – bardziej stwierdził niż zapytał staruszek, jakby wcale się nie rozstawali, tonem miłej pogawędki. – Nie możesz ruszyć w drogę, nie posiliwszy się choć trochę. Zapraszam, wejdź do mojej izdebki na kolację.

Mówił do Feridun Beja, ignorując jego zaciekawione spojrzenie, zupełnie jakby zakapturzona postać była zjawą, a nie człowiekiem z krwi i kości.

– Dzięki ci, ojcze, nie pogardzę kawałkiem chleba – odparł, podejmując grę.

Starzec poprowadził go do maleńkiego domku przyklejonego do bramy wjazdowej. Wewnątrz było ciepło i przytulnie, choć widać było, że odźwierny nie jest bogaczem. Feridun Bej usiadł za stołem, na którym zaraz pojawiły się świeży chleb, owczy ser i oliwki. Zakapturzona postać usiadła naprzeciw niego. Posilali się w milczeniu. Feridun Bej miał wrażenie, że w ciszy panującej w pomieszczeniu słyszy własny oddech.

Gdy skończyli posiłek, staruszek, zebrawszy naczynia, oddalił się.

– Skąd to masz? – bez słowa wstępu zapytał zakapturzony mężczyzna, wyjmując srebrną blaszkę.

– Wyjaw mi najpierw swe imię – odparł Feridun Bej, któremu głos mężczyzny wydawał się dziwnie znajomy.

– Jestem Kemal Efendi – odrzekł tamten i zdjął kaptur.

Był to ten sam mężczyzna, który rozmawiał z Feridun Bejem w kuźni i nakazał jego zatrzymanie. Ten sam, który podczas wirowania derwiszów miał wizję dotyczącą sokoła.

– Czy teraz ty wyjawisz mi, kim jesteś? – zapytał, widząc zdziwienie odmalowujące się na twarzy młodzieńca.

– Jestem Feridun Bej, mój panie. Sułtański sługa, müteferrik i niszandży wielkiego wezyra, z którego rozkazu przybywam. Imperium cię potrzebuje – zakończył z zapałem.

Poważna dotąd twarz Kemala Efendiego rozpromieniła się, oczy barwy miodu zaiskrzyły wesołością, a z jego ust wydobył się najczystszy śmiech, jaki Feridun Bej słyszał w swoim życiu.

– Na Allaha! – wykrzyknął mężczyzna. – Zadziwiające są Twe ścieżki, o Miłosierny! Nie przypuszczałem, że kiedykolwiek usłyszę podobne zdanie z ust osmańskiego urzędnika.

– Panie, wielki wezyr Mehmed Pasza Sokollu…

– Sokół – szepnął mężczyzna, a Feridun Bej poczuł, jak po plecach przebiega mu zimny dreszcz. By nie zdradzić, że podglądał sekretne obrzędy, i nie wzbudzić tym samym gniewu Kemala Efendiego, czym prędzej kontynuował:

– …prosił, bym przekazał ci ten list. – To mówiąc, wyciągnął zza kaftana niewielki zwój pergaminu i podał mężczyźnie.

Ten przyjrzał się uważnie pieczęci, po czym wstał od stołu i przysunął się bliżej ognia, by przeczytać treść. Gdy skończył, wrzucił pergamin w płomienie i znów odwrócił się do młodzieńca.

– Twój pan żąda wiele – powiedział.

– Wierz mi, mój panie, że nie pragnie niczego dla siebie. Jedyną jego troską jest dobro Imperium Osmańskiego – zapewnił natychmiast Feridun Bej.

– Dobro Imperium to jarzmo sułtana.

Feridun Bej czuł, że wiele zależeć będzie od jego odpowiedzi na te słowa.

– Panie, sam rzekłeś mi niedawno, że wszyscy jesteśmy sługami Boga Najwyższego. To on rozdziela pomiędzy nas zadania, a my winniśmy je z pokorą wykonywać.

Mężczyzna skinął głową.

– Wezyr był wielkim przyjacielem zmarłego sułtana Sulejmana, błogosławione niech będzie jego imię, póki słońce świecić będzie nad ziemią – rzekł po chwili milczenia. – Przez wzgląd na tę przyjaźń spełnię, o co prosi, lecz uczynię to tylko ten jeden raz.

– Co zamierzasz zrobić, panie? – spytał Feridun Bej.

– Moje drogi pozostaną przed tobą zakryte. Nigdy więcej się nie spotkamy, a mojego imienia nikt nigdy nie skojarzy z tą sprawą. Jednak przekaż swemu panu, żeby się nie lękał i bez obaw wprowadził do stolicy sułtana. Oskarżenia, których się obawia, nie padną, choć pojawią się inne. Będą to zagadki, których ja rozwikłać nie mogę, lecz kto wie, może twojemu panu się to uda.

To mówiąc, mężczyzna naciągnął kaptur i ruszył w stronę wyjścia.

– Strzeż sokoła, bo tylko on zdoła powstrzymać upadek i hańbę wielu, jeśli starczy mu sił do lotu, do walki z samym sobą, jeśli zachowa skrzydła – rzucił, przekraczając próg i pozostawiając osłupiałego Feridun Beja samego.

20 listopada 1566
Okolice Petronium
IMPERIUM OSMAŃSKIE

1

Jelena nie była zadowolona, że wielki wezyr postanowił odesłać ją do stolicy. Rozumiała jego pobudki, ale jej serce drżało z trwogi na myśl, że znów może utracić osobę, która, choć była wrogiem, stała się jej w dziwny sposób bliska.

Nawet nie przyszedł się pożegnać, myślała rozgoryczona, gdy wraz z oddziałem, z którym miała wyruszyć w drogę zaraz o świcie, czekała na wydanie kolacji.

Wzięła miskę z duszonym mięsem oraz kawał niekwaszonego chleba posypanego ziołami i mimo mroku odeszła na bok, by zjeść posiłek w samotności. Znalazła wygodne drzewo, oparła się o nie plecami, tureckim zwyczajem zawinęła prawy rękaw koszuli aż do łokcia, rozłożyła na kolanach serwetę i zanurzyła łyżkę w gęstej, parującej strawie. Zjadła mięsiwo, zagryzając chlebem, odłożyła miskę na bok i ułożyła się na wystającym z ziemi konarze, aby mimo chłodu chwilę popatrzeć w gwiazdy. Choć nie opuściła jeszcze na dobre obozowiska, już tęskniła za wezyrem i za końmi, na które przelała wszystkie swoje uczucia. Zwierzęta wyraźnie odwdzięczały się jej tym samym, bo wkrótce zyskała wśród służących sławę stajennego, który mimo niskiego wzrostu i mizernej postury potrafi ułagodzić nawet najbardziej porywistego rumaka.

Leżała pod granatowym sklepieniem przyozdobionym śnieżnobiałymi, lśniącymi jak diamenty gwiazdami, nie myślała o niczym, a z jej serca płynęła ku niebu modlitwa bez słów. Trwała tak w adoracji piękna stworzenia, gdy nagle do jej uszu dobiegły stłumione przez odległość głosy mężczyzn. Zadrżała ze strachu. Odeszła zbyt daleko, aby głosy te mogły należeć do kogoś z jej oddziału. Usiadła i rozejrzała się po okolicy. Księżyc w pełni oświetlał wszystko wokół sinawym światłem. Początkowo nie dostrzegła niczego, lecz po chwili w odległości nie większej niż pięćdziesiąt kroków zauważyła smugę dymu znaczącą granatowy horyzont szarawą wstęgą. Ciekawość przezwyciężyła strach. Dziewczynka powoli, stąpając ostrożnie, by trzask suchego patyka nie zdradził jej obecności, podeszła bliżej.

Kryjąc się za pniem starego, rozłożystego dębu, przyglądała się rozgrywającej się po drugiej stronie scenie.

Wokół ogniska siedziało sześciu janczarów. Ich czapki leżały obok, niedbale rzucone na ziemię, a oni mimo obowiązującej ich reguły i zasad islamu popijali wino, czerpiąc trunek miedzianymi kubkami wprost z wielkiej beczki. Kwaśny zapach ich oddechów dotarł aż do nozdrzy dziewczynki. Skrzywiła się i odwróciła na chwilę głowę, by zaczerpnąć świeżego powietrza.

– Musimy zatrzymać sułtana w przesmyku pomiędzy bramą edirneńską a serajem – usłyszała lekko bełkotliwy głos jednego z mężczyzn.

Gdy pojęła sens jego słów, skamieniała przytulona do drzewa. Pamiętała doskonale, co wydarzyło się podczas uroczystości pogrzebowych sułtana Sulejmana. Wiedziała, że tylko dzięki zręczności wielkiego wezyra nie doszło wówczas do rozlewu krwi. Zarzewie buntu jednak nie zgasło, lecz wciąż tliło się jak węgielek w piecu czekający na podmuch miecha, gotowy w każdej chwili rozpalić wielki ogień.

– Część z nas odetnie drogę przez bramę miejską, druga grupa zablokuje dojście do wrót seraju. Znajdą się w potrzasku, ściśnięci pomiędzy nami a gawiedzią stambulską, która z pewnością przybędzie licznie, by powitać nowego sułtana i odprowadzić go do bram pałacu Topkapı – ciągnął mężczyzna.

Jelena odwróciła się i spróbowała dojrzeć jego twarz, lecz skrywał ją cień. Cofnęła się więc z powrotem, rozumując, że skoro słyszy wszystko, nie ma potrzeby narażać się na zostanie odkrytą, co niechybnie skończyłoby się śmiercią – tym pewniejszą, że miała na sobie złociste szaty członków świty wielkiego wezyra.

Z ust pozostałych mężczyzn wydobył się pomruk aprobaty.

– Nie ustąpimy, dopóki sułtan nie wypłaci nam zaległego żołdu i przyobiecanych nagród! – rzekł jeden.

– I dopóki nie pozbędzie się tych przeklętych doradców! – wykrzyknął drugi, w pijackim uniesieniu na chwilę zapominając o bliskości obozu i konieczności zachowania dyskrecji.

Musiał zostać natychmiast upomniany siłą, bo z jego ust dobyło się głośne stęknięcie. Jelena dosłyszała odgłosy przepychanki. Chwilę wahała się, czy nie poczekać na dalszy rozwój wydarzeń, lecz usłyszała już dość, a każda kolejna minuta przebywania w ukryciu tak blisko spiskowców zwiększała ryzyko, że w końcu ją odkryją. Wówczas nie zdołałaby powiadomić wezyra o tym, co usłyszała.

Gdy oddaliła się na bezpieczną odległość, zaczęła się zastanawiać, jak przekazać mu wieści. Sokollu wraz z pozostałymi wezyrami i całą sułtańską świtą spędzał tę noc w położonym nieopodal drogi wspaniałym osmańskim seraju. Ze względu na obecność sułtana seraj był dobrze strzeżony i nie miała szans przemknąć się doń niezauważona. Po chwili przypomniała sobie, że Feridun Bej, który kilka dni wcześniej znów, jak gdyby nigdy nie wyjeżdżał, pojawił się w obozie, spał w namiocie nieopodal seraju. Jelena postanowiła jak najszybciej udać się tam i opowiedzieć mu wszystko. Feridun Bej jako jeden z nielicznych miał dostęp do wielkiego wezyra we dnie i w nocy, mogła więc być pewna, że wiadomości szybko dotrą do uszu Sokollu.

2

Wielkiego wezyra obudziły odgłosy poruszenia u wejścia do namiotu. Podniósł się z posłania i kazał czuwającemu przy nim strażnikowi zobaczyć, kto przyszedł.

– To niszandży Feridun Bej, mój panie – rzekł strażnik.

Sokollu kazał go wpuścić, narzucając na nagie ramiona jedwabny szlafrok. Przybycie Feridun Beja w środku nocy nie wróżyło niczego dobrego.

– Witaj, mój panie – rzekł młodzieniec wyraźnie zniecierpliwiony koniecznością marnotrawienia czasu na grzeczności.

– Mów prędko, z czym przybywasz – pospieszył go Sokollu, siadając na niskim, plecionym stołku.

– Twój sługa Ibrahim... – zaczął Feridun Bej.

– Co z nim?! – wykrzyknął Sokollu, przerażony wizją, że Birgül mogło przydarzyć się coś złego.

– Twój sługa Ibrahim odwiedził mnie przed chwilą w namiocie – dokończył młodzieniec, poruszony i lekko zazdrosny o przywiązanie, jakim wezyr darzył chłopca.

– O tej porze?! – zdziwił się Sokollu, w myślach obiecując sobie skarcić dziewczynkę za włóczenie się nocami wśród namiotów.

– Tak, panie. Wślizgnął się jakimś sposobem, którego nie udało mi się odkryć, omijając me straże – ciągnął Feridun Bej.

Sokollu nie zdołał powstrzymać uśmiechu.

– Był cały ubłocony, jakby drogę do mego namiotu pokonał, czołgając się. W ciemności nocy wyglądał jak Idris – opowiadał młodzieniec, nie dodając jednak, że na widok twarzy pochylonej nad nim wśród ciemności on, dzielny wojownik, wydał z siebie zduszony okrzyk strachu. – Powiedział, że ma wiadomości, które musisz natychmiast usłyszeć.

To powiedziawszy, Feridun Bej przekazał wezyrowi treść podsłuchanej przez Jelenę rozmowy.

Sokollu milczał.

– Panie mój? – zagadnął niszandży, gdy milczenie wezyra przeciągało się. – Co teraz uczynimy?

Wielki wezyr popatrzył mu głęboko w oczy. Feridun Bej natychmiast dostrzegł w jego wzroku iskrę, która oznaczała, iż ma on gotowy plan działania.

– Nic – rzekł wreszcie Sokollu.

– Jak to?! – żachnął się młodzieniec. – Przecież oni planują użyć siły wobec sułtana!

– Ufasz mi, Feridunie?

– Jak nikomu na świecie, mój panie – szybko odparł zapytany.

– Więc i tym razem miej wiarę w moje czyny – powiedział spokojnie Sokollu. – Pozwolimy, by janczarzy okazali swą złość. Nie będziemy ich zatrzymywać.

Oczy Feridun Beja robiły się coraz większe, lecz o nic już nie spytał.

– Pozwolimy, by osaczyli sułtana i przerazili jego sługi, a gdy nadejdzie odpowiedni moment, wkroczę na scenę i nie dopuszczę do rozlewu krwi – zakończył wezyr.

– Panie mój, a co będzie, jeśli... – Feridun Bej nie śmiał dokończyć.

– Co będzie, jeśli nam się nie uda? Wówczas w Stambule wybuchnie straszna rzeź. Zginie wielu ludzi, wśród nich także sułtan, niewykluczone, że i my. Twoja wyprawa, poświęcenie Kemala Efendiego, wszystko to pójdzie na marne, wgniecione w ziemię i polane krwią przez oszalałe od gniewu wojska – mówił wezyr głosem tak beznamiętnym, że Feridun Bej wbrew rozsądkowi poczuł, że ten chłód i jego uspokaja. – Lecz to jedyna szansa, by potrząsnąć sułtanem, zmusić go do okazania wojskom należnego szacunku i przejęcia się choć trochę nie tyle samym sobą w roli władcy, co służbą Imperium Osmańskiemu.

9 grudnia 1566
Stambuł
IMPERIUM OSMAŃSKIE

W stolicy zagrzmiały triumfalne trąby, przy sztandarach płonęły kadzidła z ambry i aloesu. Oto wojsko osmańskie wracało ze zwycięskiej kampanii. Tłumy wyległy na ulicę, by wiwatować na cześć nowego sułtana, który na czele wojsk wjechał do Stambułu. Kapudan Pijale Mehmed Pasza, dzierżący pod nieobecność sułtana funkcję namiestnika, wyszedł im na powitanie. Sokollu, który wyprzedziwszy wojska, w przebraniu udał się na bazar, z zadowoleniem zauważył, że nikt nie mówi już o sprzymierzaniu się Selima z siłami nieczystymi. Kemal Efendi wykonał swoje zadanie, choć każdy zapytany kupiec twierdził, że derwisza nigdy nie było w stolicy. Jednakże wielu uciszało go i zmieniało temat, rozglądając się nerwowo na boki, gdy Sokollu zagadywał ich o nastroje wśród janczarów. Najwyraźniej podskórne wrzenie wojsk w koszarach nie uszło uwagi handlarzy.

Selim jechał wyprostowany na swoim pysznie przybranym rumaku, rozkoszując się okazywanym mu głośno uwielbieniem ludu.

– Niech żyje sułtan Selim! Niech nam rządzi wiele lat! – wykrzykiwali mieszkańcy, gdy przejeżdżał obok nich.

Sokollu tymczasem pilnie obserwował to, co działo się poza pierścieniem pochlebców. Tu i ówdzie dostrzegł za tłumem wysokie, białe czapki janczarów. Orszak sułtański wjechał w plątaninę uliczek. Robił się coraz większy ścisk, aż wreszcie gwardia sułtańska musiała siłą, uderzając maruderów buzdyganami, torować władcy drogę. Nagle ktoś zawołał, że janczarzy zablokowali drogę do pałacu.

Wielki wezyr wymienił spojrzenia z Feridun Bejem. Oto nadeszła decydująca chwila.

Petrev Pasza ruszył w stronę janczarów, by nakłonić ich do odstąpienia od buntu, jednak oni pozostali głusi na jego rozkazy.

– Będziemy słuchać tylko sułtana i to wyłącznie wówczas, gdy odda nam to, co się nam należy! – wykrzyczeli wezyrowi w twarz.

Gdy zaś Petrev Pasza, oburzony ich zachowaniem, spróbował raz jeszcze przemówić do nich, uderzyli go halabardą w plecy i strącili z konia. Wkrótce rozochocony tłum zrzucił z koni wszystkich wezyrów. Wielu z nich obalono na ziemię, popychano, bito kolbami muszkietów. Za chwilę miała polać się krew.

– Teraz – szepnął do Feridun Beja Sokollu i wystąpił naprzód, dotąd bowiem krył się w cieniu jednego z domów.

Feridun Bej wyjął z sakwy przytroczonej do swego konia wielki worek wypełniony po brzegi brzęczącymi monetami, którymi Sokollu wypełnił swoje kieszenie. Feridun Bej uczynił to samo i ramię przy ramieniu weszli w falujący gniewem tłum. Mehmed podszedł do jednego z janczarów i zagadnął doń przyjaźnie, jak gdyby spotkał ot, tak przypadkiem, serdecznego towarzysza broni w piękny, grudniowy dzień. Rozjuszony żołnierz, dostrzegłszy turban wielkiego wezyra, chciał rzucić się nań z pięściami, ale Sokollu nie pozwolił mu na to.

– Jeśli czymś cię uraziłem, bracie, w imię Boga Miłosiernego proszę o wybaczenie – rzekł, wprawiając janczara w osłupienie.

Kilku kolejnych stojących nieopodal, słysząc te słowa, również przystanęło z wahaniem, przyglądając się całej scenie.

– Bracia junacy, nie mam wiele, lecz co moje, i do was należy, bo tak jak i wy nosiłem niegdyś na karku rękaw hodży Bektaşı, a jego błogosławieństwo towarzyszyło mi na wszystkich drogach, którymi zdążałem. – To mówiąc, sięgnął do kieszeni i jął rozdawać żołnierzom złote monety. Feridun Bej w milczeniu robił to samo.

Powoli, wciąż rozdając złoto, wielki wezyr torował drogę do seraju. Ściśle otoczony przez gwardzistów sułtan podążał za nim. Gdy dotarli do bram pałacu, kolejna grupa janczarów zastąpiła im drogę.

– Dlaczego gwałcisz nasze święte prawa, sułtanie? – wykrzykiwali, na nowo wzniecając wściekłość w tych, których Sokollu zdołał chwilowo uładzić złotem i dobrymi słowami.

Selim milczał dumnie. Mimo swego położenia ani myślał ustąpić. Sokollu wziął głęboki wdech i stanąwszy pomiędzy janczarami a sułtanem, rzekł:

– Panie mój, pokorny sługa twego ojca, któremu udzieliłeś zaszczytu służenia i tobie, prosi, byś raczył go wysłuchać.

Oczy Selima zwęziły się, lecz skinął głową, dając znak, by wezyr mówił dalej.

– Oto moi bracia janczarzy, powróciwszy z wyprawy, której trudy dzieliłem z nimi od pierwszej do ostatniej chwili, stają przed twym boskim majestatem rozgoryczeni. Oto przyobiecano im nagrody, których twoi doradcy nie pozwolili im wypłacić. W akcie desperacji postanowili odwołać się zatem do twej sprawiedliwości, lecz gdy nie zostali dopuszczeni przed twoje oblicze, postanowili siłą utorować sobie drogę do spotkania z tobą.

Obie strony konfliktu wiedziały, że w słowach wezyra było więcej kłamstw, niż jest piasku na pustyni, jednak dostrzegły w tej mowie szanse załatwienia swoich interesów z zachowaniem twarzy i honoru. Bo oto sułtan stawał się niczego nieświadomą ofiarą manipulacji otaczających go dostojników, a janczarzy świętymi, wiernymi sługami Selima, oszukanymi niegodziwie i szukającymi opieki u swego władcy.

– Jest moją wolą, aby wezyrowie Wielkiej Porty zebrali się jutro na obrady dywanu i rozpatrzyli przychylnie wasze prośby – rzekł dumnie nowy władca, składając ciężar odpowiedzialności na barki swoich ministrów. – A ja zatwierdzę to, co postanowią, i będzie to dla mnie świętością.

Janczarzy, słysząc te słowa, poczęli wiwatować, skakać sobie w ramiona i wykrzykiwać na cześć sułtana. Przepuścili go do pałacu, lecz nie odstąpili od murów, nie rozeszli się do koszar. W milczeniu oczekiwali na decyzje dywanu.

12 grudnia 1566
Stambuł
Imperium Osmańskie

1

Mehmed Pasza Sokollu wyszedł na balkon jednej ze swych posiadłości w Stambule, położonej nieopodal zamku Rumeli Hisarı. Gdzieś w oddali słychać było miękki, dźwięczny śpiew słowika. Wiatr przyniósł znad morza gorzkawą woń soli i cytrusów. Wezyr wciągnął w nozdrza znajomy zapach. Nie był synem tej ziemi, a mimo to czuł, że tu jest jego miejsce na świecie. Przymknął oczy i wystawił twarz w stronę słońca, przepełniony błogim uczuciem, które zwykle towarzyszy człowiekowi powracającemu do domu. Pod powiekami natychmiast pojawiła mu się kobieca twarz; jego serce także poczuło, że wróciło do domu. Tęsknota tłumiona przez bieg wydarzeń podczas kampanii wojennej powróciła jak dobrze znana melodia.

Ta twarz, delikatne rysy, wydatne kości policzkowe, kształtny nos, wąskie, niezwykle czerwone usta, na których drgał lekko kpiący uśmiech. W ciemnych włosach, gdzieniegdzie poznaczonych rdzawymi pasmami, migotały promienie zimowego słońca. Puszyste, kasztanowe fale okalały idealnie bladą twarz, mimo upływu lat nieskażoną piegami czy zmarszczkami. Pod maską słodkich, dworskich minek – z których z czasem nauczyła się robić użytek – skrywały się żywa inteligencja, wielki rozsądek i intuicja umożliwiająca dokonywanie mądrych wyborów. To one doprowadziły ją na sam szczyt. Nade wszystko zaś Nurbanu posiadała wielkie serce spragnione miłości, która nie była jej dana.

Spróbował odsunąć od siebie wspomnienie kobiety, do której nie miał prawa nic czuć, a którą od prawie trzydziestu lat kochał bardziej niż własne życie.

– Nurbanu... – wyszeptał, rozkoszując się samym brzmieniem tego drogiego imienia.

Pierwszy raz zobaczył ją po bitwie na Paros, nieopodal Korfu, w czasie wojny z Wenecją. Jako ulubieniec Sulejmana i jego osobisty garderobiany nieustannie przebywał w pobliżu władcy. Doskonałe dworskie maniery połączone z nieprzesadnie służalczym zachowaniem, umiarkowana duma, a przede wszystkim szczerość, na którą Sulejman zawsze mógł liczyć, sprawiały, że sułtan coraz częściej zasięgał właśnie jego opinii czy rady.

Tamtego dnia, już po zakończeniu bitwy, janczarzy plądrowali Paros. Zgodnie z muzułmańskim zwyczajem wzięcie miasta szturmem było jednoznaczne z przyzwoleniem zwycięskim wojskom na trzydniową grabież domostw, skarbców, sklepów, piwnic i składów. Janczarzy gromadzili łupy wojenne, którymi dopełniali swój żołd, rekompensatę za krew braci przelaną w czasie walk. Władca oddawał miasto na pastwę żołnierzy i z boku przyglądał się sianemu przez nich spustoszeniu. Samych mieszkańców jednak potraktował łaskawie. Oszczędził im życie oraz poprzysiągł oddać złupione domy, by mieli przynajmniej dach nad głową.

Na wielkim placu pośrodku miasta ustawiono stos, na którym palono zwłoki poległych. Pozostali przy życiu mieszkańcy zostali spędzeni na plac i przyglądali się temu niechrześcijańskiemu pochówkowi w ponurym milczeniu. Brudni, poranieni, złamani na duchu po przegranej, po utracie najbliższych i bogactw gromadzonych przez całe życie, w których pokładali wszystkie swoje nadzieje, siedzieli skuleni jak zwierzęta, nie patrząc sobie nawzajem w oczy. Był to przygnębiający widok. Mehmed, który i tego dnia towarzyszył Sulejmanowi, idąc pieszo obok jego rumaka, przechodząc koło placu, odwrócił wzrok. Nie mógł patrzeć na cierpienie, choć niejeden raz przyszło mu je komuś zadać. Czym innym jednak było ranienie albo pozbawienie życia wroga w ferworze walki, gdy doskonale wyćwiczoną rękę wiodła pierwotna żądza mordu, niosąca perwersyjną przyjemność, czym innym patrzenie, jak setki ludzi stłoczone jak bydło, siedzące we własnych odchodach w upale, bez jedzenia i wody umierają powoli z wycieńczenia, cierpiąc przy tym straszliwe męki. Podniósł oczy na sułtana i zauważył, że Sulejman również nie patrzy w tamtą stronę. Władca spoglądał w niebo ponad murami miejskimi. Mehmed gotów był przysiąc, że dostrzega na jego twarzy rys melancholii. Im bliżej sułtana przebywał, tym częściej odnosił wrażenie, że rola wojownika wielce ciążyła wrażliwej części jego duszy; a może odwrotnie... Sulejman kochał wojnę. Uwielbiał zwyciężać, lecz każde zwycięstwo okupione krwią i mękami setek kobiet, mężczyzn, starców i dzieci napełniało jego duszę coraz głębszą ciemnością, która zaczynała powoli odciskać piętno na jego ciele, odbierając zdrowie i osłabiając mięśnie. Mehmed był bacznym obserwatorem i już dawno spostrzegł, że Sulejman z każdym dniem z dala od Stambułu blednie, milknie, jest coraz bardziej rozdrażniony, wypija więcej wina i wcześniej udaje się na spoczynek. Wydawało mu się, że każdego ranka, gdy on sam ubierał sułtana w jedwabne, wyszywane złotem i drogimi kamieniami szaty, Sulejman przywdziewał maskę, by zagłuszyć swoje serce i dać pełnię władzy wojowniczej części swej duszy, niezbędnej mu do władania światem.

Z zamyślenia wyrwał ich kobiecy wrzask. Obaj natychmiast potoczyli po placu czujnym wzrokiem, szukając niewiasty, której krzyk zdołał się przebić przez ogólnie panujący wokół rejwach. Obaj bezwiednie chwycili także rękojeści swych mieczy. Na placu rozgorzała walka. Starsza kobieta ubrana w kosztowną, choć brudną suknię, w której Mehmed od razu rozpoznał szlachecki strój uszyty przez któregoś ze znakomitych krawców weneckich, usiłowała wydrapać oczy obdartemu Bułgarowi uzbrojonemu w krótki sztylet o nierównym ostrzu. Od razu rozpoznał w napastniku baszybuzuka, najemnika, jednego z tych, którzy zaciągali się na ochotników do wojsk osmańskich w nadziei na łatwy łup i szybkie wzbogacenie. Była to formacja, którą – jako najmniej wartościową – zwykle posyłano do ataku pierwszą. Choć powszechnie wiadomo było, że oddziały baszybuzuków ponosiły zwykle największe straty, wciąż nie brakowało chętnych do wstępowania w ich szeregi. Najczęściej zgłaszali się młodzi mężczyźni spragnieni sławy i pieniędzy, lecz zbyt leniwi i zdeprawowani, by zdobyć je uczciwą pracą. Przestępcy szukający ucieczki od sprawiedliwości wśród tysięcy trybików wojskowej machiny zwanej armią osmańską.

Bułgar cisnął kobietę na bok. Upadła z głośnym jękiem. Sokollu był pewien, że już się nie podniesie. Jednak po chwili dźwignęła się na rękach, odwróciła głowę i spojrzała za siebie. Coś, co tam ujrzała, musiało dodać jej sił, gdyż po chwili, chwiejąc się i utykając, znów ruszyła stawić czoło uzbrojonemu mężczyźnie. Sokollu również odwrócił głowę i spojrzał w miejsce, któremu przed chwilą przyglądała się kobieta.

Kilka kroków nieopodal szamoczącej się pary siedziała kilkunastoletnia dziewczyna i w otępieniu przyglądała się scenie. Na jej widok Mehmedowi pociemniało w oczach. Czuł, że grunt usuwa mu się spod nóg, powietrze wokół gęstnieje, a fala uczucia, zalewająca gwałtownie jego duszę, paraliżuje jego zmysły. Nigdy wcześniej nie widział tak pięknej istoty. Wydawało mu się, że mimo poszarpanego ubrania i strużki krwi spływającej z wąskich ust dziewczyna świeci jakimś wewnętrznym, nieziemskim blaskiem. W czasie licznych wypraw wojennych Mehmed wielokrotnie widywał zgwałcone kobiety. Łączyło je jedno – pusty, pozbawiony życia wzrok. Ta dziewczyna, choć przestraszona, nadal miała oczy pełne życia. Najwyraźniej matka w ostatniej chwili powstrzymała Bułgara przed skrzywdzeniem córki.

Nie dane mu było dłużej patrzeć na świetlistą postać dziewczyny, bo w tej samej chwili Sulejman wydał rozkaz jednemu ze swych przybocznych, który przesłonił Mehmedowi widok. Chwilę później przyboczny napiął cięciwę i wystrzelił z łuku strzałę prosto między oczy Bułgara. Z jego ust bryznęła krew, a ciałem wstrząsnęły przedśmiertne konwulsje. Złoczyńca padł bez życia na ziemię, a jeden z heroldów zawołał donośnym głosem:

– Zgodnie z prawem szariatu piąta część wziętych do niewoli brańców należy do władcy. Niewolnice zgromadzone w wyznaczonej części placu są własnością Boskiego Cienia na Ziemi, wielkiego władcy Sulejmana Prawodawcy. Każdego, kto poważy się podnieść rękę na sułtańską własność, spotka ten sam los.

Mehmed dostrzegł kątem oka, że dziewczyna, rozglądając się nerwowo na boki, przysunęła się do leżącej na ziemi matki. Przypadła do niej i chwilę trwała wtulona w matczyną pierś. Po chwili zdumiona podniosła do oczu zakrwawioną rękę. Zszokowana, przyglądała się to ręce, to matce, wyraźnie nie pojmując tego, co się działo. Mehmed jednak wiedział, że Bułgar musiał zdążyć przed śmiercią pchnąć kobietę nożem w brzuch. Czekała ją długa i powolna śmierć w straszliwych męczarniach. Niewiele myśląc, zwrócił się do Sulejmana.

– Panie mój… – zaczął nieśmiało.

Sulejman spojrzał na niego zaintrygowany. Mehmed Sokollu zwykł wypowiadać się głosem pewnym i niewzruszonym, toteż władca był pewien, że coś musiało bardzo poruszyć jego sługę.

– Co się trapi? – zapytał sułtan.

Mehmed nie odpowiedział. Ponownie spojrzał na parę kobiet tonącą w objęciach i krwi. Sulejman podążył wzrokiem we wskazanym kierunku i zrozumiał niewypowiedzianą prośbę swego sługi i przyjaciela. Skinął nieznacznie głową.

– Dziękuję, mój panie – rzekł Mehmed zduszonym z emocji głosem, po czym skłonił się sułtanowi i podbiegł do kobiet.

Starał się nie patrzeć na dziewczynę, w obawie, że jedno jej spojrzenie odbierze mu siłę, której potrzebował, by uczynić to, co zamierzał. Dziewczyna zdawała się jednak wcale nie dostrzegać jego obecności. Pochylona nad matką, wtulała twarz w jej włosy i kołysząc ją uspokajająco, nuciła jakąś smutną, włoską piosenkę. Role się odwróciły. Teraz ona była opiekunką i pocieszycielką tej, która dała jej życie. Mehmed czuł gorące łzy napływające mu do oczu. On, nieustraszony wojownik osmański, którego ramiona i plecy znaczyły tatuaże kolejnych oddziałów janczarów, w których służył, i blizny, pamiątki po odbytych wyprawach wojennych, wzruszył się widokiem córki pochylonej nad umierającą w męczarniach matką. Czym prędzej sięgnął do przytroczonej u pasa, wysadzanej klejnotami pochwy. Gdy jego dłoń musnęła chłodną stal, odzyskał swobodę oddechu, a mgła sprzed oczu rozwiała się. Jednym szybkim ruchem wyciągnął miecz. Wysadzana rubinami rękojeść zalśniła w ostrym słońcu tysiącem czerwonych smug światła, a wypolerowana do czysta klinga odbiła jeden ze świetlistych promieni tak, że padł na twarz umierającej kobiety, otaczając ją pozaziemską poświatą. Jęcząca dotąd z bólu niewiasta natychmiast umilkła i zacisnęła usta. W jej oczach nie było strachu. Ostatkiem sił z głośnym stęknięciem wyślizgnęła się z objęć córki. Mehmed podszedł bliżej i zawahał się, ale kobieta przymknęła powieki, jakby chciała dać mu do zrozumienia, że się zgadza. Ostrze świsnęło w powietrzu i zatrzymało się na jej gardle. Cięcie było szybkie i precyzyjne, ręka Mehmeda nie zadrżała. W następnej chwili ściągnięte i wykrzywione bólem rysy złagodniały. Sokollu opuścił miecz, światłość zniknęła. Kobieta nie żyła. Mehmed patrzył na nią przez chwilę, oddychając ciężko. Czuł tętnienie krwi w skroniach i kropelki potu spływające po czole.

Po chwili otrząsnął się z osłupienia, wyprostował i wówczas spostrzegł, że dziewczyna zniknęła. Rozejrzał się wokoło i zobaczył, że jeden z janczarów ciągnie ją na prawą stronę placu, gdzie gromadzono dziewczęta, które miały zostać zabrane do stolicy jako niewolnice. Nie szarpała się, nie krzyczała, nie lamentowała. Szła wyprostowana, w milczeniu, nie spuszczając oczu z leżącego bezwładnie na kamieniach ciała matki. Nagle przeniosła wzrok na przyglądającego się jej Mehmeda. Ich oczy spotkały się po raz pierwszy i od tej pory widok twarzy dziewczyny już nigdy miał nie opuścić jego snów. Chwilę później zniknęła, wciągnięta w otchłań morza branek, które miały zasilić swą urodą, wdziękiem i egzotyką haremy osmańskiej szlachty.

Sokollu osobiście zaniósł i wrzucił w płomienie ciało kobiety, po czym wrócił do Sulejmana, nie oglądając się za siebie. Czuł, że to pozornie nic nieznaczące spotkanie otworzyło w jego sercu niezauważone dotąd drzwi, za którymi kryło się coś potężniejszego i piękniejszego od wszystkich rzeczy, których dotąd doświadczył.

Kilka dni później zarządzono triumfalny powrót do Stambułu. Sokollu przez całą podróż powrotną marzył o dziewczynie i usiłował zebrać się na odwagę, by poprosić władcę o podarowanie mu jej. Był pewien, że Sulejman natychmiast odgadnie, jak wielkie wrażenie zrobiła na nim wenecka szlachcianka spotkana w Paros, choć nie zamienił z nią ani słowa. To zawstydzało go i powstrzymywało przed podjęciem stosownych kroków. Choć sułtan sam odznaczał się niezwykłą wrażliwością, uczuciowość nie była cechą cenioną wśród urzędników dworskich. U wszystkich poza sułtanem utożsamiana była z oznaką słabości.

Wreszcie następnego ranka po powrocie do stolicy Mehmed wszedł do osobistych komnat sułtana, dokąd ze względu na pełnioną funkcję miał stały dostęp, z zamiarem wyproszenia u niego niewolnicy. Sulejmana nie było. Mehmed odwrócił się w stronę wyjścia, chcąc jak najszybciej opuścić komnatę władcy. Nie należało tu przebywać zbyt długo bez uzasadnienia, gdyż podobnym postępowaniem łatwo można by się narazić na oskarżenia o spisek na życie sułtana. Był już przy drzwiach, gdy do jego uszu dotarł władczy głos Hürrem Sułtan, dobiegający z zewnątrz. Wiedziony dziwnym przeczuciem Mehmed wbrew zakazowi podszedł do okna i kryjąc się w cieniu tak, by nie być zauważonym, spojrzał w głąb wewnętrznego ogrodu haremu Sulejmana. Zobaczył kilkadziesiąt młodziutkich niewolnic stojących boso na trawie, ubranych jedynie w cieniutkie, niemal przezroczyste tuniki, umożliwiające ocenę ich kształtów i powabu. Zdziwił go ten widok. Nigdy wcześniej nie słyszał, by dobór niewolnic haremowych dokonywany był na świeżym powietrzu, gdzie kobiety narażone były na czyjeś, choćby przypadkowe spojrzenia. Był pewien, że to kolejny pomysł Hürrem, której nikt nie ośmielał się sprzeciwić.

Przed dziewczętami na ścieżce stał odziany w błękitnozielone szaty aga haremu oraz Hürrem we własnej osobie i razem dokonywali przeglądu najpiękniejszych spośród przywiezionych z wojny niewolnic. Władczyni, której uroda, choć już przywiędła, wciąż zachwycała, ubrana w kosztowne szaty, przyozdobiona licznymi klejnotami, zachowywała się tak, jakby chciała bez słów dać do zrozumienia nowo przybyłym dziewczętom zza morza, że w tym haremie, w tym pałacu i w tym imperium liczy się tylko ona.

Przechadzała się niespiesznie przed dziewczętami, których skóra lśniła miodowym blaskiem charakterystycznym dla mieszkanek krain słońca i morza. Niekiedy zatrzymywała się obok którejś i bezceremonialnie chwytała ją za pierś, sprawdzając jędrność, dotykała ud lub zaciskała palce wokół szczęk, zmuszając dziewczynę do otwarcia ust, by mogła obejrzeć jej zęby. Jedna z nich nie wytrzymała zawstydzenia i upokorzenia. Hürrem dla zabawy długo ważyła jej piersi w dłoniach, oceniając ich sprężystość i kształt. Gdy dostrzegła zawstydzenie dziewczyny, by jeszcze bardziej ją upokorzyć, udała niezdecydowanie i przykazała dotykać niewolnicę także adze haremowemu. Tego było zbyt wiele dla młodziutkiej panny wychowanej w surowych zasadach. Dziewczyna wyszarpnęła się i próbowała zakryć swą nagość rękami. Hürrem miała poważną, niby skupioną minę, lecz przypatrujący się tej scenie z ukrycia Mehmed był pewien, że doskonale się bawi. Następnie syknęła obelgę, której Greczynka i tak nie mogła zrozumieć, wymierzyła jej siarczysty policzek, od którego niewolnica aż się zatoczyła, po czym skinęła na służebnych eunuchów, każąc im zabrać nieszczęsną dziewczynę sprzed jej oczu. Sokollu wiedział, że zostanie oddana handlarzom, którzy sprzedają niewolników na targu. Zawsze wiedzieli o kolejnych odbywających się w seraju selekcjach i koczowali przed pałacowymi murami jak psy czekające pod drzwiami kuchennymi na resztki smakowitych kąsków z pańskich stołów. Wszyscy wiedzieli bowiem, że nawet te dziewczęta, które choć przez chwilę były w pałacu Topkapı, choć ostatecznie nie wybrano ich do któregoś z haremów rodziny sułtańskiej, miały większą wartość rynkową. Mehmed patrzył chwilę za szlochającą panną, krzyczącą i wijącą się w uścisku eunuchów. Zaniepokojony rozejrzał się w poszukiwaniu dziewczyny z Paros. W pierwszej chwili nie dostrzegł jej i odetchnął z ulgą. Wiedział, że Hürrem z pewnością doceniłaby jej wdzięk.

Wiedział także, że gdyby dostała się do haremu Sulejmana lub któregoś z jego synów, prawdopodobnie już nigdy by jej nie zobaczył. Już miał odejść od okna, gdy promień porannego światła padł na mahoniowy refleks na głowie jednej z dziewcząt. To była ona. Mehmed poczuł skurcz w żołądku, jakby ktoś silnie uderzył go pięścią w brzuch.

Podczas gdy pozostałe kobiety kuliły się dyskretnie, starając się ukryć nagość, jego wybranka stała w niemal arystokratycznej pozie, dumnie wyprostowana, ignorując otoczenie i swój los. Prosta szata opływała jej smukłą postać, a sięgając poniżej kostek, czyniła ją jeszcze wyższą, niż zapamiętał z krótkiego spotkania na placu. W pierwszej chwili Mehmed odwrócił wzrok. Poczuł się przedziwnie zawstydzony, podglądając właśnie ją w tak niegodny sposób. Po chwili jednak pokusa zwyciężyła i znów przysunął się do okna, obrzucając spojrzeniem jej gibką postać tryskającą młodością. Poczuł ciepło rozlewające się w dole brzucha. Oddech stał się głośniejszy, a bicie serca przyspieszyło tak bardzo, że Mehmedowi wydawało się, że je słyszy.

Dziewczyna promieniała wewnętrznym światłem, które zdawało się przebijać przez jasną, prawie przezroczystą skórę. Nagie, szczupłe, śnieżnobiałe ramiona nadawały jej niewinnego wyglądu. Piersi, nie w pełni jeszcze rozkwitnięte, były już wdzięcznie zaokrąglone. Świeżo umyte i natarte olejami włosy lśniły w słońcu, okalały jej twarz świetlistą koroną i opadały miękko na piersi, pozostawiając odsłonięte ostro sterczące sutki, wyraźnie odznaczające się na cienkiej tkaninie. Widok ten powodował bolesny i upojny zarazem skurcz trzewi Mehmeda. Jego męskość nabrzmiała, osiągając rozmiary, które ciężko było ukryć nawet pod luźnym, tkanym jedwabiem dworskim płaszczem. Mocny dreszcz przebiegł po jego ciele. Mehmed Sokollu miał ponad trzydzieści lat i niejednokrotnie zażywał przyjemności obcowania z kobietą, jednak nigdy dotąd nie czuł się tak jak w tej chwili. Całe jego ciało dygotało z napięcia od samego patrzenia na dziewczynę z Paros. Miał wrażenie, że udusi się, jeśli natychmiast nie weźmie jej w ramiona, jej i tylko jej. Był też pewien, że widok jej nagiego ciała spuścił na jego duszę mroczną zasłonę erotycznego pragnienia, której żadna inna kobieta nie zdoła zdjąć. Nikt nigdy nie zdoła ugasić pragnienia, które zagościło w jego ciele i duszy tego poranka.

Sparaliżowany żądzą i strachem przyglądał się przez okno, jak faworyta Sulejmana staje naprzeciwko dziewczyny. Ta zaś, zamiast postąpić zgodnie z pouczeniem udzielonym jej podczas kąpieli w hammamie i spuścić wzrok w obecności sułtańskiej małżonki, patrzyła jej prosto w oczy, jakby nie znajdowała między nimi żadnej różnicy. Czas się zatrzymał. Kobiety przez chwilę mierzyły się wzrokiem. W pewnej chwili młoda wenecjanka, mimo skromnego odzienia, wykonała dworski ukłon. Hürrem roześmiała się głośno, ale zaraz spoważniała. Mehmad przyjął to za dobrą monetę. Gdyby dziewczyna uraziła Hürrem Sułtan, ta oddałaby ją na targ, skąd on mógłby ją wykupić. Jednak władczyni najwyraźniej miała inne zamiary. Jednym szybkim ruchem zdarła tunikę dziewczyny. Mehmed poczuł, jak całym jego ciałem wstrząsa dreszcz rozkoszy i przerażania, jakby ktoś dopuścił się strasznego świętokradztwa. Dziewczyna ani drgnęła. Tkanina opadła miękko do jej stóp, lecz ona nadal stała dumnie wyprostowana, a nawet pozwoliła sobie na delikatny uśmiech. Hürrem przyglądała się jej jeszcze moment, po czym powiedziała coś do agi haremowego. Mehmed nie mógł dosłyszeć słów, ale z zachowania sługi, który natychmiast skinął na eunuchów, by ubrali dziewczynę, wniósł, że spodobała się sułtance. Nadzieja zgasła, nim zdołała na dobre zapłonąć.

W tej samej chwili usłyszał na korytarzu tuż obok wejścia do sypialni Sulejmana czyjeś kroki. Szybko skoczył w stronę stojącej w rogu pokoju skrzyni z kaftanami i zaczął z uwagą oglądać jeden z nich. Do komnaty wszedł Ajas Mehmed Pasza, któremu Sulejman powierzył stanowisko wezyra po śmierci swego drogiego przyjaciela Ibrahima Paszy. Ajas Pasza, pogrążony w nieustannym strachu o swoje życie, był człowiekiem surowym i podejrzliwym. Zdziwił się na widok Mehmeda i przyjrzał mu się z uwagą, w myślach rozważając, jaki spisek może knuć młody aga, dotąd sprawiający wrażenie rozumnego i – co ważniejsze – nieszkodliwego.

Sokollu był pewien, że wezyr dostrzegł jego wzburzenie, choć nie powiedział ani słowa. Czym prędzej pożegnał się, zabierając jeden z kaftanów, by oddać go do naprawy służącym, a następnie prawie wybiegł z pokoju. Gdy znalazł się już na zewnątrz, klucząc w labiryncie pałacowych korytarzy, dotarło do niego, że nie zdążył po raz ostatni spojrzeć na dziewczynę. Wkrótce dowiedział się, że owego dnia Hürrem wybierała niewolnice do haremu księcia Selima. Dzięki licznym kontaktom w różnych haremach od czasu do czasu udawało mu się zdobyć jakieś strzępki wieści na jej temat, choć musiał bardzo uważać, by nikt nie dostrzegł jego nadmiernego zainteresowania właśnie tą branką. Pewnego dnia doniesiono mu, że dziewczyna z Paros przyjęła islam, a wraz z nim muzułmańskie imię Nurbanu, czyli „Pani Światła". Wkrótce potem Nurbanu została żoną syna Sulejmana Wspaniałego, księcia Selima. Jedyne marzenie, na jakie od oddania swego życia Sulejmanowi pozwolił sobie Mehmed Pasza Sokollu, umarło, a jego serce zamknęło swe podwoje.

Nadal nie stronił od towarzystwa kobiet, ale te wrażliwe istoty natychmiast dostrzegały, że nie wywołają w nim żadnych głębszych emocji. Zaspokajały pragnienie jego ciała, ale nie mogły ugasić tęsknoty duszy. Zaczął być postrzegany jako mężczyzna chłodny, zdystansowany i wstrzemięźliwy, nad wiek dojrzały, będący ponad niskimi popędami, które miotają zwykłymi śmiertelnikami. Mimo to budził sympatię niemal wszystkich na dworze, od kuchcików poczynając, a kończąc na samym sułtanie. Piął się po kolejnych stopniach dworskiej kariery i nikomu nie przyszłoby na myśl, że jego pracowitość bierze się z desperackiego pragnienia zagłuszenia spalającej go miłości do żony jednego z następców sułtańskiego tronu.

Spotkali się ponownie kilka lat później, gdy Mehmed – wówczas sprawujący już urząd czwartego wezyra Porty – został wysłany do Manisy, aby namówić księcia Selima do postąpienia zgodnie z rozkazem ojca i przeniesienia się do Kütahyi. Spór pomiędzy synami Sulejmana Selimem i Bejazydem przybierał na sile i ojciec pragnął ich rozdzielić odległością, z obawy przed rozlewem braterskiej krwi. Gdy Mehmed przyjechał do Manisy, Selim był na polowaniu. W oczekiwaniu na księcia wezyr udał się na przechadzkę po ogrodzie. Wkrótce zgubił drogę wśród niemal jednakowych alejek, ale nie zmartwił się tym zbytnio. Był pewien, że po męczącej podróży dłuższy spacer dobrze mu zrobi. Nagle spomiędzy krzaków jaśminu wybiegła mała dziewczynka, a w ślad za nią kobieta. Nie zdążył spuścić wzroku. Na dłuższą chwilę serce przestało mu bić w piersi. Kilka metrów od niego stała Nurbanu. Promienie zachodzącego słońca rzucały ciepłe blaski na jej rozognioną zabawą z córeczką twarz. Dziewczynka przebiegła nieopodal, nie zauważywszy wezyra. Jednak Nurbanu zatrzymała się i przyglądała mu się nieobyczajnie, jakby widziała, że nie jest to ich pierwsze spotkanie, a jednocześnie nie potrafiła przypomnieć sobie, skąd może go znać. Po chwili jej czoło, zmarszczone dotąd w wyrazie skupienia, rozpogodziło się. Nurbanu rozejrzała się wokoło. Upewniwszy się, że są sami, podeszła do niego.

– Panie... – powiedziała cicho, a w jej głosie nie było nawet cienia wątpliwości; rozpoznała go. – Wtedy w Paros...

Mehmed wzdrygnął się. Nauczył się akceptować jej nieobecność, funkcjonować z dnia na dzień, żyjąc nielicznymi wspomnieniami, ale nie potrafiłby znieść jej nienawiści. Otworzył usta, żeby wyjaśnić jej, co naprawdę wydarzyło się wówczas na placu, ale głos z emocji uwiązł mu w gardle. Spojrzał jej błagalnie w oczy, ale nie dostrzegł w nich gniewu. Nurbanu patrzyła na niego miękko, a w jej oczach lśniły łzy.

– Dziękuję – szepnęła wówczas. – Dziękuję.

Skłonił głowę, niezdolny wyrzec ani słowa. Kobieta popatrzyła na niego jeszcze chwilę, po czym odeszła prędko.

Wspomnienie tamtego dnia, gdy Nurbanu po raz pierwszy do niego przemówiła, dnia, od którego zaczęły się chwile jego szczęścia i tragedii, było zbyt bolesne. Potrząsnął gwałtownie głową, chcąc wyrwać się ze świata wspomnień. Całą siłą woli zmusił się, by otworzyć oczy. Rozmarzenie prysło, chwila słabości minęła. Znów był człowiekiem, którego młodość i miłość przeminęły bezpowrotnie, wielkim wezyrem Mehmedem Paszą Sokollu, w którego rękach był teraz spokój w państwie. Musiał znaleźć sposób, by uspokoić janczarów i skruszyć upór Selima, w przeciwnym razie groził im bunt, jakiego nie było dotąd podczas rządów poprzednich dziesięciu władców osmańskich. Wojna domowa wisiała w powietrzu. Nagle doznał olśnienia.

– Nurbanu – powtórzył cicho tonem człowieka, który znalazł rozwiązanie dręczącego go problemu.

Odwrócił się i skinął na jednego ze sług stojących kilkanaście kroków za nim.

– Wezwij Feridun Beja – rzekł. – Natychmiast.

2

Kilkanaście minut później Sokollu siedział na dywanie na balkonie i pochylony nad dworską korespondencją popijał bozę, sfermentowany napój z mąki owsianej przyprawiony cynamonem. Smak kojarzył mu się przede wszystkim z kampaniami wojennymi, podczas których ów płyn, jako bogaty w witaminy i niezwykle kaloryczny, stanowił ważny element diety żołnierzy. Choć w Stambule był o wiele mniej popularny niż w wojskowych koszarach, Sokollu często się nim raczył. Orzeźwiający napój odświeżał całe jego ciało i rozjaśniał umysł. Znów był opanowany i spokojny. Emocje opadły, pozostały chłodna kalkulacja i świadomość czekającej go niezwykle trudnej misji. Dla zabicia czasu czytał zaległe listy, które dostarczono tuż po jego zejściu na ląd, jeszcze w porcie. Porządkowanie spraw urzędowych zawsze go uspokajało i ułatwiało skoncentrowanie się na bieżących problemach, których miał niemało.

Po dwudniowych obradach dywan postanowił pójść na ustępstwa, by ostatecznie położyć kres zamieszkom. Kiedy tylko sułtan Selim poczuł się bezpiecznie za murami pałacu Topkapı, znów chciał zignorować obietnicę daną janczarom, tym razem nie zatwierdzając decyzji dywanu. Liczył, że skoro fortel zastosowany w Belgradzie przyniósł oczekiwany rezultat i udało mu się zachować w skarbcu znaczne sumy, które później mógł przeznaczyć na zabawę, zamiast nagradzać żołnierzy biorących udział w ostatniej kampanii jego ojca, przyniesie go ponownie. Sokollu uciszył pierwszy bunt, grając na emocjach wściekłych janczarów i odwołując się do ich przywiązania do sułtana Sulejmana oraz jego świętej pamięci. W stłumieniu drugiego pomógł mu łut szczęścia… i Birgül.

Trzeciego nie zdoła powstrzymać, bo jeśli teraz nie dotrzyma obietnicy, straci posłuch u janczarów.

– Feridun Bej – stojący przy drzwiach sługa zaanonsował przybycie jedynego człowieka w całym Imperium, któremu Sokollu ufał jak sobie.

– Wzywałeś, panie – rzekł Feridum, kładąc rękę na piersi i schylając głowę w ukłonie.

– Podejdź – Mehmed wezwał go skinieniem ręki, nie odrywając wzroku od trzymanego w dłoni pergaminu.

Dokończył lekturę, oddał pismo stojącemu najbliżej słudze. – Odejdźcie – przykazał czyniąc wymowny gest w stronę otwartych szeroko balkonowych odrzwi. Chciał pomówić z Feridun Bejem w cztery oczy.

Słudzy pospiesznie zabrali korespondencję, niewielki stolik służący wielkiemu wezyrowi do pracy oraz brudne naczynie po napoju i cicho wyszli.

Mehmed podniósł się i skinieniem głowy powitał przyjaciela.

– Wzywałeś mnie, panie? – ponownie zapytał Feridun, stając obok niego.

– Muszę się zobaczyć z Nurbanu Sułtan – rzekł wielki wezyr, starając się utrzymać na wodzy brzmienie swego głosu.

Nie udało mu się. Zdradziecka nutka niewygasłych uczuć rozbrzmiała w uszach obu mężczyzn, choć tylko jeden potrafił ją właściwie zinterpretować. Drugi usłyszał w niej wyraz desperacji. Mehmed odwrócił wzrok i spojrzał na wody zatoki, w których migotały promienie słońca. Feridun milczał.

– Musisz jak najszybciej zorganizować mi spotkanie z Nurbanu – powtórzył z naciskiem wielki wezyr.

– Panie... – zaczął ostrożnie Feridun Bej. – Jesteś tego pewien?

Mehmed skinął głową, choć w jego duszy szalały wątpliwości. Był pewien jedynie tego, że to spotkanie będzie ostrzem wsadzonym w ranę, która nigdy nie przestała krwawić, sprawiając co dnia ból trudny do zniesienia. Gdy chodziło o Nurbanu, od trzydziestu lat nie mógł być pewien niczego. Jego miłość do niej była jak powracająca morska fala, która rozbijając się o brzeg, wydaje miły dla ucha odgłos, lecz cofając się, zagarnia wszystko, co stanie jej na drodze, i ciągnie z sobą w głąb morza, na zatracenie. Pomruk morskich fal przypomniał mu owe dni w Manisie, jedyny czas w jego życiu, gdy intensywnie przeżywał własne człowieczeństwo i był niewymownie szczęśliwy. Nie zważając na obecność przyjaciela, oślepiony ostrym blaskiem odbitych od tafli morza promieni, przymknął oczy, powracając do wspomnień.

Następnego ranka, po przypadkowym spotkaniu w ogrodzie, jedna z służących, przygotowująca dlań kąpiel w hammamie, podeszła do niego i wyszeptała, by po modlitwie o zachodzie słońca wyszedł na spacer wzdłuż wschodniego muru pałacowego ogrodu. Nie dodawszy nic więcej, żadnego słowa wytłumaczenia, wzięła wielki, pusty już dzban i odeszła. Sokollu długo patrzył za oddalającą się kobietą. Nie mógł uwierzyć w to, co się działo. Nie potrzebował wyjaśnień. Był pewien, że to Nurbanu pragnie się z nim potajemnie zobaczyć.

Stanął nad basenem, zdjął jedwabny płaszcz kąpielowy osłaniający dotąd jego nagość i przyjrzał się swojemu odbiciu w tafli wody. Był mężczyzną w sile wieku. Jego ciało, mimo dworskiego trybu życia, który od lat prowadził, wciąż pozostawało szczupłe i krzepkie. Wybrzuszenia mięśni wyraźnie znaczyły jego skórę, świadcząc o sile i sprawności. Zadowolony, zanurzył się w parującej zapachem róż wodzie. Nie zaznał jednak oczekiwanego odprężenia. Całe jego ciało było napięte jak cięciwa łuku w oczekiwaniu na wystrzał. Nurbanu była jak sen, z którego od lat nie mógł się obudzić. Szukał jej rysów w twarzy każdej kobiety, która odwiedzała jego alkowę, i za każdym razem doznawał zawodu. Tego wieczora sen miał się ziścić. Spotka się z Nurbanu, będzie oddychał jej obecnością, adorował piękno jej twarzy, słuchał melodyjnego głosu, podziwiał kształty wciąż tak powabne, drażniące wyobraźnię tak samo jak wówczas, gdy stała naga w ogrodzie haremu pałacu Topkapı. Od wczorajszego przypadkowego spotkania trwał wciąż w gorączce zmysłów. Będzie blisko niej, o niczym więcej nie śmiał marzyć.

Nie mógł czekać do wieczora. Kąpiel, która miała być przyjemnością, odpoczynkiem po trudach podróży, zmieniła się w torturę. Sokollu czym prędzej wyskoczył z basenu, odprawił niewolnice, które przyszły, by natrzeć go olejami, sam się ubrał i z wilgotnymi jeszcze włosami pospieszył do ogrodu. W półśnie krążył wśród zieleni, aż słońce zaczęło chylić się ku zachodowi. Gdy muezzin wezwał na wieczorną modlitwę, Sokollu ukląkł na trawie na niewielkim, choć niezwykle cennym dywanie modlitewnym, nazywanym sadżadża, przyniesionym mu chwilę wcześniej przez jednego z sług, i zwrócony w stronę Mekki zaczął powtarzać półgłosem:

– W imię Boga Miłosiernego i Litościwego. – Powtarzane tysiące raz słowa płynęły mechanicznie z jego ust. – Chwała niech będzie Bogu, który ożywia i podtrzymuje światy...

Modlitwa zwykle koiła nerwy Mehmeda, uspokajała go, a wypowiadane dalej słowa otwierającej Koran sury Al-Fatiha *Królowi Dnia Sądu* pozwalały spojrzeć na codzienne troski z właściwej dla pobożnego muzułmanina perspektywy wiecznej szczęśliwości w rajskich ogrodach. Sokollu kochał te słowa, odkąd nauczył się nimi modlić. Kilka lat wcześniej, gdy przebywał na dworze szacha perskiego z misją dyplomatyczną, poznał sufickiego mistyka, który twierdził, że w otwierającej surze Koranu zawarta jest cała mądrość świętej księgi. Wielki wezyr miał wówczas wrażenie, że ten perski derwisz wypowiada jego własne myśli.

– Wskaż nam prostą drogę, drogę tych, którym okazałeś swą łaskę – szeptał kolejne wersety modlitwy, starając się skupić na ich treści.

Jednak tego wieczora jego dusza za nic nie mogła wznieść się ponad sprawy ziemskie. Myśli krążyły wokół Nurbanu i nadziei, których nie ośmielał się ujawniać nawet przed samym sobą. Wreszcie dotknął czołem wyschniętej po upalnym dniu ziemi i zakończył modlitwę. Wezwał sługę, by zwinął dywan, i odprawił go, przykazując, aby czekał na niego w komnatach. Sam zaś udał się pod mury ogrodu. Przechadzał się wśród bujnie kwitnącej roślinności. Kwiaty na krzewach pachniały oszałamiająco, choć ich płatki przywiędły od gorąca. Zdawało mu się, że rośliny są tak samo jak on spragnione, że wyglądają wieczora.

Nagle coś zaszeleściło w gęstym zagajniku cyprysowym wciskającym się w najodleglejszy kąt muru. Po chwili zza drzew wyszła kobieta. Miała ostre rysy, była wysoka i zbyt szczupła, by zaliczać się do grona faworyt haremowych, choć odziana była w drogie szaty, których nie powstydziłaby się żadna z nich. Bladą, długą szyję zdobił złoty łańcuch ze sporym szmaragdem.

Kobieta nie wydawała się zaskoczona ani skrępowana jego widokiem. Nie zawstydziła się, nie spuściła skromnie wzroku. Obrzuciła Mehmeda przenikliwym spojrzeniem, po czym nie uczyniwszy ani jednego gestu w jego stronę, odwróciła się i ponownie weszła pomiędzy cyprysy. Nie padło między nimi ani jedno słowo, mimo to Sokollu był pewien, że kobieta chce, by poszedł za nią. Rozejrzał się wokoło i upewniwszy się, że nikt go nie obserwuje, wślizgnął się za pachnącą, zieloną zasłonę, drgającą jeszcze od poruszenia przez kobietę. Kiedy znów ją dostrzegł, nieznacznie pochylona szybkim krokiem przeszła przez wąski tunel wyżłobiony w zieleni, biegnący pomiędzy pałacowym murem a gęstymi krzewami. Mehmed był zdziwiony. Kilka godzin spacerował wzdłuż murów i mógłby przysiąc, że krzewy przylegają do obwarowań tak ściśle, iż nawet mysz nie zdołałaby się przecisnąć pomiędzy. Tymczasem kobieta przystanęła i wyjęła z poły sukni klucz. Chwilę później Mehmed także dostrzegł zarys niewielkich drzwi. Kobieta otworzyła je i weszli do środka. Sokollu zrozumiał, że znaleźli się wewnątrz murów. Wykłucie takiego przejścia świadczyło o niezwykłym kunszcie architekta i precyzji kamieniarzy. Utrzymanie podobnej pracy w tajemnicy zakrawało na cud. Sokollu z podziwem przyglądał się wąziutkiemu korytarzowi oświetlonemu jedynie niewielkim kagankiem, który nie wiadomo kiedy znalazł się w dłoni kobiety. Choć był szczupłym mężczyzną, jego postać wypełniała niemal całe światło przejścia. Na niemal gładkich ścianach lśniły kropelki wilgoci. Mehmed uczuł przenikający chłód wdzierający się powoli pod jego letnie szaty wykonane z cieniutkiego jedwabiu. Wkrótce stracił orientację w terenie i poczuł niepokój. Dopiero teraz zaczął się zastanawiać, czy przypadkiem nie padł ofiarą jakiegoś spisku lub porwania. Dał się prowadzić nieznajomej, która mogła w każdej chwili zniknąć wraz z jedynym źródłem światła w jednej z odnóg korytarza, pozostawiając go w tym kamiennym labiryncie na zawsze. Wkrótce jednak dotarli do wylotu tunelu, gdzie znajdowały się schody wiodące najprawdopodobniej do którejś z wież. Kobieta zatrzymała się, ruchem głowy dała znak Mehmedowi, by poszedł na górę, i odeszła, zabierając kaganek ze sobą. Sokollu pozostał sam w ciemnościach u podnóża schodów prowadzących w nieznane. Choć był janczarem i przeszedł w życiu niejedno, strach ścisnął go za gardło. Miał ochotę krzyknąć za nieznajomą, rozkazać jej, aby zawróciła i zabrała go z tego upiornego miejsca, lecz nie uczynił tego. Był pewien, że i tak by go nie posłuchała, a on sam podobnym zachowaniem tylko by się ośmieszył. Ostrożnie przytrzymując się ścian, wszedł na pierwszy stopień.

Stąpając w zupełnej ciemności, doliczył się trzydziestu sześciu schodów, nim dostrzegł przed sobą jasność. Ostatnie kilkanaście pokonał biegiem, przeskakując po dwa stopnie naraz. Lekko zdyszany, bardziej z emocji niż z wysiłku, pchnął drzwi okolone złotą poświatą, w której migotały drobinki kurzu. Zatrzymał się w progu. Ze zdziwieniem potoczył wzrokiem wokół, nie mogąc uwierzyć w widok rozpościerający się przed jego oczami.

Oto znalazł się w komnacie niewielkiej, lecz przepychem i wygodą w niczym nieustępującej pałacowym. Zwisające z sufitu lampy, wykonane ze złota i kolorowego szkła, napełniały pomieszczenie ciepłym, łagodnym światłem. Na ścianach wisiały wielobarwne kilimy, po których tańczyły cienie ognia płonącego – mimo letniej pory – w małym, ozdobionym arabeskami piecyku stojącym na środku. Ich blask odbijał się od ceramicznych lamp ustawionych wzdłuż ścian, ożywionych lśniącymi, drogimi kamieniami. Na podłodze rozwinięty był gęsty, bordiurowany kobierzec, a na nim znajdował się stół zastawiony przysmakami. Na środku stała kryształowa waza pełna dojrzałych owoców, naokoło niej ustawiono naczynia ze słodkościami. Były tam błyszczące od miodu, nabrzmiałe od orzechów kawałki baklawy; pachnące syropem różanym kosteczki lokum, przysypane cukrem, migotały, odbijając światło świec. Delikatne, rude od cynamonu ciastka w finezyjnych kształtach spoczywały obok gładkiej, białej chałwy, spod której wystawały gdzieniegdzie kawałki pistacji. Wokół stolika porozkładano wygodne siedziska w różnych kształtach i kolorach. Naprzeciwko wejścia, na niewielkim podwyższeniu, wśród jedwabnych, haftowanych złotem poduszek, siedziała Nurbanu. Jej twarz, nieosłonięta zasłoną, była zaczerwieniona z emocji i wzruszenia.

Serce Sokollu zabiło tak mocno, że aż sprawiło mu to fizyczny ból.

Nurbanu wstała i podeszła do niego. Milczeli. Patrzyli sobie w oczy, wkładając w te spojrzenia całą tęsknotę duszy, której nie potrafiliby opisać żadnymi słowami. Oboje rozumieli, że mimo różnicy wieku, położenia, w którym się znajdowali, historii swych losów, której jeszcze nie rozumieli, oto właśnie odnaleźli miłość, owo tajemnicze uczucie, o którym marzą wszyscy, a którego doświadczyć mogą tylko wybrani. Wreszcie Nurbanu uniosła dłoń i położyła mu ją na policzku. Sokollu czuł, że przestaje oddychać. Nakrył jej dłoń swoją i przyciągnął do ust. Po raz pierwszy w życiu był szczęśliwy.

Od tej chwili wszystko poza Nurbanu przestało mieć znaczenie. Dni, w których jej nie widział, ciągnęły się niemiłosiernie. Nie mógł się skupić na obowiązkach, błahe sprawy rozdrażniały go do granic możliwości, często wybuchał bezpodstawnym gniewem, okazywał zniecierpliwienie sługom. Nie poznawał samego siebie, ale nic go to nie obchodziło. Pragnął jedynie znów znaleźć się w objęciach Nurbanu, chłonąć jej bliskość każdym skrawkiem ciała, oddychać jej przyspieszonym od żądzy oddechem, widzieć błysk rozkoszy w jej oczach, znikać w świecie, do którego wstęp mieli tylko oni. Każdy powrót do rzeczywistości był najokrutniejszą torturą. Ona także nie pozostawała mu dłużna. W owych dniach szczęścia płonęła w jego ramionach, wykazując w alkowie energię, o jaką nie podejrzewał jej w najśmielszych snach. Gdy się nie kochali, leżeli w pościeli i rozmawiali o polityce. Nurbanu zdawała się niemal równie spragniona jego ciała, co umysłu. Zaspokoiwszy jedną żądzę, pałała drugą. Chciała wiedzieć wszystko o sąsiednich krajach i ich władcach, o politykach otaczających Sulejmana, o duchowieństwie. Kiedy otrzymywał wieści ze stolicy, natychmiast chciała je znać. Potrafiła godzinami słuchać o napiętej sytuacji na pograniczu z Persją, o handlu na Morzu Śródziemnym, o stanie floty wojennej, zbiorach, niezadowoleniu chłopów, rozbudowie wodociągów. Sprawy państwowe, podobnie jak rozkosze cielesne, zdawały się nigdy jej nie nużyć.

Pewnego dnia leżeli wśród rozrzuconej pościeli, omdleli w miłosnym odurzeniu. Nurbanu miała przymknięte oczy. Sokollu patrzył na nią i czuł, że bez niej byłby niczym.

– Mam coś dla ciebie – powiedział nagle, wyślizgując się z posłania.

Podszedł do skrytej w cieniu srebrnej skrzyni, którą kilka dni wcześniej tu przyniósł. Otworzył wieko i wyjął ze środka niewielki przedmiot owinięty w szkarłatny aksamit.

Podał kobiecie zawiniątko. Nurbanu, owinięta jedynie pomarańczowym szalem z półprzezroczystego materiału, drgnęła, biorąc podarunek do ręki, jakby już wiedziała, co kryje się w środku.

Ostrożnie rozchyliła poły materiału.

– Viola da braccio – rzekła cicho, muskając drewniany instrument.

Podniosła wzrok i spojrzała na Sokollu. W jej oczach lśniły łzy.

– Jestem żoną następcy tronu, osmańskiego księcia, syna pana tego świata, co dzień otrzymuję dziesiątki podarunków, a jednak ty jeden wsłuchałeś się w moje pragnienia. Ty jeden…

Umilkła nagle, gdy jej wzrok padł na inskrypcję wygrawerowaną na pudle rezonansowym.

– „Wszystko, co mi dasz, ból czy męczarnie, będzie twym prezentem" – szepnął, widząc jej spojrzenie błądzące po literach. – „Taki jest już los, że musi znosić go ten, co ciebie kocha".

Pierś Nurbanu zafalowała, oddech stał się krótki i urywany ze wzruszenia.

– Nie jestem poetą. Nie potrafię układać gazali. Skradłem te słowa Muhibbiemu – przyznał zakłopotany, chcąc powiedzieć cokolwiek, by ukryć własne wzruszenie.

Nurbanu musnęła palcami grawerunek, a potem podniosła instrument i ucałowała litery, skrapiając delikatne drewno łzami, które popłynęły z jej pięknych oczu. Sokollu chciał porwać ją w ramiona, ale nie śmiał przerywać tej chwili. Nurbanu pogładziła struny, nie wydając z nich jednak żadnego dźwięku. Przeniosła wzrok na ukochanego, który leżał wśród poduszek, przyglądając się jej i z trudem opanowując żądzę, która znów zaczęła płonąć wewnątrz jego lędźwi. Skinął lekko głową, chcąc dodać jej otuchy i zachęcić do gry.

Nurbanu szarpnęła smyczkiem pierwszą strunę, delikatnie, jakby z obawą, że upływ czasu odebrał jej biegłość w sztuce, która była ulubionym zajęciem w jej poprzednim życiu, rozrywką dającą wytchnienie, a nade wszystko przedsmak innego świata niż ten, w którym żyła, a w którym myśli wszystkich zdawały się krążyć wokół handlu i pieniędzy.

Pierwsze niepewne dźwięki odbiły się od ścian komnaty i od bram serca kobiety. Cofnęła dłoń.

– Nie, nie potrafię – westchnęła Nurbanu, potrząsając przecząco głową, i zrobiła ruch, jakby chciała odłożyć instrument.

Sokollu przysunął się, objął ją od tyłu i przytrzymał dłonie ukochanej na strunach. Czuł, jak ledwie dostrzegalny dreszcz rozkoszy wstrząsnął jej ciałem.

– Zagraj dla mnie – szepnął jej do ucha.

Kilka minut trwali w uścisku, otoczeni półmrokiem i ciszą panującą w komnacie, a potem Nurbanu zaczęła grać. Nieśmiało, powoli, jak uczennica usiłująca przypomnieć sobie wyuczoną poprzedniego dnia lekcję. Po chwili jej palce odnalazły dawne ścieżki, odzyskały swobodę. Czuł, jak jej ciało rozluźnia się w jego ramionach; stopniowo zapadała się coraz głębiej i głębiej w inny świat, upleciony z delikatnych dźwięków.

Opadł z powrotem na poduszki. Gdy Nurbanu grała, czuł, że budzi się w nim jeszcze inny rodzaj miłości do tej kobiety. Patrzył na jej zaróżowione policzki, rozwiane włosy, roziskrzone oczy, wyraz uniesienia na jej twarzy i czuł, że kocha ją owym opiewanym przez poetów uczuciem, które obdarza kochanków nieśmiertelnością. Za sprawą słodkich dźwięków violi da braccio jego dusza zlewała się w jedno z jej duchem i razem szybowały ku rajskim ogrodom wieczności.

Feridun nic o tym jednak nie wiedział, jego obawy były czysto polityczne. Związek z Nurbanu był jedyną tajemnicą, której Mehmed nigdy mu nie powierzył. Teraz miał także drugą.

– Feridunie, Nurbanu Sułtan to nasza jedyna szansa – powiedział spokojnie wezyr, przerywając milczenie. – Tylko ona może skłonić sułtana, by przełknął dumę i zapomniawszy na chwilę o samym sobie, zatwierdził decyzję dywanu.

Przyjaciel najwyraźniej w międzyczasie doszedł do podobnych wniosków, bo tylko skinął głową. W jego oczach widać było strach. Selim był nieobliczalny. Po śmierci matki i ojca nie liczył się z nikim oprócz Nurbanu, ale i ona mogła zostać oddalona, gdyby wyszło na jaw, że spiskowała za plecami sułtana ze znienawidzonym przez niego wezyrem, którego mimo najszczerszych chęci nie mógł się pozbyć. Zachowanie tajemnicy w pałacu Topkapı graniczyło z cudem i wymagało wtajemniczenia jak najmniejszej liczby osób. Jeden nieopatrzny krok, błędny wybór, jeden człowiek obdarzony zaufaniem, na które nie zasługiwał, a cały plan legnie w gruzach, ciągnąc ich za sobą w przepaść potępienia.

– Panie, jeśli nie będziesz ostrożny, ściągniesz nieszczęście nie tylko na siebie, ale i na głowę sułtanki. Rozpęta się piekło… – zaczął Feridun, ale Mehmed nie pozwolił mu dokończyć.

– Wiem – uciął i spojrzał przyjacielowi smutno w oczy. – Uwierz mi, że gdybym miał wybór, z pewnością postąpiłbym inaczej.

Feridun nic nie odrzekł, tylko skinął głową.

– Zajmę się tym zaraz, panie – powiedział. – Oczekuj wieści jeszcze dziś wieczorem.

Ukłonił się i wyszedł. Mehmed odetchnął z ulgą. Bał się, że Feridun wypowie na głos to, czego on sam lękał się najbardziej. Śmiały zamiar, który powziął, mógł zniszczyć wszystko, na co pracował całe swoje życie. Stąpał po cienkiej linie, niemal tak cienkiej i delikatnej, jak jedwabna nić, którą duszono sułtańskich synów, by pozbawić ich życia bez rozlewu krwi. Wiedział, że Selim go nienawidzi. Nowy sułtan miał obsesję na punkcie janczarów. Pragnął ich miłości, a wiedział, że nigdy nie będą go kochać tak, jak niegdyś kochali jego ojca czy znienawidzonego brata Mustafę. Granica między miłością a nienawiścią jest cienka. Selim, nie mogąc być kochanym, postanowił najwyraźniej zostać najbardziej znienawidzonym przez janczarów władcą, co doprowadziło ich do punktu, w którym się obecnie znajdowali. Mehmed wiedział jednak, że Selim nie utrzyma swej władzy bez janczarskiego poparcia. Wiedział też, że chciałby zamiast niego widzieć w roli wielkiego wezyra jednego ze swoich popleczników. Mógłby wykorzystać bunt janczarów, by pozbyć się nieprzychylnego władcy. Był na to jednak zbyt rozważny. Podobne ruchy w historii rzadko kończyły się pomyślnie dla Imperium. Najczęściej po udanym zamachu na życie prawowitego władcy dochodziło do krwawego wyścigu do władzy, bezwzględnych walk o tron, które prędzej czy później zawsze wymykały się spod czyjejkolwiek kontroli i których następstw nikt nie mógł przewidzieć. Sułtańscy synowie zbyt często zapominali, że ich siostry i córki także rodziły męskich potomków, w których żyłach płynęła krew Osmanów. I ich serca płonęły żądzą władzy.

Jedyne zatem, co było nieomal pewne w takim przypadku, to rozbicie państwa na mniejsze jednostki, wojna domowa i osłabienie pozycji niegdysiejszego imperium na arenie międzynarodowej. Mehmed Pasza Sokollu nie mógł pozwolić, by dzieło Sulejmana Prawodawcy zostało zaprzepaszczone w tak beznadziejny sposób. Najważniejsze było przetrwanie potęgi Imperium Osmańskiego. Tego przyrzekł strzec umierającemu władcy, będącego zarazem jego najlepszym przyjacielem. Nie mógł go zawieść, bez względu na cenę, którą przyszłoby mu zapłacić.

Wielki wezyr musiał uczynić, co w jego mocy, by Selim II, jedyny żyjący syn Sulejmana, zachował głowę i potwierdził swe prawa do tronu ojca. Musiał także zrobić wszystko, by odsunąć go od faktycznego sprawowania władzy. W tym celu musiał otoczyć Selima niewidzialną siecią silnych, a nade wszystko wiernych sobie ludzi. Bez pomocy Nurbanu, która miała nad Selimem większą władzę niż ktokolwiek z żyjących, ten zuchwały plan nie miał szans na powodzenie.

Mehmed wstał i podszedł do balustrady balkonowej. Z jego portowej posesji widać było majaczące w oddali strzeliste wieże i lśniące złotem kopuły pałacu Topkapı. Gdzieś tam w oddali siedziała teraz Nurbanu, wyszywając, rozmawiając z kimś albo ćwicząc grę na sazie, ulubionym instrumencie Selima, którego jęczących dźwięków, tak odmiennych od miękkich, cichych brzmień violi da braccio, sama szczerze nie znosiła.

Tamtego popołudnia, gdy ze Stambułu nadeszło pismo, w którym sułtan Sulejman zażądał natychmiastowego powrotu Sokollu do stolicy, Nurbanu, szlochając, cisnęła swoją ukochaną violą da braccio o ścianę.

– Nie będę miała dla kogo grać! – krzyczała rozpaczliwie. – Nie będę miała dla kogo żyć!

Opuszczenie ukrytej w wieży komnaty było najtrudniejszą rzeczą, jaką musiał zrobić. Zostawił Nurbanu zawodzącą wśród poduszek w miejscu, w którym odnaleźli życie i spokój i w którym ponownie przyszło im je utracić. Sokollu dusił się słowami, których nie mógł wypowiedzieć, by nie pękło mu serce. Szybko wstał i wyszedł bez słowa w ciemność, zatrzaskując na zawsze podwoje własnej duszy. Wzywał go pan tego świata, sułtan Sulejman Prawodawca, którego rozkazom musiał poddać się bez walki.

Owego popołudnia po raz pierwszy w życiu naprawdę pożałował utraconej wolności. Gdyby oboje nie byli niewolnikami, mieliby jakąkolwiek szansę. Mogliby uciec, zacząć nowe życie z dala od seraju. Osiedliliby się gdzieś na wsi w Anatolii. Ona piastowałaby dzieci, on nauczyłby się jakiegoś zawodu. Wiedliby skromne życie, z dala od pałacowych zbytków i przepychu, ale byliby razem i nikt nie mógłby ich rozdzielić. Rzeczywistość była jednak inna. Oboje należeli do sułtana, byli jego własnością, którą za nieposłuszeństwo karze się śmiercią. Gdy Sokollu przemierzał ciemny korytarz wewnątrz murów, słyszał szloch Nurbanu, niesiony przez kamienne echo. Czuł niemal fizyczny ból, jakby jego wnętrze rozpadało się na części. I wówczas zrozumiał radę Yeşilce Beja, który wiele lat temu przykazał mu nie ulegać złudzeniu wolności i szukać szczęścia jedynie w służbie sułtanowi. Miłość do Nurbanu pchnęła go do sprzeniewierzenia się tej prawdzie. Ból, który odczuwał, był karą, którą będzie ponosił do końca swoich dni za to, że pozwolił sobie na marzenia.

Wielki wezyr poczuł nagle, że się boi. Nie Selima, nie janczarów, nie utraty swej pozycji czy życia; najbardziej bał się spotkania z Nurbanu.

13 grudnia 1566
Stambuł
IMPERIUM OSMAŃSKIE

Kilkanaście godzin później Feridun Bej zaprowadził go w przebraniu kupca do domu pewnego zielarza i kazał mu czekać na przybycie sułtanki. Sokollu, nie mogąc znieść bezczynności, usiadł na niskim stołku w rogu pokoju i przyglądał się własnym dłoniom. Ślady pozostawione na ciele przez upływ czasu nigdy przedtem nie miały dlań większego znaczenia. Liczyły się tylko następne zadania, kolejne kroki prowadzące do wciąż nowych celów. Toteż ze zdziwieniem zauważył, że jego dłonie nie wiadomo kiedy z gładkich rąk młodzieńca przemieniły się w dłonie starca. Przyjrzał się im uważniej. Naraz dostrzegł, że są pomarszczone, poznaczone brązowymi plamami. Nie mógł uwierzyć, że są to te same ręce, które pieściły ciało Nurbanu tak, że rozkwitało jak kwiat, a w oczach ukochanej pojawiał się obłęd rozkoszy.

To było tak dawno temu, pomyślał, choć coś w jego wnętrzu wciąż nie dawało tym słowom wiary. Zdawało mu się, że ledwie kilka dni, może tygodni, wcześniej leżeli obezwładnieni błogim odurzeniem w sekretnej komnacie w murach pałacu w Manisie.

Zaczął zastanawiać się, czy i Nurbanu tak bardzo się zmieniła. Ostatni raz widział ją cztery lata temu, gdy 17 sierpnia z twarzą ukrytą za zasłoną szła w orszaku ślubnym swej córki, szesnastoletniej sułtanki Esmhan, nazywanej przez wszystkich pieszczotliwie Esmą.

Do jej ślubu ze starszym o cztery dekady Sokollu doprowadziła ciotka dziewczyny, ukochana córka Sulejmana, sułtanka Mihrimah, która chciała, by w najbliższym otoczeniu Selima znalazły się osoby zasłużone dla państwa, a nade wszystko słynące ze wstrzemięźliwości, których jej brat nie zdoła uwikłać w sieć orgii pijaństwa, obżarstwa i rozpusty. Na drugiego zięcia, męża Gevher, wybrała Selimowi kapudan paszę Pijala Mehmeda, słynącego z męstwa i rozsądku.

Gdy Sulejman przedstawił mu swoją wolę dotyczącą jego ożenku z sułtańską wnuczką, Sokollu poczuł się tak, jakby ktoś wbił mu sztylet w sam środek duszy.

O, niepojęta ironio losu! – pomyślał wówczas – mam zostać mężem kobiety, której matkę kocham.

Nie mógł się jednak sprzeciwić. Wola sułtana była jak rozkaz na polu bitwy, który należało bezwzględnie wykonać. Za nieposłuszeństwo płaciło się życiem. Musiał spełnić swój obowiązek wobec władcy, choćby miał za niego zapłacić wyrzeknięciem się własnej duszy.

Gdyby chodziło o kogokolwiek innego, z pewnością doceniłby polityczne znaczenie tej decyzji. Kto wie, może nawet ucieszyłby się, że sułtan darzy go tak wielkim zaufaniem. Wiedział przecież, że ślub z wnuczką Sulejmana otwierał mu drogę do zostania wielkim wezyrem, objęcia najwyższej godności państwowej, ukoronowania wieloletniej służby, stanowiska, do którego dążył przez całe swoje życie.

Od dnia ślubu nie dane mu było spotkać Nurbanu, choć Esma wielokrotnie opowiadała mu o matce. Były to jedyne słowa młodziutkiej żony, których słuchał z zainteresowaniem.

Pogrążony w rozmyślaniach, drgnął nagle jak człowiek wybudzony gwałtownie z głębokiego snu. Zza okna dobiegł go metaliczny, delikatny brzdęk, a zaraz potem coś zamigotało. Przez okno balkonowe wsunęła się do pokoju kobieca postać. Jej pojawienie się w skromnym wnętrzu ubogiego domu było jak rozpalenie potężnego ognia w środku ciemnej nocy. Blask bijący od kobiety oświetlił i rozjaśnił wszystko wokół. Nurbanu zdjęła kaptur. Ciemne włosy, tu i ówdzie poprzetykane srebrnymi niteczkami, rozsypały się na okryte fioletowym płaszczem ramiona. Stanęła przed nim wyprostowana i dumna. Sokollu obrzucił ją szybkim spojrzeniem, po czym zgodnie z nakazem etykiety spuścił wzrok. Pod powiekami wciąż jednak widział jej szczupłą, jeszcze szczuplejszą, jakby wyschłą z braku miłości postać. Rysy nieco jej się wyostrzyły, ale oczy okolone delikatną siecią zmarszczek nadal płonęły.

– Witaj, pani – szepnął, starając się, by głos nie zdradził tego, co czuło jego serce.

Minęło tyle lat, że nie mógł być pewny uczuć, jakie żywiła dla niego obecnie sułtanka. Nurbanu skinęła głową.

– Wzywałeś mnie – rzekła po prostu, jakby widzieli się zaledwie wczoraj i rozbudowane przywitanie było zbędne.

Nie okazała wzruszenia, nie wyrzekła ani jednego słowa, by zachęcić go do większej poufałości. Sokollu zrozumiał, że nie chciała wracać do dawnych czasów. Nurbanu przyszła tu nie z woli własnego serca, ale ponieważ i jej zależało na sprawach Imperium. Sokollu odchrząknął lekko, starając się opanować emocje szalejące w jego wnętrzu. Bliskość Nurbanu paraliżowała go, utrudniała zebranie myśli. Przy niej znów czuł się jak młodzieniec, który pierwszy raz znalazł się sam na sam z dziewicą.

– Potrzebuję twojej pomocy, pani – zaczął niezgrabnie. – Wiesz przecież, co się dzieje u bram pałacu.

Nurbanu przytaknęła.

– Przez te wszystkie lata Selim był ci oddany, pani...

– Na swój sposób – szepnęła sułtanka, odwracając wzrok.

Mehmed dostrzegł cień smutku, który przemknął po jej twarzy. Poczuł ukłucie zazdrości. Zaczynał wątpić, czy przez ostatnie lata nie łudził się, pocieszając samego siebie, że Nurbanu nie kocha Selima.

Potrząsnął lekko głową, próbując odpędzić natrętne myśli, które tylko rozpraszały jego uwagę.

– Wiesz, że ty jedna możesz mi pomóc zakończyć to szaleństwo... – zaczął ponownie.

– Czego ode mnie oczekujesz? – przerwała mu. – Co mam robić?

Jej głos był stanowczy i czuć w nim było determinację. Sokollu spojrzał na sułtankę. Cień już się rozproszył. Jej twarz znów była świetlista i tak piękna, że na moment zabrakło mu tchu. Bezwiednie uniósł rękę i odsunął cieniutki kosmyk włosów, który opadł jej na twarz, gdy mówiła. Pod wpływem czułego dotyku Nurbanu drgnęła. Sokollu z bijącym sercem założył kosmyk za małe, aksamitne ucho. Cofnęła się szybko i nie podnosząc wzroku, szepnęła:

– Nie rób tego więcej. Pamiętaj o Esmie… – Głos jej się załamał.

Mehmed miał wrażenie, że serce pęknie mu z żalu.

– Nurbanu… – westchnął błagalnie.

– Nie mogę – ucięła, oddychając coraz prędzej. – To moja córka. Nawet nie wiesz, jak ona cię kocha.

W pokoju zapanowało milczenie. Mehmed opadł na przykurzone poduszki. Drobinki pyłu uniosły się i zatańczyły w smudze światła. Po chwili pędzona wiatrem po niebie chmura przysłoniła słońce. Promień zgasł, przerywając złocisty taniec. Sokollu otarł pot z czoła. Odetchnął głęboko i wyprostował się na siedzeniu.

– Selim musi przywrócić janczarom w koszarach żołd w dawnej wysokości, a tym, którzy byli na wojnie z Sulejmanem, wypłacić cały żołd za wyprawę węgierską i przyobiecane im nagrody – zaczął rzeczowo, siląc się na obojętność.

– Nie zrobi tego – odparła Nurbanu w podobnym tonie, choć wciąż stała do niego tyłem. – Selim nigdy nie przyzna się do błędu. Nie cofnie swego słowa.

Sokollu był pewien, że usłyszy taką odpowiedź.

– W takim razie niech zatwierdzi decyzję dywanu. Wówczas przywróci stare prawa, dając im nowe etykiety. Niech ogłosi podwyższenie żołdu z okazji rozpoczęcia swego panowania. Niech obsypie ich podarunkami, jak to jest w zwyczaju. Jeśli nawet go nie pokochają, może przynajmniej przestaną go nienawidzić i pozwolą mu przejąć tron jego ojca, nim całe Imperium pogrąży się w chaosie i ciemności.

Nurbanu dłuższą chwilę milczała.

– W ciemności... – powtórzyła. – Niedawno Selim miał sen – dodała, zawahawszy się przez moment. – Ujrzał w nim swych braci, Mustafę i Bajazyda...

– Obu skazanych na śmierć przez Sulejmana – wszedł jej w słowo Sokollu.

Nurbanu skinęła głową i mówiła dalej.

– Śniło mu się, że bracia siedzieli obok jego ojca, Mustafa po prawej, Bajazyd po lewej jego stronie. Selim też tam był. Stał naprzeciw nich, chciał do nich przemówić, pozdrowić ich, ale oni stali w milczeniu, patrząc na niego z wyrzutem, jakby to on był winien ich śmierci. Sułtan Sulejman zaś patrzył prosto na niego oczami zionącymi pustką. Selim poprosił, by ojciec wyjaśnił wszystko braciom, usprawiedliwił go, lecz Sulejman tylko skinął głową, tak jak wówczas, gdy wydawał wyrok na Mustafę, a potem także na Bajazyda. Gdy to uczynił, ponad ich głowami otworzyło się niebo, a z jego wnętrza wydobył się oślepiający promień światła. Jasność oświetliła siedzącą trójkę, Selima pozostawiając w mroku...

– Kto wie, czy ten sen nie okaże się proroczy... – rzekł Sokollu w zamyśleniu. – Może Sulejman był jasną przeszłością, a Mustafa i Bajazyd błogosławieństwem przyszłości Imperium? Teraz zaś nastały rządy ciemności...

Nurbanu pokręciła przecząco głową.

– Selim nie jest zły. Jest gnuśny i leniwy, nade wszystko ceni sobie lenistwo i dobrą zabawę, ale nie chce niczyjej krzywdy… – szepnęła, jakby chciała przekonać bardziej siebie niż wezyra. Po chwili zmieniła ton na bardziej wyważony. – Zrobię, co w mojej mocy, by ci pomóc. Prześlę wiadomość przez Esterę.

Nurbanu odwróciła się do wyjścia.

– Mam do ciebie jeszcze jedną prośbę – zatrzymał ją Sokollu.

Spojrzała na niego zdziwiona.

– I tak prosiłeś o zbyt wiele – rzekła.

– Wiem, ale wiem też, że to jedyna słuszna droga. Jestem pewien, że i ty to wiesz. Usiądź, proszę.

Skinęła nieznacznie głową. Przez chwilę patrzyli sobie w oczy, a w ich spojrzeniu było tak wiele oddania i czułości, że Nurbanu nie wytrzymała i odwróciła wzrok. Uczucie bliskości znikło, ustępując miejsca wystudiowanej grzeczności ludzi Wschodu. Rozmawiali jeszcze chwilę, a raczej wymieniali nic nieznaczące uwagi.

Wreszcie Nurbanu wstała. Sokollu ukłonił się jej uprzejmie, choć ze wszystkich sił pragnął ją zatrzymać choć chwilę dłużej.

– Chciałeś mnie o coś prosić? – przypomniała sobie nagle, gdy już stała do niego tyłem, z dłonią opartą o klamkę drzwi balkonowych.

Sokollu zmieszał się.

– Po oblężeniu Szigetváru znalazłem w ruinach zamku chłopca.

– Słucham z uwagą.

Mehmed zignorował wyuczoną przez lata haremowych konwersacji kpinę pobrzmiewającą w jej głosie, którą próbowała zamaskować wzruszenie wywołane spotkaniem.

– To dziecko dwa razy uratowało mi życie – szepnął.

Nurbanu wyraźnie drgnęła, jakby jej ciałem wstrząsnął dreszcz przerażenia. Sokollu całą siłą woli powstrzymał się, by nie chwycić jej w ramiona.

– W takim razie uczyń z niego w podzięce swojego sługę albo protegowanego w korpusie gwardii przybocznej sułtana – zasugerowała, odzyskawszy zdolność mówienia.

Sokollu mówił dalej, jakby nie dosłyszał jej słów.

– Jednej z ostatnich nocy, gdy rozbiliśmy obóz nieopodal Belgradu, ktoś próbował mnie zamordować. To dziecko, którego rękę niechybnie wiódł sam Allah, zabiło napastnika. Wzięte do niewoli dziecko ochroniło wroga i podczas walki samo odniosło ranę – opowiadał, na nowo dziwiąc się tym wydarzeniom.

– Tym bardziej oddaj go gwardzistom Selima. Sułtan ma słabość do bohaterów, żyjących legend. Zapewne dlatego, że sam taki nie jest – dodała ciszej.

Mehmed udał, że nie dosłyszał ostatniego zdania.

– Nie mogę – stwierdził krótko i podjął na nowo opowieść: – Zakrwawionego chłopca zaniesiono do namiotu medyka. Gdy odzyskałem na tyle sił, by tam dotrzeć, medyk powiedział mi, że dzieciak jest mocno poobijany, ale rana, choć mocno krwawiła, nie była głęboka. Powiedział też, że…

Mehmed zawahał się. Nurbanu miała być pierwszą, której powierzy sekret. Nie wiedział, jak zareaguje, zwłaszcza że chciał ją prosić, by wszystko zachowała w tajemnicy przed własną córką. Nie miał jednak wyboru.

Pomoc Nurbanu była mu potrzebna i w tej sprawie. Ktokolwiek inny prędzej czy później mógłby wykorzystać to dziecko przeciwko niemu, a tego nie mógł zaryzykować. Szczególnie teraz nie wolno było pokazać wrogom żadnej słabej strony, żadnego wrażliwego miejsca, w które mogliby go ugodzić, niwecząc tym samym wszystkie jego wysiłki.

– Powiedział, że to dziecko nie jest chłopcem – dokończył.

Nurbanu wciągnęła głośno powietrze, odwracając się szybko. Posłała mu przez ramię zszokowane spojrzenie. Sokollu skinął głową.

– To dziewczynka. Nie mogę oddać jej do haremu Esmy... Wiesz przecież, jak bardzo jest zazdrosna o każdą niewolnicę, która pojawia się w haremie z mojego polecenia... – wielki wezyr zawiesił głos, po czym dokończył cicho: – Nie zniósłbym, gdyby temu dziecku stała się krzywda.

Nurbanu popatrzyła na niego uważnie i dostrzegła w jego spojrzeniu ów rys rodzicielskiej miłości, który niegdyś, wiele lat temu, widywała na twarzy Selima, gdy patrzył na ich potomstwo. Nawet gdyby była zdolna odmówić prośbie Mehmeda, nie zdołałaby zignorować prośby kochającego opiekuna.

– Życie za życie – powiedziała. – Przyślę ci wiadomość, kiedy Estera przybędzie po nią. Musicie być na to przygotowani w każdej chwili.

Sokollu skinął głową, choć na jego twarzy odmalował się smutek. Jeden tylko Bóg wiedział, jak bardzo polubił tę wojowniczą dziewczynkę.

– Ma jakieś imię? – zapytała Nurbanu, wyrywając wezyra z zadumy.

– Birgül.

– Birgül – powtórzyła Nurbanu. – Zrobię, co w mojej mocy, by ją chronić, ale będzie to możliwe tylko wtedy, gdy ty o niej zapomnisz. Masz zbyt wielu wrogów, którzy wiele by dali, aby znać twój słaby punkt. Oba muszą pozostać naszą tajemnicą.

To powiedziawszy, nasunęła głębiej kaptur, rąbkiem obszytej złotymi blaszkami tkaniny zakrywając twarz, i pchnęła okratowane okno balkonu willi. Do pokoju wdarł się uliczny gwar i zapach kwiatów rosnących na łączniku pomiędzy budynkami. Kwietniki pełniły w ubogich domach funkcję ogrodów. Nurbanu wyszła na zewnątrz. Mehmed przyglądał się, jak złote blaszki poprzyszywane do jej szat migoczą w słońcu, gdy kroczyła ostrożnie wśród donic, przechodząc do sąsiedniego domu, w którym czekała na nią Estera Kalfa. Bodajże najbrzydsza kobieta świata i jedyna, którą Nurbanu darzyła zaufaniem i która znała ich przeszłość, patrzyła teraz na wezyra spomiędzy szparek swych wąskich oczu, wciśniętych zbyt głęboko w owal twarzy – jak rodzynki w domowy placek – wzrokiem, z którego nie dało się wyczytać żadnych emocji. On jednak nie obdarzył jej ani jednym spojrzeniem.

– Pani światła – szepnął, patrząc jak miłość jego życia oddala się, znikając w przedpołudniowym blasku.

Został sam i poczuł się nagle nieludzko zmęczony. Dzisiejszym zachowaniem Nurbanu dała mu wyraźnie odczuć, że wciąż go kocha i że już nigdy nie będą razem. Ich romans był księgą zamkniętą w przeszłości, w czterech ścianach ukrytej komnaty w wieży murów obronnych pałacu w Manisie. Ciężar odpowiedzialności za państwo przygniatał go od miesięcy, ale towarzystwo rezolutnej dziewczynki, którą pokochał jak córkę, napawało go otuchą i w niewytłumaczalny sposób dodawało mu sił. Teraz miał utracić także ją, rozstać się z nią na zawsze. Stracił niemal wszystko, co było dla niego ważne. Jeden fałszywy ruch mógł wkrótce pozbawić go także życia.

Miał sześćdziesiąt lat i nigdy dotąd nie pomyślał o sobie jak o starym człowieku. Lata mijały, lecz jego umysł, nazbyt pochłonięty troską o dobro Imperium, zdawał się nie dostrzegać upływu czasu. Odnotowywał wprawdzie zmiany zachodzące w ciele, ale i im nie poświęcał zbyt wiele uwagi. Wielokrotnie słyszał, że jest mężczyzną, któremu wiek dodaje jedynie powabu i dostojeństwa, i najwyraźniej bezwiednie w to uwierzył. Teraz, gdy zrozumiał, że jego życie należy już nieomal do przeszłości, był zaskoczony. Nie mógł uwierzyć, że to już, że wszystko tak po prostu zmierza ku końcowi. Nawet śmierć Sulejmana nie uświadomiła mu tego. Nazbyt przejęty był wówczas koniecznością ochrony Imperium przed rodzimymi wrogami. To rozmowa z Nurbanu wywołała wstrząs, zdjęła zasłony z jego oczu. Miłość, której wspomnieniem i nadzieją na kolejny rozdział żył od tylu lat, była jedynie zmarszczką wody na łagodniejącej tafli jeziora. Wkrótce nie pozostanie po niej żaden ślad, poza niefizycznym bólem, który odbierał mu – tak jak w tej chwili – zdolność oddychania. Może łatwiej przyszłoby mu przeżyć ten moment, gdyby wciąż mógł wierzyć, że pewnego dnia Nurbanu będzie znów jego. Tym razem jednak nie pozostawiła mu żadnych złudzeń, przedkładając wyimaginowane szczęście swej córki ponad własne pragnienia. Zatrzasnęła drzwi przeszłości, pozostawiając Sokollu i jego miłość po drugiej stronie. Jako pierwsza w jego życiu zgasła miłość, wkrótce ciało i rozum odmówią mu posłuszeństwa, aż wreszcie odejdzie, a jego imię zostanie zatarte wśród zawieruchy dziejów jak ślad stopy na piasku. Nadejdzie koniec Mehmeda Paszy Sokollu, bośniackiego chłopca, który został cieniem największego władcy tego świata.

Wielki wezyr opadł na poduszki i długo patrzył w sufit, czując, jak zalewa go fala rozpaczy, jakiej nie doświadczył nigdy przedtem.

W takiej samej pozie kilka godzin później znalazł go Feridun Bej, który przyszedł sprawdzić, czy w komnacie nie pozostały żadne ślady po spotkaniu sułtanki i wezyra.

– Panie, nie możesz tu dłużej przebywać. Słońce chyli się ku zachodowi. Wkrótce rodzina Omara Zielarza wróci znad Bosforu. Zdziwią się, zastając wielkiego wezyra w haremliku swego domu – powiedział, w pośpiechu porządkując przestrzeń wokół.

– Panie! – ponaglił, a widząc, że jego słowa nie robią na wezyrze żadnego wrażenia, chwycił go mocno za łokieć i pociągnął, zmuszając, by wstał. – Panie, prędzej! Musimy wracać do seraju!

Mehmed powoli dźwignął się z posłania i w otępieniu pozwolił się prowadzić przyjacielowi. Po raz pierwszy od lat czuł się tak bezsilny.

14 grudnia 1566
Stambuł
Imperium Osmańskie

1

Następnego dnia obudził się jeszcze przed świtem z tępym bólem głowy. Wstał i podszedł do misy. Zanurzył obie ręce w chłodnej wodzie i kilkakrotnie przemył twarz, spłukując z oczu i ust resztki snu. Następnie, zgodnie z nakazem religijnym, przetarł wilgotną dłonią włosy, szyję i ręce aż do pach. Wytarł ciało delikatnym, jedwabnym ręcznikiem i nie wzywając sług, sam zaczął się ubierać. Włożył grantowe spodnie z jedwabiu. Na stopy naciągnął cieniutkie skarpety z wielbłądziej skóry, których końce przymocował do nogawek spodni, i wsunął w ozdobne pantofle o miękkich podeszwach. Narzucił na ramiona błękitną koszulę wyszywaną srebrną nicią i przepasał się ciemną, prawie czarną, atłasową szarfą, za którą odruchowo, jak to czynił przez lata, zatknął niewielki woreczek z tytoniem. Założył długi, misternie haftowany złotymi nićmi kaftan i zapiął guziki, z których każdy ozdobiony był drogim kamieniem oszlifowanym kwadratowo. Przeczesał palcami włosy i wyjął ze skrzyni turban, czyli długą wstęgę kremowego muślinu, którą miał owinąć sobie wokół głowy.

Jednak nim rozpoczął tę żmudną czynność, z minaretu pobliskiego meczetu rozległ się azan, pierwsze z czterech nawoływań do modlitwy, które muezzin melorecytował na cztery strony świata.

– Allahu Akbar! Bóg jest wielki! Zaświadczam, że nie ma innego Boga prócz Allaha. Zaświadczam, że Mahomet jest prorokiem Allaha. Przybywajcie na modlitwę. Przybywajcie do zbawienia. Nie ma innego Boga prócz Allaha. Modlitwa jest lepsza od snu!

Sokollu pospiesznie przyklęknął na dywaniku. Skroń pulsowała mu bólem, który z każdym pokłonem stawał się jeszcze dotkliwszy. Z trudem zdołał dokończyć modlitwę bez nadmiaru uchybień, które skutkowałyby koniecznością jej powtórzenia. Boleści nasiliły się tak, że dłuższą chwilę nie mógł wstać z kolan, a gdy wreszcie mu się to udało, zachwiał się i pociemniało mu przed oczami. Doczłapał się do materaca i opadł na łoże.

Nie chciało mu się żyć, nie dostrzegał sensu w braniu kolejnego oddechu. Pogardzał sobą za odczuwanie takiej słabości. Był wielkim wezyrem, jednym z najpotężniejszych ludzi świata, a mimo to pozwolił, aby rozpacz zawładnęła jego sercem, pętając nieustraszonego niegdyś ducha sidłami niemocy. Stracił Sulejmana. Stracił Nurbanu. Stracił nawet tę dziewczynkę, której nie mógł zatrzymać, choć była niewolnicą, a on jej panem. Mógł w jednej chwili pozbawić ją życia, lecz nie mógł zatrzymać jej przy sobie. W oczach świata górował nad tysiącami ludzi, a w rzeczywistości był uboższy i bardziej bezwolny od najbiedniejszego z niewolników. I na co mi to wszystko? – rozważał, zatapiając się coraz głębiej i głębiej w ciemne odmęty swej udręczonej duszy. Jeśli Nurbanu się nie uda, lada chwila przyjdzie mu stracić i to.

Dzieło, nad którym u boku sułtana Sulejmana pracował całe swe życie. Wkrótce zostanie pozbawiony władzy i wpływów, a wówczas z pewnością straci także głowę.

Przez chwilę pożałował, że Birgül uratowała mu życie podczas marszu do stolicy. Wprawdzie nigdy nie ujrzałby już Nurbanu ani migoczących światłem dnia wód Bosforu, lecz odszedłby szczęśliwy, otoczony splendorem należnym człowiekowi, który dobrze wypełnił swoją misję na ziemi. Teraz zaś umrze upokorzony, samotny, ośmieszony, odarty z czci i szacunku, a jego wrogowie zadbają, by pamięć po nim szybko rozniósł pustynny wiatr.

I nikt nawet nie westchnie z żalu czy tęsknoty, pomyślał.

Wczorajsze spotkanie z Nurbanu było snem, który śnił całe życie, uświadomiło mu własną nędzę. Miał żony, których nie darzył uczuciem. Były to kobiety, które musiał poślubić z różnych względów, najczęściej politycznych. Miał synów, których nie kochał, nie znajdując w nich rozsądku, mądrości, dobroci czy odwagi. Jego synowie bardziej pasowali na potomków sułtana Selima. Byli pierwsi do trwonienia pieniędzy, na które nie zapracowali, oddawania się pijaństwu i rozpuście. Jego obecna żona, młoda i piękna, była bez reszty pochłonięta pałacowymi intrygami. Esma troszczyła się jedynie o stroje, klejnoty i o to, by mieć kontrolę nad każdym posunięciem męża.

„Nawet nie wiesz, jak ona cię kocha" – usłyszał w głowie głos Nurbanu.

Prychnął pogardliwie.

– Nurbanu, słodka Nurbanu – westchnął.

Sułtanka jego serca, sama od lat odgrywająca rolę zakochanej żony Selima, zaślepiona matczyną miłością, nie była w stanie dostrzec, że jej córka również udaje uczucia, choć coś innego nią powoduje. Nurbanu zabiegała o względy Selima z troski o przyszłość swoich dzieci. Miłość do nich pozwoliła jej przetrwać rozstanie z Sokollu i z czasem stała się jedynym sensem jej życia. Nie pragnęła już niczego dla siebie, chciała jedynie, by Murat pewnego dnia został sułtanem, władcą tego świata. Choć miała jeszcze inne dzieci, to właśnie dla niego i dla Esmy gotowa była na wszystko.

Esma była inna, niż przypuszczała jej matka. Urodzona w pałacu, od dziecka wychowana jako księżniczka z rodu Osmana, nigdy nie nauczyła się myśleć o nikim poza samą sobą. Esma była ulubienicą Mihrimah. Przebywanie z ciotką tylko pogłębiało w niej poczucie wyższości. Sułtanka Mihrimah nauczyła Esmę jeszcze jednej rzeczy niezwykle przydatnej w życiu spędzanym w pogmatwanej sieci pałacowych intryg, lecz także uniemożliwiającej bliższe relacje z kimkolwiek. Nauczyła dziewczynkę wyrachowania. Po pewnym czasie Esma patrzyła na wszystkich wokoło, nie wyłączając matki, męża czy dzieci, przez pryzmat własnego interesu i korzyści, jakie może dzięki nim uzyskać dla siebie. Sokollu często wydawało się, że tak naprawdę nie darzy ciepłym uczuciem nikogo. Zwłaszcza że Esma bardziej niż czegokolwiek innego na świecie pożądała władzy. Mihrimah karmiła ją opowieściami o zmarłej babce, sułtance Hürrem, która z niewolnicy stała się najpotężniejszą i najbardziej wpływową kobietą świata. Esma szybko zapragnęła być równie potężna, nie dostrzegając, że brakuje jej sprytu, inteligencji i wdzięku babki. Chciała decydować o losach innych, a nade wszystko pragnęła ich uwielbienia, bezwzględnego i bałwochwalczego. Chciała stać się kobietą, o której mądrości poeci będą pisać poematy. Tymczasem namiastek zaspokojenia tych pragnień szukała w najbliższym otoczeniu, niestrudzenie rozporządzając krewnymi, jakby byli jej własnością, pionkami na wielkiej szachownicy, przy której Esmhan rozgrywała wszystkie partie.

Męża traktowała wyłącznie jako narzędzie dojścia do władzy, drogocenny przedmiot, który w przyszłości mógł jej przynieść wiele korzyści, o ile uda jej się nad nim zapanować. Chciała mieć nad nim kontrolę, znać każdą jego myśl, móc nakazać mu, kiedy wziąć wdech, a kiedy wydech, i to była cała jej miłość.

Sokollu był pewien, że gdyby utracił stanowisko wielkiego wezyra, Esmhan natychmiast zażądałaby rozwodu, a gdyby umarł, prędko pocieszyłaby się w ramionach innego mężczyzny. Nie kochała go, podobnie jak nie kochała i nie szanowała swej matki. Pogardzała wszystkimi cechami, które Sokollu tak cenił w Nurbanu. Rozsądkiem, sprawiedliwością, dobrocią. Esma często powtarzała, że matka powinna bardziej zająć się haremem Topkapı, zamiast ciągle spotykać się z posłami giaurów.

– Po co to robi?! – zapytywała, a potem wygłaszała jeden ze swych „uczonych" sądów, od których Sokollu kręciło się w głowie. – Przecież sułtan Sulejman pokona ich wszystkich, przejmie władzę nad Europą, a posłów w tych śmiesznych czapkach z piórami każe ściąć!

Sokollu za każdym razem dziwił się na nowo, że córka takiej kobiety jak Nurbanu może być tak nierozumna. Nie był szczęśliwy w tym związku. Prawdę mówiąc, nie znajdował w nim nawet spokoju, który niekiedy wynagradza małżonkom brak uczuć. Unikał, jak mógł, towarzystwa żony, każdej nocy ostatni oddech przed snem ofiarowując Bogu za szczęśliwość i zdrowie jej matki.

Od rozstania z Nurbanu żył jedynie dla Sulejmana. Służba sułtanowi sułtanów wypełniała jego życie, myśli i serce. Pod Szigetvárem utracił najdroższego przyjaciela, przewodnika i opiekuna. A teraz miał oddać i Birgül, dziwną, tajemniczą dziewczynkę, która choć wzięta do niewoli po upadku miasta, obdarzyła go uczuciem i uratowała mu dwukrotnie życie.

Zmorzony natłokiem myśli, opadł na poduszki, pogrążając się w marazmie, który wysysał zeń wszystką wolę życia. Był zmęczony, lecz poza wiecznością nie widział nadziei na odpoczynek.

Nie wiedział, kiedy poranek zmienił się w południe. Odźwierny zapukał do drzwi komnaty, wpuszczając do niej starszego sługę, który onieśmielony widokiem półnagiego wezyra leżącego w połowie dnia w poduszkach zapytał, czy wezwać medyka.

Sokollu pokręcił głową, wciąż nie unosząc się z posłania.

– Panie, dziś środa… – przypomniał ostrożnie sługa, zdziwiony niecodziennym zachowaniem swego pana.

Sokollu nie zareagował.

– Panie, wszyscy oczekują, że skoro wróciłeś do stolicy, osobiście dokonasz dziś kontroli miar i wag na bazarach…

W Stambule, w którym kończyła się nieprzebrana liczba szlaków karawan i dróg morskich, wymiana towarowa będąca dumą Imperium podlegała szczególnym obostrzeniom. Wspieranie handlu przekładało się bezpośrednio na zwiększanie wpływów z podatków do sułtańskiego skarbca, toteż wszyscy władcy odznaczali się w tej kwestii nadzwyczajną dbałością, a przewinienia na tym polu, jak choćby psucie monety, przemyt czy używanie fałszywej miary, karane były o wiele surowiej niż pozostałe przestępstwa. Proces sprzedaży był regulowany od momentu, w którym towar opuścił juki lub pokład statku, aż do zakupu przez klienta. Pilnie strzeżono, aby co bardziej obrotni kupcy nie próbowali spekulować na towarach czy dla własnej korzyści nie zawyżali cen, a także by na stołeczne bazary nie trafiały artykuły pochodzące z przemytu. W tym celu większość dostaw odbierana była w specjalnych budynkach wag miejskich, z których po stosownej kontroli były następnie rozprowadzane do odbiorców.

Codziennie odbywały się także inspekcje straganów handlowych. Kontrolerzy chodzili od stoiska do stoiska, sprawdzając jakość oferowanych klientom towarów, a nade wszystko, czy handel prowadzony jest uczciwie. Winni nadużyć lub występków w tym zakresie byli natychmiast surowo karani. Ot, choćby za używanie fałszywej miary karano chłostą wymierzaną od razu na oczach dziesiątków gapiów, co samo w sobie stanowiło dodatkowe źródło cierpień i upokorzenia. Przyłapanego na oszustwie handlarza bądź rzemieślnika kładziono płasko na ziemi. Dwóch ludzi unosiło mu nogi, które opierano na tyczkach przygotowanych specjalnie do tego celu, i drewnianym kijem wymierzano mu razy w podeszwy stóp. Była to bolesna kara, dotkliwa nawet kilka tygodni po jej wymierzeniu. Winowajca był szykanowany, a gdy kuśtykał, inni handlarze spluwali mu pod nogi, wyrażając tym swoją pogardę i niezadowolenie z psucia handlu w stolicy. Wielki wezyr był naczelnym kontrolerem stambulskich bazarów. Do jego obowiązków należało dokonywanie kontroli przestrzegania przepisów handlowych w stolicy, w towarzystwie agi janczarów i stambulskiego kadiego, przynajmniej trzy razy w tygodniu, w tym obligatoryjnie w środę.

Był to jeden z tych obowiązków, które Sokollu, odkąd został wielkim wezyrem, wykonywał ze szczególną przyjemnością i do którego tęsknił podczas kampanii wojskowej. Lubił przechadzać się o poranku po gwarnych, tętniących życiem bazarach, zaglądać do kramów, kosztować owoców czy twarogu od krążących po ulicach sprzedawców, delektować się kawałkiem aksamitnej chałwy, stojąc wprost na ulicy w promieniach słońca, gawędzić z kupcami powracającymi z dalekich krain, przyglądać się pracy rzemieślników, których warsztaty rozstawione były pomiędzy kramami. Wracały doń wówczas wspomnienia z dzieciństwa, kiedy wraz z rodziną udawał się na coroczne jarmarki. Owe mary przeszłości, połączone z ekscytacją wywołaną otaczającą go feerią barw, zapachów, smaków i dźwięków, sprawiały, że czuł się lekko oszołomiony i ogromnie zadowolony, choć skrywał te uczucia pod maską chłodnej wyniosłości i z rzadka tylko pozwalał sobie na uśmiech.

Tego dnia jednak nawet ulubione zajęcie nie było w stanie wyrwać go z otępienia. Nie widział sensu we wkładaniu jakiegokolwiek wysiłku w cokolwiek. Utracił wszystkich, na których mu zależało.

Gdy Selim umocni swą pozycję, z pewnością pozbawi go tytułu, a wówczas któryś z jego wrogów postara się, by pozbawić go także życia. Pogrzebią jego śmiertelne ciało, a kamień nagrobny szybko zarośnie mchem. Ludzie zapomną, że kiedykolwiek żył i że celem, jedynym celem owego życia, które przeminęło bez echa, była służba Imperium Osmańskiemu.

Skoro taki ma być koniec, rozmyślał Sokollu, ignorując zaambarasowane spojrzenia sługi, który – niepewny, co ma robić – stał wciąż przy drzwiach, kiwając się na boki, po cóż przedłużać to życie? Niechże się skończy czym prędzej. Ech, Sulejmanie! Gdybyś tu był…

Żal kolejny raz zacisnął swą bezlitosną obręcz wokół gardła wezyra. Od powrotu do Stambułu tęsknota za zmarłym sułtanem wzmogła się jeszcze, sprawiając coraz dotkliwszy ból. Rozmowa z Nurbanu pozbawiła go resztek sił i nadziei. Zobojętniał na wszystko, co uważał do tej pory za ważne.

– Odejdź! – syknął wreszcie.

Pragnął tylko zostać sam. Sługa skłonił się posłusznie i wyszedł z komnaty wezyra, zamykając cicho drzwi, by nie wzbudzać jego gniewu. Jednak zamiast wrócić do swych obowiązków, pospieszył posłać wiadomość do Feridun Beja. Liczył, że może jemu uda się wyrwać dostojnika z odrętwienia, nim służba zacznie komentować między sobą jego stan i po mieście zaczną krążyć plotki.

2

Po południu sługa przyniósł wezyrowi dwa listy. W pierwszym nadworny sekretarz zawiadamiał go, iż sułtan Selim okazał łaskę i zatwierdził decyzję dywanu.

Nurbanu się udało, pomyślał, lecz nie czuł ulgi ani radości; nic nie czuł, zauważył tylko pewien fakt, to wszystko. Bunt niebawem wygaśnie.

Patrzył na atramentowe, pięknie wykaligrafowane litery i nie mógł uwierzyć, jak mało obchodziło go wszystko, co było tu napisane. Dalej sekretarz zawiadamiał, że nazajutrz władca wyprawia przyjęcie, by godnie uczcić początek swego panowania.

„Sułtan wyraził życzenie, by wszyscy wezyrowie byli obecni podczas uroczystości" – tymi słowami sekretarz kończył list, opatrując go na dole tugrą Selima.

Sokollu obojętnie odłożył epistołę na bok. Nie zamierzał nigdzie iść. Jego powinność się skończyła. Janczarzy wkrótce powrócą do koszar, a życie w stolicy zacznie znów płynąć swym barwnym, wartkim nurtem, jak gdyby nigdy nic się nie stało.

Druga wiadomość była niepodpisana. Na niewielkim kawałku pergaminu skreślone było niedbale zaledwie kilka słów: „E.K. przybędzie jutro przed wezwaniem na poranną modlitwę". Wezyr przeczytał dwukrotnie wiadomość, po czym wrzucił ją w ogień. Patrzył, jak od gorąca papier kurczy się, spina, by na krótką chwilę spotęgować płomienie i zmienić się w pył.

Jak życie ludzkie, pomyślał wezyr, które parzy strachem, płonie namiętnościami, tli się nadzieją, żarzy wiarą w przyszłość, lecz jest tylko miałkim popiołem, pozbawionym sensu.

Resztką sił dokończył ubieranie się. Miał jeszcze jedno zadanie do wykonania, ostatni dług do spłacenia, nim i jego strawi ogień smutku. Musiał zadbać o bezpieczeństwo Birgül, oddać dziewczynkę pod opiekę Nurbanu. Potem mógł pogrążyć się w ciemności, która zalała jego wnętrze.

Gdy chwilę później wszedł do komnaty Jeleny, zastał ją siedzącą na niskim materacu i z nudów wyciągającą pojedyncze nitki z wyszywanej w kwiaty kapy z frędzlami. Na jego widok twarz dziewczynki rozjaśniła się.

Uśmiechnęła się szeroko i zerwała się z posłania, by powitać gościa.

– Całymi dniami siedzę tu sama i czekam na ciebie! – wykrzyknęła, gdy tylko zamknęły się za nim drzwi. – Do czego to podobne, żebym musiała tak marnować czas! Ta bezczynność jest nie do wytrzymania. Przynieś mi chociaż miecz, żebym trochę poćwiczyła pchnięcia... A najlepiej pozwól mi czasem gdzieś wyjść!

– Spakuj swoje rzeczy – rzekł zimno, nie patrząc na nią.

Jelena zastygła w pół kroku z lekko rozdziawionymi ustami, które miały właśnie wypowiedzieć kolejne skargi.

– Przyszykuj się do drogi – powtórzył. – Masz być gotowa, nim muezzin wezwie jutro na pierwszą modlitwę.

To rzekłszy, odwrócił się w stronę wyjścia.

– Zaczekaj! – krzyknęła za nim.

W jej głosie pobrzmiewały strach i bezradność. Po raz pierwszy zachowywała się jak ktoś, kim naprawdę była, jak bezbronne, samotne dziecko, zewsząd otoczone przez obcych ludzi i nieznany sobie świat.

Najłatwiej byłoby zignorować jej wezwanie i odejść. Nie pogłębiałby własnej rany, ból trwałby krócej. Nie mógł jednak tego uczynić. Cofnął się do środka komnaty.

– Co się ze mną stanie? – zapytała. – Oddasz mnie komuś?

Sokollu czuł, jak wokół serca zaciska mu się pętla boleści. Nie mógł postąpić inaczej. W Stambule niczego nie można było zbyt długo utrzymać w tajemnicy. Ściany miały uszy, wszyscy szpiegowali wszystkich, czasem zdawało mu się, że nawet jego myśli nie są w tym mieście prywatną sprawą. Przywiązując się do dziewczynki, pozwalając, by wraz z nim wróciła do stolicy i tak naraził ją na niebezpieczeństwo ze strony licznych wrogów. Za dzień, dwa, tydzień czy miesiąc ktoś odkryłby jej obecność, a wówczas mogłaby zostać w okrutny sposób wykorzystana do wycelowanych w niego ataków. Co gorsza, mógłby nie zdążyć jej ocalić. Oddanie dziewczynki do haremu Topkapı, gdzie stanie się jedną z tysięcy, a nad jej bezpieczeństwem w imię pamięci dla tego, co nie wróci, czuwać będzie sama sułtanka Nurbanu, było jednym sposobem na ocalenie jej życia. Jednak żadnej z tych myśli, które przebiegały mu teraz przez głowę, nie mógł teraz zdradzić.

– W tym pałacu nie ma haremliku. Nie wolno tu przebywać kobietom. Mogłabyś znaleźć się w niebezpieczeństwie, gdyby ktoś dowiedział się, kim naprawdę jesteś – wyjaśnił pospiesznie słowami, które od wielu dni układał sobie w głowie.

Dziewczynka popatrzyła na niego bystro.

– Zaplanowałeś to, prawda? – spytała, patrząc mu prosto w oczy.

Sokollu wiedział, że powinien skłamać, ale nie potrafił. Skinął głową.

– Tak – przyznał. – Jestem urzędnikiem państwowym, sługą sułtana. Nie mogę rozporządzać jeńcami wojennymi według mojego uznania.

– A więc jednak jestem dla ciebie tylko jeńcem... – szepnęła, a po jej policzku jedna za drugą spłynęły łzy.

Sokollu nie mógł się powstrzymać, nie mógł znieść jej smutku. Niewiele myśląc, przyciągnął dziewczynkę do siebie i mocno przytulił. Wczepiła się w jego płaszcz i szlochała rozdzierająco.

– Zobaczymy się jeszcze? – spytała, przełykając łzy.

Wielki wezyr odwrócił twarz w stronę okna, wciąż nie wypuszczając jej z objęć. Słowa, które powinien wypowiedzieć, nie chciały przejść mu przez gardło.

– Zobaczę cię jeszcze? – nie ustępowała Jelena.

Wysunęła się z jego ramion i spojrzała nań zapuchniętymi od płaczu oczami.

– Jestem wielkim wezyrem, więc mieszkając w pałacu Topkapı, nie sposób mnie nie spotkać – rzekł, starając się brzmieć beztrosko, choć wiedział, że nie mówi całej prawdy.

Czuł na sobie jej wzrok, ale wciąż nie odważył się na nią spojrzeć.

– A będę mogła z tobą rozmawiać? – dopytywała dziewczynka.

Powoli pokręcił przecząco głową.

– A będę mogła czasem pobyć blisko ciebie? Obiecuję, że nie pisnę ani słowa!

Po raz kolejny pokręcił głową.

– Nigdy nikomu nie możesz wyznać, że mnie znasz. To bardzo ważne – zaczął cicho. – Harem Topkapı jest własnością sułtana Selima. Żaden mężczyzna, nawet wielki wezyr, nie może wchodzić tam, gdzie mieszkają niewolnice samego sułtana.

– Czyli będę niewolnicą, tak?

Od dawna nią jesteś, pomyślał.

– Musisz nauczyć się inaczej na to patrzeć. Pamiętaj, że w pałacu, w którym zamieszkasz, wszyscy, nawet ci obwieszeni klejnotami, noszący najdroższe szaty, są niewolnikami. Sama sułtanka Nurbanu…

Czuł, że głos mu zadrżał. Dziewczynka obrzuciła go bacznym spojrzeniem, ale nie zapytała o nic. Był jej za to wdzięczny. Nie potrafiłby jej okłamać, gdyby zadała trafne pytanie.

– Ona także nie jest wolna, a mimo to rządzi całym haremem i decyduje o wielu rzeczach.

– Ale nie o samej sobie… – szepnęła Birgül w zamyśleniu.

Po raz kolejny zaskoczyła go dojrzałością swych obserwacji. Poczuł gdzieś na dnie serca ojcowską dumę, której przecież nie miał prawa odczuwać. Nie był jej ojcem, a kto wie, czy nie przyłożył ręki do jego zabicia gdzieś na polu bitwy pod Szigetvárem. Birgül nigdy nie mówiła o swojej rodzinie. Słowem nie wspomniała ani matki, ani ojca. Nie płakała za nimi, nie przywoływała w nocy, gdy złe sny oblewały potem jej skroń i przyspieszały oddech. Mimo to był przekonany, że tęskniła za nimi i każdego wieczora szukała ich twarzy wśród gwiazd.

Przyjrzał się jej ukradkiem. Stała, wpatrując się gdzieś w dal, poza linię horyzontu. Wiotka jak wierzbowa witka, niska i krucha. Tureckie słońce przyciemniło jej skórę i rozjaśniło przycięte krzywo włosy. Ubrana w strój sługi z jego świty wyglądała dokładnie tak, jak powinna – jak drobny, śliczny chłopiec. Lecz on widział w niej dziewczynkę, córkę, której zawsze pragnął, a której posiadanie nie było mu dane.

– O jej szczęściu, powodzeniu i dobrobycie decyduje sułtan – potwierdził. – On wyznacza nasz los, bo takie prawo zostało mu dane przez samego Allaha.

– A jeśli sułtan mnie nie polubi i będzie dla mnie niedobry? – zapytała nagle.

Sokollu wzdrygnął się. Nie był pewien, co przerażało go bardziej: brak sympatii Selima czy jej nadmiar. Przed jego oczami stanęły straszne obrazy, przerażające wizje przyszłości Birgül. Zawahał się. Może powinien ją zatrzymać w swoim haremie? Wymusić na Esmie posłuszeństwo, skłonić, by zrobiła z niej swoją służącą? Szybko odsunął od siebie tę myśl, którą rozważał już tysiące razy. Przy odrobinie szczęścia nigdy nie zobaczy sułtana, pomyślał, na głos zaś rzekł:

– O to się nie troszcz. Ucz się i staraj dobrze wypełniać powierzone ci obowiązki. Allah będzie cię miał w swej opiece i najlepiej pokieruje twoim losem. Dbaj tylko o to, by Jemu podobało się to, co robisz.

Jelena skrzywiła się. Choć po długich namowach dla własnego bezpieczeństwa zgodziła się przyjąć islam, wciąż jednak nie brała swej nowej religii na poważnie. Sokollu niejednokrotnie przyłapywał ją, jak klęczała przy łóżku, szepcząc modlitwy po łacinie. Nie gniewał się o to, rozumiał bowiem, jak trudna jest droga wyrzeczenia się wiary swych ojców, którą on przeszedł wiele lat temu. Miał nadzieję, że za jakiś czas uda jej się odnaleźć samą siebie i pocieszenie w islamie.

Jelena wciągnęła powietrze, jakby chciała spytać o coś jeszcze, ale po chwili wypuściła je głośno, nic nie mówiąc. Sokollu skierował się do drzwi. Dziewczynka dostrzegła ten ruch, drgnęła nieznacznie, ale już go nie zatrzymywała.

– Nigdy cię nie zapomnę – powiedziała cicho, a w jej głosie czuć było rezygnację.

– Ja także nie zapomnę ciebie, Birgül.

– Jeleno – szepnęła. – Mam... miałam na imię Jelena.

– Nigdy cię nie zapomnę, Jeleno – rzekł uroczyście, kładąc dłoń na piersi. – A kto wie, może Dobry Bóg sprawi, że jeszcze kiedyś nasze drogi się skrzyżują.

15 grudnia 1566
Stambuł
Imperium Osmańskie

1

Jelena wciągnęła głośno powietrze. Widok, który ukazał się w oddali, oszołomił ją i pozbawił tchu jak najwspanialszy sen, który nigdy dotąd jej się nie przyśnił. Serce zatrzepotało z radości w jej piersi, lecz zaraz potem przypomniała sobie, jak wielką cenę musiała zapłacić, by się tu znaleźć. Zza świetlistej kurtyny porannej mgły powoli wyłaniały się kontury pałacu. Choć znała go z miniatur Matrakçı Nasuha, rzeczywistość przekroczyła jej najśmielsze oczekiwania. Olbrzymie, jasne mury odbijały blade promienie słońca, tak że cały pałac zdawał się migotać wśród szarugi. Strzeliste wieże niknęły w chmurach jakby nie miały początku ani końca. Wrażenie przepychu wywoływały doskonałe proporcje i geometryczna doskonałość, nie zaś nadmiar złota czy wyszukane dekoracje, jakie zdarzało się jej widywać w europejskich pałacach. Siedziba sułtanów osmańskich wydawała jej się cudem nie z tej ziemi.

Siedząca naprzeciw niej kobieta, której głowę zdobiła maleńka czapeczka z przyczepionym doń fioletowym welonem, Estera Kalfa, przyglądała się grze emocji na twarzy dziewczynki i po raz pierwszy w czasie tej podróży jej usta ułożyły się w coś na kształt uśmiechu.

– Pałac Topkapı – rzekła. Głos miała nieprzyjemny, podobny do odgłosu ostrzonego miecza. – Niebawem będziemy na miejscu.

– Topkapı – powtórzyła Jelena, czując się tak, jakby wypowiadała jakieś prastare zaklęcie o potężnej mocy.

Chwilę później, gdy przejeżdżały drogą wiodącą wzdłuż cieśniny Bosfor, gdzie jak pouczyła ją Estera Kalfa, stykały się ze sobą morza i kontynenty, Jelena dostrzegła nagle dwóch szczupłych, ciemnoskórych mężczyzn w kolorowych szatach i jedwabnych turbanach na głowie, stojących nad stromym, skalistym brzegiem, bardziej przypominającym urwisko koryta rwącej rzeki niż nadmorską krawędź lądu. Posłała swojej towarzyszce pytające spojrzenie. Estera zerknęła przelotnie w tamtą stronę.

– To słudzy haremowi – wyjaśniła i czym prędzej powróciła do swoich haftów. – Wkrótce poznasz osobiście wielu z nich.

Jelena przyjrzała się im z uwagą. Mężczyźni, wyraźnie niezaprawieni w podobnych czynnościach, napinali się i wyginali, usiłując zdjąć ze stojącej obok nich taczki niezbyt poręczny pakunek. Podłużny wór, związany sznurkiem, nie wyglądał na zbyt ciężki, a mimo to wymykał im się z rąk. Jelena nie zdołała powstrzymać uśmiechu. Przyzwyczajoną do silnych i zaprawionych w wojaczce mężczyzn dziewczynkę rozbawił ten widok. Była pewna, że każdy z jej braci sam poradziłby sobie z wrzuceniem worka tych rozmiarów do morza. Nim jednak wspomnienie braci zdołało zalać smutkiem jej duszę, pisnęła z przerażenia, kiedy mężczyźni zdołali wreszcie podnieść pakunek. Zamachnęli się, wkładając w rzut całe swe siły, i wrzucili go do wody zatoki. W trakcie lotu powrozy poluzowały się i ze środka płóciennego wora wysunęła się maleńka, biała dłoń, pokryta malunkami, która zafalowała w powietrzu jakby na pożegnanie. Sekundę później wór z głośnym pluskiem wpadł w morskie odmęty, lecz zaraz wypłynął na powierzchnię, a biała dłoń bezwładnie ułożyła się na wodzie niczym nenufar.

– Estero! Prędko, każ zatrzymać powóz! Tam ktoś jest! Trzeba go natychmiast ratować! – krzyczała rozgorączkowana dziewczynka, widząc, jak kolejne morskie fale skrywają na coraz dłuższe chwile bielutką dłoń.

Estera kalfa błyskawicznym ruchem ręki zaciągnęła zasłonę. Uśmiech znikł z jej twarzy.

– Zapomnij natychmiast o tym, co widziałaś – rozkazała zszokowanej jej zachowaniem dziewczynce. – Nie rozpamiętuj, nie zastanawiaj się, nie analizuj, nie szukaj winnych, nie rozpowiadaj.

Jelena czuła, jak pod powiekami zbierają się jej łzy. Strach znów zacisnął swe palce na jej gardle.

– A teraz posłuchaj mnie uważnie, jeśli chcesz przeżyć – kontynuowała złowieszczo Estera. – Taki los spotka każdą mieszkankę haremu, która sprzeciwi się panującym w pałacu zasadom i dyscyplinie, rozumiesz? Nieposłuszeństwo jest karane śmiercią.

Ostatnie słowo odbiło się złowrogim echem od wyściełanych drogimi tkaninami ścian powozu. Jelena skinęła posłusznie głową, a Estera Kalfa wróciła do swoich haftów. Jechały dalej w ciszy w stronę bajkowego seraju, jakby nic się nie wydarzyło. Jelena przymknęła oczy. Wiedziała już, że bajka się skończyła. Straciła dom i rodzinę, nawet dobry wezyr ją opuścił. Była sama w tym obcym świecie, gdzie piękno służyło jedynie do zamaskowania okrucieństwa. Zacisnęła pięści. Paznokcie wbiły się w skórę dłoni, sprawiając ból, lecz ona tym mocniej zaginała palce. Nie mogła pozwolić sobie na chwilę słabości, nie mogła myśleć o sobie. Była żołnierzem, który musiał za wszelką cenę pomścić współtowarzyszy – i tylko to się liczyło. Powoli rozprostowała palce i przyjrzała się pooranym przez paznokcie dłoniom. Czuła zimny spokój. Estera Kalfa rzuciła w jej stronę ukradkowe spojrzenie i nie dostrzegła na twarzy dziewczynki nawet śladu wzburzenia, które odmalowywało się tam jeszcze przed chwilą. Skinęła z aprobatą głową i wróciła do szycia.

2

Sokollu obserwował z okna, jak powóz z Jeleną oddala się, a wraz z nim ostatnie światło życia w jego duszy niknęło w mroku smutku. Nie pozostało mu już nic. Stał przy oknie, z którego ram już dawno zniknął powóz unoszący dziewczynkę do pałacu Topkapı. Zastanawiał się, jaki czeka ją tam los. Wspominał wspólne chwile, godziny spędzone przy oglądaniu miniatur, podczas których opowiadał jej o cudownościach życia w Imperium Osmańskim, najwspanialszym państwie świata.

Odwrócił się od okna dopiero, gdy ktoś wszedł do pokoju i stanął obok niego.

– Jak śmiesz wchodzić bez zapowiedzi… – warknął do intruza, w którym po chwili rozpoznał Feridun Beja, swego wiernego towarzysza.

– Wybacz mi, panie mój – pokornie odparł młodzieniec tonem, który zdradzał, jak bardzo jest zmartwiony. – Twój sługa posłał po mnie, mówiąc, żeś niezdrów.

Sokollu prychnął i znów odwrócił twarz do okna.

– Jak widzisz, nic mi nie jest, więc możesz odejść.

Feridun Bej nie ruszył się jednak z miejsca. Trwali tak w milczeniu, dwaj niewolnicy sułtana obsypani klejnotami, odziani w drogie szaty, a mimo to pozbawieni tego, co najcenniejsze: możliwości decydowania o własnym losie. Przeszli razem tak wiele, a nagle nie mieli sobie nic do powiedzenia. Gradowa chmura, która przesłoniła światło w duszy Sokollu, rzuciła cień także na ich wzajemną relację. Młodzieniec czuł, że nie jest potrzebny, że powinien posłuchać polecenia, ale trwał przy wezyrze wierny i oddany.

– Panie mój, po panowaniu najciemniejszej nocy i tak w końcu zaświta jutrzenka. Bóg Wszechmogący czuwa nad twym losem i wyznacza twe drogi. Jemu masz służyć, bo jak mówi Koran, „szukam schronienia u Pana ludzi, Króla ludzi, Boga ludzi, przed złem kusiciela wycofującego się skrycie, który podszeptuje pokusę w serca ludzi – spośród dżinów i ludzi".

– Amen – odparł odruchowo Sokollu, choć bramy jego serca były zamknięte na sens tych słów.

– Opamiętaj się, mój panie! – wykrzyknął Feridun Bej, przerażony oschłością Sokollu. – Nie możesz się poddać! Nie ty! Nie teraz!

Wielki wezyr odwrócił się w jego stronę i spojrzał w czyste źrenice młodzieńca, w których migotały teraz strach i bezradność.

– Wszystko przemija, Feridunie. Czas sułtana Sulejmana się skończył, a wraz z nim świat, w którym było dla mnie miejsce. Życie wśród hulanek, zabaw i pochlebstw jest mi obce. Wypełniłem swoją powinność i nadszedł czas, bym odszedł w cień, resztę pozostałych mi dni przeznaczając na modlitwę. Jeszcze dziś udam się do sułtana i oddam mu pierścień…

– Nie możesz tego uczynić! – krzyknął rozpaczliwie Feridun Bej. – Nie rozumiesz, panie, że właśnie nadeszła najważniejsza godzina twojej służby?!

Sokollu spojrzał na jego rozszerzone źrenice, rozedrgane nozdrza oraz usta i pozazdrościł mu zdolności odczuwania owego właściwego ludziom młodym przejęcia się teraźniejszością, gdy jeszcze nie wiedzą, że i tak nie mogą niczego zmienić.

– Mówisz, panie, że twoja droga się kończy – ciągnął Feridun, nie panując nad emocjami. – A ja ośmielam się sprzeciwić, twierdząc, że najważniejsze zadanie jest jeszcze przed tobą. Nie możesz zostawić Imperium w rękach sułtana Selima! Czy naprawdę nie widzisz, że Sulejman Prawodawca, błogosławiona niech będzie jego pamięć, całe swe życie przygotowywał cię właśnie na tę chwilę?!

Młodzieniec oddychał szybko jak człowiek, który toczy walkę z falą, która uderza weń z wielką mocą, gotowa nakryć go śmiertelnym całunem.

– Bóg przeznaczył cię do wielkich rzeczy, mój panie – wyszeptał Feridun Bej, którego zaczęła opuszczać nadzieja. – Tylko ty możesz teraz uratować Imperium, które w wyniku bratobójczej walki znalazło się w rękach człowieka troszczącego się wyłącznie o samego siebie. Panie, nie pozwól, by rozpustnik obrócił wniwecz potęgę tego kraju. Wiem, że choć jak i ja jesteś niewolnikiem, jest to twój dom... Tu sokół narodził się na nowo, by w pełni rozwinąć skrzydła i na zawsze strzec ziemi, której zawdzięcza to, kim jest.

Sokollu słuchał i czuł, jak na tamie jego serca powstaje coraz większa rysa, lecz nie odezwał się ani słowem.

3

W trakcie uroczystości ku czci nowego sułtana Sokollu stojący jako pierwszy wezyr tuż obok władcy zaczął wspominać pozostałych synów Sulejmana. Mustafę, najwierniejszą kopię ojca, Cihangira, obdarzonego nieludzko ciężkim brzemieniem choroby, który mądrością przewyższał wszystkich znanych Sokollu ludzi, i wreszcie Bajazyda, którego zgubiły ambicja i zapalczywość. Wezyr poczuł ciężki węzeł wewnątrz żołądka. Patrząc na rozciągniętą w prostackim uśmiechu twarz Selima, znów pożałował, że nie zdążył zatrzymać księcia Bajazyda, nie dogonił go, nim przekroczył z wiernymi sobie wojskami granicę z Persją, szukając wsparcia u wroga. Bajazyda zabiła niecierpliwość. Echa tego najbardziej krwawego epizodu bratobójczej walki o tron z wielką mocą wybrzmiały teraz w myślach wielkiego wezyra.

– Panowanie jest tylko próżną walką o doczesność – usłyszał w głowie słowa wiersza Muhibbiego wypowiedziane głosem Sulejmana. – Taka była wola Allaha. Na tym świecie nie liczy się nic prócz świętego Imperium Osmańskiego.

– Amen – szepnął Sokollu.

Selim, potomek wielkiego Osmana, opanował stolicę, skarbiec i wojsko. Należało zatrzasnąć wrota przeszłości i spojrzeć przed siebie, spróbować dostrzec cel na horyzoncie gęsto zasnutym mgłą pytań.

Po przyjęciu hołdów od wszystkich dostojników Selim zaprosił ich na przedstawienie teatrzyku cieni, jedną ze swych ukochanych rozrywek. Skryty w cieniu Sokollu patrzył, jak na wielkiej, białej płachcie tańczyły niemal półmetrowe, płaskie figurki z wielbłądziej skóry. Tradycyjnie i dziś odgrywano przygody nierozumnego Karagöza i wielce wykształconego Hacıvata, który mimo wiedzy wciąż wpadał w tarapaty. Sokollu patrzył na zmieniające się dekoracje, palmy poruszane wiatrem, statki kołyszące się na falach, smoki wirujące w powietrzu przy wtórze muzyki, na sprzeczających się ze sobą Karagöza i Hacıvata, których zachowanie im sprośniejsze, tym większą wzbudzało radość u zgromadzonych na przedstawieniu gości, i zastanawiał się nad tym, jaki los przypadnie mu w udziale w tym teatrze cieni.

Nie chciał być jak owe figury – efektowne, podziwiane, piękne, skupiające na sobie uwagę wszystkich wokoło, a jednak spętane niewidzialną dla widzów nawoskowaną nitką, która oplatała ich ramiona, szyje, talie i kolana.

Pragnął zaś być lalkarzem trzymającym między palcami końcówki wszystkich nici. Nie dla własnej chwały, lecz dla chwały Imperium Osmańskiego chciał pozostać w cieniu i także grać w wielkim teatrze władzy. To on będzie musiał czuwać nad każdym ruchem nowego sułtana i kierować nim w ten sposób, by utrzymać Imperium w dobrobycie i świetności. Nie pozwoli zniszczyć dzieła życia Sulejmana Prawodawcy. Jego serce zalewała zimna determinacja.

Nie odczuwał strachu, choć był pewien, że przyjdzie mu walczyć nie tylko z gnuśnym władcą, lecz i z innymi lalkarzami spragnionymi pociągania za sznurki. Wszyscy zainteresowani wiedzieli już, że Selim II nie zdoła sam utrzymać się przy władzy, tak jak sam nie zdołał jej zdobyć. Ta znajdzie się w rękach tego, kto zostanie cieniem sułtana, umiejętnie kierującym każdym ruchem władcy – jak Karagözi. Nie odwracając głowy, Mehmed spojrzał na pozostałych wezyrów, z uwagą obserwujących przebieg uroczystości. Jego wzrok zatrzymał się na Lala Mustafie, krewniaku i wrogu. Choć nie znalazł dowodów na jego winę, przeczuwał, iż to właśnie on chciał pozbawić go życia, by zdobyć pierścień wielkiego wezyra.

Dawno już nauczył się, że prawdziwa siła polityczna polega na wykorzystaniu potęgi wroga przeciwko niemu samemu, i tak też zamierzał uczynić w tym przypadku. W polityce chłodna, realna ocena sytuacji była najważniejsza i, co często podkreślał Sulejman, musiała zawsze górować nad dumą czy osobistą urazą.

– Ci, których nie można obrazić, budzą największy strach – zwykł mawiać sułtan i Sokollu przyrzekł sobie w duszy pozostać wierny tym słowom. Znów czuł się silny, kto wie, czy nie silniejszy, odkąd jego serce opuściły wszystkie inne pragnienia i troski. Był ostrzem gotowym strzec Imperium Osmańskiego, jedynej rzeczy, dla której chciał odtąd żyć.

Kuzyn najwyraźniej wyczuł jego spojrzenie, bo natychmiast podniósł ku niemu oczy. Ani jeden mięsień na ich twarzach nie drgnął, nie pojawiła się żadna emocja. Przez chwilę patrzyli na siebie z pozorną obojętnością. Nie za długo, by nie zwrócić uwagi osób postronnych, wystarczająco, by obaj zdobyli pewność, że prawdziwa walka o władzę nad największym Imperium tego świata miała się dopiero rozpocząć.

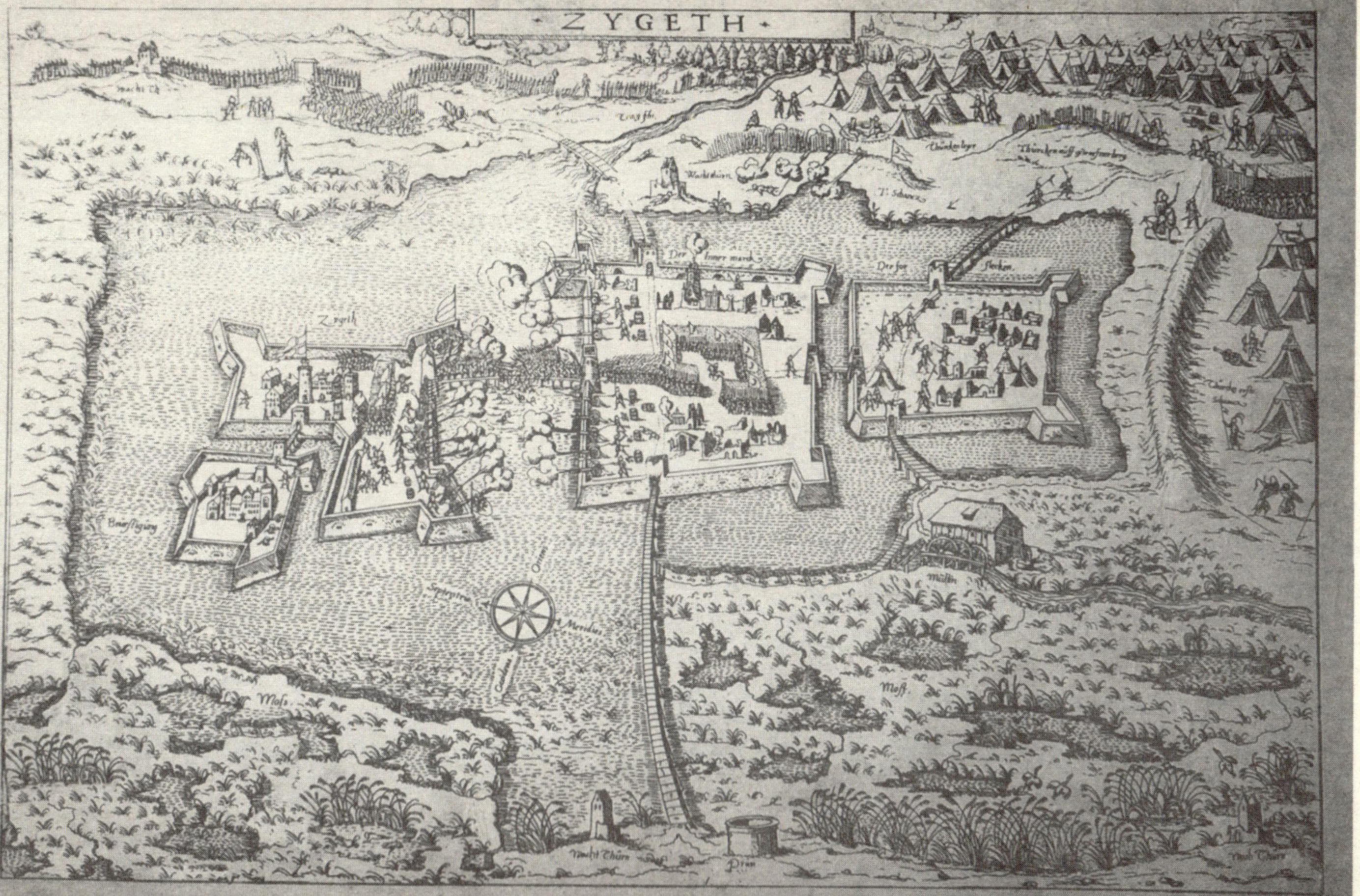

· ZYGETH ·
Zygeth
Mühlen
Moss

IMPERIUM OSMAŃSKIE
w czasach panowania
SULEJMANA WSPANIAŁEGO
1520–1566
CARSTWO ROSYJSKIE
MORZE BAŁTYCKIE
RZECZPOSPOLITA
POLSKA
CHANAT ASTRACHAŃSKI
CHANAT CHIWY
CESARSTWO
RZYMSKIE
Kijów
Kraków
Wiedeń
OCEAN ATLANTYCKI
KRÓLESTWO
FRANCJI
CHANAT KRYMSKI
DAGESTAN
MORZE KASPIJSKIE
Jassy
Buda
Szigetvár
KRÓLESTWO WĘGIERSKIE
Bukareszt
MORZE CZARNE
GRUZJA
Mediolan
PAŃSTWO KOŚCIELNE
MORZE ADRIATYCKIE
BOŚNIA
BUŁGARIA
RUMELIA
Stambuł
PERSJA
KRÓLESTWO
HISZPANII
Toledo
Barcelona
Korsyka
Florencja
Rzym
Neapol
Sardynia
Baleary
ANATOLIA
MEZOPOTAMIA
Ceuta
MORZE ŚRÓDZIEMNE
Sycylia
GRECJA
Tunis
SUŁTANAT
MAROKA
ALGIERIA
TUNEZJA
Kreta
Cypr
Damaszek
Jerozolima
Trypolis
Benghazi
BARKA
Kair
PAŃSTWO MAMELUKÓW
MORZE CZERWONE
ARABIA
Zatoka Perska
TRYPOLITANIA
kilometrów
100 200 300 400 500

Posłowie

Pisząc tę powieść, nie szczędziłam wysiłków, by pozostać wierna faktom historycznym. Niekiedy jednak było to niemożliwe bez uszczerbku dla fabuły. Wówczas starałam się, by wątki dotyczące postaci historycznych, mimo iż nie znajdowały potwierdzenia w materiałach źródłowych, do których udało mi się dotrzeć, przynajmniej im nie przeczyły. Są to więc wydarzenia możliwe, choć nigdzie niepotwierdzone.

Przykładowo, Mehmed Pasza Sokollu faktycznie towarzyszył Sulejmanowi Wspaniałemu na Paros. Niewykluczone, że poznał tam Cecilię Buffo, czyli późniejszą sułtankę Nurbanu. Rzeczywiście ponad rok przebywał w Manisie na dworze księcia Selima. Naprawdę został jego zięciem i naprawdę dzielił rządy z Nurbanu, gdy jasne stało się, że Selim II sam nie podoła rządzeniu Imperium. Co działo się za kulisami tych wydarzeń, nie wiadomo – i tu otwiera się pole dla domysłów, dopowiedzeń, dla wyobraźni. Wiele zdarzeń opisanych w tej powieści jest zatem swoistą mieszanką rzeczywistości i fikcji literackiej, jako że opowiedziana przeze mnie historia służyć ma przede wszystkim przyjemności, jaką daje podróżowanie w czasie i przestrzeni za pomocą kart książki.

Długo gromadziłam materiały źródłowe, które umożliwiłyby mi jak najrzetelniejsze przedstawienie realiów opisywanego świata. Dziękuję wszystkim, którzy pomagali mi kroczyć po niełatwym szlaku pracy bibliograficznej.

Szczególne podziękowania składam przy tej okazji mojej siostrze, Zuzannie Sarneckiej, doktorowi historii sztuki, która w trakcie prowadzenia badań z ogromnym poświęceniem wydobywała dla mnie lektury z zagranicznych bibliotek, umożliwiając mi tym samym zapoznanie się z wieloma tekstami źródłowymi niedostępnymi w Polsce. W narrację wplecione zostały cytaty z Koranu w tłumaczeniu Józefa Bielawskiego (Państwowy Instytut Wydawniczy, Warszawa 2008) oraz *Dziejów* Herodota w tłumaczeniu Seweryna Hammera (Czytelnik, Warszawa 2002). Cytaty z gazali Muhibbiego pochodzą z opracowania: Sulejman Wspaniały, *Gazele i inne wiersze* w przekładzie Janusza Krzyżanowskiego (Indo-Polish Cultural Comittee, Warszawa 2013).

Słowniczek

AGA – tytuł nadawany w Imperium Osmańskim osobom mającym władzę i uprzywilejowaną pozycję społeczną.

AJRAN – napój turecki przygotowywany z gęstego jogurtu i wody. Niekiedy podawany z dodatkiem lodu.

AKINDŻAJOWIE – formacja nieregularnej lekkiej jazdy osmańskiej.

ASPER – druga obok akcze drobna moneta turecka.

AZABOWIE – oddziały piechoty osmańskiej.

AZAN – pięciokrotnie w ciągu dnia wyśpiewywane z minaretu przez muezzina wezwanie do stawienia się na modlitwę (salat), która jest jedną z pięciu filarów islamu.

BAKYRDŻY – rzemieślnik zajmujący się wytwarzaniem przedmiotów miedzianych.

BAN – tytuł używany między innymi przez władców prowincji chorwackich, zwanych banatami.

BASZYBUZUKOWIE – nieregularne oddziały wojsk osmańskich słynące z braku dyscypliny.

BEDESTEN – rodzaj bliskowschodniego bazaru, na którym handlowano głównie dobrami luksusowymi, w tym tkaninami, najczęściej umiejscowionego pod niezwykle ozdobnym dachem.

BEJ – niegdyś tytuł noszony przez urzędników osmańskich, w tym także przywódców wojskowych, dziś męska forma grzecznościowa.

BEJLERBEJ – tytuł wyższych urzędników, zwierzchników bejów, namiestników prowincji. W hierarchii administracji osmańskiej tytuł bejlerbeja był ostatnim przed osiągnięciem godności wezyra.

BÖREK – do dziś popularny w Turcji placek nadziewany różnorodnymi, zarówno słodkimi, jak i słonymi farszami.

BOZA – orzeźwiający napój bezalkoholowy przygotowywany ze sfermentowanej kukurydzy, pszenicy lub prosa.

CEKIN – złota moneta bita w Wenecji, o wadze 3,5 g.

CHUTBA – rodzaj muzułmańskiego kazania-modlitwy, wygłaszanego podczas nabożeństw piątkowych i świątecznych.

CZORBA – gęsta i pożywna zupa, przyrządzana na różne sposoby.

DEFTERDAR – urzędnik sprawujący pieczę nad finansami państwa, podskarbi.

DELI – w dosłownym tłumaczeniu: szaleni; jeźdźcy wyborowi, przyboczna lekka konnica sułtana, słynący z odwagi ocierającej się o szaleństwo.

DERWISZ – mistyk, zakonnik należący do bractwa sufickiego.

DEWSZIRME – branka; specyficzny rodzaj podatku od mieszkańców podbitych terenów – w ramach dewszirme zabierano chrześcijańskich chłopców, którymi zasilano przede wszystkim szeregi janczarów.

DYWAN – organ doradczy sułtanów osmańskich, w którego skład wchodzili wezyrowie z wielkim wezyrem na czele.

EFENDI – wysoki urzędnik w strukturach administracji osmańskiej. Tytuł ten przysługiwał w szczególności osobom wyjątkowo uczonym.

EKMEK – chleb.

FERMAN – pisemny rozkaz wydawany osobiście przez sułtana i opatrywany pieczęcią władcy.

GAZALE (GAZELE) – pisane wedługg ściśle określonych reguł, wywodzące się z literatury perskiej utwory poetyckie traktujące zazwyczaj o uczuciach.

GIAUR – wyraz o wydźwięku negatywnym, którym wyznawcy islamu określali niemuzułmanów, najczęściej chrześcijan.

HAMMAM – turecka łaźnia; miejsce, w którym nie tylko dbano o ciało, lecz także prowadzono życie towarzyskie i polityczne.

HAREMLIK – żeńska część muzułmańskiego domu, do której nie mieli wstępu mężczyźni spoza rodziny; przeciwieństwo selamlyku.

HODŻA – w Imperium Osmańskim tytuł, którym określano muzułmańskich nauczycieli.

ICZOGLAN – chłopiec, który z dewszirme dostał się do służby w sułtańskim pałacu.

IMAM – dosłownie ten, który idzie na czele; przywódca wspólnoty muzułmańskiej.

JANCZARZY – najważniejsza jednostka piechoty Imperium Osmańskiego, słynąca z bitności, odwagi i dyscypliny; jej szeregi zasilane były przez chłopców wziętych do niewoli w poborze dewszirme.

KADI – muzułmański sędzia ferujący wyroki na podstawie prawa religijnego i zwyczajowego.

KAJMAKAN – zastępca wielkiego wezyra, wysokiej rangi dowódca wojsk osmańskich.

KALFA – starsza służąca w haremie.

KAPUDAN PASZA – admirał marynarki osmańskiej.

KILIM – dekoracyjna, wzorzysta wełniana tkanina, wieszana zazwyczaj dla ozdoby na ścianach.

KULLAR – dowódca wojskowy oddziałów Imperium Osmańskiego.

LALA – honorowy przydomek nadawany nauczycielom sułtańskich synów.

MEHTER – osmańska orkiestra wojskowa.

MEZE – zestaw różnorakich przystawek serwowanych w niewielkich ilościach w maleńkich, kunsztownie zdobionych naczyniach podczas przyjęć lub przed posiłkami.

MUFTI – muzułmański uczony uprawniony do interpretowania nakazów prawa religijnego, zarówno w kwestiach prywatnych, jak i państwowych.

MUEZZIN – mężczyzna cieszący się dobrą opinią w danej społeczności muzułmańskiej, odznaczający się pięknym głosem, który wzywa wiernych na modlitwę, melorecytując azan.

NISZANDŻY – jeden z najwyższych urzędów w strukturze administracji osmańskiej, nazywany sekretarzem, choć do jego głównych obowiązków należało pilnowanie pieczęci władcy oraz prowadzenie dworskiego archiwum.

PASZA – wysoki urzędnik w Imperium Osmańskim.

PILAW – bliskowschodnia potrawa, której podstawę stanowi ryż, najczęściej przyrządzany z mięsem lub rybą.

SADŻADŻA – ozdobny dywanik modlitewny.

SANDŻAK – jednostka podziału terytorialnego Imperium Osmańskiego.

SANDŻAKBEJ – urzędnik zarządzający prowincją – sandżakiem.

SEDIR – popularny mebel w czasach osmańskich, będący rodzajem niskiej, pokrytej ozdobnymi tkaninami kanapy.

SEMA – ceremonia medytacji tańcem, praktykowanych w zakonach derwiszy.

SERAJ – w architekturze muzułmańskiej pałac.

SIKKE – nakrycie głowy derwisza podczas semy; wysoka czapka symbolizująca kamień nagrobny.

SILAHDAROWIE – elitarna formacja jazdy tureckiej; spośród nich rekrutowano członków osobistej eskorty sułtana.

SIPAHISI – oddziały nieregularnej ciężkiej jazdy, których członkowie powoływani byli spośród lenników sułtana.

SZACH – jeden z tytułów sułtańskich, oznaczający króla; wywodzi się z języka perskiego.

SZEJK – mistrz duchowy, nauczyciel, przywódca zakonu derwiszy.

TUGRA – ozdobny znak panującego sułtana, w który wpisane było imię władcy.

ULUFEDŻIJOWIE – niższa znaczeniem formacja oddziałów lekkiej jazdy osmańskiej, której główną bronią były łuki.

WIELKI WEZYR – najwyższy urzędnik Imperium Osmańskiego, powoływany i odwoływany ze stanowiska wyłącznie przez sułtana.

WYSOKA PORTA – rada doradcza sułtana, nazwę swą zawdzięczająca okazałej stambulskiej bramie, przez którą wchodziło się do dzielnicy urzędniczej.